LOUISA LEAMAN

Sommersturm über Cornwall

GOLDMANN
Lesen erleben

Buch

Wer hätte noch nie davon geträumt, dem Alltag zu entfliehen und ein neues Leben zu beginnen – irgendwo am Meer ... Als Nina Munroe ein heruntergekommenes Strandhaus in dem kleinen Fischerdorf Polpeggen an der Küste Cornwalls erbt, hofft sie allerdings nicht auf ein Abenteuer. Nina liebt Ordnung und Vorhersehbarkeit über alles. Außerdem führt sie in London ein höchst komfortables Leben und ist gerade dabei, die Hochzeit mit ihrem Verlobten Jake zu planen. Dennoch kann sie sich dem Charme von Polpeggen nicht entziehen. Die Uhren ticken hier langsamer, das Meer glitzert in der Sommersonne, und dann wäre da noch Danny Rosewall, der Maler und Gelegenheitsfischer, der Nina zeigt, dass Glück nicht an Geld gebunden ist. Doch die Idylle trügt. Vom ersten Tag an spürt Nina, dass das Strandhaus ein dunkles Geheimnis birgt, das mit ihrer eigenen Vergangenheit zusammenhängt. Entschlossen, den mysteriösen Ereignissen in dem Haus auf den Grund zu gehen, kommt sie einer Geschichte von Verrat, Betrug und tragischer Liebe auf die Spur – eine Geschichte, die zurückführt zum Tod ihrer Mutter, die starb, als Nina ein kleines Mädchen war ...

Autorin

Louisa Leaman hat bereits diverse Kinderbücher sowie Elternratgeber verfasst, bevor sie mit »Sommersturm über Cornwall« ihren ersten Roman schrieb. Sie arbeitet als Lehrerin und Verhaltenstherapeutin, ihre Artikel zu Erziehungsfragen sind u. a. im Guardian, Observer, Independent und in der Times erschienen. Louisa Leaman lebt in London.

Louisa Leaman

Sommersturm über Cornwall

Roman

Aus dem Englischen
von Marie-Luise Bezzenberger

GOLDMANN

Sollte diese Publikation Links auf Webseiten Dritter enthalten, so übernehmen wir für deren Inhalte keine Haftung, da wir uns diese nicht zu eigen machen, sondern lediglich auf deren Stand zum Zeitpunkt der Erstveröffentlichung verweisen.

Dieses Buch ist auch als E-Book erhältlich.

MIX
Papier aus verantwortungsvollen Quellen
FSC® C014496
FSC www.fsc.org

Verlagsgruppe Random House FSC® N001967

3. Auflage
Deutsche Erstveröffentlichung Juni 2018

Neumarkter Str. 28, 81673 München
Umschlaggestaltung: UNO Werbeagentur, München
Umschlagfoto: FinePic®, München
Redaktion: Julie Hübner
AB • Herstellung: VR/kw
Satz: GGP Media GmbH, Pößneck
Druck und Bindung: GGP Media GmbH, Pößneck
Printed in Germany
ISBN: 978-3-442-48649-6
www.goldmann-verlag.de

Besuchen Sie den Goldmann Verlag im Netz

TEIL 1

1. Kapitel

Im letzten Abendlicht kam das Strandhaus in Sicht. Von der Straße aus war es nicht zu sehen gewesen, da es hinter den Klippen verborgen lag und nur ein steiler, zerfurchter Pfad zu ihm hinführte. Nach dem verfallenen Äußeren zu urteilen – den geborstenen Fensterscheiben und den verzogenen Bretterwänden –, war das Haus schon seit Jahrzehnten nicht mehr bewohnt. Etliche Dachschindeln waren verrutscht; der orangerote Rost einer vergammelnden Wetterfahne hatte lange Schlieren hinterlassen. Auf dem Grundstück um das Haus herum war wenig Lebendiges zu sehen, keine Bäume oder Blumen, nur struppiges Gras und hier und da ein Ginsterbusch. Es war ein vernachlässigter, verwaister Ort, doch irgendwie war er nicht leblos. Das Haus strahlte Energie aus, als zuckten und waberten selbst die Fasern in den Wänden.

»Sind Sie *sicher*, dass ich Sie hier absetzen soll?«, fragte der Taxifahrer.

Sein Akzent war ungewohnt, ein schläfriges, langgedehntes Cornwall-Englisch. Nina starrte die abblätternde Farbe an und spürte, wie ihre Stimmung ins Bodenlose sackte.

»Wenn Sie mich fragen«, redete der Taxifahrer weiter, so wie schon während der ganzen Fahrt, »diese Bruchbude hätten sie schon vor Jahren plattmachen sollen.«

»Da habe ich ja Glück, dass sie das nicht getan haben«, bemerkte Nina.

»Sie könnens ja abreißen und neu bauen. Das würd ich machen. Nichts wie weg mit dem alten Krempel. Macht übrigens sieben fünfzig.«

Nina holte einen Zwanzigpfundschein aus ihrem Portemonnaie und seufzte. Es war ein langer Tag gewesen. Fünf Stunden mit dem Zug von London nach Penzance, langes Warten auf den Anschlusszug zu dem kleinen Küstenstädtchen Polpeggen und dann die Fahrt mit dem Taxi. Jeder zurückgelegte Kilometer war von Geratter, Geschäftigkeit und Gesprächen begleitet worden; laute Durchsagen, die durch die luftigen Gewölbe der Paddington Station hallten, lärmende Familien im Großraumabteil und dann endlose zwanzig Minuten Selbstgerechtigkeit seitens des Taxifahrers.

Aber hier war es jetzt still. Nur das Rauschen der Wellen und der Wind im Gras waren zu hören.

»Sie kommen also zurecht?«

»Ja. Alles bestens. Danke.«

»Dann hol ich mal Ihre Sachen.«

Der Fahrer, ein stämmiger Mann mit beachtlichem Bauch, ging zum Kofferraum seines Taxis. Schlotternd stand Nina da und spürte den Schock der Kälte durch ihre dünne Bluse hindurch. Es war doch Sommer. Ihr Koffer war voller zarter Trägertops und Designersandalen, aber was sie hier brauchte, war ein dicker Wollpullover. Als sie die Arme um den Oberkörper schlang, schien der Wind noch heftiger zu werden.

»The Barb«, rief ihr der Fahrer zu. »So nennt man hier das laue Lüftchen, das Sie da spüren – wie in *barbed wire*, Stacheldraht.«

»Na toll.«

Nina blickte über die groben grauen Kiesel zum silberblauen Wasser hinüber. So hatte sie sich das nicht vorgestellt, als sie von der Existenz des Strandhauses erfahren hatte. Sie suchte nach etwas Vertrautem, einem kleinen Erkennungszeichen, das eine Verbindung zwischen ihr und dem Haus schaffen und ihr ein Gefühl von Heimeligkeit geben könnte. Nichts. Ihr Gedächtnis wollte einfach nicht zünden. Früher war das Haus vielleicht einmal hübsch gewesen. Es *könnte* immer noch hübsch sein, dachte sie. Ein Strandhaus mit einer Privatbucht, ein fröhliches, farbenfrohes Gebäude, genau das Richtige für ein Feature in einer gehobenen Wohnzeitschrift – blauweiße Streifen und Liegestühle überall, und hölzerne Seesterne, die an den Türklinken baumelten. Das Meer war nur ein paar Meter entfernt, und man hatte freie Sicht darauf; so könnte es zu einer anderen Zeit, in einem anderen Leben, vielleicht bezaubernd sein, aber nicht jetzt.

Schließlich kam der Taxifahrer zurück, einen Karton mit Wein in der einen und den Griff von Ninas Rollkoffer in der anderen Hand. Beklommen sah Nina zu, wie achthundert Pfund teure Louis-Vuitton-Designerware durch den Dreck holperte.

»Nichts für ungut«, meinte der Taxifahrer und stellte ihr Koffer und Karton vor die Füße, »aber im Dorf gibt's jede Menge prima Unterkünfte – Pensionen, Hotels – zu ganz vernünftigen Preisen. In der Hauptsaison wird's manchmal ein bisschen voll, aber, na ja, die sind wirklich nett. Ist ja vielleicht nicht meine Angelegenheit, geht mich nichts an und so, aber ich fänd die Vorstellung ja nicht schön, hier draußen ganz allein zu sein ...«

»Ich komme schon zurecht, vielen Dank.«

Als Nina das sagte, überschwemmten Gedanken an geschmackvolle Hotelzimmer ihren Kopf, an Luxusmatratzen und das dickflüssige Gelb pochierter Eier auf Toast, hinuntergespült mit frisch gepresstem Orangensaft. Es wäre ganz einfach, wieder ins Taxi zu steigen und ins Dorf zurückzufahren. Einfach. Und vernünftig. Aber es würde ihre Fragen nicht beantworten. Sie wollte Bescheid wissen. Sie *musste* Bescheid wissen.

»Hier«, sagte der Fahrer und starrte sie an, »wenn Sie unbedingt hierbleiben wollen, dann nehmen Sie wenigstens die hier.«

Er ging zurück zu seinem Kofferraum und holte eine Taschenlampe aus Metall hervor.

»Ich hab noch eine, Sie können sie also ruhig nehmen. Sieht aus, als könnten Sie ein paar *technische* Hilfsmittel gut gebrauchen.«

Es war nicht klar, ob er auf den beklagenswerten Zustand des Strandhauses anspielte oder darauf, dass Nina einen Hosenanzug und hochhackige Schuhe trug, frisch aus dem Großstadtleben und nur schlecht gegen die Naturelemente gewappnet.

»Das ist nett von Ihnen«, erwiderte sie, »aber es geht bestimmt auch ...«

»Nehmen Sie schon«, drängte er. »Ist ’ne gute. So eine, wie die Polizei sie hat. Kann man auch als Knüppel benutzen.«

Damit kehrte er zu seinem Taxi zurück, zog die Tür zu und fuhr los. Auf der Hauptstraße jedoch hielt er an. Das Taxi setzte den ganzen Weg zurück und stoppte abermals. Das Fenster glitt herunter, und Nina konnte in den Schatten im Wageninneren seine besorgte Miene erkennen.

»Noch was«, sagte er. »Zu meiner eigenen Beruhigung. Ich möchte Sie ja nicht verunsichern, und ich weiß, die meisten Leute würden wegen so was heutzutage keinen großen Aufstand machen wollen, wegen dem Tourismus-Boom und so, aber Sie sollten wissen, dieses Haus hier, Ihr Strandhaus ... das hat 'ne *dunkle Vergangenheit.*«

Nina widerstand dem Drang, die Augen zu verdrehen.

»Hat das nicht jedes Haus?«

»Kann sein, aber trotzdem, es käm mir nicht richtig vor, nichts zu sagen ...«

Er verstummte.

»Sehen Sie sich einfach vor, ja?«

Dann legte er ohne ein weiteres Wort den Gang ein und fuhr davon.

Echt jetzt? Hatte sie richtig gehört? Warnungen vor einer geheimnisvollen Vergangenheit? Entweder hatte ihr Taxifahrer zu viel Fantasie, oder sie war auf den Set eines Billig-Horrorfilms geraten. Nina drückte die Taschenlampe an die Brust und bemühte sich hochkonzentriert, den »Rat« des Fahrers zu verdrängen. Jetzt gab es kein Zurück mehr. Die Dunkelheit hüllte sie ein.

Ein Eisengitter und ein großes Vorhängeschloss sicherten die Haustür. Nina hielt die Schlüssel hoch. Sie hatte zwei Ringe bekommen. Der erste Schlüssel war für das Vorhängeschloss, genau wie der Zweitschlüssel am selben Ring. Der zweite, ein altmodischer Messingschlüssel mit dünnem Halm, war der für die Haustür. Und dann gab es noch einen dritten an einem eigenen Ring und ohne Zweitschlüssel, vermutlich für irgendetwas im Haus, vielleicht für ein Schränkchen oder einen Kleiderschrank. Sie ließ die Schlösser aufschnappen. Als der Riegel der Tür sich öffnete, erfasste ein nervöses Zittern ihre Finger und breitete sich aus, an den Handgelenken und Armen hinauf bis zum Bauch und dann die Beine hinunter.

»Okay, Nina, reiß dich zusammen, Mädchen«, flüsterte sie. »Ist doch nur Taxifahrergerede. Nichts, wovor man Angst haben muss. Nichts. Nichts. *Nichts.*«

Sie drückte die Tür auf, und sofort begrüßte sie abgestandener Meermief, ein penetranter Geruch aus Staub in mehreren Schichten und Verfall. Im nachlassenden Licht war es schwer, mehr als nur Umrisse zu erkennen, doch sie sah, dass sie in eine Art Flur hineinschaute, von dem Türen zu separaten Zimmern abgingen. Nina knipste die Taschenlampe an und ließ sich von ihrem hellen Strahl leiten. Sie fand einen Einbauschrank, eine Reihe leerer Kleiderhaken und ein Drähtegewirr, wo einmal eine Lampenfassung gewesen war. Als sie die Taschenlampe sinken ließ, sah sie einen Kadaver zu ihren Füßen, ein kleiner Vogel oder eine Ratte, schon lange tot, die Beinchen in die Luft gereckt. Sie schnappte nach Luft, stieg darüber hinweg und bereute augenblicklich, dass sie den Vorschlag des Taxifahrers nicht angenommen hatte, ins Dorf zurückzufahren.

Die Erinnerung an einen noch nicht lange zurückliegenden Kurzurlaub in einem thailändischen Spa schoss ihr durch den Kopf. Sie und Jake hatten in einer Pfahlhütte über dem türkisblauen Meer gewohnt. Sie hatten einen eigenen Butler gehabt. Am letzten Tag hatte Jake ihr einen Heiratsantrag gemacht, hatte den Ring in einer großen Schneckenmuschel versteckt, die er ihr in die Hand gedrückt hatte, während sie versucht hatte, von ihrer Veranda aus Delphine zu erspähen. Sie hatten beide erst geheult, dann gelacht und dann eine Flasche Champagner geleert. »Kneif uns mal jemand«, hatte sie gesagt. »Das ist ja wie ein Traum.« Die Absurdität ihres gemeinsamen Glücks war ihr stets gegenwärtig – das Geld, das sie hatten, der Lebensstil, den sie sich leisteten, der harte Weg vom armen Studentenpärchen zu hart erkämpftem finanziellem Erfolg. Sie hatten alles. Und jetzt hatten sie auch noch ein verfallenes Strandhaus.

Nina seufzte und trat durch die Tür, die ihr am nächsten lag. Sie fand sich in einer rudimentären Küche wieder – wie in einer uralten Sitcom; ein Tresen mit zerschrammter graumelierter Resopalplatte und ein verschmorter Tischofen. Sofort vermisste sie die Sauberkeit ihrer Küche zu Hause, die Hochglanztüren und die Chromgeräte. Trotzdem verweilte sie in dem Raum, ging zum Spülbecken und fand zwei umgestülpte Becher unter einer Schmutzschicht. Schon streckte sie die Hand aus, um sie umzudrehen, und hielt dann jäh inne. Die ganze Zeit hatten sie hier unberührt gestanden, einer für ihre Mum, einer für ihren Dad – ein Augenblick im Leben ihrer Eltern, eingefangen in diesen beiden verstaubten Bechern. Plötzlich konnte sie den Gedanken nicht ertragen, sie umzudrehen.

Als Nina durch die nächste Tür trat, ins zweite der schmutzigen, altmodischen Zimmer, beschloss sie, dass die Beschreibung *Strandhaus* zu irreführend war. *Schuppen* traf es schon eher. Finster betrachtete sie den Mäusedreck auf dem Boden, die fleckigen Wände und den rissigen Putz. Der Raum war eine Art Wohnzimmer, spärlich möbliert mit einem schäbigen Sessel und einem improvisierten Tisch aus Pappkartons. Wahrscheinlich hatten sie geplant, das Haus auf Vordermann zu bringen, ein Wochenendhäuschen daraus zu machen, wo sie, abseits vom Arbeitsstress, in Frieden faulenzen konnten. Wieder ertappte Nina sich dabei, wie sie nach Erinnerungen suchte. Einen Moment lang sah sie sie vor sich, wie sie am Fenster standen, aneinandergeschmiegt, Teebecher in den Händen, und den Wellen zuschauten – dann wurde ihr klar, dass das Bild ihre eigene Erfindung war.

Sie spähte durch die beiden anderen Türen in ein schmuddeliges grünes Bad und in ein Schlafzimmer. In dem, wurde ihr seufzend klar, würde sie die Nacht verbringen, obgleich es von allen Zimmern am verwittertsten war, mit Löchern in den Dielen und verfaulten Fensterrahmen. Eine Holztruhe, deren Verzierungen überhaupt nicht zu dem Zimmer passten, stand in der Ecke. Beherrscht wurde der Raum jedoch von einem Bett mit einem feuchten Batik-Überwurf, genau wie der, mit dem Nina und Jake damals das von Zigaretten-Brandlöchern übersäte Sofa in ihrer Studentenbude »aufgepeppt« hatten. Sie hatten diese Decke geliebt; es war ihre erste gemeinsame Anschaffung gewesen. Sogar einen Namen hatten sie ihr gegeben: George.

Jetzt erschien Nina die Vorstellung lächerlich, Einrichtungsgegenständen einen Namen zu geben, doch sie lächelte, als sie daran dachte, wie sie damals nach den Vorlesungen nach Hause geeilt waren, Tomatensuppe direkt aus der Dose gelöffelt und sich dann unter dem alten George zusammengekuschelt und Seifenopern geguckt hatten. Sie erinnerte sich daran, wie kalt es manchmal gewesen war, wie sie George hin und wieder mit einer Steppdecke hatten aufrüsten müssen. Wie sie in einem Glas Kleingeld für die Gasheizung gesammelt und es dann für Pizza und Kinokarten auf den Kopf gehauen hatten. Heutzutage konnten sie sich natürlich so viele Pizzas und Kinokarten leisten, wie sie wollten, hatten eine topmoderne Heizung und einen Stapel namenloser Decken aus Merinowolle, ordentlich zusammengefaltet in einer eigenen Kiste neben einem riesigen Ecksofa aus Leder. Es waren bessere Zeiten.

Nina trat auf das Bett zu. Es verblüffte sie zu sehen, dass unter dem Überwurf Laken und Kissenbezüge lagen, zusammengefaltet, als hätten sie die ganze Zeit geduldig gewartet. Über dem Bett hing ein Bild. Der Strahl der Taschenlampe beleuchtete ein kleines Messingschild mit der Aufschrift: »Die *Bessie*, 1893, Polpeggen Bay.« Es war unbeholfen gemalt, das Werk eines Amateurs. Als Kuratorin einer Galerie war Ninas Blick geübt darin, gute zeitgenössische Kunst zu erkennen, keine groben Darstellungen von Schiffsuntergängen. Meerwasserpyramiden wallten zu einem Gewitterhimmel empor, und alles, was man von der *Bessie* sehen konnte, waren ein waidwunder Rumpf und drei gebrochene Masten. Nina wurde übel, und sie schaute weg, ging stattdessen zum Fenster, wo ein Sprung in der Scheibe ein endloses Rauschen hereinließ, während die See ans Ufer und wieder zurückströmte. Ihr erster Gedanke war, dass sie dabei niemals würde schlafen können, aber sie hatte diesen Monat ohnehin so schlecht geschlafen, dass sie sich fragte, ob das überhaupt einen Unterschied machen würde. Mit Meerblick, hatte der Anwalt gesagt. Da hatte er recht. Hier gab es jede Menge Meer, aber es war nicht das funkelnde Azurblau aus alten Kinderferientagen. Es war eine unermessliche Schwärze, die sich bis in alle Ewigkeit zu erstrecken schien.

Nina drückte die Wange gegen die Scheibe, wollte unbedingt wissen, wie nahe der Ort Polpeggen war. Entlang der Küste konnte sie gerade eben noch eine Ansammlung orangegelber Lichter sehen. Sie glitzerten wie Pailletten und verhießen mit ihren Geschäften, Bars und Restaurants eine Welt, die sie kannte, eine Welt, die sie verstand, eine Welt, die unendlich weit entfernt schien. Sie nahm ein Fernglas zur Hand, pustete den Staub weg und bemühte sich, die Linsen scharf zu stellen. Zuerst war nichts zu sehen, worauf sie den Blick fixieren konnte, nur die Schwärze des Nachthimmels. Schließlich tauchten die Straßenlaternen und die Beleuchtung der Geschäfte auf, und sie kam sich isolierter vor denn je. Gerade wollte sie den Feldstecher wieder aufs Fensterbrett stellen, als sie überraschend ein Licht aufblitzen sah. Sie zuckte zurück, orientierte sich neu und schaute dann abermals hin. Dort am Ufer, nur wenige Meter vom Strandhaus entfernt, schwang ein kleines weißes Licht in einem langsamen Bogen hin und her. Keine Autoscheinwerfer. Ein Fahrrad vielleicht? Oder eine Taschenlampe? Jemand, der am Strand entlangging? Um *diese* Zeit? Schließlich hörte das Licht auf, hin und her zu schwingen und kam am Meeresrand zur Ruhe, gleich neben einem Haufen Felsen, wo es gleißend hell pulsierte wie das Herz einer Silvesterrakete, ehe es erstarb. Der Fensterrahmen erbebte durch die Kraft einer Windbö. Nina fuhr erschrocken zusammen.

»Stell dich nicht so an!«, zischte sie und straffte sich, wischte die überzogenen Andeutungen des Taxifahrers von wegen Gefahr und Vergangenheit beiseite.

Nachdem sie sich überzeugt hatte, dass das Licht verschwunden war, legte sie die Taschenlampe so ab, dass ihr Strahl ihr genügend Licht spendete. Sie öffnete ihren Koffer, sortierte die säuberlich zusammengefalteten Kleidungsstücke und hängte Trägertops und Sommerkleider an den Türrahmen. Zum Glück hatte sie in weiser Voraussicht Kleiderbügel mitgenommen. Das war so ein »Jake-Ding«, mit dem sie ihn gern aufzog. Er bestand stets darauf, dass sie auf Urlaubsreisen Kleiderbügel mitnahmen, denn, so behauptete er, die Billigbügel in den Hotels konnten die Form eines guten Hemdes glatt ruinieren.

Nina streifte die hochhackigen Schuhe ab, ordnete ihre Handtasche, pickte an einer halbaufgegessenen Portion Sushi herum und ließ sich dann mit schmerzendem Körper und schlaffen Gliedern aufs Bett plumpsen. Sie strich mit den Fingern über den staubigen Überwurf und starrte die Risse in der Zimmerdecke an. Eine idyllische Zuflucht am Meer, hatte der

Anwalt gesagt. Der Mann hatte eindeutig keine neueren Fotos des Hauses gesehen. Fairerweise musste sie zugeben, dass sie vom Testament ihres Vaters auch nicht viel erwartet hatte. Etwas guten Wein vielleicht. Eine alte Uhr. Ein paar Schmuckstücke ihrer Mum wären schön gewesen. Mit Geld hatte sie nicht gerechnet – nicht, dass Geld nötig gewesen wäre. Oder erwünscht. Tatsächlich hatte Nina in der Zeit, als ihre Beziehung zu ihrem Vater am unterkühltesten gewesen war, erwogen, ihr gesamtes Erbe einer Wohltätigkeitsorganisation zu spenden; am besten einer, von der ihr Vater nichts hielt. Jake war da anderer Ansicht gewesen. Knöpf dem alten Dreckskerl ab, was du kannst, hatte er gesagt. Entschädige dich mit einer Hermès-Handtasche für sein Versagen als Vater. Mach aus Schlechtem etwas Gutes.

Ninas Vater hatte im Rückversicherungs-Geschäft gutes Geld verdient, ausgegeben jedoch hatte er noch mehr. In seinen späteren Jahren hatten unbedacht ausgewählte Geliebte, leichter Alkoholismus und Spielsucht große Teile seines Vermögens aufgezehrt. Zum Zeitpunkt seines Todes war er praktisch bankrott gewesen und hatte eine geräumige Villa gegen eine Ein-Zimmer-Mietwohnung in einem hässlichen Wohnblock eingetauscht. Daher war es für Nina ein ziemlicher Schock gewesen, als sie vor zwei Tagen in der Kanzlei Hartmann and Jones von dem Strandhaus erfahren hatte.

»Und jetzt«, hatte der Anwalt mit fester Stimme verkündet, »kommt der Moment, auf den Sie bestimmt schon gewartet haben.« Eine Pause und ein Lächeln. »Der Nachlass Ihres Vaters.«

Nina war vor dem Wort zurückgescheut.

»Nachlass? Es *gibt* doch gar keinen Nachlass. Mein Dad hatte Schulden.«

»Entschuldigung, ich bringe da etwas durcheinander. Ich meinte ja auch nicht den eigentlichen Nachlass, ich spreche von dem Ferienwohnsitz in Cornwall, von dem Strandhaus ...«

»Strandhaus?«

»Hier steht: ›Ein Strandhaus in der Nähe der Bucht von Polpeggen.‹ Keine schlechte Immobilie. Die Preise da unten, das wissen Sie ja sicher ... astronomisch heutzutage. Jedenfalls, hier haben wir's: *Snare Cove*; dazu gehört das Haus und ein halber Kilometer Strand. Ihr eigener Strand, Ms Munroe. Klingt doch nach einer idyllischen Zuflucht am Meer. Normalerweise gehen meine Klienten hier mit einem Scheck und einer Taschenuhr raus. Sie dagegen ...«

»Moment«, stieß sie hervor. »Das kann nicht stimmen. Das ist ein Irrtum. Mein Vater hat nie ein Strandhaus besessen.«

»Das ist kein Irrtum. Man sollte vielleicht erwähnen, dass das Haus ursprünglich auf den Namen ihrer Mutter eingetragen war. Sie ist doch vor ein paar Jahren verstorben.«

»Vor *vielen* Jahren. Ich war zehn.«

»Ich verstehe. Nun, wie es scheint, hat Ihr Vater nach dem Tod Ihrer Mutter deren Grundbesitz übernommen. Und jetzt ... jetzt hat er ihn Ihnen vererbt.«

»Aber das verstehe ich nicht. Er hat nie etwas von einem Strandhaus gesagt, geschweige denn von einem halben Kilometer Strand.«

Der Anwalt, dessen Tattoos aus den Manschetten

seines Hemdes hervorschauten, hatte lediglich die Schultern gezuckt.

»Dann würde ich vorschlagen, dass Sie das Ganze als angenehme Überraschung betrachten. Ich habe die Eigentümerurkunde hier, Sie können sie gleich unterzeichnen. Und die Schlüssel. Bloß noch eine Unterschrift, und sie gehören Ihnen. Nicht ganz das, was Sie erwartet haben, wie ich sehe, aber so ist es eben. Alle Familien haben doch ihre Geheimnisse, nicht wahr? Vielleicht wollte Ihr Vater Sie ja überraschen. Damit Sie nach seinem Tod einen Grund zum Lächeln haben?«

Der Anwalt hatte gefeixt; sein Blick war zur Decke hinaufgehuscht und dann zu Nina zurückgekehrt.

»Mir ... mir ist aber gar nicht zum Lächeln zumute«, hatte sie wie vor den Kopf geschlagen gestammelt. »Um ehrlich zu sein, ich verstehe das wirklich nicht. Wann haben sie das Haus gekauft? Und *warum* hat er es nicht verkauft, wenn er so hoch verschuldet war? Ausgerechnet so was zu behalten ... Was in aller Welt wollte er denn mit einem Strandhaus? Er hat Urlaubsreisen *gehasst*. Nie hat er was davon gesagt. Nicht ein Wort ... Aber, na ja ... so gesehen ... es gab wohl vieles, was er nie gesagt hat ...«

Sie hatte sich einen Therapeuten gewünscht oder irgendeine alte Spruchweisheit. Oder die Stimme ihrer Mutter, vielleicht auch nur die Erinnerung daran, irgendetwas oder irgendjemanden, der ihr die Einzelheiten erklären konnte, die Fakten. Stattdessen hatte sie sich einem schelmischen Lächeln, einem Platin-Kugelschreiber und einem »Jetzt unterschreiben Sie endlich«-Nicken gegenübergesehen.

»Ach ja, übrigens«, hatte der Anwalt gesagt, »bevor ich's vergesse, da wäre auch noch das hier ... vielleicht hilft *das* ja.«

Er hatte ihr einen Briefumschlag gereicht.

»Für Nina«, stand in der krakeligen Handschrift ihres Vaters darauf.

2. Kapitel

Der Lärm kreischender Möwen wurde lauter. Nina öffnete die Augen. Ihr Gehirn fand den Weg ins Wachsein und fing an, die unvertraute Umgebung zu erfassen – das kaputte Fenster, die Truhe mit den Schnitzereien, die feuchten Wände. Das Kneifen ihrer Gürtelschnalle erinnerte sie daran, dass sie immer noch ihren Hosenanzug trug. Der Bettüberwurf fühlte sich unter ihrer Wange sandig an und war dort, wo ihr Mund gewesen war, nass. Sie fuhr sich mit der Hand durchs Haar und entwirrte es. Dem Licht nach zu urteilen, war es noch früh, sechs Uhr oder so. Sie griff nach der Handtasche, zog ihr Notizbuch heraus, legte es sich auf den Schoß und streichelte den goldgeprägten Einband. Den größten Teil des Jahres über hatte sie es stets bei sich gehabt.

Für die Königin der Listen
Genieß jede Sekunde
J x

Jakes Worte auf der ersten Seite, dort hingeschrieben, um sie zu inspirieren, waren ihr normalerweise eine Freude, heute Morgen jedoch passte das Gefühl nicht, das sie vermittelten. Ein derart munterer Optimismus vertrug sich nicht mit dem baufälligen Chaos des Strandhauses. Jake hatte ihr das Notizbuch eine Woche nach ihrer Verlobung geschenkt. Er wusste, wie gern sie alles anhand von Listen organisierte. Eine Hochzeit war der perfekte Anlass, es so richtig krachen zu lassen – Gästelisten, Listen möglicher Locations, Caterer, Schneiderinnen, Hochzeitstänze, Musik für den DJ, Taxiunternehmen. Sie hatte vor Freude in die Hände geklatscht, als sie das Seidenpapier auseinandergeschlagen und das schimmernde Buch in seiner ganzen Pracht erblickt hatte. Dieses Buch brachte ihr Glück, so schien es ihr. Sie schleppte es überallhin mit und liebte es heiß und innig. Komisch, dachte sie, dass es ihr plötzlich irgendwie hässlich vorkam. Irgendwas, eine Verbindung, *irgendetwas* fehlte.

Im Geist durchlebte sie von neuem Jakes Heiratsantrag – den Ring in der Schneckenmuschel, die Überdosis Champagner –, den bisherigen Höhepunkt ihrer Romanze, die schon ihr ganzes Erwachsenenleben andauerte, ein Märchen, das das Leben schrieb. Zugegeben, es hatte unterwegs ein oder zwei Schlaglöcher gegeben, aber nichts Weltbewegendes, und jetzt, wo sie es gemeinsam geschafft hatten, hatten sie bewiesen, dass es wahre Liebe auch im zarten Alter von neunzehn Jahren schon geben konnte. Ums Geld ging es nicht, ganz gleich, was einige ihrer zickigeren Kolleginnen geflüstert hatten.

»Scheiß auf die«, hatte ihre Freundin Alison gesagt. »Du und Jake, ihr kennt die Wahrheit.«

Die Wahrheit war, dass Nina Jake in jener ersten Zeit, als sie beide in Manchester studiert hatten, genauso geliebt hatte wie sie es jetzt tat. Sein Großstadterfolg war für sie nicht entscheidend. Sie kannte den Jake vor der funkelnden Karriere in der Finanzwelt, den mit den tapsigen Füßen und der nervigen

Angewohnheit, ständig damit auf den Boden zu klopfen. Den, der aus so gut wie allem Pfannkuchen machen konnte, oder der jedes Mal heulte, wenn er sich irgendwelche Sendungen über das tapfere Streben der Menschheit ansah. Ihren Jake. Und jetzt waren sie mit voller Fahrt unterwegs zu ihrer »Kneif uns mal jemand, das ist ja wie ein Traum«-Hochzeit. Ein paar Tage in Cornwall würden den Fahrplan nicht über den Haufen werfen; sie war bei ihren Listen sowieso mehr als im Soll. Natürlich.

Sie ging ins Badezimmer und zog an der Schnur der Lampe, doch nichts geschah. Aus den Wasserhähnen kam nicht viel mehr als ein Luftzischen, gefolgt von einem dünnen bräunlichen Rinnsal. Nina, die sich dringend waschen wollte, band sich das Haar zurück und machte sich auf die Suche nach dem Boiler. Der war in keinem der Zimmer zu finden, also beschloss sie, in dem Einbauschrank im Flur nachzusehen. Sie versuchte sich an der Tür, doch die war abgeschlossen. Da fiel ihr der zusätzliche Schlüssel ein, der mit dem eigenen Ring. Er passte. Das Schrankinnere war stockdunkel und voller Schrubber, Besen und Spinnweben. Sie fand den Boiler, doch der war uralt. Sie hatte keine Ahnung, was sie damit anstellen sollte, und noch viel weniger Lust, sich länger in dem verdreckten Schrank aufzuhalten. Besiegt ging sie ins Wohnzimmer und schaltete ihr Handy ein. Es kläffte ihr einen Schwall SMS, Tweets, versäumte Anrufe und Sprachnachrichten entgegen.

»Hey, Baby. Bin noch in Genf. Keine Chance, dass ich hier vor fünf rauskomme. Tut mir leid. Ich schnapp mir den ersten Flieger, den ich kriege, aber ich kann dir nicht versprechen, dass

ich vor Mitternacht zu Hause bin. Hör zu, wenn du mal fünf Minuten Zeit hast, könntest du bitte bitte bitte meine Hemden aus der Reinigung holen? Danke. Okay, also, ich hoffe, du bist noch auf, wenn ich ankomme. Ich liebe dich. Bis dann.«

Dann die nächste.

»Baby? Wo steckst du? Ich hab immer wieder angerufen. Jedenfalls, mein Flug kommt um zwanzig nach elf an, dann bin ich nur noch eine Taxifahrt entfernt. Mach den Rioja auf, ja? Du weißt schon, den mit dem geilen Etikett, den ich nach dem Bigmont-Deal gekriegt habe. Okay. Bis nachher.«

Und die nächste.

»Okay. Das ist nicht mehr witzig. Es ist ein Uhr morgens, und du bist nicht da. Wenn ich dich irgendwie verärgert habe, Baby, dann sag's mir doch. Ignorier mich nicht einfach. Du weißt doch, wie ätzend das ist. Hey, weißt du, was heute Morgen angekommen ist? Die Flugtickets! Flitterwochen, wir kommen! Mach dich drauf gefasst, mehr verwöhnt zu werden als je zuvor in deinem ganzen Leben, teure Gemahlsgattin! Ruf mich an. Ich liebe dich.«

Nina scrollte weiter und hörte Jakes letzte Nachricht ab. Jetzt klang seine Stimme anders, der fröhliche Ton war durch kratzige Beklommenheit verdrängt worden.

»Nina, du machst mir Angst. Geh ans Handy. Lass mich wenigstens wissen, dass du okay bist. Ich liebe dich, Baby.«

Randvoll mit Schuldgefühlen drückte sie auf »Anrufen.« Es klingelte eine knappe Sekunde lang.

»Na endlich! Wo zum Teufel bist du?«

»In Cornwall.«

»Cornwall? Was machst du denn in Cornwall? Herrgott noch mal, Nina! Weißt du eigentlich, was für Sorgen ich mir gemacht habe?«

»Ja, es tut mir leid.«

»Na super. Es tut dir leid.«

»Wirklich«, sagte sie. »Es ging einfach alles so schnell. Ich musste herkommen. Ich kann's nicht erklären, ich hab einfach *gewusst*, dass ich herkommen und es selbst sehen muss. Du wirst es nicht glauben. Als ich es erfahren habe, war ich ...«

»Ich habe die ganze Nacht auf dich gewartet«, fiel er ihr ins Wort. »Stundenlang hab ich hier gesessen und mich gefragt, ob du okay bist. Aber dir geht's gut, und du bist in Cornwall. Und jetzt muss ich einen Riesenberg E-Mails abarbeiten und bin so müde, dass ich kaum noch geradeaus gucken kann. Schönen Dank auch.«

»Hör zu, ich wollte dir nicht ...«

»Lass stecken, Nina. Ist jetzt auch egal. Bete nur, dass niemand sieht, wie ich unter meinem Schreibtisch einpenne.«

»Es tut mir echt superleid«, wiederholte sie und beugte sich seinem Groll.

»Dann sei dir verziehen. Also, wo bist du jetzt genau?«

»Ich bin in einem kleinen Kaff am Meer namens Polpeggen, also, ganz nahe bei Polpeggen ... oder eigentlich ein ganzes Stück weit weg. Gestern hab ich vom Anwalt die Schlüssel gekriegt.«

»Schlüssel?« Seine Stimme wurde lauter.

»Für ein Strandhaus ... oder so was in der Art.«

»Moment mal. Hab ich hier irgendwas verpasst? Willst du mir etwa erzählen, dein Vater, dieser alte Muffelkopf, hat dir ein Strandhaus vererbt? Wow! Das ist ja der Hammer! Hat der Anwalt gesagt, was das Ding wert ist? Ist es, na ja, *schön*?«

»Nein. Eigentlich ist es eine Katastrophe, Jake. Ich bin einigermaßen überrascht, dass die Wände überhaupt noch stehen. Die Bude hat jahrelang leer gestanden, und das sieht man ihr echt an. Ganz ehrlich, ich fühl mich schon richtig klebrig, wenn ich sie mir nur anschaue. Du würdest sie grässlich finden.«

»Na dann, ein bisschen Farbe? Ein paar Teppiche? Man könnte das Teil doch bestimmt aufmöbeln, oder? Wer würde denn nicht gern in einem coolen Strandhaus wohnen? Im Ernst, Nina, der Mietmarkt da unten ist völlig irre. 'ne Ferienwohnung in Cornwall, Kohle auf der Bank ...«

»Ich fürchte, mit Aufmöbeln ist da nicht mehr viel zu wollen, Jake. Schnell verkaufen wäre barmherziger.«

»Okay. Na, damit wäre deine Rente ja gesichert. Wann hat der Alte das Ding denn gekauft?«

»Interessante Frage. Ich hab keine Ahnung. Bevor ich geboren worden bin, denke ich. Ich glaube, sie hatten vor, ein Ferienhaus daraus zu machen, so ein romantisches kleines Refugium, wo sie ...«

Ihre Stimme erstarb. Ihr Blick senkte sich auf ihre Füße, auf den Boden, auf einen Fotorahmen, der unter dem Sofa hervorragte. Sie bückte sich, hob ihn auf und drehte ihn um. Schlagartig war sie hellwach.

»Nina?«, fragte Jake nach kurzem Schweigen. »Bist du noch da?«

»Äh, ja ...«

»Also, warum noch warten? Auf den Markt damit. Einer von meinen neuen Kunden hat ein Maklerbüro, und die haben mehrere Angebote im Südwesten. Der schuldet mir den einen oder anderen Gefallen, und er könnte bestimmt ...«

»Äh, Maklerbüro?«

»Na ja, wenn du vorhast, das Haus zu verkaufen ...«

»Sicher, ja ...«

»Nina, bist du richtig wach? Du klingst ein bisschen komisch.«

»Alles okay ... Ich bin bloß ein bisschen ...«

Sie starrte das Foto an, konnte den Blick nicht von der Frau abwenden, die sie anlächelte. Das kann nicht sein, dachte sie. Das kann sie doch *bestimmt* nicht sein.

»Mum?«, flüsterte sie.

»Häh?«

»Oh, entschuldige, Jake ... Ich bin ... Ich bin total durch den Wind ... Ich ruf dich später noch mal an, okay? Ich brauche einfach ein bisschen Zeit, um ...«

»Sekunde mal! Und was ist mit unseren Plänen? Wann kommst du nach Hause? In Anbetracht der Tatsache, dass wir in ein paar Wochen den Bund fürs Leben schließen, Baby, glaube ich nicht, dass einer von uns beiden Zeit für irgendwelche Kurzurlaube in Cornwall hat. Wir regeln das nach der Hochzeit, ja?«

Das Foto pulsierte schmerzhaft in ihrer Hand. Die Antwort auf Jakes Frage kam aus Ninas Mund gepurzelt, ohne dass sie es verhindern konnte. »Ich ... ich bin in ein, zwei Tagen zu Hause.«

»So was nennt man eine unklare Angabe, Baby.«

»Also, bis Donnerstag bin ich definitiv wieder zurück. Da habe ich nachmittags einen Termin mit den Caterern, und am Wochenende ist die Anprobe für mein Kleid. Drei Tage. Ist das okay?«

»Ich denke schon«, gab er nach, »obwohl ich's ja nicht gut finde, dass du ganz alleine da unten bist.

Woher weiß ich, dass dir nichts passiert? Ist das Strandhaus sicher? Sind da andere Leute in der Nähe?«

Ein Gefühl der Beklemmung überkam sie, das Gefühl, gefangen zu sein oder festgehalten zu werden.

»Alles bestens.« Sie schüttelte sich, und ihr Blick kehrte zu dem Foto zurück. »Polpeggen ist so was von putzig, Jake, ich bezweifle, dass es hier so was wie Verbrechen gibt.«

»Verbrechen gibt's überall. Du nimmst also morgen früh einen Zug? Wir sehen uns morgen?«

Nina zögerte. Hatte sie nicht bereits »drei Tage« gesagt?

»Vielleicht«, antwortete sie.

Sie konnte ihn atmen hören, konnte hören, wie er über ihre Unbestimmtheit nachsann. Nach kurzem Schweigen sagte er all das, was sie gern hörte.

»Gott, ich liebe dich, Nina, auch wenn du mir Stress machst! Wir heiraten, Baby! Wart's nur ab. Ich liebe dich.«

»Ich dich auch.«

»Mach's gut.

»Du auch.«

Regungslos stand Nina da und erlaubte ihren Gedanken, sich neu zu ordnen, zu verarbeiten, was sie da vor sich sah: blauen Himmel, das Meer im Hintergrund, eine Frau, die mit großen Augen aus dem Fotorahmen lächelte, die Schulter in einer koketten Geste der Kamera zugewandt, in einem leuchtend violetten Samtmantel und mit krausem Haar und strahlendem Augen-Make-up. Wie ein Model aus einem Pop-Video der Achtziger; sie lachte, als wäre sie zum Lachen geboren – ein offenherziges Partygirl.

Das war ihre Mum?

Sie blinzelte.

Es war ganz sicher ihre Mum. Diese hohen Wangenknochen und die braunen Augen waren unverwechselbar, aber gleichzeitig war es auch nicht die »Mum«, die Nina kannte. Verwirrung verhedderte sich mit ihren Erinnerungen. Nach dem, woran sie sich erinnerte und was man ihr erzählt hatte, war ihre Mutter, Sandra Munroe, eine kluge, reservierte Frau gewesen, die selbstsichere Gattin eines vielbeschäftigten Versicherungskaufmanns, deren Hauptaufgabe darin bestanden hatte, Bettlaken zu bügeln und ihren Mann zu Geschäftsessen zu begleiten. Sie war sanft und förmlich gewesen, eine Anhängerin guter Manieren, stets untadelig in hochwertige Wolle gekleidet, und doch war sie hier, bonbonpapierbunt, und sprudelte mit diesem betörend schwerelosen Lächeln aus dem Bilderrahmen heraus. Fragen wimmelten in ihrem Kopf, doch Nina konnte nichts mit ihnen anfangen. Es war niemand da, der ihr Antworten geben konnte. Schließlich ging sie ins Schlafzimmer zu ihrer Handtasche, fischte den Briefumschlag heraus, den ihr der Anwalt überreicht hatte, setzte sich und öffnete ihn:

Liebe Nina,

nach allem, was ich weiß, bist Du vielleicht froh, dass ich Dich endlich zur Waise gemacht habe. Ich war Dir nicht gerade der beste Vater, Nina, und ich habe nicht vor, irgendwelche Ausreden dafür vorzubringen, aber ich hoffe, Du findest Trost in der Tatsache, dass mich die Distanz, die zwischen uns gewachsen ist, sehr oft geärgert hat. Trotz allem, was Du vielleicht denkst, war das schwer für mich. Ich weiß, dass Du seit vielen Jahren mehr über Deine geliebte Mutter erfahren willst, dass Du eine solche Idealvorstellung von ihr hattest, und davon, wie unser Familienleben früher war. Du hast ständig Fragen gestellt und nie viele Antworten bekommen. Alles, was ich sage, ist, dass man sich überlegen muss, was für Entscheidungen man in seinem Leben trifft, weil man sie nur allzu oft bereut.

Jetzt, da ich tot bin, gehört Snare Cove *in Polpeggen (Cornwall) Dir. Verkauf das Grundstück, wenn Du möchtest – möglicherweise kann man damit Geld machen. Oder brenn das Haus nieder. Mich interessiert das nicht mehr. Ich für meinen Teil wünschte, ich hätte nie etwas damit zu schaffen gehabt.*

Falls Du Dich wunderst, Polpeggen hat Deiner Mutter viel bedeutet. Sie hat als Kind ihre Ferien dort verbracht, bei einer alten Tante, die an der Bucht gewohnt hat. Die Tante ist schon lange tot. Als Deine Mutter hörte, dass Snare Cove *zum Verkauf stand, habe ich es gekauft, um ihr eine Freude zu machen. Wir haben dort einige glückliche Sommerurlaube verbracht, bevor Du geboren wurdest und als Du klein warst. Seit dem Tod Deiner Mutter habe ich dafür gesorgt, dass das Haus instandgehalten wird, aber Du wirst vielleicht feststellen, dass einiges an Reparaturen notwendig ist. Ein Großteil der letzten Instandhaltungsmaßnahmen sind von einem Mann aus dem Ort vorgenommen worden, sein Name ist Merryn Rosewall. Du findest ihn im* Polpeggen Bay Museum.

Zu dem Zeitpunkt, an dem ich dies schreibe, bist Du mit Jake Hunter verlobt. Sollte das immer noch der Fall sein, dann möchte ich Dich wissen lassen, dass du meinen Segen hast, ihn zu ehelichen. Obgleich mein erster

Eindruck von Jake enttäuschend war, stelle ich mit Freuden fest, dass er sich als selbstbewusster und kompetenter junger Mann erwiesen hat. Ich wünsche ihm bei seinen Geschäften viel Erfolg und hoffe, dass Du erkennst, wie klug es ist, Dir ein Leben mit ihm aufzubauen. Aus demselben Grund lege ich es Dir noch einmal dringend nahe, Dir einen Beruf zu suchen, der Dir eine solidere Basis verschafft als die Kunstwelt. Betrachte dies als mein letztes Wort in dieser Angelegenheit.

Nun, dann leb wohl, Nina. Meine besten Wünsche für die Zukunft.
Dein Vater
Alan Munroe

Nina hatte den Brief seit dem Termin mit dem Anwalt wieder und wieder gelesen. Manchmal hatte er sie wütend gemacht. Manchmal hatte sie sich dabei leer gefühlt. Jetzt ertappte sie sich dabei, wie sie lächelte, unwillkürlich erheitert von dem sachlichen, geschäftsmäßigen Ton. Seine besten Wünsche für ihre Zukunft. Selbst sein Abschied klang, als hätte er ihn seiner Sekretärin diktiert. Aber war sie froh über seinen Tod? Das zeigte, wie wenig er sie gekannt hatte. Sie empfand vieles für ihn, und nicht alles davon war gut, aber er war trotzdem ihr Vater, ob sie sich nun nahestanden oder nicht.

Sie seufzte, faltete den Brief zusammen und sah sich dann im Zimmer um. Was war hier geschehen? Warum bereute er es, irgendetwas mit dem Haus zu tun gehabt zu haben? Und *warum* hatte er es ihr gegenüber in all der Zeit niemals erwähnt? Ein Sonnenstrahl fiel auf den Boden, brach durch die Düsternis. Nina folgte ihm mit dem Blick zu der Truhe mit den Schnitzereien. Instinktiv ging sie hin und hob den Deckel an. Er öffnete sich knarrend, und sie schnappte nach Luft, denn die Truhe war voller Kleidungsstücke. Sie wühlte mit den Fingern durch eine Sinfonie unterschiedlicher Stoffe: Seide, Satin, Wildleder. Lange, regenbogenbunt gestreifte Kleider, Perlenschals, Goldgürtel und Caprihosen – so voller Leben, in voller Blüte, eine prachtvolle Verkleidungskiste, deren Inhalt aussah und roch, als käme er aus einem Retro-Secondhandladen.

Nina zog einen pfauenblauen Overall aus Seide hervor, tief ausgeschnitten und mit weiten Ärmeln. Trotz der Knitterfalten war er der pure Achtzigerjahre-Glamour. Aber wo waren die vernünftigen Mittelklasse-Hausfrauen-Ensembles? Die beigefarbenen Twinsets und die gestärkten weißen Blusen? Das einzige Abendkleid ihrer Mum, an das sie sich erinnerte, war eine steife bordeauxrote Robe gewesen, knöchellang und hochgeschlossen. Um ehrlich zu sein, das Ding war grottenhässlich. Dieser kunstvollen Sammlung nach zu urteilen, war ihre Mum wahrscheinlich auch dieser Ansicht gewesen.

Plötzlich fiel Nina ein violetter Schimmer ins Auge – der Mantel von dem Foto. Sie wühlte sich in die Tiefe und zog ihn heraus. Ihre Handgelenke bogen sich unter dem Gewicht, als sie ihn sich anhielt. Das hier war nichts, worin man sich anonym fühlen konnte. Der Mantel war schrill, fast schon vulgär, ein klares Statement für jemanden, der keinerlei Hemmungen hatte, der sich nicht vor der Welt fürchtete. Er bettelte förmlich darum, dass man sich an ihm erfreute. Warum also war er hier versteckt?

Nina schob die Hände in die Ärmel. Das Seidenfutter leckte über ihre nackten Arme, und die weichen Samtfalten hüllten sie ein wie ein Kokon. Sie sah ihr Spiegelbild in der Fensterscheibe und erkannte die hohen Wangenknochen und die geschwungenen Lippen augenblicklich wieder – ein Nachhall ihrer Mum, der Mum von dem Foto, blickte ihr entgegen. Sie waren sich so ähnlich, jetzt konnte sie es sehen. Der einzige Unterschied war die Augenfarbe. Die Augen ihrer Mum waren braun gewesen. Ihre waren von lebhaftem Grünblau.

Sie lächelte und folgte den Falten des Mantels mit den Händen, überlegte, wie es wohl wäre, wenn ihre Mum noch leben würde. Was sie Nina an ihrem Hochzeitstag sagen, wie sie ihre Hand drücken, sie auf die Wange küssen und ihr alles Gute wünschen würde, wenn sie zur Trauung schritt. Nina drückte den Mantel fester an sich, als könnte ihr das ihre Mum irgendwie näherbringen. Dann wirbelte sie einmal durchs Zimmer, spürte, wie der schwere Stoff wallte und sich blähte. Es fühlte sich wundervoll an, betörend. Und dann ... verflog die Freude ganz plötzlich.

Es geschah binnen eines Augenblicks, als wären all die schönen Gefühle im Zimmer von einer böswilligen Energie gekapert worden. Der Mantel, noch immer um Ninas warmen, lebendigen Körper geschlungen, fühlte sich nur noch an wie eine kalte, tote Hülle. Sie versteifte sich und streifte ihn hastig ab.

Die hölzernen Wände schienen sich immer näher an sie heranzudrängen.

Sie brauchte Luft.

Der Taxifahrer hatte behauptet, über den Klippenweg käme man schneller in den Ort als über die Straße. Getrieben von dem Wunsch, sich wieder in der Zivilisation aufzuhalten, eilte Nina auf Polpeggen zu. Der Tag war hell und warm. Der Weg erwies sich als nicht viel mehr als ein schmaler Pfad, der in die Klippen gehauen war und von wild wuchernder Vegetation verborgen wurde – Brombeerranken, Fingerhut, Veilchen und Farn. Das Meer, das im Dunkeln so unfreundlich ausgesehen hatte, war jetzt von einem weichen, milchigen Türkisblau. Scharen von Kormoranen stießen herab, tauchten unter und wieder auf, als spielten sie ein Spiel, dessen Regeln nur sie verstanden. An diesem Teil der Küste gab es keinen langen Strand, nur ein paar pittoreske Bilderbuch-Buchten. Auf den ersten Blick sah das wunderschön aus, doch als Nina zurückschaute, konnte sie eine Reihe schwarzer Felsen von *Snare Cove* aus ins Meer hinausragen sehen, ungefähr fünfzig Meter weit, wie eine Peitsche, die ins Wasser schlug. Ein Schiff, das gegen diese Klippen getrieben wurde, hätte keine Chance. Unwillkürlich schauderte sie bei dem Anblick; er hatte ein ungutes Echo. Sie senkte den Kopf, zog ihre cremeweißen Jeans bis zu den Knien hoch und marschierte weiter, konzentrierte sich stattdessen auf das, was vor ihr lag – vielleicht ein ordentlicher Kaffee mit einem Croissant und einer Zeitung?

Bald bog der Weg landeinwärts ab, und Polpeggen tauchte auf wie ein Schatzkästchen – leuchtend weiß getünchte Mauern und Schieferdächer mit fleckigen ockergelben Flechten darauf drängten sich am Fuß der Klippen. Die Geschäftigkeit des Ortes ließ Ninas Strandhaus, ganz allein auf seiner Landspitze, sogar noch abgeschiedener erscheinen, wie ein unerwünschtes Anhängsel, vom Rest abgeschnitten. Der Weg führte weiter über eine sanft abfallende Kuhweide und einen überwucherten Friedhof und senkte sich dann in das Netz aus Kopfsteinpflastergassen hinab. Die Gehwege, wenn es denn überhaupt welche gab, waren schmal und uneben. Die Gebäude hatten ganz unterschiedliche Breiten, Höhen und Formen, aber die Farben waren einheitlich – alle hatten weiße Wände und blaue Türen. Ehrbare Fischer-Cottages ohne Schnickschnack. Keine Blumenampeln oder dekorativen Briefkästen. Keine Versuche, die verblichene Farbe oder vorwitziges Moos zu kaschieren. Nina erkannte rasch, dass die malerische Eigenartigkeit des Ortes, die sie auf dem Weg von den Klippen herunter bemerkt hatte, eher einer Art Ermüdung entsprach, aber das Städtchen war trotzdem recht reizvoll – jedenfalls für einen oder zwei Tage.

Sie war hungrig, hatte jedoch keinen Schimmer, wohin sie sich wenden sollte. Schließlich kam sie an einem alten Mann vorbei, der auf einer Türschwelle saß, Zigarettenblättchen in den Fingern, ledrige Haut, Trinkernase. Er nickte ihr zu.

»Entschuldigung«, sagte sie. »Kann ich hier irgendwo einen Kaffee bekommen?«

»Kaffee?«, lachte er. »Kaffeetrinken bringt doch nichts, es sei denn, man kippt ’n bisschen Brandy rein ...«

Sie rang sich ein unechtes Lächeln ab.

»Versuchen Sie’s mal am Hafen«, meinte er.

»Und wo ist der?«

»Direkt am Meer.«

»Alles klar.«

»Sie werden ihn schon finden, Schätzchen. Alle Wege führen ans Meer.«

Sie bedankte sich und ging weiter, verwirrt vom stumpfsinnigen Humor des Mannes. Trotzdem, es war schön, das Gesicht eines anderen Menschen zu sehen. Sie war an Menschenmengen gewöhnt. In London wären sie und Jake jetzt in der Bahn und würden die Rushhour mit finsteren Gesichtern über sich ergehen lassen. Sie würde eine Zeitschrift lesen oder eine neue Liste in ihr goldenes Hochzeits-Notizbuch schreiben. Er würde mit seinem Handy Musik hören, die Arme verschrankt, die Augen geschlossen, und den Kontakt mit der Öffentlichkeit meiden. Ein Kaffee vom *Café Nero*, ein Küsschen auf die Wange auf der Liverpool Street, dann war es an der Zeit, getrennte Wege zu gehen, hinein ins Vakuum ihrer Jobs. Es war nichts Ausgefallenes oder Gewagtes, aber die Regelmäßigkeit des Ganzen hatte etwas Tröstliches. Es war heimelig, war Routine.

Polpeggens marode Abgelegenheit fühlte sich plötzlich fremd und abweisend an, doch Nina bemühte sich, Trost in der Tatsache zu finden, dass ihre Mum den Ort geliebt hatte, genug, um ein Stück davon besitzen zu wollen, damit sie zu Besuch kommen konnte, wann immer es ihr gefiel.

Sie wünschte, sie könnte sich daran erinnern. Sie *sehnte* sich danach, sich daran zu erinnern.

Ab welchem Alter nahmen Erinnerungen Gestalt an? Mit drei? Mit vier?

Erinnerungen aus ihrer Kindheit waren ihr nie lebendig oder besonders nahe erschienen, fast als würden sie sich verstecken.

Die Cottages wichen einem bunten Gemenge aus Pubs, Geschäften und Pensionen. Die meisten Läden nützten Nina nichts, dort wurden Buddeleimer und -schaufeln, Secondhandbücher und staubiger Souvenir-Krimskrams verkauft. Sie fand schließlich einen kleinen Supermarkt, dessen Blütezeit eindeutig in einer anderen Dekade gelegen hatte, und erstand ein Putzmittel-Sortiment, ein altbackenes Milchbrötchen mit neonrosa Zuckerguss und einen Notfall-Instantkaffee aus einem Automaten.

Nahe beim Hafen, wo die Lichter am hellsten schienen, bemerkte Nina mehrere Künstler-Ateliers. Die verräterischen Zeichen waren deutlich – Zigarettenkippen auf den Türschwellen, ein aus Tonscherben gebasteltes *Besucher willkommen*-Schild, ein zerfleddertes Plakat im Fenster, das Aktzeichenkurse anpries. In solchen Rumpelbuden wird Kunst geschaffen, dachte sie bei sich. Und in den schicken, sterilen Galerien von *Image Internazionale* wird sie dann zu Geld gemacht.

Entlang des Hafens verströmten Fischernetze, Angelkästen und Hummerreusen durchdringenden Seetanggestank. Es gab durchaus Anzeichen für den Touristen-Boom, von dem der Taxifahrer gesprochen hatte: hölzerne Schilder boten Ausflüge an, um Seehunde zu beobachten, Cafés öffneten für Familien im Streifen-Partnerlook mit rosigen Wangen und Deluxe-Babykarren. Doch der Boom fing eindeutig gerade erst an. Polpeggen wand sich noch immer unter der Last der stehen gebliebenen Zeit.

Nina hockte sich auf eine Bank, in sicherer Entfernung vom Wasser. Sie schob sich die Papiertüte aus dem Supermarkt unter das Hinterteil ihrer hellen Jeans und sah zu, wie sich die Möwen im flachen Wasser zankten. Es war Ebbe. Die Boote, die ihr am nächsten waren, lagen auf dem feuchten Sand, die gewölbten Bäuche entblößt, nutzlos und klobig. Ein Glück, dachte sie. Wenn man die Segel nicht setzen kann, kann man nicht ertrinken.

Licht schimmerte auf dem Wasser, und allmählich erwachte der Hafen zum Leben. Junge Männer trugen Kisten und Netze zu ihren Fischkuttern. Zwei halbwüchsige Mädchen paddelten in einem Kajak los. Ein Knäuel Kleinkinder inspizierte einen Krabbenpanzer. Taue wurden aufgerollt, Segel wurden hochgezogen. Nach und nach verließ ein Boot nach dem anderen bei allmählich auflaufender Flut den Hafen. Ein Boot fiel Nina besonders auf. Es hatte ein leuchtend rotes Segel und fuhr in die Gegenrichtung; anstatt auszulaufen, kehrte es vielmehr in den Hafen zurück. An der Kaimauer angekommen, kletterte mitten im grellen Sonnenlicht ein Mann heraus. Ihm folgte eine wild umherspringende Promenadenmischung, einer von diesen Hunden, die immer ungepflegt aussahen, egal, was man mit ihnen anstellte.

Der Mann war breitschultrig und sonnengebräunt – nicht das Plastik-Goldbraun eines Bräunungsspray-Fanatikers, sondern das wettergegerbte Schimmern eines Mannes, der sein Leben im Freien verbrachte. Sein sonnengebleichtes Haar fiel ihm ins Gesicht. Er sah gut aus, ein bisschen raubeinig. Sogar ein bisschen schmuddelig. Aber definitiv attraktiv.

Jetzt sprang er wieder in sein Boot, holte ein Tau und einen kaputten Schaukelstuhl hervor und trug beides die Leiter hinauf und dann den Kai entlang. In seinen ausgefransten Cargohosen und seinen Flipflops pfiff er beim Gehen vor sich hin, sorgenfrei und dicht gefolgt von der Promenadenmischung. Ninas Gedanken gerieten in Bewegung. War das hier Polpeggens Äquivalent des täglichen Pendlerverkehrs? Eine alternative Version jenes hastigen, den Blick zu Boden gerichteten Marsches zur Arbeit? Wo waren der Laptop, die Hektik und der gebügelte Anzug? Nina lachte in sich hinein. Das war ja schon fast bizarr.

Als ihr Kaffeebecher leer war, wagte sie sich ein wenig dichter ans Wasser und gratulierte sich im Stillen selbst dazu, dass sie es in den letzten zehn Jahren geschafft hatte, dem Meer nicht mehr so nahe zu kommen wie jetzt. Ihr Instinkt befahl ihr, den Rückzug anzutreten – eine Million winziger Kopfstimmen riefen »Gefahr!«, doch sie hielt stand und ließ es zu, dass die flachen Wellen über ihre Füße schwappten. Dabei sah sie zu, wie der Strand nach und nach von Besuchern und ihrer Ausrüstung in Beschlag genommen wurde: Stühle, Matten, Handtücher, Kühlboxen, Lenkdrachen, Bälle, Strandmuscheln. Zwei Eltern stellten einen bunt gestreiften Windschutz auf, während ihre langhaarigen, zweigdürren Töchter einen bitterernsten Wettkampf im Bodenturnen austrugen und ihre blassen Körper immer wieder mit furchtlosem, beharrlichem Ehrgeiz in den Sand schleuderten. Nina seufzte. Als Kind hatte sie nicht mal Purzelbäume schlagen können, ohne seekrank zu werden. Sie schloss die Augen und hielt das Gesicht in die Brise, da spürte sie es plötzlich, ganz kurz, ganz intensiv – eine Erinnerung.

Der Geruch nach Meerwasser, das Gefühl von salziger Luft, die durch ihr Haar fegte.

Sie versuchte, es festzuhalten, es in ihrem Gedächtnis ganz nach vorn zu locken.

Hier, am Wasser, mit einem Flüstern und einem Lächeln, Sand und Kiesel unter ihren Füßen, Nina und ihre Mum, die beiden hockten im feuchten Sand und legten Muster aus Treibholz, Muscheln und vom Wasser glattgeschliffenen Glasscherben. Das Schimmern des Sonnenlichts in den braunen Augen ihrer Mutter, lange Finger behände am Werk. Dann eine Stimme im Hintergrund, die sie fortrief.

»Hey! Hey! Was zum ...«

Jäh gaben Ninas Beine nach, knickten unter einem harten Stoß gegen die Waden ein. Das kalte Wasser war ein Schock, als es auf ihre Knie traf. Ein erschreckend wuseliger Haufen drahtigen Haars kam durch die Wellen gepflügt und krachte gegen sie. Sie schrie vor Angst auf und hielt sich die Arme vors Gesicht. Warmer, miefiger Atem und eine sabbernde Zunge drängten sich ihr entgegen, gefolgt vom Brüllen einer Männerstimme:

»Weg da! Aus! Hau ab!«

Sie kämpfte sich durch den Nebel des Schreckens und sah sich der verschwommenen Version eines Mannes gegenüber, breitschultrig, zottelhaarig, Anfang dreißig, vielleicht auch ein bisschen älter. Sonnenlicht im Rücken und eine Hundeleine in der Hand. Der Mann von dem Segelboot.

»Tut mir wahnsinnig leid«, versicherte er. »Alles okay?«

Er streckte die Hand aus, half ihr hoch.

»Geht so«, erwiderte Nina, zornig über die Blamage und ihre ruinierten Jeans – und darüber, dass ihre Konzentration gestört worden war.

Sie wischte sich den Sand von den Oberschenkeln.

»Sie sollten besser auf Ihren Hund aufpassen!«

»Das ist Daisys Art, Hallo zu sagen, fürchte ich. Sie hat's nicht böse gemeint, sie wollte nur nett sein. Wenn überhaupt, dann nehmen Sie's als Kompliment. Sie rennt nur Leute um, die ihr gefallen ...«

Gereizt richtete Nina sich auf. Ihr gefiel es nicht, wie dieser Typ da ganz locker stand und so tat, als sei gar nichts weiter passiert, wie er mit genau der Sorte Ausreden ankam, die Leute mit Hunden immer parat hatten. *Sie wollte nur nett sein.*

»Sie sollten's öfter mit dem Ding da versuchen«, fauchte sie und zeigte auf die Leine. »Wissen Sie, das hier ist ein öffentlicher Strand. Ich hätte mir ganz schön was tun können.«

Der Mann legte den Kopf schief. Er lächelte, und Nina sah, dass die Zähne hinter dem reizvollen, wohlproportionierten Gesicht verfärbt und schief waren. Warum nahm er das einfach so hin? Sie und Jake hatten sich ihre bleichen lassen. Jake hatte sogar überlegt, ob er sich eine Spange verpassen lassen sollte, um einen etwas verdrehten Eckzahn zu richten.

»Na, glücklicherweise, Blauäuglein«, meinte der Mann, dessen schiefzähniges Lächeln keinen Deut nachließ, »haben Sie sich ja nichts getan. Ein paar nasse Knie, das regelt sich von allein. Im Pub da drüben gibt's einen Händetrockner, falls es Sie stört. Sind Sie aus London?«

»Ja.«

Er nickte. Sie fand seine Miene ziemlich gebieterisch.

»Und?«, fragte sie. »Ist das ein Problem?«

»Überhaupt nicht«, knurrte er und winkte der Promenadenmischung, die mit einem Satz an seiner Seite war, arglos und fröhlich.

»Wie gesagt«, wiederholte er, »tut mir leid, dass sie Sie plattgemacht hat. Übrigens haben Sie echt tolle Augen. Ich kann mich nicht entscheiden, ob sie grünblau oder blaugrün sind, aber sie haben genau dieselbe Farbe wie das Meer ganz früh am Morgen.«

Empört schnappte Nina nach Luft. Was bildete der sich ein, ihr Komplimente zu machen?

»Ich sag's ja nur«, brummte er, dann griff er nach dem Halsband des Hundes und ging mit ihm davon.

So was Impertinentes, dachte Nina und verschränkte die Arme vor der Brust.

So was unfassbar, unsäglich Impertinentes.

3. Kapitel

Den restlichen Vormittag über mäanderte Nina durch das Labyrinth der Kopfsteinpflasterstraßen. Sie wanderte zwischen Wohltätigkeitsvereinen und Pubs hin und her, und ihre hektische Großstadtungeduld schlug hohe Wellen, umso mehr, weil das *Polpeggen Bay Museum* nirgends zu finden war. Dreimal kam sie an einem kitschigen Souvenir-Shop vorbei, bevor sie es endlich erblickte: Genau da, wo sie mit der Suche angefangen hatte, an der Ecke zum Hafen. Ein schäbiges, einstöckiges Bootshaus, nur durch ein winziges handgemaltes Schild als Museum gekennzeichnet. Sie stieg die Stufen zum Eingang hinauf und öffnete die Tür. Eine Klingel ertönte, als sie eintrat. Von all dem Durcheinander in dem Raum konnte einem glatt schlecht werden; unmöglich, das alles auf einmal zu überblicken. Dass das Licht schlecht und die Luft voller Staub war, half auch nicht. Der größte Teil der Sammlung sah aus wie Fundstücke aus der Gegend: Wegweiser, Bierflaschen, Stücke von Spitzenstoff und Fischernetzen. Doch es gab auch einige Kuriositäten: einen ausgestopften Mungo und eine Sammlung afrikanischer Jagdmesser. Die Wände waren vom Boden bis zur Decke mit Bildern und Fotos behängt, was für das um Anpassung bemühte Auge noch mehr Chaos bedeutete.

Das hier war kein Museum für Besucher, dachte Nina. Mit Museen kannte sie sich aus; sie und Jake waren durch Europa gereist und hatten all die großen

Galerien und öffentlichen Ausstellungen besucht. Nicht dass das Jakes Ding wäre – er zog Urlaub mit Swimmingpools, Golf und Palmen vor –, aber er hatte mitgemacht, um ihr eine Freude zu machen. Das hier war kein Museum, das hier war der eigenwillige, maßlose Sammelwahn eines einzelnen Individuums. Ein bärtiger Mann saß neben der Tür, in eine Zeitung vertieft. Er hatte Nina nicht beachtet, als sie hereingekommen war, jetzt jedoch konnte sie seinen Blick spüren, als sie durch den Raum wanderte. Sie blieb stehen und lächelte ihn an. Augenblicklich schaute er zu Boden.

In der Ecke gegenüber waren Seefahrer-Utensilien ausgestellt: Kompasse, Seekarten der Küstengewässer, Segeltuch, Netze, Glasbojen und eine Sammlung Schiffsgemälde, die in zwei Hälften unterteilt war: die, die Schiffe in all ihrem Pomp und ihrer Pracht zeigten, und die wie das der *Bessie*, auf denen das Schiff gerade sank. Jedes war mit Namen und Datum versehen, das Älteste von 1871 und das Jüngste von 1976, eine fortlaufende Geschichte von Schiffbruch und Untergang.

Schließlich blieb Ninas Blick an einem Kleid in einem Glaskasten hängen. Auf einem schlampigen, handgeschriebenen Schild stand »Viktorianisches Hochzeitskleid«. Ob es wirklich aus der viktorianischen Zeit stammte, konnte sie nicht sagen. Die Schichten aus elfenbeinfarbener Seide, hochgeschlossen, mit langen Ärmeln, waren einer Schneiderpuppe ohne Kopf übergestreift worden; auf dem Boden davor standen kleine Lederstiefelchen. Nina starrte die zierliche Taille des Mieders an, den weit gebauschten

Rock. Sofort dachte sie an ihr eigenes Hochzeitskleid. Beklommen krampfte sich ihr Magen zusammen. War es das Richtige? Würde es den Leuten gefallen? Und was noch wichtiger war, würde es Jake gefallen?

»Eins meiner Lieblingsstücke«, ließ sich eine Stimme aus der Düsternis hinter ihr vernehmen.

Der Mann am Schreibtisch neben der Tür, mit der viereckigen Brille und dem weißen Bart. Er trat neben sie.

»Es ist für eine Lady hier aus dem Ort geschneidert worden«, fuhr er fort. »Wie bei allem hier drin hängt da eine Geschichte dran.«

Nina lächelte. »Und, kennen Sie die Geschichte?«, erkundigte sie sich mehr aus Höflichkeit als aus echter Neugier.

»In der Tat, das tue ich«, antwortete er.

»Das ist ein hübsches Kleid.«

»Ja, das stimmt.«

Eine Weile standen sie schweigend da, und Nina wünschte sich allmählich, er würde noch etwas sagen oder weggehen. Sein Benehmen war seltsam, merkwürdig behutsam.

»Ich nehme doch an, Sie haben von den Strandräubern von Polpeggen gehört?«, fragte er schließlich.

»Strandräuber?«

»Schmuggler, gewissermaßen. Schauen Sie sich mal die Stiefel an. Polpeggen war nichts für Satinschühchen. Die Frauen, die im 19. Jahrhundert hier gelebt haben, waren genauso robust wie die Männer, und die Männer waren zähe Brocken. Es waren vor allem Fischerfamilien. Und wenn die Zeiten schwer waren, dann waren sie auch Strandräuber.«

Er sprach rasch und eindringlich, wie jemand, der von seinem Thema besessen ist.

»Die Küste hier kann grausam sein«, fuhr er fort. »Hat viele das Leben gekostet, aber damals, da konnte ein Schiffbruch auch was Gutes bedeuten. Strandräuberei oder Strandgut bergen, wie manche es lieber nennen würden – ansonsten auch als ›sich die Ladung krallen und sie verscherbeln‹ bezeichnet –, war hier in der Gegend praktisch ein Gewerbe. Das hat Polpeggen zu dem gemacht, was es war. Jeder war damals mit dabei, auch die Würdenträger.«

»Nicht gerade ein Vermächtnis, auf das man stolz sein kann.«

»Es waren schlimme Zeiten damals.«

»Aber was war mit den Besatzungen, mit all den Leuten an Bord?«, wollte Nina wissen.

Der Mann zuckte die Achseln.

»Sie meinen, die haben sie ertrinken lassen? Für ein paar Flaschen Rum sind Menschen umgekommen?«

»So ist das eben.«

»Das ist grauenhaft.«

»So ist das Leben. Die, denen es in diesem Leben gut geht, sind die, die sich nehmen, was sie brauchen, egal um welchen Preis.«

»Interessante Philosophie.«

»Vergessen Sie die Philosophie. Es ging ums Überleben. Damals waren die Leute so arm, dass sie zu allem bereit waren. Es gab kaum etwas zu essen. Die Männer haben den ganzen Tag in Eiseskälte auf einem Fischerboot geschuftet, mit nur einer einzigen dürftigen Mahlzeit im Magen. Und im Winter, der schlimmer war, als Sie oder ich es uns vorstellen konnen, mussten die Mütter ihren Kindern in die trüben Augen sehen und sich fragen, ob sie wohl noch einen weiteren Tag durchhalten würden. Das Wasser war verdreckt. Überall Krankheiten. Aber die Menschen hatten Mumm. Sie haben nicht aufgegeben. Sie haben Möglichkeiten gefunden, sich durchzuschlagen. Sie hatten Unternehmungsgeist.«

Nina zog eine Braue hoch. »So nennen Sie das also?«

Der Mann grinste. Sein Gesicht strahlte; die Brille ließ seine Augen größer erscheinen.

»Und wenn *Sie* nun wählen könnten«, meinte er, »ob Sie sich abschuften, um am Leben zu bleiben, oder ob sie Sachen von ein paar Schiffen stehlen – Schiffen, die Leuten gehören, denen Sie nie begegnet sind, deren Leben Ihnen nichts bedeutet –, und so Ihrer Familie eine Chance geben ... würden Sie's nicht tun?«

»Ich würde niemanden ertrinken lassen«, erwiderte Nina.

Sie wandte sich wieder der Vitrine mit dem Kleid zu, strich mit dem Finger über das Glas.

»Wo stammt das her?«

»Das ist ein waschechtes viktorianisches Hochzeitskleid, das zusammen mit ein paar anderen Kleidungsstücken in einer Truhe gefunden wurde, in einer Höhle gar nicht weit von hier. Der Legende nach hat es einer Frau namens Sally Winsel gehört. Sally war mit dem Anführer des hiesigen Schmugglerrings verheiratet – ein übler Bursche, nach allem, was man so hört. In stürmischen Nächten hat er Sally gezwungen, mit einer Laterne auf den Klippen entlangzulaufen, vom *Dag Point* bis zur *Snare Cove.*«

»Snare Cove?«

»Die Nachbarbucht. *Snare Cove* liegt von hier aus auf der einen Seite, und auf der anderen ist eine ganz gemeine Felsspitze, bekannt als *Dag Point*. *Snare Cove* kündigt sich laut und deutlich an, kommt einem ständig in die Quere, während der *Dag* sich ungesehen an einen ranpirscht. Beide sind tödlich. Sallys Licht hat vorbeifahrende Schiffe in die Irre geführt, die auf der Suche nach einem sicheren Hafen waren. Die sind dann bei *Snare Cove* auf die Klippen gelaufen, wo Mr Winsel und seine Bande schon gewartet haben.«

»Wie reizend.«

»In der Tat.« Der Mann hielt einen Moment inne, rückte das handgeschriebene Schild am Fuß der Vitrine zurecht. »Wissen Sie, es heißt, Sally hätte ein Verhältnis mit einem Bauern aus dem Nachbardorf gehabt, und das Paar hätte den Plan gehabt, auf einem Frachtschiff das Weite zu suchen und woanders ein neues Leben anzufangen, so weit weg von Sallys brutalem Ehemann, wie es nur ging. Die Truhe mit ihren Sachen darin, einschließlich dem Hochzeitskleid, war in einer Höhle versteckt, um auf das Schiff geladen zu werden. Aber da ist sie dann geblieben. Sallys Flucht ist fehlgeschlagen.«

Er strich mit der Hand über seinen Bart, wippte auf den Fersen. Wieder konnte Nina seinen Blick spüren, wie er sie verstohlen hinter seiner Brille hervor von der Seite her musterte und auf ihre Reaktion wartete.

»Was ist passiert?«

»Sicher weiß es niemand. Das Schiff ist kurz nach dem Auslaufen aus dem Hafen in Seenot geraten, und der Bauer ist ertrunken. Seine Leiche wurde in der

Nähe angeschwemmt. Aber Sally wurde nie gefunden. Manche Leute glauben, ihr Mann hat Wind von dem Plan bekommen und hat verhindert, dass sie an Bord ging; dann hat er sie gezwungen, noch einmal ihre Strandräuberlaterne hervorzuholen und das Schiff ins Verderben zu locken. So hat sie ihren eigenen Geliebten zum Tode verurteilt. Aber wer weiß?«

Sie betrachteten beide das Kleid.

»Eigentlich traurig«, bemerkte der Mann. »Wenn man bedenkt, dass ein Hochzeitskleid doch sonst so was Positives ist.«

Nina nickte.

»Ich wollte fragen, ob Sie mir helfen können«, sagte sie, als es sich anfühlte, als wäre der richtige Moment gekommen. »Ich suche einen Merryn Rosewall. Man hat mir gesagt, ich könnte ihn hier finden.«

»Da hat man Ihnen die Wahrheit gesagt«, erwiderte er.

»Ah. Dann sind Sie also ...?«

»Sie interessieren sich wohl für die Geschichte der Gegend hier, wie? Recherchieren ein bisschen?«

»In gewisser Weise schon.«

»Die meisten Leute suchen mich wegen sowas.«

»Die Bilder da drüben«, erkundigte sie sich und zeigte auf die Schiffbruchgemälde. »Stellen sie wahre Begebenheiten dar?«

»Aber sicher. Betrachten Sie sie als altmodisches Äquivalent zu heutigen Nachrichtenfotos. Schiffe und Boote sind hier etwas, worüber es sich zu berichten lohnt – vor allem, wenn sie untergehen.«

»Wissen Sie etwas über ein Schiff namens *Bessie*?«

Merryns Augen wurden schmal. »Ja.«

»Die *Bessie* ist auch untergegangen, stimmt's?«, fragte sie und sah das Bild im Strandhaus vor sich, die kruden Pinselstriche und den Gewitterhimmel.

»Der Legende nach war sie das Schiff, auf dem Sally Winsels Geliebter war. Die schlimmste Tragödie, die es an diesem Küstenabschnitt je gegeben hat. Hat Hunderte von Leben gekostet. Haben's nicht an *The Whip*, an der Peitsche, vorbei geschafft, wie so viele andere.«

»The Whip?«

»So heißen hier die Klippen am Rand von *Snare Cove*.«

»Sie meinen die riesige Felsenreihe vor dem Strandhaus?«

»Sie kennen das Strandhaus?«

»Es gehört mir.«

Merryn blinzelte. Er lächelte, nicht an Nina gewandt, sondern eher in sich hinein, als hätte er plötzlich die Lösung für irgendein inneres Rätsel gefunden. Dann wandte er sich zu ihr um und ergriff ihre Hand. Es war halb Festhalten, halb Händedruck, als könne er sich nicht entscheiden, wie viel Förmlichkeit angemessen sei. Dabei sah er ihr die ganze Zeit unverwandt in die Augen.

»Jetzt sagen Sie mir wohl gleich, dass Sie Nina heißen?«

»*Ja*. Woher ...?«

»Gleich als Sie reingekommen sind ... Ihr Gesicht ... sofort vertraut, *dermaßen* vertraut. Eigentlich ja komisch, nach all der Zeit.«

»Mein Vater hat gesagt, ich soll mich an Sie wenden«, erklärte sie und fragte sich im Stillen, wie ein

Mann wie Merryn Rosewall, ein wunderlicher Sammler und Folklore-Erzähler, jemals Bekanntschaft mit einem Pedanten wie ihrem Vater hatte schließen können. »Ich glaube, Sie kennen ... Ich meine, Sie *kannten* ihn. Alan Munroe? Er hat gesagt, Sie hätten ab und zu für ihn gearbeitet, sich um *Snare Cove* gekümmert ...«

»Hab ich auch.«

»Es tut mir leid, aber mein Vater ist vor ein paar Monaten gestorben. Er hat mir das Strandhaus vermacht.«

»Oh. Oh ja.«

Merryn brauchte einen Moment, um sich zu fassen, dann seufzte er. Für Nina hörte es sich nach Erleichterung an.

»Waren Sie befreundet?«

»Nein. Nein, ich habe ihn nicht gut gekannt. Wir haben uns nicht nahegestanden.«

»Aber Sie haben auf das Strandhaus aufgepasst, haben für ihn ein Auge darauf gehabt?«

»Ich bin von Beruf Tischler. Vor langer Zeit habe ich mich mal mit Ihrem Vater darüber unterhalten, das Haus ein bisschen zu renovieren. Ich hatte vor ...«

Er blinzelte, lächelte fröhlich, schlug einen anderen Ton an. »Na ja, Sie wissen ja, wie das ist.« Er rückte seine Brille zurecht. »Aus manchen Dingen wird eben nichts.«

»Dann war mein Vater also nicht oft in Polpeggen?«

»Hatte doch seine Arbeit, nicht wahr? Nicht viel Zeit, um Urlaub zu machen.«

»Wann haben Sie ihn das letzte Mal gesehen?«

»Vor ein paar Jahren, glaube ich. Er ist gekommen, um sich die Schlüssel zu holen. Hat gesagt, er überlegt, ob er das Haus verkauft. In den Jahren davor war er vielleicht zwei-, dreimal hier unten, glaube ich.«

Dreimal in ebenso vielen Jahrzehnten, dachte Nina. Kein Wunder, dass ihr das Haus nicht bekannt vorkam.

»Und meine Mutter, haben Sie die gekannt?«, wollte sie wissen.

»O nein. Nein. Damit hatte ich nichts zu tun ...«

Seine Stimme klang angespannt; die Antwort kam zu schnell, war zu pauschal. Eingehend betrachtete Nina die Falten um seine Augen, das Zucken seines Mundes.

»Damit?«

»Ich ... ich hab sie nicht gekannt, das wollte ich sagen.«

»Aber Sie haben sie doch bestimmt gesehen?«

»Na ja, ja, sie war öfter hier, früher.« Dann lachte er. »Aber an *Sie* erinnere ich mich. Sie hatten so pummelige kleine Beinchen und braune Locken. Jeden Tag ist sie mit Ihnen an den Strand runtergegangen, hat Sie abgöttisch geliebt. Sie sehen ihr so ähnlich, wissen Sie, andere Augenfarbe, aber Ihr Haar, Ihre Wangenknochen ...«

Dann wechselte er das Thema.

»Mögen Sie Blumen, Nina? Ich sammle Blumendrucke. Wenn Sie sich hier umschauen, werden Sie ein paar wunderschöne Stücke finden. Diese Stiche da drüben, die sind von 1862. Wussten Sie, dass im alten China der Kugelamarant ein Symbol für unsterbliche Liebe war?«

»Das ist ja ... nett.« Nina wollte nichts anderes, als wieder über ihre Mum reden.

Genau in diesem Moment klingelte die Glocke hinter ihnen.

»Danny!« Merryn wedelte mit einem Arm. »Mein Junge! Komm her, komm rüber, damit ich dir Nina vorstellen kann.«

In der Annahme, dass dies ebenfalls dazu diente, vom Thema abzulenken, drehte Nina sich ungeduldig um, doch sobald sie sah, mit wem Merryn sprach, stockte sie. Vor ihr stand der Mann mit den schiefen Zähnen, mit seinem marodierenden Hund und dem zotteligen Strandhaar.

»Das ist Danny, mein Neffe«, verkündete Merryn. »Danny, das ist Nina, die Tochter eines alten Kumpels.«

»So sieht man sich also wieder«, bemerkte Danny.

»Ihr kennt euch schon?«

»Nicht direkt«, sagte er, während sich ein Lächeln auf sein Gesicht stahl.

Nina rang sich ebenfalls ein Lächeln ab, dahinter jedoch passte ihr Dannys fröhliche Arroganz überhaupt nicht. Oder war es Freundlichkeit? So oder so, sie war misstrauisch. Er irritierte sie. Dieses Gefühl war stark, sogar so stark, dass sie nicht aufhören konnte, ihn anzustarren.

»Nina hat mir gerade erzählt, dass sie das alte Strandhaus geerbt hat, draußen bei *The Whip*«, berichtete Merryn.

»Echt jetzt?«

»Ja, echt jetzt.«

»Nicht gerade so das übliche Erbe.«

Nina zuckte die Achseln.

»Also, was haben Sie jetzt vor?«, erkundigte sich Merryn. »Wollen Sie's behalten?«

»Oder da einen Parkplatz hinbauen?«, brummte Danny.

»Ich habe noch keine Pläne.«

»Und haben Sie sich eine hübsche Pension gesucht?«, nervte Merryn. »Wo wohnen Sie denn?«

»Also, eigentlich im Strandhaus.«

»Was?«, entfuhr es Merryn. »Da können Sie doch nicht bleiben! Die Bude ist doch kurz vorm Zusammenfallen!«

»Primitiv ist es schon«, meinte Nina. »Der Boiler funktioniert nicht, und Strom gibt's auch nicht, aber das ist schon okay. Ich habe eine Taschenlampe.«

Danny gab ein spöttisches Geräusch von sich.

»Es gibt da so einen fürchterlichen Wind, der von den Klippen kommt«, sagte Merryn. »Da wollen Sie bestimmt nicht da draußen sein, nicht, wenn der weht. Gehen Sie ruhig tagsüber hin, wenn Sie möchten, aber bleiben Sie nicht da, nicht bei Nacht. Da sollte man nicht allein sein ...«

»Wissen Sie, genau das hat der Taxifahrer auch gesagt. Als ich gestern Abend angekommen bin, da wollte er mich gar nicht dort absetzen. Er hat gesagt, ich soll im Ort übernachten. Ich meine, warum macht das den Leuten so viel aus? Es ist doch nur ein Strandhaus.«

Sie lächelte, versuchte, einen Witz aus dem Ganzen zu machen, etwas Belangloses, obwohl sich ihr Magen jäh verkrampfte.

»Wirklich«, beharrte sie, »ich komm schon zurecht.

Schließlich« – sie lächelte Danny strahlend an – »bin ich ja aus London.«

Ohne die Spannung zwischen ihnen zu bemerken, rieb Merryn sich den Bart und rückte seine Brille zurecht. Dann beugte er sich zu Nina und beschwor sie abermals, leise und eindringlich, als bemühe er sich, ihr irgendeine ultra-geheime Weisheit zu offenbaren: »Nina, schaffen Sie sich *Snare Cove* bloß vom Hals. Die Wahrheit ist, da sind Dinge geschehen, da draußen auf den Klippen. Manche sagen, *Snare Cove* hat, wie soll ich es sagen ... eine *böse Seele*.«

Gerade wollte Nina die Augen verdrehen, als sie sah, dass Danny ihr zuvorgekommen war.

»Jetzt geht das wieder los«, flüsterte er.

Sie unterdrückte ein Lächeln, war dankbar festzustellen, dass Danny sich wenigstens als Verbündeter gegen Blödsinn erwies.

»Wissen Sie noch, die Geschichte von Sally Winsel?« Merryn ignorierte das halb spöttische Kopfnicken der beiden. »Man kann in der Gegenwart Spuren der Vergangenheit finden. Wenn ihr mich fragt, in *Snare Cove* geht was um.«

»Ich fürchte, ich bin zu pragmatisch veranlagt, um an Gespenster zu glauben.«

»Aber man hat gesehen, wie ...«

»Das macht mir keine Angst.«

»... ungewöhnliche Vorkommnisse ...«

»Stört mich nicht.«

»... Lichter ...«

Dieses Wort blieb hängen.

»Was für Lichter?«

»Das reicht, Merryn«, ging Danny dazwischen.

»Nina braucht sich nicht mit deinen dämlichen Geschichten bombardieren zu lassen. Außerdem habe ich den Eindruck, dass sie durchaus in der Lage ist, auf sich selbst aufzupassen.«

Er reckte die Arme, als müsse er einen Schwall angestauter Energie ablassen.

»Jedenfalls, Nina, ich kann mir gern mal den Boiler und die Leitungen ansehen. Ein bisschen kenne ich mich mit sowas aus.«

»Vielen Dank, aber ich brauche wirklich keine Hilfe.«

Er schob die Hand in die Tasche, zog einen Autoschlüssel hervor. »Ja, ja. Sogar Frauen aus London brauchen ab und zu mal Hilfe«, erwiderte er und ließ den Schlüssel um den Finger kreisen. »Kommen Sie, Blauäuglein. Ich fahre sowieso in die Richtung. Da kann ich Sie auch mitnehmen.«

Danny ging voraus bis zu einer Gasse, wo eine Reihe geparkter Autos sich an eine überwucherte Hecke drängte. Nina folgte ihm, hin und her gerissen zwischen widerstreitenden Gefühlen. Sie wollte sich sträuben, wollte weiter sauer sein, gleichzeitig jedoch machte Dannys lockere, selbstsichere Art sie neugierig. Die Promenadenmischung Daisy neben sich und ein Paket unter dem Arm, schlenderte er entspannt dahin, als kenne er keine Sorgen. Er wirkte auf natürliche Weise fit, vermutlich von tagelanger Arbeit im Freien – zumindest kam er ihr nicht vor wie ein Typ, der sich stundenlang in einem klimatisierten Fitnessstudio stylte.

»Ziemlich alte Kiste, aber sie fährt noch«, meinte

er und zeigte auf einen klapprigen Opel Astra. Die Karosserie war in zwei verschiedenen Rottönen lackiert. Unwillkürlich zuckte Nina zusammen. Sie war an den Glanz von Jakes Mazda gewöhnt – ein Auto, das wie eine Trophäe behandelt und jede Woche zum Waschen und Innenraumreinigen gebracht wurde. Sie fuhren gern mit offenem Verdeck am Embankment entlang oder nahmen ein Picknick mit in einen der Londoner Parks. Der Mazda war kein Gebrauchsvehikel, er war ausschließlich zum Vergnügen da. Obwohl Autos sie nicht interessierten, musste selbst Nina zugeben, dass er wunderschön war. Dannys Astra dagegen sah schlicht chaotisch aus.

»Sie müssen auf meiner Seite einsteigen und rüberklettern«, wies er sie an und schob Nina über den Fahrersitz. »Das Schloss an der Beifahrertür hat schon vor 'ner Ewigkeit den Geist aufgegeben. Ach ja, und seien Sie vorsichtig damit«, fügte er hinzu und deutete mit dem Kopf auf das Armaturenbrett, das von Klebeband zusammengehalten wurde. »Das Ding verrutscht gern mal in scharfen Kurven.«

Daisy sprang auf den Rücksitz, während Nina ihre Füße vorsichtig zwischen einer Dose Farbe, einer Tüte mit Kleiderbügeln aus Draht und unzähligen Plastik-Kaffeebechern verstaute.

»Machen Sie sich keine Sorgen, dass Sie irgendwas zerdrücken«, meinte Danny.

»Wär's nicht an der Zeit, mal aufzuräumen?«

»Nö-ö, ich hab was Besseres zu tun.«

Stocksteif saß Nina da und achtete sorgfältig darauf, den Müll zu ihren Füßen nicht zu berühren. Unauffällig legte sie die Hand über die Nase, um den Geruch nach nassem Hundefell abzuwehren. Daisy stemmte sich gegen die Kopfstütze und starrte sie an.

»Sie sitzen auf ihrem Platz«, erklärte Danny. »Sie ist eifersüchtig.«

Er startete den Wagen. Seine Hände, stellte Nina fest, waren kräftig, sehnig und voller Farbspritzer, mit einem Schmutzrand unter jedem Fingernagel. Das stieß sie sofort ab, gleichzeitig jedoch ertappte sie sich dabei, wie sie überlegte, wie es sich wohl anfühlen würde, sie zu berühren. Ganz anders als Jakes Hände, dachte sie. Jake hatte saubere, elegante Hände. Das Gröbste, dem seine Fingerspitzen je ausgesetzt waren, war die Berührung eines Touchscreens.

»Immer denke ich, diese Fahrt ist seine letzte«, sagte Danny, als der Motor stotternd und hustend zum Leben erwachte. »Aber das hier ist das Auto, das für einen bis ans Ende der Welt fährt. Also, Nina, aus welchem Teil von London kommen Sie?«

»Norden.«

»Norden was.«

»Einfach nur Norden.«

Anstatt vorwärts loszufahren, setzte Danny mit halsbrecherischer Geschwindigkeit die ganze Gasse entlang zurück. Nina klammerte sich an der Tür fest.

»Wär's nicht einfacher ...?«

»Das ist 'ne Abkürzung. Auf keinen Fall stehe ich im Touristau. Ich sag's Ihnen, wenn ich noch einen Geländewagen sehe, der die ganze Highstreet blockiert, dann gebe ich auf und ziehe in einen Wohnblock. Nichts für ungut, aber einigen Ihrer Großstadtkollegen scheint das Gen für den gesunden Menschenverstand abzugehen. Wie soll denn ein einsachtzig breites

Auto durch eine einsfünfzig breite Gasse passen? Ehrlich, man sollte ja glauben, sie lernen's irgendwann, aber das passiert jeden Tag. Und ein paar von denen sind dann dermaßen pampig, als wär's *unsere* Schuld, dass wir enge Straßen haben.«

»Da ist wohl was dran. Allerdings fahren wir nicht alle Geländewagen, wissen Sie? Und wir sind auch nicht alle pampig.«

Danny sah sie an.

»Okay, ich war vorhin ein bisschen sauer, als Ihr Hund – wenn ich Sie daran erinnern darf, – versucht hat, mich zu *zerfleischen*.«

»Sie hat versucht, Hallo zu sagen.«

»Das war mehr als Hallo. Jedenfalls, um des lieben Friedens willen, einem Hund, der es nicht besser weiß, kann ich verzeihen.«

»Wie großzügig von Ihnen. Und was ist mit dem Besitzer?«

»Dem kann ich auch verzeihen, *falls* er sich als nützlich erweist.«

Danny lachte, schüttelte den Kopf. »Nützlich bin ich immer. Sie sind also gestern Abend angekommen?«

»Ja.«

»Ich wusste gar nicht, dass sie an dem baufälligen alten Strandhaus irgendwas gemacht haben.«

»Haben sie auch nicht«, antwortete Nina und fragte sich, wen genau er wohl mit *sie* meinte. »Es ist immer noch baufällig, aber es könnte irgendwann mal schön sein.«

»Meinen Sie?«, fragte Danny. »All die Jahre, die ich jetzt hier wohne, war's ’ne Bruchbude. Wie sind Sie denn an das Teil gekommen?«

»Es hat meinen Eltern gehört. Anscheinend hat mein Vater es vor Jahren für meine Mum gekauft.«

»Ah. Dann sind Sie also eine *Munroe*.«

Unwillkürlich stellten sich Ninas Nackenhaare auf. »Ja. Ist das hier was Besonderes?«

»Ich habe nur die Kommentare von meinem Onkel Merryn gehört«, antwortete Danny, »der glaubt, er weiß alles über jeden. Wenn die Leute ihn nach dem Strandhaus fragen, heißt es immer ›Oh, das gehört noch immer der Familie Munroe‹, Ich glaube, er hat mal eine Anfrage gekriegt, von einer Firma, die auf der Suche nach Bauland war ...«

»Dann ist es also etwas wert?«

»Ganz sicher.«

»Was wissen Sie sonst noch darüber?«

»Allem Anschein nach ist es in den Dreißigern gebaut worden, damals wurde es als Teehaus genutzt. Aber seitdem, also, ich bin in Polpeggen geboren und aufgewachsen, und ich hab nie erlebt, dass auf dieser Seite der Bucht viel los gewesen wäre. Lokalfolklore, nehme ich an. Die Leute hier sind ein alberner Haufen.«

»Nicht Sie auch noch. Sie haben doch gesagt, die Geschichten Ihres Onkels wären Unsinn.«

»Oh, da bin ich mir ganz sicher, aber er geht schon seit Jahren mit der Geschichte von *Snare Cove* hausieren ...«

»Sally Winsel und die Strandräuberlaterne?«

»Genau die. Die hat er so oft erzählt, ich glaube, inzwischen ist sie ein Teil des lokalen Gewissens. Fährt voll auf seine Schmuggler-Folklore ab, mein Onkel. Geben Sie ihm einen Papagei und 'ne Augenklappe, und er ist in seinem Element. Aber ich wette, das Interessanteste über das Strandhaus hat er Ihnen nicht erzählt ...«

»Und was ist das?«

»Dass es mal zu einer ›freidenkerischen Künstlerkolonie‹ gehört hat, der Polpeggen-Schule. Ich war damals noch klein, deshalb weiß ich nicht mehr viel davon, aber die Gerüchte waren ziemlich deftig. Wenn Sie mit Leuten von hier sprechen, die sich noch daran erinnern, dann werden die sagen, der Begriff ›Künstlerkolonie‹ wäre ganz schön weit gefasst gewesen. Schauen Sie mal, die Farm da drüben ...«

Er deutete auf eine Ansammlung vernachlässigter Gebäude ein Stück weiter den Hügel hinauf. Nina hatte sie schon am Vortag gesehen, vom Taxi aus. Auf einem Schild am Tor stand GOONSTICK FARM.

»Die hat damals auch dazu gehört. Ich glaube, die Nebengebäude sind als Ateliers genutzt worden. Das ganze Gebiet hier – die Farm, die Klippen, *Snare Cove* –, das hatten die Künstler alles für sich. Sehr zum Missfallen der Leute aus dem Ort.«

Nina starrte die Farm an, als sie vorbeifuhren. Sie war die menschliche Behausung, die dem Strandhaus am nächsten lag, die einzige im Umkreis von etlichen Kilometern. Mit den von Efeu überwucherten Mauern, den durchhängenden Dächern und den toten schwarzen Fenstern sah sie fast völlig verlassen aus. Kein Anzeichen von Leben oder Bewegung. Ihr Magen zog sich zusammen, ein Krampfen, von dem ihr beinahe übel wurde. Wieder dieses Gefühl, dass sich um sie herum irgendetwas verschob, etwas zuckte.

»Sie meinen also, das war so etwas wie ein Kult oder so?«

»Wer weiß? Es gab jedenfalls eine oder zwei Geschichten von wilden Partys und wüsten Ausschweifungen ...«

»Wüsten Ausschweifungen?«

»Sie wissen schon, nacktes Herumtollen, so was in der Art ... Das haben die Dorfgroßmäuler behauptet, was natürlich nicht heißt, dass es wahr ist.«

»Glauben Sie, Ihr Onkel könnte mir mehr darüber erzählen?«

»Also, eigentlich würde ich sagen, das ist das Einzige, worüber er *nicht* gern redet.«

»Warum?«

»Er und seine Schwester haben früher mit den Künstlern rumgehangen. Wahrscheinlich wollten sie zur ›Szene‹ gehören. Aber dann ist da irgendwas gelaufen, irgendein Drama, mit dem Polpeggen wohl nicht in Verbindung gebracht werden will, denke ich. Drogen vielleicht? Abgedrehte Voodoo-Rituale? Ich weiß es nicht. Was ist mit Ihren Eltern? Ihrer Mum? Sie haben doch gesagt, Ihr Dad hat das Strandhaus für sie gekauft. Vielleicht waren sie ja ...«

»Meine Eltern« – Nina hielt inne und blinzelte –, »nein, meine Eltern haben mit *so was* nichts am Hut gehabt. Die waren beide unheimlich puritanisch. Meine Mutter war Hausfrau, mein Dad war in der Versicherungsbranche. Er hat alles verabscheut, was auch nur im Entferntesten mit Kunst zu tun hatte. Er hat gedacht, Kreativität sei etwas für die Verdammten.«

»Ihr Tonfall lässt mich annehmen, dass Sie seine Ansichten nicht teilen.«

»Sagen wir einfach, wir waren nicht immer einer Meinung. Ich habe mich entschieden, Karriere in der Kunstwelt zu machen, und das hat er mir nie verziehen. Um ganz ehrlich zu sein, wir waren uns nicht sehr nahe. Das mit der liebevollen Familie war nicht so sein Ding. Nachdem meine Mum gestorben war, hat er mich einfach machen lassen.«

Ihre Stimme wurde leiser.

»Das war wohl auch sein gutes Recht«, flüsterte sie und nahm ihre Bitterkeit innerlich wieder zurück. »Es hatte ihm das Herz gebrochen; er hatte seine große Liebe verloren.«

»Sie meinen Ihre Mum? Was ist mit ihr passiert?«

»Sie hatte Krebs, sie ist gestorben, als ich zehn war.«

»Oh je. Das tut mir leid.«

Schweigen breitete sich zwischen ihnen aus, bis Danny in die Bresche sprang. »Muss schlimm gewesen sein«, meinte er, »jemanden, den man liebt, leiden zu sehen.«

Nina seufzte. »Also, *gesehen* habe ich eigentlich nie was«, erklärte sie. »Es ging ganz schnell. Alles, woran ich mich erinnere, ist, dass ich zu meiner Großmutter geschickt worden bin. In meiner Vorstellung waren meine Eltern einfach ohne mich in den Urlaub gefahren. Ich hab gar nicht gewusst, dass meine Mum krank war, bis meine Oma mir gesagt hat, dass sie ... tot war.«

Sie verschränkte die Arme vor der Brust, zog sich in sich selbst zurück. War sich plötzlich bewusst, dass sie mehr preisgegeben hatte, als sie es normalerweise tun würde; nicht nur Fremden gegenüber, sondern jedem. Der Rest der Fahrt verlief schweigend, bis sie den

Weg erreichten, der zur *Snare Cove* führte. Das Strandhaus tauchte vor ihnen auf, ein malerischer hölzerner Kasten vor dem Blau des Himmels, eingerahmt von hochgewachsenem rosafarbenem Fingerhut. Im hellen Licht des Tages erschien die Schönheit dieses Ortes viel offensichtlicher.

»Also, da wären wir«, verkündete Nina verlegen.

»Sieht nicht besonders gruselig aus, nicht wahr?«, meinte Danny. »Mal ganz ehrlich, Nina, ich glaube nicht, dass Sie sich wegen irgendwas Gedanken zu machen brauchen.«

Damit stieg er aus und öffnete die hintere Tür für Daisy. Ihr hielt er nicht die Tür auf, stellte Nina fest, aber das war nur eine Kleinigkeit. Zugegeben, eine Kleinigkeit, an die sie in Anbetracht von Jakes Akkuratesse in Sachen gute Manieren gewöhnt war, aber sie hatte bereits entschieden, dass Danny doch gar nicht so übel war. Trotz des Zustands, in dem sich sein Auto befand, trotz seiner Hände, seines Haarschnitts, seiner beiläufigen Arroganz und seines stinkenden Hundes – trotz allem war er vielleicht ganz okay.

»Der Boiler und der Sicherungskasten sind da drin«, sagte sie, schloss den Schrank auf und deutete mit dem Finger hinein. »Ich hab sie mir heute Morgen angeschaut, aber ich komme damit nicht klar. Wenn Sie das wirklich wieder hinkriegen könnten ...«

»Versprechen kann ich nichts«, warnte Danny.

Er machte sich an die Arbeit. Seine Bemühungen wurden durch Daisy behindert, die bellend überall herumkratzte und -schnüffelte, völlig aufgedreht wegen der ungewohnten Umgebung, dem dunklen Schlund des Schranks und all den alten Besen, Schrubbern und Farbdosen.

»Jetzt gib doch mal Ruhe, Hund!«

»Wie sieht's aus?«, rief Nina.

»Nicht gut. Die Leitungen sind uralt. Selbst wenn ich da wieder Strom draufkriege, kann ich nicht garantieren, dass es keine Funken gibt und die ganze Bude abbrennt. Sind Sie sicher, dass Sie sich keine Pension suchen wollen? Ich kenne da jede Menge gute, die von supernetten Leuten geführt werden, nicht zuletzt meine Tante Margot ...«

»Bleibt alles in der Familie, wie?«, fragte Nina. »All diese Tanten und Onkel, ist das so üblich in Polpeggen?«

»Überhaupt nicht. Ich dachte nur ...«

»Vielen Dank für das Angebot, aber ich komme hier schon klar, mit oder ohne Strom und warmem Wasser.«

»Wie Sie wollen. Es ist nur ... Sie scheinen mir nicht der Typ zu sein, der es gern mal primitiv hat.«

»Vielleicht. Vielleicht auch nicht.«

Danny trat aus dem Schrank und zog eine Spur aus Sand hinter sich her. Er schob ihn mit der Stiefelsohle zur Seite. Daisy folgte ihm unter lautem Besen- und Schrubbergeklapper.

»Daisy!«, tadelte er.

Daisy bellte und wollte sich wieder in den Schrank drängen.

»Was ist denn los mit dir? Reg dich ab, Hund!«

Er packte sie am Halsband. Daisy sträubte sich, doch als er mit den Fingern schnippte, kam sie bei Fuß.

»Bleiben Sie ruhig hier, wenn Sie wollen«, fuhr er fort und mühte sich ab, Daisy zu beruhigen. »Aber wenn Sie's sich anders überlegen ...«

»Wirklich«, wehrte Nina schroff ab, »ich komme schon zurecht. Ich bin keine Jungfrau in Nöten.«

»Nein, aber wenn Sie *doch* mal bei irgendwas Hilfe brauchen, ich wohne in dem alten Sardinenschuppen gegenüber vom Hafen ...«

»Ein Sardinenschuppen? Sie wundern sich, dass ich hierbleiben will, und Sie wohnen in einem Fischerschuppen?«

Danny grinste. »Ist gar nicht so unangenehm, wie sich's anhört.«

»Das glaube ich erst, wenn ich's sehe.«

»Na, dann schauen Sie sich's an«, gab er mit einem Aufblitzen zurück, das Nina plötzlich verlegen machte.

»Und warum genau wohnen Sie in einem Sardinenschuppen?«

»Warum wohnen *Sie* in London? Ein Zuhause ist eben ein Zuhause, bloß wurden in meinem eben früher mal Netze und Angelzeug aufbewahrt. Aber es erfüllt seinen Zweck. Ich bin Künstler. Vor ein paar Jahren hab ich mal ein paar Bilder verkauft und ein bisschen Kohle gemacht, also hab ich den Schuppen billig gekauft und ein Atelier draus gemacht. Da schlafe, esse und arbeite ich. Spart Geld und Wege.«

Die Farbe auf seinen Händen. Ninas Neugier erwachte. Jetzt ergab das alles einen Sinn.

»Und was ist mit Ihnen, Nina? Sie haben sich auch für einen Beruf in der Kunstwelt entschieden?«

»Ich arbeite für einen internationalen Kunsthändler«, sagte sie.

»Echt? Was ist denn Ihr Spezialgebiet? Renaissance? Moderne? Die jungen britischen Künstler? Irgendwelche großen Namen?«

Sie schaute zu Boden. »Eher nicht«, sagte sie leise. »Wir statten Büros und Restaurants aus.«

»Fließbandkunst? Sie meinen Sachen, die irgendwelche frustrierten Kunststudenten, die schnell Geld machen wollen, innerhalb von fünf Minuten zusammenklatschen ...?«

»Kann sein. Ja.«

»Je kleiner der Preis, desto mehr verkaufen Sie?«

»Also, eigentlich haben wir einen sehr beachtlichen Kundenstamm. Dazu gehören mehrere Top-Restaurants, ein Flughafen und eine größere Hotelkette. Wir sind sehr erfolgreich in dem, was wir tun.«

»Klar. Natürlich.« Danny lächelte schelmisch. »Und wenn Sie eine andere Option hätten?«

Eine andere Option? Warum sollte sie eine andere Option haben wollen? Was war denn so verkehrt an Industriekunst? Sofort hätte Nina Dannys Snobismus am liebsten abgebügelt, ihn in die Schranken gewiesen. Aber ihre Überzeugungen ließen das nicht zu. Sie öffnete den Mund und schloss ihn wieder. Schüttelte den Kopf. »Dann hätte ich eine eigene Galerie«, antwortete sie und dachte wehmütig an ihre Ideale von damals, als sie Kunstgeschichte studiert hatte. »Und würde tolle Kunstwerke von talentierten Leuten verkaufen, denen die Werke wichtig sind, die sie erschaffen.«

»Na, Gott sei Dank.«

Einen Augenblick lang standen sie in vollkommener Stille zu beiden Seiten eines sonnenbeschienenen

Streifens aus Steinfliesen, der sie wie ein Pfad miteinander verband. Ein Fremder, ermahnte Nina sich. Ein ungepflegter Fremder mit schiefen Zähnen und schmutzigen Fingernägeln, der anscheinend in einem Sardinenschuppen wohnte und ein klappriges Auto fuhr. Überhaupt nicht ihr Typ.

»Ist das Ihre Mum?« Danny trat an Nina vorbei auf das Foto mit dem violetten Samtmantel zu. Er nahm den Rahmen zur Hand und zuckte die Achseln. »Sie war ja echt glamourös!«

»Nein«, entgegnete Nina. »Sie war definitiv nicht glamourös. Jedenfalls hatte ich nie diesen Eindruck. Das Foto kommt mir so merkwürdig vor. Ich habe es heute Morgen gefunden, es lag auf dem Boden. Aber sie sieht glücklich aus, nicht wahr? Man sieht es in ihrem Gesicht.«

»Wer hat es denn gemacht?«

»Mein Vater, nehme ich an.«

»Sie sehen sich sehr ähnlich«, stellte Danny fest. »Wissen Sie, jetzt, wo ich's mir richtig anschaue, kann ich sehen, wo das Foto gemacht worden ist. Das da im Hintergrund ist *The Whip*, und dahinter die Bucht – das ist *diese* Bucht. Man kann gerade noch das Strandhaus erkennen. Schauen Sie mal ...« Er zeigte auf ein verschwommenes graues Viereck.

»Ich weiß genau, wo das ist. Das ist eine alte Aussichtsplattform, *Sperris Head*, oben in den Klippen. Da haben die Fischer – wir nennen sie *Huers* – früher immer nach Sardinenschwärmen Ausschau gehalten, die auf die Küste zugekommen sind. Wenn Sie von hier aus immer weiter vom Ort weggehen, kommen

Sie dort hin. Ist ganz schön einsam da. Früher war das mal 'ne Knutschecke, da sind die Jungs von hier immer mit den Mädchen von den Campingplätzen ...«

»Wie romantisch.«

»Na, besser als die Müllcontainer hinter dem Vergnügungspark. Aber jetzt mal im Ernst, man kommt da in weniger als einer Stunde hin, allerdings glaube ich, der Weg ist nicht besonders gut. Wird nicht mehr benutzt, aber es gibt noch einen anderen, über die Felsen, bei Ebbe.«

Er schaute aus dem Fenster und zeigte auf den Felsensims tief unten, der der Kontur der Küste folgte, auf die gebogene Landspitze von *Sperris Head* zu. »Aber nur bei Ebbe«, setzte er hinzu. »Und was den Klippenweg betrifft, wenn Sie ihn denn finden können, da würde ich sagen, bei schlechtem Wetter sollte man den lieber meiden. Der kriegt den Barb mit voller Wucht ab. Hey, vom Fenster im Zimmer nebenan können Sie's vielleicht noch besser sehen.«

»Vom Schlafzimmer aus?«

»Ja, ich zeig's Ihnen.«

Während sie durch das Haus gingen, gab Danny Kommentare über dessen bauliche Qualität und die Festigkeit des Granitbodens darunter ab, doch Nina hörte ihn kaum. Sie war zu sehr mit dem Gedanken beschäftigt – belustigt und peinlich berührt zugleich –, dass sie gleich zwei Wildfremde in einem Schlafzimmer sein würden. Sobald sie ins Zimmer traten, wurde ihre Aufmerksamkeit jedoch jäh anderweitig gefordert. Am Fuß des Bettes, viereckig und ordentlich, als sei es absichtlich dort platziert worden, stand das Bild vom Untergang der *Bessie*.

»Häh? Das war doch ...«, stammelte sie und zeigte auf die leere Stelle an der Wand und den Haken, an dem das Bild gehangen hatte. »Das war doch *auf jeden Fall* ...«

Ihr Blick wanderte von der Wand zum Bett.

»Vielleicht ist es ja runtergefallen?«, meinte Danny.

Nina hob das Gemälde auf, hängte es wieder an den Haken und rückte es gerade. Dannys Blick fiel inzwischen auf das auffällige goldgeprägte Hochzeitsbuch, das neben Ninas Koffer lag.

»Was Fetziges als Bettlektüre?«

»Ach, das ist bloß ein Notizbuch«, antwortete sie hastig. »Nur meine To-do-Listen.«

Ihre Blicke krallten sich einen Moment lang ineinander. Die Luft vibrierte zwischen ihnen.

»Reicht die Rückseite von 'nem alten Briefumschlag nicht aus?«

»Ich bin eben gern gut organisiert.«

»Klar. Na ja, ich bin ja jetzt fertig; ich glaube, ich fahr dann mal.«

Er bewegte sich auf die Tür zu. Kurz bevor er hinausging, drehte er sich um. »Nicht vergessen, wenn Sie sich's anders überlegen – der alte Sardinenschuppen, ganz am Ende des Hafens ...«

Nina lächelte, winkte und nickte, doch sobald sie allein war, allein und isoliert, stürzten die Gedanken auf sie ein. Unsicherheit surrte durch ihren Kopf. Das Bild war nicht heruntergefallen. Eindeutig nicht.

Der Tag blieb weiter sonnig und klar. Um der Düsternis der stillen Räume zu entkommen, schmierte sich Nina Gesicht und Schultern mit starker Sonnencreme ein – motiviert von Alisons neuester Anti-Aging-Theorie – und ging nach draußen. Zu Hause in London waren die wildesten Orte, die sie regelmäßig aufsuchte, der Platz in der City, wo sie ihren Lunch mümmelte, und ihr eigener Garten, der nicht besonders »wild« war, seit der Rasen durch eine makellose, wartungsfreie Kunstrasenfläche ersetzt worden war. Weder sie noch Jake betrachteten sich als »Outdoor«-Typen. Jake spielte gern mal eine Runde Golf oder Fußball mit seinen Kumpels, abgesehen davon jedoch bevorzugte er den Zweiundvierzig-Zoll-Flachbildschirm seines Heimkinos. Als Nina, in einem Versuch, schlank zu bleiben, ohne die Monotonie eines Spinning-Kurses ertragen zu müssen, einmal vorgeschlagen hatte, dass sie sich Trekkingstiefel kaufen und hin und wieder im Epping Forest wandern gehen sollten, hatte er sie lachend in den Pub geschleift.

Wenn er sie jetzt sehen könnte, dachte sie. Die cremeweißen Armani-Jeans – ein Geburtstagsgeschenk – waren jetzt ein Sammelsurium aus Flecken. Und richtig geduscht hatte sie auch nicht mehr, seit sie aus London abgefahren war. Das Wasserrinnsal aus den Hähnen des Strandhauses hatte nicht ausgereicht, um den Jake'schen Sauberkeitsstandards zu genügen. Doch als sie über die Steine stolperte, störte sie nichts von alldem. Tatsächlich fühlte sie sich richtig belebt.

Die niedrigen Felsen waren von einer Kruste aus Napfschnecken bedeckt und rochen durchdringend nach faulendem Meeresleben. Flache Teiche boten pulsierenden Seeanemonen und Einsiedlerkrebsen eine Lebensgrundlage. Als Nina sich ans Klettern machte, konnte sie die schrägen schwarzen Zähne von *The Whip* sehen. Die am weitesten entfernten Felsen waren gewaltig, und es war deutlich zu erkennen, wie sie der *Bessie* und anderen so viel Schaden hatten zufügen können. Ungeachtet dessen lief sie weiter, das Meer in sicherer Entfernung und einen Optimismusfunken in der Seele.

Doch es dauerte nicht lange, bis die begehbaren Felsen immer weniger wurden. Es schien unmöglich, *Sperris Head* auf diesem Weg zu erreichen. Hatte Danny sich etwa geirrt? Erschöpft setzte Nina sich auf einen Stein, um sich auszuruhen. Vor ihr schimmerten die nassen Felsen, und das Meer kräuselte sich in kleinen Wellen. Die Spiegelung des Sonnenlichts sah geradezu ätherisch aus; sie konnte die Wärme auf Gesicht und Armen spüren. Sie schloss die Augen und ließ sich innerlich treiben. Die Helligkeit drang durch die Haut ihrer Augenlider und erzeugte behäbige orangegelbe und magentarote Blüten. Dann waren Farbe und Wärme plötzlich wie aus dem Nichts verschwunden. Sie riss die Augen auf. Eine große Wolke war in den Himmel eingefallen, brachte Schatten und Wind. Seetangfetzen begannen übers Ufer zu tanzen, und die Wellen wurden höher. Plötzlich war es sehr leicht, sich vorzustellen, wie Schiffe, große und kleine, alte und neue, von den scharfen Spitzen von *The Whip* aufgerissen und zerstört wurden. Sie konnte die Schreie der Menschen hören, die in der Brandung ertranken, während Sally Winsel und ihre Strandräuber aus den überlieferten Geschichten dastanden und warteten. Atemlos und vor Schreck ganz unsicher auf den Beinen, erhob sie sich. Sie wollte unbedingt hier weg und versuchte zurückzuklettern, doch die Felsenoberfläche fühlte sich an, als gäbe es dort keinerlei Halt, war noch glitschiger als vorher. Der Granit zerschrammte ihr die Hände und ließ ihre Nägel abbrechen. In einem Augenblick der Unschlüssigkeit machte sie einen falschen Schritt und rutschte ab. Unfähig, sich abzufangen, kippte sie vornüber. Bevor ihr Gesicht auf die Felsen schlug, sah sie den Himmel, der über ihr waberte. Wolken. Möwen.

Dann nichts mehr.

4. Kapitel

Wie lange sie dort gelegen hatte, wusste sie nicht. Das Erste, was sie bemerkte, war die Trockenheit in ihrem Mund. Sie schluckte zweimal, schmeckte Schmutz auf ihrer Zunge. Dann kamen die Kopfschmerzen; als wäre ihr Schädel doppelt so groß wie normal und in Schichten aus nassen Bandagen gehüllt. Am liebsten hätte sie sich übergeben. Sie versuchte, sich aufzusetzen, doch schon bei der kleinsten Bewegung wurde die Übelkeit schlimmer. Ächzend sackte sie zusammen. Im Geiste suchte sie jede Gliedmaße ab, jeden Körperteil, hielt nach Verletzungen Ausschau. Ihr linkes Knie pochte schmerzhaft, und ihre Rippen und die rechte Schulter taten weh, doch ihr Kopf, ihre Konzentrationsfähigkeit, hatte anscheinend am meisten abbekommen. Als die Schmerzen in ihrer Schläfe schlimmer wurden, lag sie ganz still, schloss die Augen und atmete tief und langsam. Binnen Sekunden jedoch schreckte kaltes Wasser sie auf, das an ihren Beinen hinaufschwappte. Sie riss die Augen auf. Der Schock versetzte sie in Bewegung, und sie richtete sich auf und sah, dass die Flut kam und die winzige Bucht zu überschwemmen drohte, in die sie gestürzt war. Nur wenige Meter Sand waren noch übrig; es war klar, dass es nicht mehr lange dauern würde, bis die Bucht vollständig überflutet war.

Keine Zeit. Sie musste hier weg. Sie musste über die Klippen zurückklettern. Von Panik erfasst, sah sie sich nach dem schnellsten Ausweg um – Schwimmen allerdings war definitiv *keine* Option. Als sie sich zu den Klippen umdrehte, sah sie, dass die einzige Alternative darin bestand, abermals zu versuchen, auf das Sims zu klettern, von dem sie heruntergefallen war. Ihr Magen rumorte, als Adrenalin durch ihren Kreislauf pulsierte. Sie war einmal abgerutscht; also konnte sie wieder abrutschen, das war ihr klar. Genau in diesem Moment leckte eine größere Welle an ihren Füßen und veranlasste sie, es darauf ankommen zu lassen. Sie rannte zu den Klippen und wollte gerade den ersten Schritt tun, als sie eine Öffnung bemerkte, die zwischen den Felsen verborgen war: der schwarze Schlund einer Höhle. Die Öffnung war so hoch und so breit wie eine kleine Tür. Instinktiv duckte sie sich und zwängte sich hindurch, verzweifelt bemüht, vom ansteigenden Wasser wegzukommen.

Drinnen war die Luft kühl und still. Nina stellte fest, dass sie gebückt stehen konnte, doch ohne Lampe konnte man unmöglich sagen, wie weit die Höhle in die Klippen hineinreichte. Trotzdem war sie eine Art Zuflucht. Dankbar lehnte sich Nina gegen eine der feuchten Höhlenwände und fing an, ihre schmerzende Schläfe zu massieren. Was jetzt? Sollte sie um Hilfe rufen? Sollte sie in der Höhle warten, bis sie sich mutig genug fühlte, um es mit dem Klettern zu versuchen? Sie schaute hinaus in das flirrende Glühen des Himmels. Jäh spritzte eine Gischtkaskade in die Höhle hinein, dicht gefolgt von einer zweiten. Nina schnappte nach Luft, als ihr ihre Fehlentscheidung klar wurde. Die Höhle war keine Zuflucht, natürlich nicht! Sobald die Bucht überflutet wurde, würde das Wasser hereinströmen und die Höhle mit Wasser füllen, und sie säße in der Falle.

»Scheiße!«, stieß sie hervor, entsetzt über ihre eigene Dummheit.

Hastig krabbelte sie hinaus und drehte sich zu den Klippen um, während das Wasser mittlerweile um ihre Knöchel plätscherte. Mit aller Entschlossenheit, die sie aufbieten konnte, suchte sie mit den Füßen nach festem Halt und legte die Hände gegen die Felswand. Dann verdrängte sie die Übelkeit und begann zu klettern.

Als Nina schließlich den trockenen Kies von *Snare Cove* erreichte, sank sie vor Erleichterung zu Boden. Das Gesicht dem Strandhaus zugewandt, saß sie da und ließ die kleinen Steinchen durch die Finger gleiten, nahm ihre Erdverbundenheit in sich auf. Wenn Jake sie jetzt sehen könnte, mit ihren Schrammen und blauen Flecken, in klatschnassen Kleidern und mit von ihren Missgeschicken völlig ausgelaugter Seele –, wenn er sie jetzt sehen könnte, also, er würde sie kaum wiedererkennen.

Als die Kopfschmerzen am Nachmittag nachließen, wurde Nina abermals hibbelig. Obwohl sie Jake versprochen hatte, dass sie nach Hause kommen würde, startete sie eine Putz- und Aufräumorgie. Sie fing in der Küche an, sprühte alles mit Desinfektionsmittel ein. Dann nahm sie die Vorhänge ab, putzte die Fenster, fegte den Fußboden. Gegen die Feuchtigkeit oder die abblätternde Farbe konnte sie nur wenig tun, und gegen das klaffende Loch im Schlafzimmerboden ebenfalls nicht, aber es war wenigstens ein

Anfang. Und es war eine befriedigende Tätigkeit. Die Freude, die ihr die Arbeit machte, überraschte sie. Zu Hause hatte sie nie geputzt. Sie bezahlten eine Agentur dafür, dass diese sich um den Haushalt kümmerte.

Es hatte eine Weile gedauert, bis Nina und Jake sich in ihr privilegiertes Leben hineingefunden hatten. Zuerst hatte Nina sich gegen die Vorstellung gesträubt, Putzhilfen zu beschäftigen. »Ich brauche keine Dienstboten«, hatte sie gesagt; die Idee, andere Menschen für etwas zu bezahlen, was sie ohne Weiteres selbst erledigen konnte, war ihr von ganzem Herzen zuwider. Da Jake nun einmal Jake war, hatte er über diese Einwände hinausgeblickt. »Sieh's doch mal so«, hatte er erwidert, »wir tun doch etwas Wichtiges für die Wirtschaft, wir geben den Leuten Arbeit, wir schaffen Chancen.« Drei Jahre später hatte sie Chancen für eine Putzfrau, einen Gärtner, einen Personal Trainer und einen Personal Shopper geschaffen. Die früheren Zweifel waren zerstreut worden. Ungeachtet gelegentlicher Missstände – ungenügendes Staubsaugen unter den Sofapolstern, Schleifspuren an den Scheuerleisten und einen Dauerstreit mit dem Mann vom Bügeldienst, der sich weigerte, die Verantwortung für Wasserflecken auf Jakes Maßjackett zu übernehmen – war das Leben so viel leichter. Sie hatten ein schickes, ordentliches Zuhause, und die Zeit für den nervigen Samstagmorgen-Hausputz konnte jetzt damit zugebracht werden, Eggs Benedict zu futtern oder in der Badewanne zu liegen. Oder, noch besser, shoppen zu gehen. Schließlich arbeiteten sie hart für all das, also warum nicht?

Heute jedoch bestand Ninas wahre Motivation nicht darin, die simplen Freuden des Putzens wiederzuentdecken. Sie war darauf aus zu stöbern, nach Hinweisen auf alles zu suchen, was das Geheimnis des Strandhauses lüften könnte. Sie spielte Detektivin. Spionierte die Toten aus. Ihre ersten paar Funde waren nicht weiter inspirierend – ein Paar mottenzerfressene Hausschuhe, ein Waschbeutel und ein betagtes Stück Seife, inzwischen wahrscheinlich ein Sammlerstück. Interessant jedoch waren ein Stapel Schallplatten und ein Plattenspieler. Beides fand sie hinter dem Sessel im Wohnzimmer. Bei den Platten handelte es sich größtenteils um Folk-Alben, mit diesem unverwechselbaren Vinylgeruch; energisch aussehende Männer mit Bärten und Lauten zierten die verstaubten Cover. Nichts, was ihr Vater jemals gehört hätte, dachte sie. Ihre Mum?

Auf dem Plattenspieler lag noch eine Platte – war das das Letzte, was sie sich angehört hatten? Nina hob sie herunter und las den Titel: *Psychedelic Harp*. Sie suchte nach der Hülle und fand sie ganz oben auf dem Stapel. Bei dem schnörkeligen Muster darauf und dem knalligen Titel musste sie unwillkürlich an diese schmuddeligen Läden denken, die Haschpfeifen, Räucherstäbchen und T-Shirts mit der Aufschrift: »I like the Pope, the Pope smokes Dope« verkauften – mit anderen Worten, an genau die Orte, wo ihre Eltern am allerwenigsten verkehrt hätten. Sie bog die Hülle ein wenig, und eine Postkarte rutschte heraus. Ohne nachzudenken, hob sie sie auf und betrachtete sie – ein schludrig gemalter orangeroter Sonnenuntergang. Sie drehte die Karte um und fand eine handschriftliche

Botschaft, verziert mit kunstvollen Zeichnungen von Muscheln und vollbusigen Meerjungfrauen.

Mai 1981

Sandra,
es tut mir leid, dass wir uns am Sonntag gestritten haben, wo unsere gemeinsame Zeit doch so kostbar ist. Wir finden eine Möglichkeit, wie wir für immer zusammen sein können, ich verspreche es Dir. Ich weiß, Du magst es nicht, wenn ich Dir wegen Alan Druck mache, aber Du musst das Ganze auch mal von meiner Warte aus sehen – es kotzt mich an, wie er Dich behandelt. Er sieht Dich nicht als das, was Du bist. Er versteht Dich nicht, nicht so wie ich. Und wenn er Dich noch einmal anrührt, dann musst Du mir versprechen, dass Du endgültig gehst. Es gibt immer einen Platz für dich in der Polpeggen-Schule, das weißt Du.

Ich muss jetzt Schluss machen. Lesley kommt nachher vorbei. Wir müssen sie wohl alle bei Laune halten. Sie ist nur so ... heftig.

Du fehlst mir wahnsinnig.

In Liebe
H
xxx

Zuerst erschien ihr das Ganze abstrakt, nur eine Abfolge von Worten und Kritzeleien, die über ein Papierrechteck krochen, dann wurde ihr die Bedeutung klar. Nina begriff. Sie las die Karte noch einmal und spürte, wie jedes kurze Anecken ihren Zorn wie ein Funkenregen heißer lodern ließ.

1981. Ein Jahr vor ihrer Geburt.

Und drei Jahre nach der Hochzeit ihrer Eltern.

Eine Affäre. Zumindest deutete diese Postkarte das an – dass ihre Mum einen Liebhaber in der Künstlerkolonie gehabt hatte, in der Polpeggen-Schule. Die Vorstellung widerte sie ebenso sehr an wie sie sie schockierte. Sandra Munroe, die Ehebrecherin. Es war schändlich. Undenkbar. Ihre kluge, schüchterne, sanfte Mum? Das ergab keinen Sinn. Sie waren doch glücklich gewesen, ihre Eltern, so wunderbar glücklich. Wäre die Tragödie des viel zu frühen Todes ihrer Mutter nicht gewesen, wären sie immer noch zusammen und würden in Glück und Seligkeit leben, die perfekte kleine Familie. Oder etwa nicht?

Und was war mit ihrem Vater, mit dieser Andeutung, dass er gewalttätig sei? Es gab nichts, keinen Vorfall, woran Nina sich hätte erinnern können. Sie hatte nie erlebt, dass er irgendjemandem etwas getan hatte. Seine kalte, gleichgültige Art kannte sie zur Genüge aus erster Hand, doch das hatte sie stets seiner Trauer zugeschrieben, den Narben seines Kummers, seines Schmerzes, der Pein des Verlusts. Aber dies hier, diese Postkarte, deutete jetzt etwas anderes an. Vielleicht war er ja immer schon schwierig gewesen. Vielleicht war er auch noch schlimmer gewesen.

Natürlich war es auch möglich, dass die Postkarte irreführend war. Das hier war schließlich nur die Version einer einzigen Person. Wer wusste denn, was dieser »H« für eine Absicht hatte? Oder wie weit seine Gefühle reichten. War das echte Liebe? War es aufrichtig? Oder nur eine Liebelei, eine Urlaubsaffäre? Fragen kreisten in Ninas Kopf; erschöpften sie. Abrupt setzte sie sich, sank tief in den Sessel, drückte die Postkarte an die Brust. Sie wollte die Worte darauf durchdringen, wollte mehr herausholen. Sie brauchte mehr. Tränen stiegen ihr in die Augen. Sie hatte es immer schrecklich gefunden, dass sie ohne Mutter aufgewachsen war, und jetzt, *jetzt* erschien es ihr unerträglich. Das Leben, das sie gekannt hatte und alles, was sie darüber zu wissen geglaubt hatte, schienen ihr zu entgleiten. Es quälte sie, dass sie vielleicht niemals die Wahrheit herausfinden würde – es sei denn, sie könnte irgendwie mit den Toten sprechen.

In der Nacht wachte Nina auf. Das Mondlicht fiel durch das vorhanglose Fenster, und das einzige Geräusch war das Rauschen der Wellen, die auf den Kies schwappten. Sie zitterte, nicht vor Kälte, sondern vor Stress – ein gewaltiges, allumfassendes Gefühl, als seien ihre Glieder ganz leicht. Nina setzte sich auf, schlang die Arme um die Knie, versuchte, sich unter Kontrolle zu bekommen und ihre Gedanken zu ordnen.

Ihr makelloses Heim, ihre geliebte Arbeit als Kunstkuratorin, die Traumhochzeit, das Traumleben – alles hatte seinen Platz. Alles war *gut*. Sie hatte Mordsglück. Es würde alles gut werden. Ja, Jake konnte manchmal ganz schön launisch sein, aber doch nur wegen der Arbeit, wegen des Drucks, unter dem er stand. Das verstand sie ja. Er musste das Geld anderer Leute hüten, riesige Summen, und die Erwartungen waren enorm. Noch ein paar Jahre, dann würde er sich frühzeitig aus dem Arbeitsleben zurückziehen, und dann würden sie sich entspannen, würden ein Baby bekommen, würden zwei Babys bekommen, sich einen Welpen anschaffen, eine eigene, wunderschöne Familie gründen – und zwar eine, die sie nicht einfach verlassen oder für selbstverständlich halten würden. Wundervolle Dinge erwarteten sie. Es gab überhaupt keinen Grund für mitternächtliche Angstattacken.

Aber trotzdem ...

Die Worte auf der Postkarte waren stärker; die perfekten Eltern, die Nina immer vor sich gesehen hatte, waren jetzt ein gewalttätiger Schläger und eine Ehebrecherin. Sie schnappte sich ihr Hochzeits-Notizbuch und drückte es zum Trost an sich. Ihre Pläne, ihre Zeiteinteilungen, ihre To-do-Listen, bestimmt würde das doch wieder Ordnung schaffen – ein Schnellladevorgang für »Die Königin der Listen«. Sie klappte das Büchlein auf, überflog die Seiten, fand Lieblingsentwürfe für Hochzeitskleider, Adressen von Schneiderinnen und Geschäften, die hochwertige Stoffe verkauften. Listen mit Schuh-Optionen: mit halbhohen Absätzen, ohne Absätze, mit kleinen Pfennigabsätzen ... Schleier ... Diamanten ... Blumen ... Sämtliche Informationen waren da, festgezurrt und säuberlich mit Spiegelstrichen geordnet, gründlich recherchiert. Nina versuchte, Klarheit daraus zu ziehen, doch ihr Gewissen wollte sie nicht loslassen. Die Hochzeit, *ihre* Hochzeit, erschien ihr plötzlich nicht mehr wie ein reales Ereignis, nicht wie etwas, das in Echtzeit geschehen würde, das ihr geschehen würde. Stattdessen hatte sie Fragen. Sie strich mit den Händen über das zerschlissene Laken auf dem Bett und fragte sich, mit wem ihre Mutter es wohl geteilt hatte. Mit ihrem Vater? Oder mit H? H hatte offensichtlich etwas mit den Künstlern der Polpeggen-Schule zu tun. Sie versuchte, sich daran zu erinnern, was Danny über deren zweifelhaften Ruf gesagt hatte. Das hörte sich eigentlich nicht nach etwas an, wobei ihre Mum mitgemacht hätte, aber andererseits ... Sie war ihr ja auch nicht wie die Sorte Frau vorgekommen, die eine Affäre hatte.

Ohne die vollständigen Fakten, ohne den klaren Umriss der Wahrheit, schien ein Weiterkommen unmöglich.

Während Ninas Gedanken in ihrem Kopf umherwogten und zwischen Vergangenheit und Zukunft hin und her glitten, kehrte endlich ein Gefühl der Schläfrigkeit zurück. Sie warf einen letzten langen Blick auf das Hochzeits-Notizbuch, und ihre Augen wollten schon zufallen. Es war schön, endlich wieder Ruhe zu finden, doch kurz bevor sie in einen Traum glitt, schrak ihr Verstand abermals auf. Mit weit aufgerissenen Augen fuhr sie hoch.

Dort in der Finsternis war das Licht, schwebte über der Holztruhe – dasselbe Licht, das sie in der ersten Nacht über den Kiesstrand hatte huschen sehen. Sein schwacher Schein erhellte kaum die Wände. Wie gebannt hielt Nina den Atem an und beobachtete es.

»Was bist du?«, flüsterte sie. »Was bist du, und was willst du?«

Doch sobald sie sprach, verschwand das Licht.

5. Kapitel

Am folgenden Morgen beschloss Nina in einem Akt, der sich wie Sabotage anfühlte, ihr Smartphone auszuschalten. Wundervolle, befreiende Sabotage. Statt auf diesem kleinen, rechteckigen Display herumzutippen, überließ sie sich der Abgeschiedenheit von *Snare Cove*. Ihr war klar, dass Jake sich Sorgen machen würde, doch sie fürchtete, abgelenkt zu werden. Sie wollte den Bann nicht brechen. Den Tag verbrachte sie in aller Ruhe damit, Schubladen zu durchsuchen, lose Dielen anzuheben, unter Kommoden herumzustochern – eine zweite Postkarte, ein Brief, ein Zettel oder *irgendetwas*. Je mehr sie suchte, desto besessener wurde sie, doch ihre einzige Ausbeute waren zwei Knöpfe und die Kappe eines Stiftes. Sie war nicht klüger als vorher. Der einzige Anhaltspunkt, den sie hatte, war der Buchstabe H. Sie stellte sich sämtliche Hs im Telefonbuch vor, die Hs von Cornwall. Allmählich ging ihr auf, wie unmöglich diese Herausforderung war, wie *dämlich*. Lebte H überhaupt noch? Sie wusste doch gar nicht, ob der Buchstabe für einen Vor- oder einen Nachnamen stand. Vielleicht war es ja auch gar keine Initiale, sondern ein Code oder ein Spitzname, nach Gutdünken ausgesucht. Sie versuchte hier, einen einzigen Buchstaben mit einer Identität zu versehen, einer lebendigen, atmenden Identität. Es kam ihr lächerlich vor, aber was blieb ihr denn anderes übrig? H hatte die Antworten, die fehlenden Bruchstücke der Geschichte.

Als der Tag sich dem Abend zuneigte, trieb sie sich untätig im Schatten herum, trank Wein und starrte das Foto von ihrer Mum an. Dieser violette Samtmantel und das strahlende Lächeln, diese tiefbraunen Augen und die langen, koketten Wimpern – ein Porträt von jemandem, der gern spielte, der keine Hemmungen hatte, der sich nicht hinter anderen versteckte.

Wer war diese Person?

Ein wenig benommen vom Alkohol, stolperte Nina ins Badezimmer. Sie zog einen ausgeblichenen Waschbeutel aus dem Spiegelschrank, den sie beim »Aufräumen« gefunden hatte. Dann leerte sie den Inhalt – ein altmodischer Rouge-Stift, ein Röhrchen vertrocknete Wimperntusche und ein Fläschchen mit Patschuli-Parfüm – ins Waschbecken. Sie sprühte sich etwas von dem Parfum auf den Hals, tupfte sich eine Fingerspitze Rouge auf die Wangen und betrachtete ihr Spiegelbild. In dem schwindenden Licht hatte es den Anschein, als sei die Augenfarbe der einzige Unterschied zwischen ihnen. Die Augen ihrer Mum waren braun gewesen. Ninas waren, wie Danny explizit bemerkt hatte, vom Blaugrün der Bucht von Polpeggen.

Aus einer Laune heraus ging sie ins Schlafzimmer, öffnete die Truhe und zog den violetten Mantel hervor. Seine schimmernden Falten fingen das letzte Tageslicht ein. Als er über ihre Schultern glitt, dachte sie daran, wie sie ihn das erste Mal anprobiert hatte, wie sich das so wunderbar und ausgelassen angefühlt hatte, und dann plötzlich so kalt und starr. Dieses merkwürdige Aufwallen von Feindseligkeit; Nina betete, dass sie nicht wiederkommen würde. Eilig ging sie zum Fenster und schaute hinaus – ein rosiger Sommerabend. Die Felsen von *The Whip* waren unter der Flut verborgen. Mit vom Alkohol benebeltem Verstand, den Körper tröstend vom Mantel umhüllt, beschloss Nina, dass es Zeit für einen Spaziergang war.

Sie fand den Klippenpfad nach *Sperris Head* oben an der Straße, gekennzeichnet von einem verfallenen Zauntritt. Genau wie Danny gesagt hatte, war er unwegsam und von Farn und Fingerhut überwuchert. Sie hob einen Stock auf und hackte sich damit den Weg frei, verlockt von der Aussicht über die Bucht. Ein prachtvoller roter Sonnenuntergang flammte am Horizont, und der Himmel schien gewaltig, irgendwie größer als in London.

Der Fußmarsch dauerte eine halbe Stunde. Als Nina den Aussichtsposten der *Huers* erreichte, hatte die herannahende Dunkelheit den Himmel beschwert und stumpfes Grau den rosigen Schimmer des Meeres verdrängt. Die Aussichtsplattform befand sich hoch oben in den Klippen, wie ein Felsennest. Dessen einzige Bewohner waren ein Kormorantrio, das sich nicht weiter um Ninas Ankunft scherte. In der Ferne konnte sie *Snare Cove* und ihr Strandhaus sehen, das, genau wie auf dem Foto, im Hintergrund lauerte. Sie stellte sich in die Mitte der Aussichtsplattform, schloss die Augen, stemmte die Füße fest in den Granit und versuchte, sich in die Vergangenheit zu versetzen. Die Luft begann, vor Möglichkeiten zu vibrieren. Dieser Ort hatte ihrer Mum etwas bedeutet, aber zusammen mit wem?

Sie dachte daran, wie sie sich als Teenager oft auf den Dachboden geschlichen und die vergilbte Andenkenschachtel ihres Vaters durchstöbert hatte. Immer heimlich – er war nicht einverstanden damit gewesen. In der Schachtel war alles Mögliche: Konzerttickets, Geburtstagskarten, eine Haarbürste, eine rostige Nähschere. Ninas Lieblingsstück jedoch war immer das kleine Fotoalbum von den Flitterwochen ihrer Eltern gewesen. Wenn sie es durchblätterte, hatte sie jedes Mal das Gefühl, jenen verborgenen Momenten ihres Lebens näher zu sein. Sie sah sie so gern so, wie sie gewesen waren, glückliche Jungvermählte, die vor den Denkmälern und Wahrzeichen von Rom, Paris und Wien lächelten. Voller Hoffnung, voller Liebe ... Jetzt jedoch ... Hatte sie nur gesehen, was sie sehen wollte? Irgendetwas an dem pflichtbewussten Lächeln und den steifen Armen wirkte im Rückblick nicht ganz so aufrichtig. Nina stemmte sich gegen den Wind und spürte das Stechen nasser, salziger Luft auf den Wangen. Ganz in Gedanken, hatte sie den heraufziehenden Nebel nicht bemerkt. Sein silbriger Schleier trieb übers Wasser und kroch die Klippen herauf. Sie klopfte auf ihre Taschenlampe, betete, dass die Batterie lange genug halten würde. Zeit zu gehen.

Jeder Schritt des Rückwegs war schwieriger als der davor. Der Barb wurde geradezu schmerzhaft. Die Dunkelheit raubte ihr die Orientierung. Ihr fiel ein, dass ihr Handy ausgeschaltet war und auf dem Küchentresen lag, und mit ihm jegliche Chance, eine freundliche Stimme zu hören. Sie verfluchte sich für diesen völlig untypischen Leichtsinn und beschleunigte dann ihre Schritte, dachte an Wärme und Zuhause und einen guten Rotwein. Was hatte sie sich bloß dabei gedacht, ohne ihr Handy hier herauszukommen, ganz allein und bei einbrechender Dunkelheit? Aus dem Gehen wurde Rennen. Sie fiel auf die Knie, stand wieder auf, fiel abermals hin.

Endlich kam *Snare Cove* in Sicht und damit auch der gesunde Menschenverstand. Noch eine Nacht im Strandhaus, sagte Nina sich, und dann zurück nach London. Sie konzentrierte sich auf ihre bevorstehenden Flitterwochen, auf warme Sonnenliegen, gekühlten Champagner und Sieben-Gänge-Menüs in einer VIP-Suite. Mexiko? Dubai? Die Malediven? Jake behielt es für sich, eine Überraschung. So oder so, sie wusste, dass es der Urlaub ihres Lebens sein würde, die Krönung seines letzten großen Deals. »Mach dich drauf gefasst, mehr verwöhnt zu werden als je zuvor in deinem Leben«, hatte er versprochen und dabei von einem Ohr zum anderen gelächelt.

Nie hatte sie den Moment vergessen, als klargeworden war, dass Jakes Gehalt ihr Leben verändern würde. Er hatte seinen ersten Bonus bekommen, und natürlich war sie davon ausgegangen, dass er mit einer so großen Summe ihre Hypothek reduzieren würde. Später an jenem Tag war er mit Geschenken nach Hause gekommen einem Paar Diamantohrringe, einem Designermantel und einem riesigen Fernseher. »Keine Sorge«, hatte er gesagt. »Das ist erst der Anfang.«

Zuerst hatte das Geld sie schier geblendet. Ihnen war schwindelig geworden bei dem Versuch zu entscheiden, was sie damit anstellen sollten. Jetzt war es schwer, sich vorzustellen, *nicht* so viel zu haben. Sie genossen es – den Kick, während der Mittagspause shoppen zu gehen, dieselbe Designerhandtasche in zwei verschiedenen Farben zu kaufen, weil eben beide hübsch waren, Spontankäufe an exklusiven Kosmetiktresen zu tätigen und dabei nie ins Schwitzen zu kommen. Kein Rock ’n’ Roll mehr, aber ganz ehrlich, wen interessierte das schon? Sie hatten Dinge, alles Dinge, die sie wollten. Dabei waren sie nicht undankbar; sie wussten, dass sie Glück hatten. Sie wussten ihr Leben zu schätzen.

Vor allem Jake hatte große Freude daran, gut für sie sorgen zu können – ein Motiv, ahnte Nina, bei dem es wohl auch darum ging, seine Eltern zu beeindrucken, die stets seinen klügeren und irgendwie gelehrt wirkenden älteren Bruder vorgezogen hatten. Nicht dass das auch heute noch ein Thema war, jetzt nicht mehr. Eins hatte sie über Jakes Erfolg gelernt, nämlich dass es *nur* um Erfolg ging. Da war kein Platz für Schwäche oder Bedenken oder unterschwellige Geschwisterrivalität.

Gastgeschenke, dachte sie, während sie über den Kies schlitterte. Geschenke für die Hochzeitsgäste. Sie brauchte Ideen – etwas Besonderes, etwas Einzigartiges. Da war wieder einmal eine Liste fällig. Sobald sie wieder im Strandhaus war, würde sie sich daransetzen. Sie marschierte weiter. Doch als sie auf das Haus zukam, blieb sie abrupt stehen. Ein Gefühl banger Vorahnung überkam sie, das beängstigende Gefühl, dass sie nicht allein war. Sie leuchtete mit der Taschenlampe durch den Nebel. Dort war niemand. Nur ihr Kopf, redete sie sich ein, ihr Verstand spielte ihr Streiche, machte ihr Angst.

Dann sah sie abermals das Licht.

Es schwebte vor ihr in der Luft, dicht bei den Felsen, schwang über den schwarzen Wellen hin und her. Was hatte Merryn Rosewall noch einmal von Sally Winsel und der Strandräuberlaterne erzählt? Sie hatte ihn nicht ernst genommen. *Wieso* hatte sie nicht auf ihn gehört? Natürlich gab es jede Menge rationale Erklärungen. Ein Licht war ein Licht. Vielleicht ein anderer Klippenwanderer oder eine optische Täuschung? Ein Glühwürmchen? Wurden Glühwürmchen so groß?

Ihr Herz wusste Bescheid.

Ninas Beine begannen zu zittern. Ihre Haut kribbelte vor Furcht. Sie holte tief Luft, ballte die Fäuste, tappte langsam vorwärts.

»Wer ist da?«, rief sie. »Wer *sind* Sie?«

Und dann, so plötzlich wie es erschienen war, verschwand das Licht spurlos.

Als Nina die Tür des Strandhauses erreichte, schluchzte sie. Drinnen eilte sie in die Küche, schnappte sich ihr Handy und eine Flasche Wein. Damit stieg sie ins Bett, schaltete das Handy ein und wählte hektisch Jakes Handynummer. Keine Antwort. Sie versuchte es auf dem Festnetz. Es klingelte und klingelte. Noch einmal auf dem Handy. Nichts. Sie sehnte sich verzweifelt danach, eine vertraute Stimme zu hören, und versuchte es bei Alison. Es war doch noch nicht spät. Nicht für Alison. Alison – single, laut und energiegeladen – blieb abends gern lange auf. Jake bezeichnete sie als überkandidelt. Nina jedoch hatte durchaus Freude an ihrer Lebhaftigkeit, daran, wie sie ihr Leben einfach lebte.

Doch heute Abend war selbst Alison unerreichbar. Von Einsamkeit niedergedrückt, packte Nina ihren Koffer, bereit für die Heimreise. Dann legte sie sich aufs Bett und gab sich alle Mühe, tief und langsam zu atmen. Dort in der Stille kam eine weitere Polpeggen-Erinnerung zurück: ein Schlauchboot, ein leeres Schlauchboot, das ruhig im Mondlicht dahintrieb. Dieses Bild kannte sie gut. Während ihrer ganzen Kindheit hatte sie wieder und wieder davon geträumt – doch warum es jetzt wieder vor ihr auftauchte, war ein Mysterium.

6. Kapitel

Im hellen Licht des Morgens erwachte Nina voller Entschlossenheit, konzentrierte sich ganz auf ihre Mission: die Rückkehr nach London, zu Jake und der Hochzeit. Die Straße nach Polpeggen war baufällig und voller Schlaglöcher. Nicht ein einziges Auto kam vorbei. Es stimmte, was Danny gesagt hatte, dass auf dieser Seite der Bucht nie viel los war. Trotz der beeindruckenden Aussicht kam es ihr vor, als würde diese Gegend vollkommen ignoriert. Als die verfallenen Gebäude der *Goonstick Farm* in Sicht kamen, erinnerte sie sich an seine Bemerkung, sie sei Teil der Künstlerkolonie gewesen. Die Neugier gewann die Oberhand. Nina blieb vor der Feldsteinmauer stehen und spähte hinüber.

Der Bereich vor dem Haus war ein Wald aus Brennnesseln. Die Luft, die das Haus umgab, hatte etwas Regloses, Kränkliches. Inmitten der wuchernden Vegetation lauerten die verrosteten Kadaver alter Ackergeräte wie mechanische Grabsteine. Die Gebäude selbst waren völlig von Efeu überwuchert, und einer der Schuppen war teilweise eingestürzt. Nina drückte die Überreste des Gartentors auf und trat auf den Hof. Den Gestank von vermodernden Pflanzen in der Nase, ging sie auf die Tür des Farmhauses zu. Sie war abgeschlossen. Sie ging zu einem Fenster. Die Scheibe war voller Spinnweben. Das Zimmer dahinter war dunkel und still, keine Möbel, nackte Holzdielen. Doch die hintere Wand fiel Nina ins Auge; darauf prangte ein handgemaltes Wandbild – das Meer bei Sonnenuntergang, wie auf der Postkarte. In einem so funktionalen Bauernhaus sah das merkwürdig unkonventionell aus. Unter dem Wandbild war ein Kamin. Ein Haufen graue Asche lag leblos auf dem Rost; irgendjemand hatte den Kamin eindeutig benutzt, doch wie lange das her war, ließ sich unmöglich sagen.

Nina ging über den Hof zu den Nebengebäuden. Es waren drei kleine Schuppen, alle befanden sich in unterschiedlichen Stadien des Verfalls. Dieselben gelben Flechten, die die Schieferdächer von Polpeggen bedeckten, waren an den Mauern hochgekrochen. Während Nina sich umsah, befreite sie den Hof im Geiste von Nesseln und Unkraut. Sie lüftete das Zimmer mit dem Kamin, schrubbte den Schimmel von den Wänden, zündete das Feuer an. Unwillkürlich sah sie ihre Mum vor sich, die Version von ihr mit dem violetten Mantel, lachend und lächelnd, und wünschte sich irgendwie, die Mauern könnten sprechen, könnten ihr erzählen, was sie wussten. Plötzlich stob ein Schwarm Stare vom Giebel des Hauses empor. Dieser Lärm in all der Stille reichte aus, um Nina in die Flucht zu schlagen. Ihre Beine trugen sie rasch davon, fort von der Farm und die Straße hinunter. Sie rannte weiter, durch einen Tunnel aus Kiefern, vorbei an einer gepflegten Rasenfläche, und blieb erst stehen, als sie Polpeggen erreichte, wo sich die geschäftigen Kopfsteinpflasterstraßen freundlich und sicher anfühlten.

Der Bahnhofsvorsteher betrachtete Nina mit mattem Stirnrunzeln, dann reichte er ihr einen Fahrplan. Ehe sie diesen durchblätterte und sich auf einen Zug festlegte, beschloss sie, einen Spaziergang durch den Ort zu machen und einen letzten Blick auf das Lieblingsdorf ihrer Mum zu werfen, bevor sie aufgab. Der Geruch von altem Seetang, vermischt mit dem von Fish and Chips lag in der Luft. Surfer in Neoprenanzügen kamen vorbei, ihre sandigen Bretter unter den Arm geklemmt. Eine Gruppe Fischer wuchtete Kisten mit auf Eis gepackten Fischen auf einen Anhänger. Als Nina auf den Hafen zuging, fiel ihr auf, wie heiter und friedlich der helle, feine Sand und das türkisblaue Wasser waren. Vorgestern war ihr Polpeggen so fremd vorgekommen, jetzt jedoch, kurz vor ihrer Rückkehr nach London, begann sein Zauber vielleicht erst zu wirken. Sie sah, was Danny damit gemeint hatte, dass die Farbe des Meeres der ihrer Augen entsprach, und unbewusst begann sie, den Horizont nach dem roten Dreieck seines Segels abzusuchen. Aber wozu denn?

Die Hochzeit. Die Hochzeit. Die Hochzeit.

Prompt entfaltete Nina den Fahrplan. Sie las ihn mehrmals durch, ohne irgendetwas aufzunehmen, und zwang sich dann stumm, einen passenden Zug auszuwählen. Dann strich sie sich das Haar glatt und schaute auf die Uhr, doch gerade als sie aufstehen und gehen wollte, zündete ihre Erinnerung. Wie bei den anderen Malen überkam es sie so schnell und so heftig, dass sie nach Luft schnappen musste.

Ein Tag mit blauem Himmel. Licht auf dem Wasser, als hätte jemand eine Handvoll Glitter verstreut. Überall Leute, die im Sand buddelten, es sich gemütlich machten, Sonnenschirme und Liegestühle aufstellten. Ihre Mum in einem dunkelblauen Badeanzug, die Schultern von der Sonne verbrannt, hob Muscheln, Seetangschoten und grüne und weiße Glasstückchen auf, vom Wasser so glatt geschliffen wie Drachenaugen. Simple Strandschätze.

Sie und ihre Mum hockten am Strand und lächelten beide, und dann hörte sie die Stimme ihres Dads hinter sich, definitiv die ihres Dads, die ungeduldig befahl: »Dreckig! Widerlich! Schmeiß das weg, alles!«

Ninas Verstand war plötzlich ganz leer, und die Wirklichkeit holte sie mit einem Klacken wieder ein. Sie lehnte sich zurück und seufzte. Obgleich die Erinnerung verschwunden war, wusste sie, dass sie noch nicht aufgeben konnte – die Sehnsucht war zu stark. Noch einen oder zwei Tage. Sie faltete den Fahrplan zusammen und stopfte ihn in ihre Handtasche, zu dem Hochzeits-Notizbuch. Die Listen konnten warten. Jake konnte warten. Stattdessen ging Nina zum *Polpeggen Bay Museum.*

Im Gehen wanderte ihr Blick von einem Gesicht zum nächsten. Ein rundlicher Mann in rotem Pullover, mit silberner Brille und Haut wie Kochschinken, trat höflich zur Seite. Er schien im richtigen Alter zu sein, der richtige »Typ« zu sein. Sie lächelte ihn an, und er lächelte zurück. Ein anderer ging vor ihr her, aß mit Essig getränkte Pommes aus einer weißen Papiertüte; alt, aber rüstig, weißes Haar, Cargohosen. Dann noch einer, ein bärtiger Mann auf der Straße gegenüber, Lederjacke und Handy; er fing ihren Blick kurz auf, verharrte einen Moment lang, als gäbe es da etwas Unerledigtes, als erkenne er sie wieder. Sie speicherte sein Gesicht im Geist ab, setzte es auf Wiedervorlage.

Merryn Rosewall saß an seinem Schreibtisch und brütete über einem Kreuzworträtsel.

»Nina!« Er setzte sich auf. »Ich ... ich hätte nicht gedacht, dass Sie noch hier sind. Wir haben Sie nicht mehr gesehen, da dachte ich ...«

»Ich hatte zu tun«, erwiderte Nina. »Und eigentlich habe ich beschlossen, meinen Aufenthalt noch ein paar Tage zu verlängern.«

»Oh. Schön. Gut. Ich sag's Danny.«

»Danny? Hat er was über mich gesagt?«

»Na ja, er hat gesagt, Sie wären wild entschlossen, auf dieser grässlichen Klippe durchzuhalten ...«

Nina lief rot an. »Ich tue mein Bestes. Vorhin habe ich nach ihm Ausschau gehalten. Wo ist er denn den ganzen Tag?«

»Ach, hier und dort. Er hat seine Kunst. Verdient ein bisschen Geld mit Fischen, arbeitet hier und da was, aber meistens fährt er einfach nur in seinem Boot raus, macht sein eigenes Ding. Er hat's nicht so mit der Routine, unser Danny. Lässt sich nicht zähmen. Immer noch so freiheitsliebend wie schon als Junge, das hat sich nie ausgewachsen.«

»Hat's also nie mit dem Karriere-Hamsterrad probiert?«

»Großer Gott, nein!«

»Es ist still hier drin«, stellte Nina fest, bemüht, nicht zu lange über Danny zu reden.

»Hier kommen nur bei nassem Wetter viele Leute rein. An sonnigen Tagen haben alle was Besseres zu tun. Niemand möchte doch in diesem Land auch nur eine Sekunde Sonnenschein verpassen, nicht wahr? Ist mir aber ganz recht so, Nina. Ich hab das Museum gern für mich – mein privates Imperium, mein ganzer Stolz. Wenn sich Besucher langweilen oder aussehen, als ob sie das alles nicht beeindruckt, dann stelle ich mir oft vor, wie ich denen sage, sie sollen sich davonscheren.«

Nina lachte. »Ich habe überlegt, ob ich Ihnen wohl ein paar Fragen stellen darf«, meinte sie. »Sie haben doch gesagt, Sie kennen die Geschichte der Gegend hier. Und offensichtlich wissen Sie ja auch das eine oder andere über *Snare Cove* ...«

»Nur zu«, antwortete er, doch seine Körpersprache veränderte sich. Er hockte nicht mehr so krumm da, verschränkte die Arme.

»Ich ... ich wollte fragen, ob Sie irgendetwas über diese Künstlerkolonie wissen, die Polpeggen-Schule?«

Merryns Augen wurden groß. »Wo haben Sie denn *davon* gehört?«

»Danny hat sie erwähnt. Er hat etwas davon gesagt, dass die Leute aus dem Ort ihr gegenüber sehr kritisch eingestellt gewesen wären, von brisanten Gerüchten über Drogen und anstößiges Benehmen ...«

»Was? Das ist Unfug. Danny war ein Kind, als die Polpeggen-Schule noch irgendwie von Bedeutung war. Das war vor seiner Zeit. Und auch vor Ihrer.«

»Die Sache ist die, ich habe gehört ...«

»Das war eine andere Ära«, sagte Merryn wegwerfend. »Damals war es eben anders.«

»Das ist mir klar, aber, nun ja, ich wüsste gern, was meine Eltern damit zu tun hatten, wo ihnen doch das Strandhaus gehört hat. Können Sie mir sagen, ob sie dabei waren?«

Merryn zuckte die Schultern. »Möglich. Fällt mir schwer, mich zu erinnern. War nicht meine Szene.«

»Das meine ich doch gar ...«

Sie hielt mitten im Satz inne, ausgebremst von seinen kurz angebundenen Antworten. Ob er nun etwas wusste oder nicht, es war klar, dass er nicht gewillt war, näher darauf einzugehen, genau wie Danny gesagt hatte. Sie hatte vorgehabt, ihn auch nach H zu fragen, jetzt jedoch besann sie sich eines Besseren.

»Oh, na gut«, sagte sie. »Trotzdem, vielen Dank.«

»Gab's sonst noch etwas?«

»Nein.«

Er bemerkte den Fahrplan, der aus ihrer Tasche ragte. »Sind Sie sicher, dass Sie nicht nach Hause fahren wollen?«

»Ja. Nein. Äh, vielleicht.«

Als Nina zum Strandhaus zurückkam, hatte eine graue Wolkendecke die Morgensonne verdeckt. Dicke, platschende Regentropfen trommelten gegen die Fenster. Der Barb heulte durch die Bucht. Nina ging geradewegs in die Küche, zog den Korken aus der nächsten geerbten Weinflasche, schenkte sich ein Glas ein, nippte ein paar Mal und trank dann etliche große Schlucke. Am helllichten Tag saufen. Alison wäre stolz auf sie.

Müde vom vielen Wandern, ging sie ins Schlafzimmer, doch gerade als sie unter dem Türrahmen hindurchging, blieben ihre Füße wie angewurzelt stehen. Genau wie neulich stand das Bild der *Bessie* am Fußende des Bettes, viereckig und ordentlich.

»Was?«, entfuhr es ihr. »Was soll das?«

Sie sah sich um.

»Wer ist da? Wer macht das?«

Stille.

»Was *wollen* Sie?«

Eine Minute verging, vielleicht auch mehr, doch im Zimmer änderte sich nichts. Niemand erschien. Sie holte einen Kleiderbügel aus dem Schrank – das Beste, was sie als Waffe auftreiben konnte – und ging zum Fenster. Dabei lauschte sie auf Bewegungen, auf Schritte oder halblaute Worte, doch überall war es still. Auch in den anderen Zimmern. Sie hatte keine Spuren gesehen, keine Hinweise auf einen Einbruch. Niemand außer ihr war im Strandhaus gewesen. Vielleicht hatten die Wände ja im Wind geschwankt und das Bild losgeschüttelt? So abwegig das auch klang, sie klammerte sich an diese Idee, benutzte sie, um ihre Mitte wiederzufinden, um wieder rational denken zu können.

Mehr Wein.

Mit einem großzügig nachgeschenkten Glas in den Händen sah sie zu, wie die Wolken übers Meer zogen. Ein bedrohliches gelbes Leuchten nahm am Horizont Gestalt an, verhieß ein Unwetter. Nina wollte nicht an Stürme, Lichter und Sally Winsel denken. Sie wünschte, sie hätte Jake neben sich, damit er mit ihr kuscheln, damit sie sich sicher fühlen könnte. Ein Blitz spaltete den Himmel, dicht gefolgt von Donner. Sie wollte nicht zusehen. Also warf sie sich aufs Bett und vergrub für die Dauer des Gewitters das Gesicht in der Matratze. Erst, als die Stille zurückkehrte, blickte sie auf, irgendwann nach Einbruch der Dunkelheit. Es geschah ganz plötzlich, als hätte jemand einfach den Stecker gezogen. Der Donner verstummte, der Wind erstarb, und der Regen ließ nach. Die Stille kam ihr unheimlich und unnatürlich vor.

Das Erste, was Nina sah, als sie sich aufsetzte, war der Saum des violetten Mantels, der aus der Truhe heraushing. Auf der Suche nach Wärme und Trost zerrte sie ihn heraus, hängte ihn sich um die Schultern und legte sich dann wieder aufs Bett. Doch sofort spürte sie, wie etwas gegen ihr Bein drückte. Sie schob die Hand in die Tasche des Mantels. Ihre Finger stießen auf einen kleinen, harten Gegenstand, nicht größer als ein Fünfzig-Pence-Stück, der sich rau anfühlte. Ein Gegenstand, der vorher nicht dort gewesen war. Sie holte ihn heraus und hielt ihn hoch. Es war eine Brosche aus winzigen Muscheln und vom Wasser glatt geschliffenen Glasstückchen. Eine makellose Spirale auf einer Holzscheibe, mit einer verbogenen Nadel an der Rückseite. Handgefertigt, und zwar nicht von jemandem, der sich auf so etwas verstand, aber trotzdem auf ihre eigene Art wunderschön. Sie strich mit der Fingerspitze darüber.

»Du bist es, nicht wahr?«, flüsterte sie, und ein Lächeln lag auf ihren Lippen. »Mum, du bist es. Meine Erinnerung ... unten am Strand? Die Muscheln, die wir gesammelt haben? Die Brosche hier ...«

Sie schob die Nadel ins Revers des Mantels, schenkte sich noch ein Glas Wein ein, dann ging sie zum Fenster zurück und schaute über die Bucht hinaus. Die Dunkelheit durchtränkte alles, aber plötzlich hatte sie keine Angst mehr. Die Erinnerung an ihre Mum war ganz präsent, als sie die Taschenlampe des Taxifahrers nahm und Richtung Haustür ging.

Das Meer war jetzt ruhiger, die Luft frisch. Nina ging um das Strandhaus herum und dann über die Felsen. Das Licht erschien, so wie sie gehofft hatte. Sein weißer Schein schwang über dem Wasser hin und her, zu groß für eine Taschenlampe und zu real, um eine Spiegelung zu sein.

»Bitte«, flüsterte Nina. »Bitte sei du das, Mum.«

Sie leuchtete mit der Taschenlampe zu dem Licht hinüber, doch genau wie gestern verschwand es. Der Strahl erleuchtete nur den wieder heftiger gewordenen, schräg fallenden Regen. Vorsichtig ging Nina weiter.

»Mum?«, rief sie. »Wenn du das bist, wenn du's wirklich bist, ich will nur, dass du weißt, ich bin *hier*.«

Nichts geschah.

Schließlich wandte Nina sich enttäuscht wieder dem Haus zu. Doch kurz vor der Tür erschien das Licht von Neuem. Diesmal war es blendend hell und ganz nahe – zu nahe. Jäh schnellte es empor, stieg ein ganzes Stück über ihrem Kopf in die Höhe und stieß dann wieder herab, sodass Nina ins Stolpern geriet und ihr die Lampe aus der Hand glitt. Es pulsierte und wirbelte und ging dann ganz plötzlich aus. Eine formlose Schwärze füllte den Raum um Nina aus, und sie wusste augenblicklich, dass dies kein Spiel ihrer Mum war, sondern etwas Böses, etwas Schreckliches. Sie wollte weglaufen, doch noch ehe sie auch nur einen Schritt tun konnte, rammte das unsichtbare Wesen ihre Schultern mit solcher Wucht, dass es ihr den Atem verschlug, und stieß sie hart zu Boden.

Regungslos lag Nina in der Finsternis, zu verängstigt, um aufzuschauen. Ihr Herz fühlte sich an, als würde es gleich aus ihrem Brustkorb hervorbrechen, doch als nichts weiter geschah, öffnete sie die Augen und setzte sich auf – nichts als die Nacht und der

Regen und das Strandhaus. Taumelnd kam sie auf die Beine und rannte los. Wohin, war ihr gleichgültig. Ihre leichten Pumps machten das Laufen riskant, also kickte sie sie weg und lief barfuß weiter, den ganzen Klippenpfad entlang bis nach Polpeggen, achtete nicht auf die spitzen Steine, die ihr schmerzhaft die Sohlen zerschrammten. Der Wind heulte. Der Regen peitschte auf sie ein. Sie musste sich beim Laufen ducken und sich in den Wind lehnen. Mehrmals hätte sie beinahe das Gleichgewicht verloren und wäre die senkrechte Felswand hinunter ins Meer gestürzt, doch das war egal. Sie musste weiter.

Erst als sie die Lichter des Ortes erblickte, begann sie sich zu fragen, wohin sie sich wenden sollte. Es war spät, nach Mitternacht. Vielleicht würden ja ein paar von den alten Pubs offen sein, aber in denen konnte sie doch nicht übernachten – und zurück ins Strandhaus konnte sie ganz sicher nicht. Als sie das Kopfsteinpflaster erreichte, wurde sie langsamer. Der violette Samtmantel war völlig durchweicht und lastete schwer auf ihren Schultern – jetzt hatte er nichts Dekadentes oder Glamouröses mehr. Woge auf Woge krachte gegen die Hafenmole und überflutete den Kai. Die Straßen waren leer, aber in den Cottages an den höher gelegenen Straßen war Leben; dort brannte orangegelbes Licht, dort drinnen waren die Menschen sicher und geborgen. Und das war es, was sie wollte – Sicherheit, eine Zuflucht.

Irgendwohin musste sie doch gehen können.

Nina rannte von Neuem los. Diesmal nicht, um zu fliehen, sondern um voranzukommen. Sie fand das richtige Haus, die richtige Tür, kippte dagegen und klapperte mit dem Briefschlitzdeckel. Zuerst war alles still, dann Schritte, eine Stimme. »Wer ist da? Wer ...?« Die Tür ging auf. »Nina! Sie sind ja klatschnass! Und kalkweiß! Ist alles okay? Können Sie mich hören? Nina? Nina ...?«

Gelbe Stille senkte sich herab. Der Boden rutschte weg und die Wände wurden zu verschwommenen Schemen. Einen Augenblick lang gelang es Nina noch, sich abzustützen. Sie dachte, sie würde nach der Tür greifen, die von ihr wegzukippen drohte, dann spürte sie seine Arme um ihren Körper, die sie auffingen. Er hielt sie aufrecht und führte sie hinein.

7. Kapitel

Sonnenstrahlen strömten durch ein gewölbtes Oberlicht. Die freundlichen Geräusche des Hafens trieben herein. Nina rieb sich die Augen und ließ sich einen Moment Zeit, um sich zurechtzufinden. Sie stellte fest, dass sie auf einem durchgelegenen Futon lag. Den violetten Mantel mit der Muschelbrosche und ihre Jeans sah sie dicht daneben über einem Stuhl hängen. Das einzige Fenster in dem höhlenartigen Raum mit dem Tonnengewölbe war das Oberlicht, doch das war groß genug, um fröhliche Helligkeit hereinzulassen und das entwaffnende Meer aus Gerümpel auf dem Boden zu beleuchten:

Pappe, Plastikflaschen, leere Farbdosen, Zeitungsstapel, Metallrohre, Zahnkränze, Fahrradfelgen, Säcke voller Sägespäne und knorrige Treibholzbrocken. Es wirkte eher wie ein Recycling-Depot als eine Wohnung. Die einzigen funktionalen Einrichtungsgegenstände waren der Futon, ein Ikea-Beistelltisch, ein kleines Sofa und ein dreibeiniger Schemel. Ein Dutzend große Leinwände standen gegeneinandergelehnt an der Wand, halb unter einem Laken voller Farbspritzer verborgen. Flankiert wurden sie von einer Ansammlung abstrakter Skulpturen aus zusammengefügtem und -geschweißtem Krimskrams. Bettfedern an Fallrohren an Aluminium-Radkappen an Plastikflaschen an Holz an Krabbenpanzern ... Wie Miniatur-Monster ragten sie vom Boden empor, schienen sich zu winden und zu drehen, um vor sich selbst zu fliehen. Sie waren hässlich, amateurhaft.

Genau in diesem Moment kam Danny mit einem Tablett in den Händen durch eine Seitentür herein. Sein Haar war noch wirrer als sonst, und seine Jeans waren voller fettiger Handabdrücke.

»Hey, Sie sind ja wach.«

Barfuß nahm er ihr gegenüber auf einem umgestülpten Eimer Platz und stellte ihr das Tablett auf den Schoß. Daisy rieb sich an seinen Beinen und beäugte Nina misstrauisch.

»Hier. Toast und Tee.«

Nina lächelte dankbar.

»Sind die von Ihnen?«, erkundigte sie sich und zeigte auf die Krimskrams-Skulpturen.

»Treibgut-Kunst«, erklärte er. »Ich sammle auf, was am Strand angespült wird, und mache Skulpturen daraus. Zumindest versuche ich es. Inzwischen wissen die Leute davon, und wenn sie beim Spaziergang mit ihren Hunden oder so irgendwas finden, dann bringen sie es mir. Vorgestern sind ein Mädchen und ihr Vater hier mit einem völlig von Muscheln verkrusteten Geigenkasten aufgekreuzt! Sie würden sich wundern, was für andere Leute alles Müll ist.«

»Deswegen also der kaputte Schaukelstuhl?«

»Wie?«

»Neulich habe ich Ihr Boot in den Hafen fahren sehen, das mit dem roten Segel. Sie hatten einen alten, kaputten Schaukelstuhl dabei ...«

»Gut beobachtet, Blauäuglein. Haben Sie mir etwa nachspioniert?«

Nina wurde rot. »Nein.«

»Dieser Schaukelstuhl wird Teil meines neuesten Meisterwerks – und dann werden mir die Großen der Welt zu Füßen liegen«, meinte er glucksend. »Wie dem auch sei, Nina, Sie sind doch Kunstkennerin. Was meinen *Sie*? Gefallen Ihnen meine Skulpturen?«

»Sie sind ... ungewöhnlich.«

»Um ehrlich zu sein, das ist alles eigentlich nur so zum Spaß. Meine größte Liebe gilt der Malerei.«

Nina schielte rasch zu den Leinwänden hinüber.

»Zeigen Sie doch mal«, sagte sie.

Er schüttelte den Kopf. »Tut mir leid. Niemand sieht meine Bilder, bevor sie fertig sind.«

»Und wann werden sie fertig sein?«

»Wenn ich in Stimmung dafür bin.«

Er stockte, verspannte sich, sah aus, als wolle er dringend das Thema wechseln.

»Wissen Sie, Sie haben geschlafen wie ein Baby. Hätte ich eigentlich nicht gedacht, nachdem, na ja, nach gestern Nacht. Was ist denn eigentlich passiert? Ist alles okay?«

Nina setzte sich gerader auf, spürte einen dumpfen Schmerz im oberen Rücken. Die schrecklichen Ereignisse kehrten zurück, allerdings kamen sie ihr jetzt merkwürdig vor, wie ein Traum. Sie biss in den Toast. Er war warm und gut gebuttert. Urplötzlich merkte sie, wie hungrig sie war. Jeder Bissen kam ihr nahrhaft und kraftspendend vor.

»Wie ich sehe, haben Sie sich den Kopf angeschlagen.«

»Ach, das ...« Sie strich über die Beule dicht über ihrer Augenbraue, erinnerte sich an ihren Sturz in den Klippen.

»Nina, hat Ihnen jemand was getan?«

»Nein, ich bin hingefallen«, gestand sie peinlich berührt. »Ich bin in den Felsen rumgeklettert. Ist nicht weiter schlimm.«

Sie hielt sich den Teebecher unter die Nase. Der Tee roch süß und blumig.

»Kamille«, sagte Danny. »Aber passen Sie mit dem Becher auf.«

Der hatte etliche Sprünge und war voller Farbschmierer.

»Es tut mir leid, dass ich Sie gestern Nacht aufgeweckt habe«, sagte sie, »aber ich habe nicht gewusst, wo ich sonst hinsollte. Sie haben doch gesagt ...«

»Ist schon in Ordnung. Keine Sorge, ich hab sowieso nicht geschlafen. Wissen Sie, Sie waren ganz schön komisch drauf, als Sie hier aufgeschlagen sind. Sie haben irgendwas von einem Licht gesagt, was überhaupt keinen Sinn ergeben hat, und dann sind Sie umgekippt. Ich hab nicht gewusst, ob ich einen Arzt rufen soll. Verletzt schienen Sie nicht zu sein, also hab ich Sie einfach ins Bett verfrachtet. Den nassen Mantel und die Jeans habe ich Ihnen ausgezogen; ich wollte nicht, dass Sie sich erkälten. Sie waren klatschnass.«

»Danke«, sagte Nina. Sie hielt sich den gesprungenen Becher mit beiden Händen unter die Nase und atmete den warmen, tröstlichen Teedampf ein.

»Hören Sie, Sie brauchen's mir nicht zu erzählen, wenn Sie nicht wollen, aber wenn Sie reden *müssen*, mit der Polizei oder so? Wenn *doch* irgendwer irgendwas getan hat ...?«

»Nein.«

»Na schön, kann ich sonst noch etwas für Sie tun? Möchten Sie telefonieren? Noch etwas essen?«

Sie überlegte kurz. Sollte sie Jake anrufen?

»Ehrlich, es ist alles gut. Es war total albern«, meinte sie vorsichtig, wollte nicht zu viel sagen und völlig durchgeknallt wirken. »Ich hab Angst vor dem Gewitter gekriegt, das ist alles. Bin in Panik geraten und ins Dorf runtergerannt.«

»Barfuß?«

»Äh ... ja.«

»War ganz schön heftig, der Sturm«, meinte er, »aber nicht der Allerschlimmste. Wir hatten hier schon Wellen, die ein Boot glatt verschlingen könnten. Sowas kommt vor, wissen Sie? Wenigstens sind Ihre Klamotten jetzt trocken. Möchten Sie duschen?«

»Oh, und wie«, antwortete Nina, dankbar für die Aussicht auf ein paar Augenblicke Privatsphäre und die Chance, sich richtig waschen zu können.

Danny stand auf, holte ein Handtuch und zeigte ihr das Badezimmer. »Fühlen Sie sich wie zu Hause«, sagte er. »Aber wenn's Ihnen nichts ausmacht, überlasse ich Sie dann mal sich selbst ... die Liebe ruft.«

Nina schaute auf.

»In ein paar Tagen kommt ein Kunsthändler aus Bristol. Er ist wild entschlossen, meine Bilder international zu vermarkten. Hat mir eine Solo-Ausstellung versprochen.«

»Das ist ja toll!«

Danny zuckte die Achseln. »Tja. Vielleicht.«

»Das ist doch eine Superchance!« Nina wusste genau, was das Wort »Solo-Ausstellung« für die Künstler bedeutete, die sie vertrat.

Sie lächelte und schloss die Badezimmertür. Von drinnen konnte sie Danny hantieren und mit Staffeleien und Keilrahmen klappern hören. Einen Markt für die unbeholfene »Treibgut-Kunst« konnte sie sich nicht vorstellen, aber vielleicht waren seine Bilder ja besser? Angesichts der Größe und des Zustands seines Badezimmers bezweifelte sie das. Ästhetik war ihm offensichtlich nicht wichtig. Der Raum war eine düstere Grotte, vom Boden bis zur Decke mit abblätternder schwarzer Farbe gestrichen. Eine Badewanne gab es nicht, nur eine schlecht eingepasste Duschkabine mit angeschimmeltem Vorhang. Jake war empfindlich, wenn es um Bäder ging. Er hatte sie gern makellos, alles weiß und blitzblank – Doppelwaschtisch, Designer-Wanne, Hightecharmaturen. Er meinte immer, er fühle sich nur sauber, wenn er Bleiche riechen könne.

Zuerst kam nur kaltes Wasser aus der Dusche. Nina wappnete sich gegen das eisige Stechen, dann schrubbte sie sich den abgestandenen Schmutz von der Haut und wusch sich die Haare. Dabei fragte sie sich, ob Danny wohl an sie dachte, an diese merkwürdige Beinahe-Fremde, die sein Bett in Beschlag genommen hatte. Sie rubbelte sich mit dem fadenscheinigen Handtuch trocken, zog sich an und drückte dann die Tür auf. Durchdringende Gerüche nach Ölfarben und Terpentin stiegen ihr in die Nase. Sie spähte hinaus und sah Danny über seinen Leinwänden stehen, einen Spachtel in der Hand, das Laken zu seinen Füßen, die Schultern hochgezogen, die Arme eng an den Körper gepresst. Neugierig schlich sie ein paar Schritte vorwärts. Zu ihrer Verblüffung waren die Bilder – die wenigen, die fertiggestellt waren – wunderschön. Gekonnte, elegante Meerbilder in türkisgrünem Impasto, voller Energie, üppig und malerisch.

»Fantastisch«, stieß sie hervor, unfähig, ihre Überraschung zu verbergen. Bei *Image Internazionale* bekam sie es nur selten mit Werken von diesem Kaliber zu tun.

Danny fuhr herum. »Nein«, wehrte er schroff ab und kippte die Bilder fast zornig wieder gegen die Wand. »Sie sind noch nicht fertig!«

»Entschuldigung«, stammelte Nina. »Entschuldigen Sie, ich wollte nicht stören ... Ich hab nur ... Tut mir leid.«

Sie verdrückte sich wieder ins Bad und kämmte sich die Haare. Als sie schließlich herauskam, hatte Danny die Leinwände wieder zugehängt und war hinausgegangen, um eine Zigarette zu rauchen. Typisch Künstler, dachte sie bei sich. Sie und Jake hatten oft Witze darüber gemacht, wer von ihnen beiden den schwierigeren Job hätte. Jake hatte all den Stress damit, auf das Geld anderer Leute aufzupassen, sie jedoch, *sie* musste die zartbesaiteten Egos der Kunstwelt besänftigen. Sie fand Danny auf dem Kopfsteinpflaster sitzend, an die von der Sonne durchwärmte Wand des Sardinenschuppens gelehnt und das Gesicht dem Hafen zugewandt. Einen Moment lang zögerte sie, hatte schon Angst, er würde sie abermals anfahren, doch stattdessen lächelte er und winkte sie zu sich heran.

»Malen macht mich wahnsinnig«, erklärte er als eine Art Entschuldigung. »Nie kriege ich genug geschafft, und nie werde ich rechtzeitig fertig. Und trotzdem, ich könnte nicht *atmen*, wenn ich nicht malen könnte. Irgendwie ist es pervers. Das Leben wäre so viel leichter, wenn ich einfach nur Gartenarbeit und Gelegenheitsjobs machen würde ...«

»Aber weniger interessant?«

»*Viel* weniger interessant. Sehen Sie das Licht da draußen in der Bucht?« Er deutete mit einer Geste aufs Meer hinaus. »Ist Ihnen aufgefallen, wie es sich dauernd verändert? Mal denke ich, jetzt hab ich's, und am nächsten Tag fahre ich wieder hin, und es ist völlig anders.«

»Malen Sie auch noch etwas anderes als Meerbilder?«

»Nein«, erwiderte er knapp. »Warum sollte ich?«

»Was ist mit diesem Händler aus Bristol, glauben Sie, der nimmt Ihre Sachen?«

»Es ist ja noch nichts fertig. Ich tippe eher darauf, dass er wegen der fehlenden ausstellungsfertigen Bilder echt sauer ist und mich fallen lässt. Ich hab's vermasselt ... mal wieder.«

»Dann bitten Sie doch um eine Verlängerung.«

Danny seufzte und bedachte sie mit einem kleinen, betretenen Lächeln. »Das hier *ist* die Verlängerung.«

Nina dachte an all die frostigen »Jetzt machen Sie schon und malen Sie endlich«-Gespräche, die sie im Laufe der Jahre mit Künstlern geführt hatte. Warum verstanden die nicht, dass sie Bilder verkaufen mussten, um leben zu können, und um Bilder verkaufen zu können, mussten sie Interesse generieren. Und um Interesse zu generieren, mussten sie ihre Werke ausstellen. Ganz einfach.

»Wissen Sie, die Galerien sind nicht der Feind. Die wollen helfen.«

»Ach, echt jetzt? Die interessiert nicht nur, wie viel Provision sie aus unserer harten Arbeit rausschlagen können? Wie hieß Ihre Galerie noch mal, Nina? *Image International*?«

»Internazionale«, verbesserte Nina und betonte das z und das e.

»Sehr europäisch.«

Sie zuckte die Achseln, kaute auf der Innenseite ihrer Wange. Hilfloser Groll gewann die Oberhand.

»Bitten sagen Sie, dass Sie nicht auch so ein verkanntes Genie sind, das sein Potenzial verschleudert, weil es keinen Geschäftssinn hat. Wissen Sie, das hängt mir *dermaßen* zum Hals raus.«

Sie schloss die Augen, drückte den Rücken gegen die warme Hauswand. Wartete auf die Beleidigungen, doch zu ihrer Verblüffung lachte Danny laut los.

»Ha! Sie haben eine Nacht in meinem Bett geschlafen, Nina, und schon können Sie meine Gedanken lesen!«

Er erhob sich. »Ich hab eine Idee«, verkündete er voller Tatendrang und klopfte sich die Hände ab. »Warum nehme ich Sie nicht mal auf meinem Boot mit?«

Nina versteifte sich. »Oh nein …«

»Wind und Wetter sind genau richtig.«

»Nein, wirklich. Das ist ein nettes Angebot, aber ich muss meinen Zug kriegen. Und *Sie* müssen Bilder fertig malen …«

»Die können warten.«

»Ihr Kunsthändler aus Bristol sieht das vielleicht nicht so.«

»Ach, dessen Anforderungen habe ich in den letzten

zehn Monaten nicht erfüllen können, da werde ich's also kaum an einem Tag schaffen. Ich pfeif drauf.«

»Das ist nicht die richtige Einstellung.«

»Klappt bei mir aber prima. Also, gehen wir segeln? Wir machen einen Tagestörn ...«

»Nein«, wehrte Nina energisch ab.

Danny starrte sie so lange an, dass sie verlegen wurde. Sie schüttelte ihr Haar, scharrte unbehaglich mit den Füßen. Daisy kam mit einem Gummiknochen im Maul angetrottet.

»Sie will ihren Morgenspaziergang. Wenn Sie nicht segeln wollen, dann kommen Sie vielleicht mit zum Strand? Wir lassen Steine hüpfen ...«

»Steine hüpfen lassen? Das ist doch Zeitverschwendung. Wenn Sie einer von meinen Künstlern wären, Danny, ich schwör's, ich würde Sie irgendwann abmurksen! Wie kann Ihnen Ihre Karriere so gleichgültig sein, Ihre finanzielle Sicherheit ... Ihre *Zukunft*?«

»Also, kommen Sie jetzt mit spazieren?«

»Ich *kann* nicht.« Nina schüttelte den Kopf. »Ich muss zurück nach London. *Ich* habe Verpflichtungen – und eine riesige To-do-Liste.«

»Eine To-do-Liste?«

»Ja.«

»Klingt echt spaßig. Voll der Brüller.«

»Zeit ist kostbar. Ich bin eben gern organisiert.«

»Und es würde Ihnen schaden, wenn Sie zwanzig Minuten ihrer kostbaren, organisierten Zeit damit zubringen, an einem sonnigen Vormittag spazieren zu gehen?«

Daisy bellte.

»Nur mal so aus Spaß?«

»Okay, *okay*. Wenn's nur zwanzig Minuten sind, aber kein Steine-Hüpfen-Lassen.«

Danny lachte. »Wissen Sie«, sagte er und stupste sie sachte an, »ich bin mir nicht sicher, ob Polpeggen für jemanden bereit ist, der auf so knochentrockene Weise effizient ist wie Sie.«

Der Strand am Hafen brummte vor fröhlicher Aktivität: Boote wurden beladen, Kutter liefen aus. Kinder mit Schaufeln und Eimern, die buddelten und gossen. Nina konnte nicht umhin zu bemerken, dass niemand es eilig zu haben schien. Anscheinend waren alle glücklich und zufrieden. Daisy jagte Wellen nach und schleppte Seetang an. Als sie über den Sand schlenderten, wurde Danny von mindestens einem Dutzend Leute gegrüßt. Anscheinend kannte er alle und jeden, von den Restaurantbesitzern bis zu den Straßenfegern. Er lächelte und nahm sich Zeit für einen Schwatz. Einmal entwischte einer Gruppe fußballspielender Halbwüchsiger der Ball und knallte ihm gegens Schienbein. Er hob ihn auf, ließ ihn zweimal auftippen und kickte ihn dann zurück.

Eine Kleinigkeit. Keine große Sache. Doch sie blieb Nina wie Reue in der Kehle stecken.

Vor ein paar Monaten waren sie und Jake mit der Sonntagszeitung und einem Picknick in den Regent's Park gezogen. Ein Fußball hatte sich in die Nähe von Jakes Füßen verirrt, und er war so genervt gewesen, dass er ihn gepackt und den Übeltäter – einen kleinen Jungen, ein höchstens fünf- oder sechsjähriges Kind – angeblafft hatte, er solle »gefälligst seine Privatsphäre respektieren«. Sie berührte die Muschelbrosche, die noch immer an dem violetten Mantel steckte. Aus heiterem Himmel stiegen ihr plötzlich Tränen in die Augen.

»Nina?«, fragte Danny verblüfft. »Alles okay?«

Sie konnte nicht sprechen, konnte ihn nicht ansehen. So trivial es auch war, der Gedanke daran, wie Jake diesen kleinen Jungen angefahren hatte, gab ihr den Rest. Schließlich nahm Danny sie ratlos in die Arme und strich ihr übers Haar. Bei dieser zartfühlenden Reaktion hätte sie am liebsten noch mehr geheult.

»Ich glaube ja eigentlich nicht, dass To-do-Listen *so* furchtbar sind«, flüsterte er und wischte ihr die Tränen mit dem Ärmel ab. »Davon könnte ich ja weiß Gott auch ein paar gebrauchen ... Aber hier geht's doch nicht darum, dass ich mich über Ihre Effizienz lustig gemacht habe, oder? Ist es wegen dem, was gestern Nacht passiert ist?«

Nina schniefte und wischte sich die Wangen ab.

»Ja. Nein. Ich meine, ja, wegen gestern Nacht und ... *allem anderen.*«

»Erzählen Sie's mir«, sagte er.

Nina zögerte, überlegte genau, was sie sagen sollte.

»Sie müssen mir versprechen, dass Sie mich nicht für bescheuert halten«, warnte sie.

»Pfadfinderehrenwort.«

»Die ganze Zeit, die ich im Strandhaus war«, erklärte sie, während sie wieder losgingen, »war's, als wäre da – ich fasse es nicht, dass ich das sage – eine *Präsenz*. Dieses Bild von neulich, das war wieder nicht an seinem Platz. Wie geht das? Und dann ist da ein Licht, wie das, von dem Ihr Onkel gesprochen hat, ein Licht am Strand. Ich sehe es immer wieder. Gestern Nacht, nach dem Gewitter, bin ich rausgegangen, weil ich gedacht habe ... Ich habe gehofft ... Jedenfalls, während ich draußen war, hat es ... mich *erwischt*. Eben war es noch neben mir, dann war es ganz hoch oben, und dann war es weg. Ich konnte es nicht sehen, ich konnte es nur fühlen. Es hat mich so fest gerammt, dass ich hingefallen bin. Mein Rücken tut immer noch weh.«

Danny hörte zu; er lachte oder lächelte nicht. Anscheinend war er überzeugt oder zumindest aufrichtig betroffen. Nina fühlte sich besser. Es war eine Erleichterung, diese Last zu teilen.

»Höre ich mich an, als wäre ich verrückt?«

»Nö. Na ja, vielleicht ein bisschen. Aber wie eine Lügnerin kommen Sie mir nicht vor. Und Sie *wirken* auch nicht wie eine Irre. Wenn es Ihnen hilft: neben Onkel Merryns Märchen aus der alten Welt von verzweifelten Schmugglern gibt's noch ein paar andere Theorien über Lichter auf Klippen. Es gibt da so eine allgemeine hiesige Küsten-Mythologie – ein Phänomen der Dunkelheit, das dazu da ist, Menschen in Sicherheit zu führen ... oder in Gefahr. Manche sagen, es ist ein schlechtes Omen. Andere behaupten, es sind die Seelen toter Seemänner, die vor künftigen Schiffsunglücken warnen, oder ...«

»Oder Sally Winsel?«

»Vielleicht. Wer weiß?«

»Glauben *Sie* das, Danny? Glauben *Sie*, dass es in der *Snare Cove* spukt?«

»Ich glaube ... mein Onkel kann gut Geschichten erzählen.«

»Vor einer Woche wäre ich ganz Ihrer Meinung gewesen, aber ich habe dieses Licht selbst gesehen, mehr als einmal. Was Ihr Onkel gesagt hat ...«

»Denken Sie, was Sie denken wollen, Nina, aber wenn Sie mich fragen, kann Ihnen das niemand besser beantworten als Sie selbst. Vielleicht ist Ihr Licht ja alles, was es für Sie sein soll.«

Nina nickte. Was *sollte* das Licht für sie sein? Eine optische Illusion? Eine Botschaft aus dem Jenseits? Eine Warnung? Eine Drohung? Oder ein Zeichen der Hoffnung? Wieder stieg ein Emotionsschwall in ihr empor.

Instinktiv wusste sie die Antwort.

»Müssen Sie wirklich ganz schnell wieder zu Ihrer To-do-Liste zurück?«, wollte Danny wissen, als sie sich eine Bank am Kai suchten. »Ich will ja nur sagen, wenn Sie mehr über Polpeggen und das Licht und das Strandhaus und Ihre Eltern rausfinden wollen, dann doch lieber hier als zu Hause in London. Ist nur so ein Gedanke. Machen Sie genau das, was Sie wollen.«

Nina bemühte sich, ihr London-Gehirn anzuwerfen. Sie tat ihr Bestes, sich ihr Zuhause bildlich vorzustellen, die makellosen Zimmer, die blitzblanken Bäder, die italienische Küche. Sie beschwor Jake herauf, wie er ihr am frühen Morgen Kaffee brachte und sie akkurat küsste. Sie malte sich die Fahrt zur Arbeit aus, wie die Pläne für den Tag in ihrem Kopf umherschwirrten, das goldene Notizbuch auf ihrem Schoß. Es war alles da, aber jedes Bild erschien leblos, ohne jeden Schwung, ohne jedes Funkeln. Und was die Hochzeit anging, also, die kam ihr plötzlich vor wie eine grauenvolle, gewaltige Katastrophe, die auf sie wartete.

»Ich könnte wohl noch hierbleiben, ein bisschen«, sprudelte sie hervor; ganz taumelig, weil sie es laut aussprach. »Das Einzige, wohin ich *nicht* zurückkann, ist das Strandhaus. Nicht nach …«

»Noch mal bei mir?«, schlug Danny vor.

»Nein, ich …«

»Ich schlafe auf dem Boden«, versicherte er. »War absolut bequem gestern Nacht. Anscheinend schnarchen wir beide nicht, also …«

»Danke, aber ganz ehrlich, ich bin nicht auf der Suche nach einem Gratis-Schlafplatz.«

»Oh, ich werde Ihnen schon was berechnen.«

Nina zögerte, dann ging ihr auf, dass er scherzte. Sie brachte ein Lächeln zustande, spürte, wie ihre Beklommenheit nachließ.

»Jetzt mal im Ernst«, sagte Danny, »ich weiß, es ist nicht gerade ein Nobelhotel, aber Sie können gern bleiben. Aber ich helfe Ihnen auch, eine Pension zu finden, wenn Ihnen das lieber ist.«

»Eine Pension wäre toll«, antwortete Nina, dann fiel ihr etwas ein. »Aber all meine Sachen, meine Klamotten, mein Handy, mein Portemonnaie – das ist alles noch im Strandhaus.«

»Ich hol's Ihnen, unter einer Bedingung.«

»Was denn?«

»Sie gehen mit mir segeln.«

»Um diese Jahreszeit sind viele Pensionen ausgebucht. Da gibt's das *Crow's Nest* ganz oben an der Straße. Altmodisch, aber nett. Oder *Blade House*. Na ja, eigentlich sind die für gewöhnlich beide voll. Dann gibt's noch *The Golden Swan* ...« Er hielt inne, zog eine Braue hoch. »Die Besitzerin ist ein bisschen exzentrisch.«

»Meinen Sie die Pension Ihrer Tante? Die, die Sie schon mal erwähnt haben?«

»Genau. Um ehrlich zu sein, sie könnte ein paar Gäste mehr gut gebrauchen. Tante Margot hat ihr ›Kein Zimmer frei‹-Schild schon seit Jahren nicht mehr benutzt.«

»Sie sagen, sie ist exzentrisch. Inwiefern?«

»Oh, sie ist harmlos. Nur ein bisschen zwanghaft in Sachen Gott.«

»Religiös?«

»Eher fanatisch. Den größten Teil ihres Lebens verbringt sie damit zu fürchten, dass der Teufel sie holen kommt, aber wenn Sie mit ihrem Unfug klarkommen, dann könnten Sie in einer sehr gemütlichen Pension übernachten. Und obendrein ist es noch billig.«

»Sie ist Merryns Schwester, richtig? Die, die mit ihm in der Künstlerkolonie rumgehangen hat?«

»Ja, hey, vielleicht soll das ja so sein? Wenn irgendjemand Ihnen ein paar Details über Ihre Mum und das Strandhaus erzählen kann, dann Tante Margot. Halten Sie ein bisschen Bibelgeschwafel aus?«

»Ich denke schon.«

»Dann los. Ich bringe Sie hin, dann fahre ich zum Strandhaus rauf und hole Ihre Sachen.«

»Danke«, sagte Nina. »Aber sollten Sie nicht lieber mit Ihrer Malerei weitermachen?«

Danny runzelte die Stirn. Ein heikles Thema.

»Kunst kann warten«, verkündete er, die Sonne in den Augen.

The Golden Swan lag am oberen Ende einer Kopfsteinpflastergasse und hatte einen schmalen Streifen Hafenblick zu bieten. Die Granitmauern erinnerten an eine Burg, sie waren viel zu dick für die Größe des Gebäudes.

»Kein Fluchen«, mahnte Danny, als er auf die Klingel drückte. »Kein Nackt-Herumlaufen, keine Drogen, kein Voodoo. Und denken Sie ja immer daran, die Schuhe auszuziehen.«

Nina lächelte abermals und war sich nicht sicher, ob das ein Witz war oder nicht. Kurz darauf hörten sie, wie Schlüssel klirrten und im Schloss herumgestochert wurde.

»Nicht weggehen! Ich komme gleich!«, ließ sich eine leutselige Stimme vernehmen.

Die Tür ging auf. Daisy bellte und sprang hoch.

»Aha! Daisylein! Und Danny!«

Dort stand Tante Margot, klein und rund, in beigefarbener Hose und weißer Bluse. Ihr Haar war grau, ihre Haut jedoch war von rosiger Jugendlichkeit. Sie trug eine goldene Kette mit einem Kruzifix um den Hals und Ohrringe, die klingelten, wenn sie redete. Alles in allem sah sie sehr nett aus.

»Hallo, Tantchen. Das ist Nina. Sie braucht ein Zimmer. Hast du was frei?«

»Ja, ich habe tatsächlich ein Zimmer«, antwortete sie. »Das große Bett ist bezogen, reicht das?«

»Das wäre perfekt«, versicherte Nina.

»Nur für Sie?«

»Ja.«

»Dann kommen Sie mal lieber herein. Sie haben doch sicher nichts dagegen, wenn ich Sie erst segne ...«

Nina schielte kurz zur Seite. Danny zuckte mit den Schultern, als wolle er sagen »Ich hab's ja gesagt«. Tante Margot tauchte die Hand in einen Messingbehälter, der anscheinend eine Art Weihwasser enthielt. Sie schlug das Kreuz und bespritzte Nina freundlich lächelnd mit Wasser; dann tat sie dasselbe mit Danny.

»Ich muss sagen, so früh habe ich gar nicht mit Besuchern gerechnet. Ich habe mich noch gar nicht richtig zurechtgemacht.«

»Das sagt sie immer«, flüsterte Danny, als sie ihr in den Hausflur folgten, der sich zugleich als Wohn- und Frühstückszimmer erwies. Die Wände und der Teppich waren von demselben emotionslosen Beige wie Tante Margots Hosen. Auf den Tischen standen funkelnde Gläser, und daneben lagen Leinenservietten, dezent und ordentlich. Der einzige Hinweis auf die Eigenheiten der Besitzerin war die Ansammlung feierlicher Kruzifixe an der hinteren Wand; in einem so bürgerlichen Raum wirkten sie fehl am Platze.

»Genau das, was man betrachten möchte, während man seine Cornflakes mümmelt«, flüsterte Danny.

»Hier.« Margot hielt ihr einen Schlüssel hin. »Das Tintagel-Zimmer. Es wird Ihnen bestimmt gefallen, es gefällt jedem. Kommen Sie mit.«

In dem Zimmer stand ein Bett mit einem Rüschenüberwurf aus pfirsichfarbenem Satin; die Vorhänge waren aus demselben Stoff. Zu Ninas Erleichterung gab es hier nur ein einziges Kruzifix, ein schlichtes hölzernes an der Wand neben dem Fenster, von dem man die Bucht und in der Ferne *Snare Cove* sehen konnte.

»Die Aussicht berechne ich nicht extra«, bemerkte Margot. »Nicht wie so manch anderer.«

»Es ist ein hübsches Zimmer«, versicherte Nina leise. Der Blick auf *Snare Cove* machte ihr zu schaffen – sie würde mit Freuden in einem Pappkarton schlafen, dachte sie im Stillen, wenn sie dadurch nur von dort fortkäme.

»Wie wär's mit einer Tasse Tee? Du kommst mich nicht oft genug besuchen, Danny. Und dabei wohne ich doch nur ein paar Straßen weit weg. Immer viel zu tun, wie? Mit deinen Bildern ...«

Danny fing Ninas Blick auf.

»Er ist ein Künstler, mein Neffe«, fuhr Margot fort und richtete ihr Geplapper jetzt an Nina. »Der beste in der ganzen Gegend. In Exeter kennt man ihn. Und in Bristol. Bald hat er eine Ausstellung. Natürlich werde ich sie mir nicht selbst ansehen ...«

»Du solltest kommen, Tante Margot. Onkel Merryn nimmt dich bestimmt gern mit.«

»Ach, du weißt doch, dass ich nicht gern rausgehe, Danny. Meine Hüften erlauben es nicht. Also, dann kümmern wir uns mal um den Tee.«

Als Margot den Tee in blitzsaubere Tassen schenkte, prasselte ein Schauer aus Kieselsteinen gegen das Fenster, gefolgt von jugendlichem Gelächter.

»Gören!«, sagte Margot.

»Ich sag ihnen, sie sollen dich in Ruhe lassen.« Danny ging rasch Richtung Tür.

»Mach dir keine Mühe, Schatz«, wehrte Margot ab. »Das ist denen oft genug gesagt worden. Das macht es nur schlimmer.«

Sie reichte Nina eine Tasse mit Untertasse und bot ihr die Zuckerschale an.

»Ich mag ja richtiges Porzellan, Sie nicht auch? So

viel zivilisierter. Warmes Frühstück für die Gäste gibt es von acht bis halb zehn, das Übliche halt.«

»Sie stapelt tief«, bemerkte Danny. »Ihr Rührei ist ’ne Wucht.«

»Nun ja, so weit würde ich nicht gehen, aber ich weiß schon, wie man schönes, deftiges Rührei macht. Läuft alles auf einen ordentlichen Klecks Rahm hinaus. Wie lange werden Sie denn bleiben, Liebes? Diese oder nächste Woche habe ich keine anderen Buchungen für das Tintagel-Zimmer. Ende des Monats kommt ein alter Herr mit seiner Katze, aber abgesehen davon gehört es Ihnen.«

»Oh, ich bezweifle, dass ich so lange bleibe ... vielleicht, äh, drei oder vier Nächte?«

»Nun, wie Sie mögen. Es ist mir ein Vergnügen, mich um eine Freundin von Danny zu kümmern. Ich nehme es hier nicht so genau. Wenn Sie nach Belieben kommen und gehen wollen, soll es mir recht sein. Meine einzige Regel ist, dass Sie jedes Mal ein bisschen von dem Wasser nehmen, wenn Sie eintreten. Es stört mich nicht, wenn Sie keine Christin sind, aber ich persönlich möchte dieses Haus reinhalten. Sie können gern einen eigenen Schlüssel haben. Lassen Sie mich bloß wissen, um wie viel Uhr Sie frühstücken möchten.«

Als sie in den Sonnenschein hinaustraten, stupste Danny Nina an.

»Sehen Sie, sie ist gar nicht so schlimm.«

»Sie ist reizend.«

Mit einem Kopfnicken deutete Danny auf Ninas Armbanduhr. Nina sah, dass er keine trug, wahrscheinlich tat er das nie. »Schickes Teil. Sind das echte Diamanten?«

»Ja«, antwortete Nina verlegen.

Sie hasste diese Uhr. Jake hatte sie ihr letztes Jahr zum Geburtstag geschenkt. Zuerst hatte sie sie toll gefunden, aber nach ein paar Tagen hatte sich die Freude gelegt. Zu klobig, zu protzig, doch das hatte sie Jake nicht sagen wollen, also trug sie sie pflichtbewusst.

»Wie spät ist es denn?«

»Zwanzig nach zehn.«

»In einer Stunde ist die Flut gerade richtig«, meinte Danny. »Dann gehen wir an Bord ...«

Nina bremste ihn. »Ich habe Ihnen doch gesagt, ich gehe nicht segeln.«

»Nina, wenn Sie in Polpeggen bleiben, dann werden Sie sich an eine andere Art zu leben gewöhnen müssen. Hier gibt's keine To-do-Listen oder Fünf-Punkte-Pläne. In meiner Welt tue ich, was mir gefällt, und zwar wann es mir gefällt. Und jetzt, bei solchem Wetter, würde es mir gefallen, mit Ihnen in meinem Boot rauszufahren ...«

»Zum letzten Mal«, fauchte sie ihn an, »ich *mag* Boote nicht. Segeln. Meer. Wasser. Schwimmen. Swimmingpools. Läuft alles nicht.«

»Aber Sie könnten doch ...«

»Nein!«

Er hielt ihrem Blick stand, senkte das Kinn ein wenig. »Ich gebe Ihnen eine halbe Stunde, um noch mal genau darüber nachzudenken«, sagte er mit einem wölfischen Funkeln in den Augen. »Warten Sie im *Onshore Café* auf mich, unten am Hafen. Wenn Sie mir die Schlüssel für Ihr Strandhaus geben, hole ich Ihre Sachen, und dann sehen wir weiter.«

Überrumpelt reichte Nina ihm ihren zweiten Satz Schlüssel, stopfte den anderen zurück in die Tasche und sah zu, wie er davonging, mit diesem großspurigen, selbstzufriedenen Gang. Wie ein König. Wer war diese sture, chaotische Katastrophe von einem Mann? Und wie, *wie* kam es, dass er sie allmählich tatsächlich in Versuchung führte, genau das zu tun, was sie nie, niemals tat ...

Nina fand einen Tisch draußen auf der Terrasse des *Onshore Café*. Eine zerzauste Kellnerin, die mehr wie eine Surferin aussah, nahm ihre Bestellung entgegen und ging dann zum Tresen zurück, um dort mit einer uralten Cappuccino-Maschine zu hantieren. Nina war froh, einen Moment ganz für sich zu haben. Ihr Kopf fühlte sich benommen an, als purzele sie haltlos durch jede Minute, unfähig – und auch nicht gewillt –, ihre Gefühle unter Kontrolle zu halten. Dass Danny so erpicht darauf war, den Tag mit ihr zu verbringen, machte sie auf nervenaufreibende Weise neugierig, und zugleich war es ihr wahnsinnig unangenehm. Sie ging nicht ins Wasser. Jeder wusste das.

Eine Stunde später als verabredet tauchte Danny mit ihrem Louis-Vuitton-Koffer und ihrer Handtasche wieder auf.

»Sie stehen auf Glitzerkram, wie?«, fragte er und stellte ihr das Gepäck vor die Füße.

»Das waren Geschenke«, entgegnete Nina und erblickte dabei das goldene Notizbuch, das in der Tasche steckte. Hatte Danny darin herumgestöbert? fragte sie sich. Hatte er ihre Hochzeitspläne gefunden? Dann hätte er doch bestimmt etwas gesagt.

»Da oben ist alles ruhig«, berichtete er. »Keine Gespenster, keine geheimnisvollen Lichter. Ich hab mich kurz umgesehen, nachgeschaut, ob alles in Ordnung ist, und dann abgeschlossen.«

Er warf ihr die Schlüssel zu. Sie bedankte sich bei ihm.

»Wissen Sie, viel wäre nicht nötig, um das Haus wieder auf Vordermann zu bringen. Ein paar Monate Arbeit, und Sie haben ein schönes neues Zuhause; und außerdem würden Sie von der Aussicht nie genug kriegen. Ach, übrigens, ich hab gedacht, das hier brauchen Sie vielleicht. Lag auf dem Küchentresen.«

Er zog ihr Handy aus der Tasche und legte es auf den Tisch. Hastig griff sie danach und sah auf den Bildschirm. Eine ganze Reihe unbeantworteter Anrufe: drei von Alison, zwei von der Schneiderin, eine vom Hochzeits-Caterer und sieben von Jake.

»Ich bringe Ihren Koffer schnell zu Tante Margot«, erbot sich Danny freundlich, »und dann besorge ich uns was zum Picknicken. Dauert nicht lange. Entspannen Sie sich, trinken Sie noch ’ne Tasse Kaffee.«

Nina runzelte die Stirn und zog dann eine Braue hoch. »Das haben Sie schon vorhin gesagt, und dann hat’s eine Ewigkeit gedauert. Ich kann nur eine begrenzte Menge Kaffee trinken, wissen Sie?«

»Nina, hier gilt die Polpeggen-Zeit. Da passiert alles Mögliche. Ablenkungen. Umwege. Wir schwimmen mit dem Strom. Gewöhnen Sie sich daran.«

Mit schelmischem Lächeln sauste er wieder los. Wütend starrte Nina ihr Smartphone an. Sie scrollte zu Jakes Nummer, holte tief Luft und drückte auf die Anruftaste. Es klingelte einmal.

»Herrgott noch mal, Nina! Wieso hast du nicht zurückgerufen?«

»Ich ... ich war beschäftigt.«

»Beschäftigt? Ich bin dein *Verlobter*, Himmel, Arsch und Zwirn! Du hast gesagt, du kommst nach Hause!«

»Ich weiß. Entschuldige. Ich hab nur ... ich hab ein bisschen Freiraum gebraucht.«

»Ach, *komm* schon, Nina! Du hattest deine kleine Mini-Pause, jetzt wird's Zeit, in die Realität zurückzukehren. Was *machst* du da unten überhaupt? Was könnte wichtiger sein, als die eigene Hochzeit zu planen?«

Fast tausend Kilometer lagen zwischen ihnen, und trotzdem schaffte er es, dass sie ein schlechtes Gewissen bekam. Sie seufzte und starrte in den Himmel.

»Tatsache ist, Nina, ob du nun ans Handy gehst oder nicht, ich hab angerufen, weil ich gute Neuigkeiten habe ...«

»Neuigkeiten?«

»Wegen der Torte. Ich hab da so eine geniale Online-Konditorei gefunden. Die können für uns auf den letzten Drücker ein wahres Wunder vollbringen. Anscheinend lernen ihre Bäcker in Paris ...«

»Aber wir haben doch gesagt, deine Kusine Sue soll die Torte machen. Sie freut sich doch schon so darauf, und sie war doch so nett.«

»Nein, das hast *du* gesagt. Ich hab gesagt, lass uns was richtig Schickes kaufen. Jetzt mal im Ernst, Nina, wir können doch nicht eine Hochzeitsfeier mit allen Schikanen vom Stapel lassen und dann Sues klitschigen alten Obstkuchen auffahren. Ich weiß, du magst sie, und es ist lieb von dir, dass du ihr das überlassen wolltest, aber jetzt, wo ich drüber nachgedacht habe, finde ich, dass wir das einfach nicht machen können. Weißt du noch, wie wir damals zum Abendessen bei ihr waren, nach diesem fürchterlichen Ausflug? Sie hat uns Koteletts gebraten. Hat die rohen Koteletts direkt auf die Arbeitsplatte geklatscht, wo ihre Katzen sich die Ärsche geleckt hatten. Ich bin mir ziemlich sicher, dass sie als Bäckerin nicht geeignet ist.«

»Aber sie hat sich doch jetzt darauf eingestellt und alles geplant!«

»Hey, wenn's dir dann besser geht, können wir ja ihren Kuchen mitnehmen und so tun, als ob wir ihn benutzen wollen, und dann sagen, es ist irgendwas damit passiert und ihn wegschmeißen. Das kriegt sie doch nie raus.«

Er fing an zu lachen, als er das sagte. Nina stimmte nicht ein. Vor ein paar Jahren hätte Jake viel lieber Sues Hochzeitstorte genommen als irgendeine schicke, überteuerte Designer-Kreation. Geld zu haben, hatte für viele Veränderungen in ihrem Leben gesorgt, aber nicht alle davon waren von nobler Art.

»Hör zu, Baby«, fuhr er fort und umging elegant Ninas Missmut. »Ich will doch nur, dass der Tag absolut perfekt wird. Ich möchte, dass alle anderen Hochzeiten dagegen alt aussehen. Wir haben's verdient. Wir haben hart dafür gearbeitet.«

Nina krümmte sich, verkrampfte sich vor hilflosem Groll. Sie bemühte sich, das alles wichtig zu finden. Sie wollte es alles wichtig finden. Es *war* ja auch alles wichtig.

»Ich weiß, ich *weiß*. Du hast recht.«

Die Worte rollten wie Steine hervor, fest, aber leblos.

»Du sagst doch, du willst dich wie eine Prinzessin fühlen, Nina, und so wirst du dich auch fühlen, ich versprech's dir. Also, wann kommt dein Zug an? Ich hol dich vom Bahnhof ab ...«

»Noch nicht.«

»Was?«

»Ich fahre noch nicht nach Hause.«

»Was hast du für ein *Problem*? Wieso kannst du nicht einfach nach Hause kommen? Ich meine, bitte, Baby, sei ehrlich, hast du's dir etwa anders überlegt oder so? Weil, ich hänge hier nämlich echt in der Luft.«

»Nein«, antwortete sie mit ihrem zaghaftesten Stimmchen.

Dann hielt sie kurz inne, überlegte, wohin sie das Gespräch steuern sollte.

»Es ist etwas passiert«, sagte sie schließlich. »Während ich hier war, ist etwas passiert, das ich nicht so leicht erklären kann ...«

»Erklären?«, bellte Jake. »Wie meinst du das, erklären? Wer hat dir da irgendwas erzählt?«

Nina seufzte. »Jake, hör auf. Hör einfach mal zu. Weißt du noch, wie deine Nichten vor ein paar Jahren gedacht haben, bei ihnen gäb's einen Poltergeist? Sie haben sich geweigert, auf die Toilette im Erdgeschoss zu gehen, weil sie dachten, da drin würde es spuken ...«

»Das sind Teenager, Nina. Ein paar alberne Mädchen-Hirngespinste. Du willst mir doch wohl nicht sagen, dass du von einem Gespenst belästigt worden bist?«

Er lachte abermals. »Wer sollte denn bei dir spuken?«

»Schon gut.« Nina begriff, dass es keinen Sinn hatte, das Thema weiterzuverfolgen. »Vergiss es.«

Das Handy hing schwer in ihren Fingern, rutschte ihr fast aus der Hand. Sie starrte den Horizont an. Plötzlich kam sie sich vor wie ein Stück Treibholz, gefangen in den Gezeiten, vor- und zurückgetragen, unfähig, dem Sog des Wassers Einhalt zu gebieten, unfähig, ihm zu entkommen. Überall um sich herum hörte sie die Masten im Hafen, die gemeinsam hin und her schwankten.

Und darauf warteten auszulaufen.

»Alles okay?« In seinen fleckigen Jeans und mit Plastiktüten voll mit Fertig-Essen in den Händen, kam Danny auf Nina zugelatscht. Sein verlottertes Aussehen brachte sie durcheinander, aber nicht mehr so sehr wie bei ihrer ersten Begegnung. Vielleicht passte sie sich allmählich an? Tatsächlich schoss ihr der Gedanke durch den Kopf, dass sie vielleicht zu viel von ihrer Lebenszeit damit zugebracht hatte zuzuhören, wie Jake sich wegen der Bügelfalten in seinen Anzughosen oder Schmierern auf Sonnenbrillengläsern ereiferte.

Danny rutschte auf den Stuhl neben ihr und beäugte ihr Handy.

»Alle Rückrufe erledigt?«, erkundigte er sich.

Sein Tonfall war bedächtig. Hatte er die Sprachnachrichten abgehört? Hatte er nach Informationen gesucht? Was wusste er? Und was noch wichtiger war, wieso war das wichtig?

»Ja, die meisten«, antwortete sie absichtlich vage, in der Hoffnung, dass das seine Neugier noch anstacheln würde – wenn auch nur, um es Jake heimzuzahlen.

Danny zuckte die Achseln. »Kann die Dinger nicht ausstehen«, meinte er und deutete mit einem Kopfnicken auf das Handy. »Sind doch bloß lästig. Jedenfalls, ich hab Cider, Käse, Brötchen, Pasteten und 'ne Schachtel Erdbeeren besorgt. Die Erdbeeren sind schon ein bisschen matschig, aber ich dachte, Sie stehen bestimmt auf was Vornehmes.«

»Matschige« Erdbeeren hörten sich nicht im Mindesten vornehm an, und bei ihrer letzten Erfahrung mit Cider war, soweit sie sich erinnern konnte, Kotze auf dem Tanzboden eines Nachtclubs im Spiel gewesen, das war lange her. Trotzdem schnurrte Nina ein Dankeschön. Danny winkte in das Café hinein und nahm die Anwesenheit der Surfgirl-Kellnerin mit erhobenem Daumen zur Kenntnis. Sie kam angehüpft.

»Hi, Danny«, gurrte sie. »Was darf's denn heute Schönes sein?« Sie klimperte mit den Augenlidern, riss ein Blatt von ihrem Notizblock und lächelte kokett.

»Nur die Rechnung, bitte, Effy. Du siehst gut aus. Hast du Semesterferien? Wie läuft's denn so an der Uni?«

»Oh, echt wild. Du kennst mich ja, Danny, ich sag *nie* Nein zu 'ner Party.«

Bei diesen Worten zwinkerte sie ihm zu, als hätten sie früher einmal etwas miteinander gehabt. Der Stich der Eifersucht war rasch und spitz. Nina verbarg ihr Stirnrunzeln hinter ihrem Ärmel und merkte abermals, wie ihre Gefühle kippten. Was *machte* sie eigentlich hier? Was *dachte* sie sich denn dabei? Sie kannte Danny doch kaum – oder die Einzelheiten seiner Vergangenheit. Und wenn sie denn einen Typ Mann bevorzugte, dann war es definitiv nicht einer wie Danny. Wirklich, wenn man sich seine lockere Haltung zum Leben an sich so ansah, dann war seine Einstellung zu Beziehungen wahrscheinlich bestenfalls planlos.

»Eine Freundin von Ihnen?«, fragte Nina, als die Kellnerin endlich davonhopste.

»Effy? Oh, wir kennen uns schon eine Ewigkeit. Das Café gehört ihren Eltern. Hier kennt jeder jeden. Wir passen aufeinander auf.«

»Und zwinkern einander zu.«

Danny zuckte die Achseln, vielleicht feixte er auch. »Manchmal. Sei's drum, sind Sie bereit zum Auslaufen?«

Nina rutschte auf ihrem Stuhl herum, hielt die Luft an, spürte, wie ihre Brauen sich von Neuem zusammenzogen und herabsenkten. »Können wir das mit dem Segeln nicht lassen?«

Danny schüttelte den Kopf.

»Die Sache ist die«, erklärte Nina widerstrebend, »ich kann nicht schwimmen. Das ist die Wahrheit. Ich kann nicht schwimmen, und ich habe eine massive Phobie, wenn's um Wasser geht. Ich bin wirklich die Letzte, die Sie auf Ihrem Boot mitnehmen sollten.«

Danny stand auf und bedachte sie mit einem langen, schiefen Lächeln. »Ausreden, Ausreden!«, sagte er, dann nahm er ihre Hand und zog sie hoch.

Daisy flitzte am Kai entlang. Nina folgte ihr und verfluchte die lose aufgerollten Taue und die Hummerreusen, die ihr immer wieder im Weg waren. Ihr kam der Gedanke, dass manche Leute doch jeden Tag mit Booten aufs Wasser hinausfuhren, ohne Gefahr oder schlimme Konsequenzen. Viele Menschen hatten Freude an einem Leben, zu dem Wasser dazugehörte. Trotzdem ratterte die Liste aller möglichen Katastrophen durch ihren Kopf. Angst knäulte sich in ihrem Inneren und verdrängte das glückliche, flatterige Gefühl, das sie allmählich immer bekam, wenn sie Danny ansah. Ganz sicher bekam er sie so nicht in würdevoller Bestform zu sehen, sondern als stammelnde Idiotin, die sich in eine Panikattacke hineingesteigert hatte. Wohl kaum das Richtige, um jemanden zu beeindrucken.

»Da ist sie«, verkündete Danny mit schmerzlichem Stolz. »Die zweite große Liebe meines Lebens, die *Ida-May*. Ist 1950 in Frankreich gebaut worden. Die letzten paar Jahre hab ich damit verbracht, sie zu restaurieren. Eigentlich hätte ich mir ja die Hälfte der Arbeit sparen und mir so ’nen modernen Fiberglaspott kaufen können, aber schauen Sie sie doch an ... Sie ist zeitlos. Wer braucht schon eine Monsterjacht mit zehn Kojen, Cocktailbar und Whirlpool, wenn man ein wunderschönes Stück Geschichte besitzen kann?«

»Ich«, sagte Nina, halb im Scherz, halb im Ernst.

Danny federte die Leiter hinunter und sprang an Deck. »Kommen Sie an Bord!«

Er streckte die Hand aus und redete ihr gut zu. Doch sobald sie versuchte, sich zu rühren, waren ihre Füße plötzlich fest im Beton der Kaimauer verwurzelt. Sie waren zwei Ambosse. Keiner von ihnen wollte sich bewegen.

»Klettern Sie einfach los«, drängte Danny. »Ich fange Sie auf, wenn Sie ins Wackeln kommen.«

Nina befahl sich, tapfer zu sein. Sie drehte sich um und stellte einen Fuß auf die Leiter. Sprosse für Sprosse tastete sie sich abwärts. Als sie sich dicht über dem Deck umsah, legte Danny ihr die Hände um die Taille. Seine Berührung ließ sie erschauern.

»Lassen Sie los«, sagte er. »Ich hab Sie.«

Sie hob einen Fuß von der Sprosse, ließ ihn kurz in der Luft schweben und rammte ihn dann wieder auf die sichere Leiter. Ihr Magen verschluckte sich selbst. Am liebsten wäre sie weggerannt oder zusammengeklappt oder hätte sich in Luft aufgelöst.

»Ich *kann nicht*«, wimmerte sie.

»Soll das ein Witz sein? Kommen Sie schon, natürlich können Sie.«

Sie konnte Dannys Stimme irgendwo in der Ferne hören, doch sie wurde vom Getöse ihrer eigenen Körpermaschinerie gedämpft: das Blut in ihren Adern, das laute Pochen ihres Herzschlags, das Zetern ihres Gewissens – dieser eine Schritt, so absolut endgültig. Sobald die Sohle ihres Fußes auf dem Deck dieses Segelbootes landete, das wusste sie, würde sie sich auf unbekanntem Terrain befinden, würde sie die Grenze zwischen Sicherheit und Gefahr überschreiten, zwischen Routine und Risiko, die bekannte Welt würde gegen die unbekannte antreten. Plötzlich fühlte es sich an, als ändere sich alles, als schwenke alles in eine andere Richtung. Die Nina, die ein Leben der sterilen Extravaganz führte, die »Kunstwerke« verkaufte, die eigentlich in ein Supermarktregal gehörten, die Angst vor Booten und davor hatte, Jakes Ansprüchen nicht zu genügen, wurde als Nina ohne Regeln neu erfunden, ohne To-do-Listen und ohne Pläne. Wieder hielt Danny ihr die Hand hin.

Jetzt oder nie.

Lass los.

Diesmal holte Nina Luft und spürte, wie ihre Rippen sich hoben, fühlte Leichtigkeit in der Brust. Ihr Körper wurde schwerelos. Ihr Fuß wurde zu einer Feder. Er trieb ein Stück nach hinten und landete auf dem Deck, dann folgte der zweite. Sie hatte es geschafft.

»Super««, lobte Danny. »Super! Super!«

Er schlang die Arme um sie. Daisy bellte. Still und überglücklich stand Nina da, die Sonne in den Augen und Dannys Lächeln in ihrem Haar.

8. Kapitel

Ein kleiner Motor schob sie nach draußen in die Bucht. Zu Daisys großem Entzücken folgte ihnen ein Seehund aus dem Hafen hinaus. Nina hockte auf einer Holzbank, so weit weg vom Wasser wie möglich. Unter ihrer dicken orangeroten Schwimmweste sah sie winzig aus.

»Wir scheren nachher aus der Fahrrinne aus und fahren zur anderen Seite rüber, hinter *Sperris Head*«, meinte Danny. »Ich kenne da eine schöne kleine Stelle, *Halo Rock*. Der Wind bringt uns dahin.«

Als sie ein gutes Stück vom Hafen entfernt waren, machte er den Motor aus. Dann kletterte er übers Deck und setzte das Großsegel. Ein gewaltiges rotes Dreieck blühte in der Brise auf und zog sie voran. Zu Ninas Verblüffung fand sie das Gefühl eher belebend als beängstigend.

»Bei Ihnen sieht das ganz leicht aus«, bemerkte sie.

»Aber es ist ja auch ganz leicht, oder? Obwohl, fairerweise muss ich sagen, dass ich gesegelt bin, seit ich laufen konnte. Hier in der Gegend nutzt jeder das Meer, ob nun zum Fischen, zum Segeln, zum Surfen oder nur zum Rumwaten und Rumpaddeln. Ich bin mit Booten aufgewachsen, war ständig im Wasser. Früher haben wir auf den Felsen beim Hafen immer Quallen gesammelt, haben die Viecher mit bloßen Händen rausgeschöpft und ...«

Er bückte sich unter dem Segel hindurch, dann

zerrte er an einem Tau und befestigte es an einer Messingklampe.

»Vielleicht ist so was für uns, die an der Küste aufwachsen, ja selbstverständlich«, fuhr er dabei fort, die Stimme gepresst vor Anstrengung. »So, das sitzt – Hauptsache, man kennt sich mit Knoten aus! Jedenfalls, während ihr Großstadtkinder auf euren Skateboards über den Asphalt gerumpelt seid, haben wir Luftmatratzen geflickt und geschaut, wie weit wir damit kommen, bevor wir absaufen. Vorm Ertrinken hatte ich nie Angst, aber wie oft meine armen Eltern die Küstenwache verständigen mussten ...«

Nina schauderte. »Klingt ja entsetzlich. Für mich ist das Meer etwas, was man meiden sollte.«

»Aber warum denn?«

»Es ist gefährlich.«

»Nicht, wenn man schwimmen kann ...«

»Was ich nicht kann.«

»Hat's Ihnen denn niemand beigebracht? Haben Sie nie als Kind im Schwimmbad rumgeplantscht?«

»Im Internat haben sie Schwimmunterricht angeboten, aber den habe ich gemieden wie der Teufel das Weihwasser. Und ich bin *nie* ans Meer gefahren. Seit ...«

Ihr Herz wurde schwer. »Seit meine Mum gestorben ist. Mein Vater hatte mit Strand nichts am Hut. Oder mit Urlaub. Oder mit Spaß. Deswegen hat es mich ja so überrascht, dass er das Strandhaus behalten hat.«

»Klingt ganz schön kompliziert.«

»Ist es auch.«

»Sie waren also kein Wasser-Baby.« Danny bemühte sich, die Stimmung nicht kippen zu lassen. »Aber Sie haben doch bestimmt andere Sachen gemacht? Fahrradfahren zum Beispiel?«

»Nein. Hab ich nie gelernt.«

»Aber jetzt können Sie's doch bestimmt?«

Nina schüttelte den Kopf.

»Dann Skateboard? Das haben doch damals alle gemacht.«

»Nein.«

»Rollschuhe?«

»Nein.«

»Go-Karts?«

»Definitiv nicht.«

»Reiten?«

»Großer Gott, nein! Viel zu gefährlich.«

»Sie sind nicht geschwommen. Sie sind nicht Rad gefahren. Sie sind nicht Rollschuh gelaufen. Was *haben* Sie denn gemacht?«

»Ruhige Sachen, die man im Haus machen konnte. Ich mochte Bücher und Basteln. Ich hab unheimlich gern Sachen mit meiner Mum gebastelt. Hab immer stundenlang bei ihr gesessen und in ihrem Nähkasten gekramt, nach Pailletten und Fadenresten gesucht ...«

Wieder holte die Vergangenheit sie ein. Sie erinnerte sich an das orangefarbene Schlauchboot – die weiche, sonnengedörrte Oberfläche rau von Sand und Muscheln; wie ihre Mum sich vorgebeugt und es an den Seiten festgehalten hatte, während sie durch die Wellen gehopst und geschaukelt waren und miteinander gelacht und geflüstert hatten. Nina schaute weg und schluckte ihren Kummer hinunter, heftete den Blick fest auf die polierten Holzleisten der *Ida-May*.

»Meine Mum hat mir mein ganzes Leben lang gefehlt«, erklärte sie. »Leider war mein Vater kein besonders guter Ersatz. Nachdem meine Mum gestorben war, hat er sich ganz auf seine Arbeit konzentriert, und als er sich zur Ruhe gesetzt hat, hat er angefangen zu spielen. Ich wurde so ziemlich ignoriert, aber ich habe mich naiv an die Vorstellung geklammert, dass wir früher mal die perfekte glückliche Familie waren, und dass meine Eltern in so einer unglaublichen, traumhaften Liebesblase gelebt haben. Ich habe ihre Ehe immer total idealisiert ...«

Sie schloss die Augen, fühlte das Beben aufsteigender Tränen.

»Aber jetzt weiß ich nicht mehr. Liebe ist doch nur Schein.«

Sie dachte an ihren Hochzeitstag – an das Kleid, den Schleier, das Diadem, die massiv überteuerten Blumen, an Sues unerwünschte Obsttorte und das endlose Hickhack über die Sitzordnung. Plötzlich konnte sie den Gedanken an den Hochzeitsplaner mit seinem drahtlosen Headset nicht ertragen, wie er für sie den ersten Tanz einzählte, sodass das Timing auch perfekt war und alle Gäste hinschauten. Sie und Jake bezahlten ihm ein kleines Vermögen, damit er dafür sorgte, dass alles glatt über die Bühne ging, aber was wusste er denn von romantischer Liebe? Jakes Idee. Er hatte den Mann angeheuert – nach außen hin, um Nina Druck zu ersparen, in Wirklichkeit jedoch, um seine Klienten zu beeindrucken.

»Sie sehen aus, als stünde der Weltuntergang unmittelbar bevor«, stellte Danny fest und unterbrach ihre Gedanken.

Er machte eine weit ausholende Geste mit dem Arm, deutete auf die Aussicht vor ihnen, auf die offene See mit all ihrer Freiheit. »*Das* ist es, was zählt«, sagte er, während er sich zurücklehnte und mit den Schultern fast das Wasser berührte. »Jedes Mal, wenn die *Ida-May* auf eine Welle trifft und die Gischt spritzt und die Sonne brennt, fühle ich mich lebendig. Das ist nicht kompliziert. Oder clever. Es ist einfach, was es ist.«

Er winkte sie zu sich. »Kommen Sie her, neben mich. Tauchen Sie die Hand ins Wasser.«

Nina schüttelte den Kopf.

»*Kommen* Sie schon«, drängte er mit funkelnden Augen. Widerstrebend stand Nina auf und machte ein paar winzige Schritte auf den Bootsrand zu. Als sie sich neben ihm niederließ, schaukelte das Boot und neigte sich unter ihrem Gewicht.

»Huch!«

»Keine Angst«, lachte Danny. »Alles gut.«

Er rückte näher. »Halten Sie einfach die Hand rein, so.«

Er legte seine Hand auf Ninas und zog ihre Finger in das seidige Wasser hinab. Die Kälte war ein Schock. Zuerst befahlen ihr ihre Reflexe, die Hand zurückzuziehen, doch er zwang sie, dort zu verharren. Unter seiner Anleitung atmete sie tief durch, spreizte die Finger und fühlte das flüssige Strömen, so unmöglich zu fassen, so kalt und wach und fragil. In diesem Moment empfand sie keine Angst, keine Sorgen und keine Verwirrung. Ein wunderbares Gefühl der Klarheit überkam sie. Das Wasser war nicht furchterregend. Es war wunderschön, schöner als alles andere.

»Halo Rock.« Danny zeigte auf eine Felseninsel, die von Papageientauchern und Kormoranen bevölkert war. »Da legen wir an und machen Picknick. Auf der anderen Seite gibt es einen geschützten Strand; da habe ich vorgestern eine ganze Schule Tümmler gesehen, nur ein paar Meter vom Boot entfernt.«

Der Strand war winzig, nicht breiter als zehn Meter, und von Granitklippen umgeben, die das Geräusch der Wellen verstärkten. Geschickt steuerte Danny die *Ida-May* auf den Sand zu und sprang dann ins flache Wasser. Es durchnässte seine Hosenbeine, doch das schien ihn nicht zu stören. Nina dagegen zog sich vorsichtig die Schuhe aus und krempelte ihre Jeans hoch. Danny hielt ihre Hände fest, als sie vom Boot stieg. Ein Schwarm grauer Schatten witschte zwischen ihren Knöcheln hindurch. Sie schnappte nach Luft.

»Sind doch bloß Fische!« Danny lachte. »Und noch dazu ganz winzige.«

»Aber das sind ja *Millionen*!«

Danny führte sie zum trockenen Strandabschnitt, ließ sie dort zurück, machte das Boot fest und kam dann mit den Fresstüten zurück. Als er sie abstellte, bedachte er Nina mit einem raschen, fragenden Lächeln.

»Sie sind schon komisch«, meinte er. »Verbringen Ihr Leben in London und machen ganz auf nüchtern und rechthaberisch, aber wenn man Sie in ein Boot setzt, kriegen Sie beim Anblick von ein paar Babysprotten ’ne Krise.«

»So rechthaberisch bin ich gar nicht!«, verwahrte sich Nina.

»Nein?«

Sie setzten sich und packten das Essen aus. Danny bot Nina eine silberne Taschenflasche an. Sie nahm einen Schluck, und der düstere, verruchte Alkoholdunst traf sie mit voller Wucht, brannte auf ihrer Zunge und hinten im Rachen.

»Was ist *das* denn?«, stieß sie hustend hervor. »Schwarzgebrannter?«

»Selbstgemacht, aus Kartoffeln. Die kriege ich von den Restaurants im Hafen. Die geben mir die, die übrig bleiben.«

Einen zweiten Schluck lehnte Nina ab. »Und Sie sagen, *ich* bin komisch.«

Sie sah sich um, ließ die Aussicht auf sich wirken. Ein paar Meter hinter ihnen klaffte ein schwarzes Loch in den Felsen.

»Ist das eine Höhle?«

»Eine von vielen. Laut Merryn war die ganze Küste hier früher mal ein richtiges Höhlentunnelnetz – manche sind natürlichen Ursprungs, manche von Menschen gemacht –, von Polpeggen bis nach Penzance.«

»Und wofür waren die da?«

»Die Strandräuber haben sie benutzt, um ihre Schmuggelware zu verstecken und zu transportieren. In der da hinter Ihnen hat man angeblich bergeweise Konserven gefunden, Hunderte von Dosen, die Fracht eines Wracks, die in den Klippen gebunkert worden war. Die Leute hier aus der Gegend haben sich die alle unter den Nagel gerissen und sie untereinander aufgeteilt. Das Problem war nur, dass sich die Etiketten im Wasser abgelöst hatten. Jahrelang hat niemand gewusst, ob gleich Dosenpfirsiche oder Corned Beef auf den Tisch kommen.«

»Echt?«

»Klar. Onkel Merryn hat's mir erzählt ... also muss es wahr sein.«

Das Glitzern in seinen Augen sagte etwas anderes. Nina rutschte unbehaglich hin und her.

»Sie und Ihr Onkel, Sie erzählen gern Geschichten, stimmt's?«

»Das sagen jedenfalls die Leute«, antwortete er, trank einen Schluck aus seiner Flasche und fing ihren Blick mit seinem ein.

Eine lange Pause entstand, dann beugte er sich vor. »Was ist mit Ihnen, Nina. Wie geht *Ihre* Geschichte?«

Einen Moment lang überlegte sie, was sie sagen könnte, doch das Einzige in ihrem Kopf war Jake. Jakes Job, Jakes Haus, Jakes Hochzeit. »Da gibt's eigentlich nicht viel zu erzählen«, murmelte sie.

»Na, dann fangen wir doch mal mit dem Einfachsten an. Wo wohnen Sie denn in London?«

»Im Norden.«

»Ach ja, haben Sie mir ja schon erzählt. *Einfach nur Norden.* Hübsch da, nicht? In so einem schönen viktorianischen Reihenhaus? Ich mag diese alten Kästen ja wahnsinnig ...«

»Also, eigentlich ist es ein Neubau in einer bewachten Wohnanlage.«

Er tat, als wäre er beeindruckt, aber es war eine ziemlich schlechte Darbietung.

»Es ist nicht protzig«, beharrte sie.

»Glaube ich Ihnen ja. Also, wohnen Sie da allein?«

Nina stockte und machte sich an der Picknickdecke zu schaffen. »Nein. Ich habe ... einen Freund.«

Sie achtete auf Dannys Reaktion, doch er ließ sich

nichts anmerken. Völlig ungerührt fuhr er sich mit der Hand durch den blonden Lockenwust und schob ihn sich aus dem Gesicht. »Und was macht er, Ihr Freund? Arbeitet der auch in der Kunstindustrie?«

»Finanzen.«

»Finanzen? Super. Das ist ... echt ... toll. Hey, Finanzen, wer kann das toppen? Sind Sie schon lange zusammen?«

»Ein paar Jahre«, ging Nina behutsam mit der Wahrheit um.

»Wo haben Sie sich kennengelernt?«

»An der Uni. Bei einem Musikabend in einer billigen Studentenkneipe, wenn Sie's genau wissen wollen. Zwei Cocktails zum Preis von einem, aus Plastikbechern und von den Studenten mit diesen ekligen Latexhandschuhen hinter der Bar aus riesigen Wannen geschöpft.«

Danny lachte.

»Oh ja.« Nina freute sich über seine Belustigung. »Es gibt doch nichts Romantischeres, als eine Horde Besoffene, die sich auf einem bierklebrigen Tanzboden gegenseitig begrapschen, während einem lauter Indie-Pop in den Ohren dröhnt.«

»Und was genau hat Sie an diesem jungen Glückspilz angezogen?«

»Er war in einer Band. Eine Gruppe Wirtschaftswissenschaftler; nannten sich ›The Marilyn Story‹. An dem Abend waren sie die Vorgruppe.«

»Ah, dann steht er also auf Rock 'n' Roll? Wenn er nicht gerade in Finanzen macht, meine ich.«

»Er *hat* auf Rock 'n' Roll gestanden«, erwiderte Nina wehmütig. »Am Anfang.«

Sie dachte an ihr erstes Zusammentreffen mit Jake, wie sich ihre Blicke durch einen Filter aus Trockeneisnebel und Disko-Laserstrahlen begegnet waren, wie er hinter dem Schlagzeug gesessen hatte, die Sticks in der Hand, welpenhaft niedlich und eindeutig für eine Laufbahn als Rockstar bestimmt. Die ersten paar Monate ihrer Beziehung war sie zufrieden – mehr als zufrieden – damit gewesen, ihm von Gig zu Gig zu folgen, beim Flyerdrucken mitzuhelfen, Verstärker zu tragen, Biergläser zu bewachen. Sie hatte ihn vergöttert. Hatte sich etwas eingebildet, hatte jedem, der es hören wollte, mit einem Hauch von Selbstgefälligkeit erzählt, ihr Freund spiele »in einer Band«. Alles hatte sich so lebendig angefühlt, als stünden sie für alle Zeit ganz am Anfang eines großen, irrwitzigen Abenteuers – und als zusätzlicher Bonus hatte ihr Vater obendrein zu dem Zeitpunkt gar nichts von alldem gehalten.

»Was ist passiert?«

»Er ist wohl erwachsen geworden. Als wir nach dem Studium nach London gezogen sind, hat er die übliche Runde über die Bewerbungsmessen gedreht und Angebote in der City bekommen. Und das war's dann eigentlich. Er hat sich hochgearbeitet. Und zwar unglaublich erfolgreich. Letztes Jahr hat er sich als Anlagen-Analytiker qualifiziert.«

»Dann ist die Musik also auf der Strecke geblieben?«

»Mit Musik kann man kein Geld verdienen.«

»Und das spielt die Hauptrolle in Ihrem Leben, ja? Geld?«

»Na ja, es ... Sie wissen schon ... es hilft.« Wieder rutschte Nina unbehaglich hin und her.

»Also, ist dieser Typ ...?«

»Jake.«

»Ist Jake Ihre große Liebe?«

»Vielleicht.«

Dannys Lippen verzogen sich ein wenig. Die Brise ließ sein T-Shirt flattern. »Allzu sicher klingen Sie nicht.«

Nina stupste mit dem Zeh einen Kieselstein an. Sie schaute aufs Meer hinaus, zum glitzernden Horizont. »Ich hab gedacht, ich wäre mir sicher«, sagte sie, »aber er ... Hey, das wäre dann alles von mir ... Ich hab mich genug ausquetschen lassen. Sie sind dran. Was ist mit *Ihnen*? Verheiratet? Kinder?«

»Nicht, dass ich wüsste.«

»Single?«

»Irgendwie schon.«

»Irgendwie?«

»Wenn Sie's denn unbedingt wissen wollen, mit Beziehungen ist es bei mir nicht allzu gut gelaufen. Die Mädchen, die ich gekannt habe, hatten ja alle ihre Qualitäten, aber keine davon hat's richtig ... *gebracht*. Manche Leute behaupten, ich wäre ein Eigenbrötler. Ich sage, ich hab einfach nicht das Herz der Richtigen erobert.« Er sah Nina unverwandt an. »*Noch* nicht.«

Ihr war klar, dass er sie meinte, dass er ganz gezielt flirtete. Es fühlte sich merkwürdig an, verlieh ihr irgendwie Kraft – trotzdem war es nicht unbedingt vielversprechend. Trotz Dannys Anziehungskraft war sie schlau genug, um einen miesen Deal zu erkennen. Sie schüttelte den Kopf. »Dann engagieren Sie sich in Ihren Beziehungen also genauso wie bei Ihrer Malerei?«

Danny gab ein ersticktes »Hmpf« von sich und lächelte ganz kurz erschrocken, wie ein ertappter Schuljunge.

»Schade«, meinte Nina und beließ es dabei.

Sie blieben auf *Halo Rock*, bis der Abend dämmerte. Erst als sie die Rückfahrt zum Hafen antraten, fiel Nina wieder ein, warum sie ursprünglich nach Polpeggen gekommen war. Die Tide erlaubte ihnen, dicht an der Küste entlang zu segeln, und *Snare Cove* kam in Sicht. Eine Möwenschar, die sich auf dem Dach des Strandhauses versammelt hatte, begrüßte das kleine Boot höhnisch, als es vorübertrieb. Nina wurde die Brust eng, und sie schauderte unwillkürlich.

»Hier«, meinte Danny. »Sie sehen aus, als wäre Ihnen kalt. Nehmen Sie die hier.«

Er legte ihr die Picknickdecke um die Schultern. Sie kuschelte sich hinein, doch ihr wollte einfach nicht warm werden, und sie konnte auch ihre düsteren Gedanken nicht verdrängen – das Gewitter, das Licht, der Stoß gegen ihren Rücken. Das Strandhaus wusste Bescheid. Ihrem rationalen Verstand war klar, dass es nur ein Gebäude war, aus Holz und Nägeln, ihre Intuition jedoch sagte ihr, dass es nicht so einfach sein konnte. Die Wände des Hauses beherbergten eine andere Art von Energie. Wie in Trance starrte sie das Haus an, unfähig, den Blick abzuwenden, und fürchtete sich doch vor diesem Anblick.

Der Himmel wurde dunkler. Danny beugte sich vor und berührte sie am Arm.

»Bestimmt gibt's eine ganz simple Erklärung«, versicherte er. »Wir fahren morgen hin, ja? Bei Tag, zusammen. Schauen mal, was Sache ist.«

Sie hörte seine Worte, doch sie konnte sich nicht darauf einlassen. Ihr Verstand suchte weiter in den Ereignisfragmenten der letzten Zeit. Eine Zeile im Brief ihres Vaters fiel ihr wieder ein. *Ich für meinen Teil wünschte, ich hätte nie etwas damit zu schaffen gehabt.* Sie zog die Decke enger um ihre Schultern. Man hatte ihr etwas vorenthalten. Die Leute hatten ihr nicht die Wahrheit gesagt oder zumindest nicht die ganze Wahrheit.

Plötzlich erbebte das Boot. Daisy bellte. Nina und Danny wurden von den Bänken geschleudert und landeten auf den Knien.

»Was *war* das?«

Nach einem Augenblick der Verwirrung kam Bewegung in Danny.

»Scheiße!«, stieß er hervor, und seine übliche lockere Art wich jäh blanker Panik. »Gott allein weiß, wie, aber wir sind zu dicht an die Felsen geraten! Wir müssen hier weg ... und zwar *schnell*!«

Ein Ausdruck nackten Schreckens lag in seinen Augen, und daran erkannte Nina, dass die Gefahr sehr real war. Sie waren allein. Es war sonst niemand da, weder auf See noch an Land. Die Felsen waren rasiermesserscharf, und das Boot war klein und leicht. Bei dem Gedanken an den Schwimmunterricht, vor dem sie sich gedrückt hatte, wurde ihr übel. Sie umklammerte die Schwimmweste und betete, dass Danny genug Kraft hatte, um für sie beide Wasser zu treten.

»Sitz doch nicht einfach so rum!«, brüllte er sie an.

»Was soll ich denn machen? Was soll ich tun?«

»Geh rüber zur anderen Seite und schnapp dir das Ruder! Versuch, uns von den Felsen wegzustoßen, ich hol inzwischen das Segel ein.«

Nina taumelte übers Deck. Sie wollte tun, was er verlangt hatte, doch so, wie ihre Beine und Hände zitterten und Daisy ununterbrochen bellte, war es schwer, sich zu konzentrieren. Die ganze Zeit spritzte ihr kalte Gischt entgegen, durchnässte ihre Haare und ihr Gesicht. Sie kämpfte mit dem Ruder, das unter der Sitzbank klemmte, aber jede ihrer Bewegungen war verkehrt. Sie bekam es nicht los.

»Mach doch endlich!«, schrie Danny.

Wieder bäumte das Boot sich auf, schrammte an einer anderen Felskante entlang. Das Geräusch war grauenhaft.

»Beeil dich! Sonst reißt uns dieser abgefuckte Scheißfelsen ein Riesenloch ins Boot!«

Endlich war das Ruder frei. Nina stieß es ins Wasser, und Danny arbeitete wie wild daran, das Segel loszubinden.

»Schnell!«, rief er ihr zu. »Mach schon, *sofort*! Taste dich zu den Steinen unter uns und stoß uns ab.«

Nina umklammerte das Ruder, stieß es nach unten, doch der Sog des Wassers zog es vom Boot weg. Sie versuchte es noch einmal, bot alle Kräfte auf, um der Strömung zu widerstehen. Diesmal fand sie den Felsen, spürte seine starre Oberfläche als heftigen Ruck in den Schultern, doch das Boot erzitterte von Neuem. Von Panik erfasst, ließ sie das Ruder los.

»Es tut mir leid!«, schluchzte sie auf. »Es ist mir weggerutscht.«

Danny blickte auf. *»Was?«*

Er ließ das Segel hängen und hastete an ihre Seite, versuchte, das Ruder zu greifen, doch es war bereits zu weit abgetrieben. Da sprang Daisy unvermittelt mit einem Satz vom Boot und klatschte ins Wasser. Eine Sekunde lang verschwand sie im Schaum der Wellen, dann tauchte sie wild paddelnd wieder auf. Sie erreichte das Ruder und schob es mit der Schnauze zurück zum Boot. Danny packte es, legte es aufs Deck und zog dann Daisy an Bord wie einen triefnassen honigblonden Fellklumpen. Daraufhin tat er endlich, was Nina nicht gelungen war und stieß sie von den Felsen ab; sobald sie nicht mehr in unmittelbarer Gefahr waren, startete er den Motor.

Und so, alle drei Passagiere wohlbehalten an Bord, tuckerte das kleine Boot zurück zu den Lichtern im Hafen. Niemand sprach. Sogar Daisy blieb stumm.

9. Kapitel

»Ich schwör's«, brummte Danny und schüttelte ungläubig den Kopf.

Völlig erledigt und ausgelaugt standen sie auf dem Kopfsteinpflaster am Rand des Hafens. »Ich *schwör's*, in all den Jahren, die ich jetzt segle, habe ich mich immer dermaßen vorgesehen. Das ist mir noch nie passiert. Ich kenne diese Gewässer wie meine Hosentasche.«

Nina fuhr sich mit der Hand durchs Haar, das jetzt in spröden, salzverkrusteten Strähnen herabhing. Sie wollte sagen *Kein Problem, alles halb so wild,* doch die Angst regte sich noch immer in ihrem Körper.

»Gehen wir was trinken«, sagte Danny. »Um unsere Nerven zu beruhigen. Und für dich gibt's ein Leckerli, Daisy, ganz besonders du hast definitiv eine Belohnung verdient.«

Er ging ihnen voraus durch die Tür des *Tredovar Inn* – ein wirres Gebilde aus Balken und weißem Putz am äußersten Rand des Hafens, unberührt von den neutralfarbenen Teppichböden, den Halogenspots und der sterilen Serienkunst von *Image Internazionale.* Drinnen lotste er Nina zu einer Bank und ging dann mit eingezogenem Kopf durch den niedrigen Raum zur Bar hinüber. Dort plauderte er mit dem Barkeeper und deutete mit dem Kopf in Ninas Richtung. Redeten die beiden etwa über sie? Wollte der Barkeeper wissen, ob sie seine neueste Freundin war? Nina merkte, wie ihre Nerven gereizt vibrierten.

Schließlich kam Danny mit zwei gläsernen Bierkrügen zurück.

»Genau das Richtige«, verkündete er und reichte Nina einen davon. »Guter alter Cornish Rattler.«

Verzagt starrte sie in die goldene Flüssigkeit und fragte sich, warum er nicht gefragt hatte, was sie trinken wollte.

»Das ist Cider«, erklärte Danny.

Noch mehr Cider? »Oh.«

»Sonst nicht so dein Ding?«

»Ich trinke lieber Wein – einen guten Pinot Noir oder einen Sancerre.«

Danny lachte. »Zum Weingut geht's da lang. Im Ernst, probier den Rattler. Versuch's mal. Man weiß nie, vielleicht fährst du ja voll drauf ab.«

Mit leisem Murren nippte Nina an ihrem Glas. Zu ihrer Überraschung schmeckte der Cider wirklich gut, kalt und frisch, mit einem rostigen, vergorenen Nachgeschmack, der nach den ersten paar Schlucken verschwand – ganz anders als das billige, süße Zeugs, das sie früher getrunken hatte. Als der Alkohol sich in ihrem Körper ausbreitete, legte sich ihr Groll.

»Hör zu, das mit dem Ruder«, sagte sie, »das tut mir echt leid.«

»Nein, *mir* tut's leid«, wehrte Danny fast gleichzeitig ab.

»Ich zuerst«, flüsterte Nina. »Es tut mir leid, dass ich so nutzlos war. Man kann sich echt drauf verlassen, dass ich Mist baue. Es tut mir leid. Wirklich.«

»Zu viele Entschuldigungen«, stellte Danny fest. »Ich war ja vielleicht sauer, aber das hab ich schon vor 'ner Ewigkeit abgehakt. Und ich finde ganz bestimmt nicht, dass du nutzlos bist. Sei nicht so hart zu dir. Du hast mir ja gesagt, dass du Angst vor dem Meer hast; ich hätte nicht erwarten dürfen, dass du in einer Krise klarkommst. Verdammt, wahrscheinlich hasst du das Meer jetzt sogar noch mehr.«

»Ehrlich gesagt, ich glaube nicht«, erwiderte sie.

Sie starrten einander ein wenig länger an, als notwendig gewesen wäre.

»Wie ist der Rattler?«

»Allmählich finde ich ihn ganz lecker.«

Etliche Gläser später kam das Gespräch wieder auf den Zwischenfall mit dem Boot.

»Ich muss dich was fragen.« Der Cider hatte Ninas Gedanken befreit. »Da war doch irgendetwas, oder? So eine Kälte, eine *Atmosphäre* um *Snare Cove* herum? Sobald wir in die Nähe der Felsen gekommen sind, sind die Wolken aufgezogen, und es ist kälter geworden. Du hast es doch auch gespürt, oder?«

Danny seufzte. »Ich weiß nicht, Nina. Wir haben das Drama überlebt, das ist es doch, was zählt.«

»Aber du hast da was gesagt, als wir auf dem Boot waren.« Sie hielt seinem Blick stand. »Du hast gesagt, wir müssen von ›diesem abgefuckten Scheißfelsen‹ weg. Was war das? Wie hast du das gemeint?«

»War nur so dahergesagt. Ich hatte voll die Panik.«

»Aber es war, als würdest du sagen, dass der Felsen gefährlich ist. Nicht nur einfach so, sondern auf *unheimliche* Weise gefährlich. Es war, als *wüsstest* du das.«

Sie beugte sich zu ihm hinüber, musterte ihn unverwandt, brauchte unbedingt Antworten.

»An der Legende von *Snare Cove* ist etwas Wahres

dran, stimmt's?«, fragte sie beharrlich. »Das, was mir passiert ist – die Lichter, dass das Bild nicht an seinem Platz bleibt –, das denke ich mir doch nicht aus. Wenn du etwas wüsstest, dann würdest du's mir doch sagen, nicht wahr?«

Danny schüttelte den Kopf, ließ sich auf seinem Stuhl abwärts rutschen, vergrößerte den Abstand zwischen ihnen. »Ich glaube, du hast zu lange mit Merryn gequatscht, Nina. Weißt du, die Hälfte von dem, was er erzählt, saugt er sich aus den Fingern. Die andere leiht er sich schlicht und ergreifend aus den Büchern aus, die er liest. Sei doch nicht so gutgläubig.«

Er befeuchtete seine Lippen und trank noch einen Schluck Rattler. Nina tat es ihm nach. Ihr Mund füllte sich mit kühler Flüssigkeit, Äpfel, Bernstein und Feuer. Sie war sich ihrer eigenen Heftigkeit durchaus bewusst, also setzte sie eine sanftere Miene auf und begann ein banales Gespräch über Pubs mit Musikboxen. Doch unterdessen tickten und surrten die Gedanken in ihrem Innern weiter. Irgendetwas fühlte sich hier nicht richtig an. Danny und Merryn, irgendwo wurde ihr ein Teil des Puzzles vorenthalten.

Ein paar Stunden später marschierten Nina und Danny, nunmehr vom Alkohol etwas benommen, durch das Straßengewirr zum *Golden Swan*, gefolgt von Daisy. Tante Margot deckte gerade die Frühstückstische ein und sang fröhlich vor sich hin, während sie winzige Marmeladenschälchen auf einem kleinen Teller anordnete.

»Ah, da sind Sie ja. Ich habe schon angefangen, mir Gedanken zu machen. Hatten Sie einen schönen Tag?«

»Wunderbar, vielen Dank.«

»Wir sind zum *Halo Rock* gesegelt«, berichtete Danny. »Haben Picknick gemacht.«

»Wie schön.«

»Na ja, schon, bis wir beinahe abgesoffen sind. Weißt du, wir sind dicht bei *The Whip* auf einen Felsen gelaufen, in der *Snare Cove* ...«

Augenblicklich veränderte sich Margots ganzes Auftreten. »Da ist es gefährlich, Danny«, fauchte sie und griff nach einem Milchkännchen aus Porzellan. »Was in aller Welt hattest du da zu suchen?«

Danny tat ihre Worte mit einem Lachen ab. »Wir haben die Strecke mit der schönsten Aussicht genommen, Tante Margot. Ist ja am Ende alles gut gegangen.«

Er warf Nina einen raschen Blick zu. »Also, eigentlich wollten wir dich ja was fragen«, begann er und setzte sich an einen der Tische. »Nina hat gehofft, ein paar Informationen über das alte Strandhaus zu bekommen. Onkel Merryn hat mir erzählt, ihr wart früher oft da, als ihr jünger wart. Du wirst es nicht glauben, aber Nina hat es gerade von ihren Eltern geerbt ...«

Überraschend glitt Margot das Milchkännchen aus der Hand. Es krachte gegen ein Stuhlbein. Winzige Porzellandreiecke spritzten über den Teppich, und die Farbe wich aus Margots Wangen.

»Tantchen? Alles in Ordnung?«

»Ist das ein Trick?«, zischte die alte Frau.

»Nein«, beteuerte Danny. »Wir dachten nur, du weißt schon, das würde dich interessieren ... Oder dass du uns vielleicht etwas über die Geschichte des Strandhauses erzählen kannst. Nina möchte besonders gern mehr über die Künstlerkolonie erfahren, die Polpeggen-Schule. Wir dachten, du hast da vielleicht etwas zu erzählen ...«

»Überhaupt nichts«, wehrte Margot schroff ab. »Über das Strandhaus habe ich *nichts* zu sagen. Oder über die Künstler.«

Mit flammenden grauen Augen starrte sie Nina an.

»Ist ja nicht weiter schlimm«, beschwichtigte Nina sie verstört. »Wenn Sie nichts wissen, macht das doch nichts. Wirklich, es war nur so eine Idee ...«

Ehe sie Gelegenheit hatte, noch mehr zu sagen, trat Margot einen Schritt vor. »Sie müssen ausziehen«, verkündete sie, die Fäuste fest neben den Hüften geballt. Plötzlich wirkte sie größer.

»Tante Margot«, stotterte Danny, »was ist denn los?«

»Sie *muss* ausziehen«, beharrte Margot.

Rasch sah Danny zu Nina hinüber und formte mit dem Mund eine verdatterte Entschuldigung. Dann wandte er sich wieder an seine Tante. »Jetzt komm schon, Tante Margot, immer mit der Ruhe. Setzen wir uns hin, trinken wir was ...«

»Nein.«

»Hör zu, wenn du keine Lust hast, über die Vergangenheit zu reden, dann werden wir dich nicht damit nerven. Wirklich. Vergiss das Ganze. Tut mir leid, dass ich gefragt habe.«

Aber Margot ließ sich nicht beirren. »Schaff Sie hier weg«, befahl sie leise und unerbittlich, Fäuste und Gesicht starr und reglos.

»Aber das Zimmer?«, wandte Danny ein. »Was ist mit Ninas Zimmer? Sie braucht heute Nacht doch ein Bett.«

Margot schüttelte den Kopf. Sie rammte den Finger in Richtung Haustür und blieb so stehen. Verlegen stolperte Nina rückwärts hinaus, Daisy dicht an ihrer Seite. Danny folgte ihr. Augenblicke später fühlten beide das Zuschlagen der Tür hinter ihnen, wie eine Ohrfeige.

»Das tut mir jetzt echt leid, Nina. Ich weiß nicht, was in sie gefahren ist. Sie war ja schon immer ein bisschen seltsam, aber unhöflich war sie nie.«

»Ist schon gut.« Nina bemühte sich, ganz nonchalant zu klingen. »Vielleicht hat ihr ja einfach meine Nase nicht gepasst.«

Sie gingen am Hafen entlang zurück, schwangen übertrieben fröhlich die Arme, um das Seltsame der Situation zu überspielen. Die Lichter des Ortes flimmerten auf dem Wasser. Die Bootsmasten vibrierten und summten.

»Du kannst gern bei mir bleiben«, sagte Danny ganz leise.

Nina war klar, dass das im allerbesten Falle unangebracht wäre, doch während ihr Kopf entschieden Nein sagte, sagte ihr Herz Ja.

»Bist du sicher?«

»Ist das Mindeste, was ich tun kann, nachdem dich meine Tante rausgeschmissen hat.«

»Na ja, danke. Das ist nett von dir. Ich bleibe auch nicht lange. Höchstens ein paar Tage.«

»Bleib, solange du willst, Nina.«

Mühsam öffnete Danny die Tür des Schuppens, und sofort wurde Nina an das Chaos dort drinnen erinnert. Als sie durch das Gerümpel watete, bemerkte sie nicht nur einen, sondern mehrere halb leergegessene Teller. Von den Ölfarben- und Terpentindämpfen bekam man Kopfschmerzen, und die Küche verlangte dringendst nach einem starken Putzmittel. Sitzen konnte man nur auf dem Futon. Nina hockte sich ans Fußende, während Danny eine Kanne Brennnesseltee aufbrühte. Schließlich gesellte er sich mit dem Tee zu ihr und stellte eine Öllampe, die er anzündete, vor ihnen auf den Boden. Ihr sanfter Schein flackerte über die Wände. Nina fand es merkwürdig, dass er so altmodische Dinge benutzte.

»Einer meiner Lieblingsfunde«, meinte er, während er die Lampe betrachtete. »Die habe ich in einer Fischerhütte ausgegraben, die nicht mehr in Betrieb war, ein paar Kilometer weiter die Küste rauf. Sie ist ganz schön alt. Vielleicht 19. Jahrhundert.«

Wie die, die Sally Winsel benutzt hat, dachte Nina, traute sich jedoch nicht, es laut zu sagen.

In der Ferne ließ ein Boot sein Nebelhorn ertönen. Der Tee zog. Daisy kam angetappt und legte die Schnauze auf Dannys Knie. Er kraulte ihr die Ohren. Unfähig, das Mysterium länger zu ertragen, ergriff Nina das Wort.

»Warum hat deine Tante das getan? Es muss doch einen Grund dafür geben. Sobald sie mitgekriegt hat, wer ich bin und dass meinen Eltern das Strandhaus gehört hat, wollte sie mich nicht mehr sehen.«

»Keinen blassen Schimmer«, antwortete Danny. »Alles, was ich weiß, ist, dass sie mal eine ganz kluge, lebhafte Frau war, aber im Laufe der Jahre ist sie zu einem Nervenbündel geworden. Sie verlässt nur sehr ungern ihr Haus oder tut irgendwas Ungewohntes.

Trotzdem, ich glaube nicht, dass sie es böse gemeint hat ...«

»Aber du hast doch *gesehen*, wie sie reagiert hat. Es war, als hätte ich etwas Böses bei ihr eingeschleppt. Und dieser ganze Blödsinn, uns mit Weihwasser zu segnen ...«

»Ich hab's dir doch gesagt, sie ist eine religiöse Spinnerin. Aber sie ist harmlos. Seit ich mich erinnern kann, hat sie es mit Gott, als ob sie an die Hölle und ans Fegefeuer und an all so was glauben würde. Nimm's nicht persönlich.«

»Gar nicht so einfach«, murrte Nina. »Sie hat mich ja aus irgendeinem Grund rausgeschmissen, und ich bin mir ziemlich sicher, dass es was mit *Snare Cove* zu tun hat. Ich muss sie unbedingt dazu kriegen, dass sie mit mir redet.«

»Ach, Nina, mach ihr bloß keinen Druck. Sie ist auch so schon fragil genug. Wenn du's genau wissen willst, letztes Jahr hat sie eine Überdosis genommen. Halt sie bitte da raus. Ich meine, sie will doch ganz offensichtlich nicht über ihre vergeudeten Jugendjahre reden ...«

Erregt sprang Nina auf. »Aber verstehst du denn nicht? Das bringt mich doch erst recht ins Grübeln! Was hat sie? Wovor versteckt sie sich?«

Danny schnaubte, bog den Kopf zurück, kratzte sich am Bauch. Er hatte eindeutig genug von dem Thema. Oder er fühlte sich unwohl dabei. Ninas hilfloser Zorn ließ ihr keine Ruhe.

»Du ... Das war doch ehrlich, oder?« Sie konnte nicht anders.

»Ehrlich?«

»Ich kann dir doch vertrauen, nicht wahr? Ich weiß, wir kennen uns kaum, aber ich möchte gern glauben, dass du's mir sagen würdest, wenn du irgendwas über *Snare Cove* wüsstest, über dieses Licht oder meine Eltern ...«

Danny machte ein finsteres Gesicht. »Nicht schon wieder. Können wir nicht einfach die Ruhe genießen?«

»Du hast leicht reden, hinter dir sind ja keine Gespenster her.«

»Und hinter dir auch nicht«, entgegnete Danny und schloss die Augen. »Hör zu, ich bin erledigt. Schlafenszeit.«

Nina seufzte und gab nach. »Höre ich mich paranoid an?«, flüsterte sie. »Ich will ja gar nicht ... Es ist nur ... Mein Leben war immer so klar und übersichtlich, und jetzt ist es völlig durcheinander. Ganz ehrlich, es ist, als wüsste ich überhaupt nicht mehr, wem oder auf was ich noch vertrauen kann. Na, wie auch immer, ich rede Blödsinn, hör nicht zu.«

»Nimm du ruhig das Bett«, meinte Danny gähnend. »Ich schlafe auf dem Boden.«

»Bist du sicher?«

»Ich hab am Strand geschlafen, ich hab auf dem Deck von meinem Boot geschlafen, verdammt, ich hab sogar mal auf einem Haufen Fischernetze gepennt. Der Boden ist völlig okay. Schlafen ist toll; wenn ich penne, dann penne ich. Das ist ein Vorteil daran, wenn man locker drauf ist. Ganz ehrlich, ich hab in meinem ganzen Leben noch nie schlecht geschlafen.«

»Hast du ein Glück. Ich weiß gar nicht mehr, wann ich das letzte Mal gut geschlafen habe«, erwiderte

Nina und dachte daran, wie sie und Jake sich in ihrer Bettwäsche aus ägyptischer Baumwolle hin und her wälzten, wie Jake gern in den frühen Morgenstunden aufstand und über den Teppich tigerte, sein Smartphone checkte und sich wegen irgendeiner zweideutigen E-Mail seines Bosses in Panik hineinsteigerte. Wie sie dann die Decke anstarrte, seinen Stress abbekam und übers Glücklichsein nachdachte.

»Vielleicht hast du ja heute Nacht Glück«, bemerkte Danny. »Und übrigens, nur fürs Protokoll: Ja, du kannst mir vertrauen.«

Stunden später erwachte Nina im Halbdunkeln. Sie öffnete die Augen und sah, dass die Öllampe noch immer in der Zimmerecke flackerte. Danny, der angeblich so mühelos schlafen konnte, war hellwach. In weiten Jogginghosen und mit sonst nichts bekleidet, beugte er sich über seine Bilder. Wie gebannt sah Nina stumm zu, als er sich neben die Leinwände kauerte und mit der Hand über die federnd nachgebenden Oberflächen strich. Die Lampe warf einen warmen Schein auf die nackte Haut seines Rückens und seiner Schultern. Er sah wunderschön und fremdartig aus, und Nina war augenblicklich klar, dass sie trotz seiner chaotischen, nervtötenden Einstellung zum Leben im Begriff war, sich in ihn zu verlieben.

Am nächsten Morgen fand sie ihn auf der Türschwelle, wo er im frühen Morgenlicht Kaffee trank und zusah, wie die Fischkutter ausliefen. Sein Haar war ein Wirrwarr aus blonden Knoten, auf seiner Wange zeigten sich erste Bartstoppeln.

»Und wieder ein herrlicher Tag«, verkündete er.

»Mit dem wir machen können, was wir wollen«, sagte Nina und hoffte, dass ihm solche Spontanität gefallen würde.

Sie stellte sich einen weiteren Segeltörn vor oder einen Spaziergang oder Lunch am Hafen. Kein Kopfzerbrechen wegen irgendwelcher Verzögerungen oder Abfahrtszeiten irgendwelcher Züge oder wegen später Meetings. Kein Druck. Kein Stress. Danny lehnte sich gegen den Türrahmen.

»Ich nicht«, meinte er. »Ich hab zu tun; ich bin bis heute Abend unterwegs.«

»Oh«, stotterte Nina enttäuscht. »Na ja, egal. Willst du malen?«

»Nö. Ich hab 'nem Kumpel versprochen, dass ich auf seinem Kutter aushelfe. Wir laufen um sieben aus. Hast du deine schicke Uhr dabei?«

Sie streckte das Handgelenk vor.

»Und das ist jetzt! Scheiße!«

Er kippte den letzten Rest seines Kaffees hinunter, rannte ins Haus und kam zwei Minuten später in einem frischen T-Shirt und Jeans wieder heraus, einen Stiefel angezogen und den anderen in der Hand. Daisy kläffte um seine Beine herum. Sein Haar war noch immer ungekämmt.

»Tut mir leid, muss los«, sagte er hastig. »Fühl dich wie zu Hause.«

Nina blinzelte. »Aber ... was soll ich denn den ganzen Tag *machen*?«

Danny lachte und hopste auf einem Bein, während er den Stiefel anzog. »Weiß nicht. Mach ein paar Listen. Oder mach gar nichts. Oder alles. Oder amüsier dich einfach. Wir sehen uns heute Abend. Zum Abendessen gibt's frischen Fisch!«

Allein im Atelier, fühlte sich Nina ganz benommen bei der Aussicht, einen ganzen Tag für sich zu haben, ohne Agenda, ohne irgendwo sein zu müssen. Die ersten zehn Minuten starrte sie einfach nur den Fußboden an. Dann wanderte ihr Blick zu Dannys Leinwänden, die, halb von einem Staubschutzlaken bedeckt, an der Wand lehnten. Sie schlich hinüber, zog das Laken weg und betrachtete die Bilder. Wieder war sie fasziniert davon, wie schön sie waren, so ganz anders als die seelenlosen Farbklecksereien, die sie von *Image Internazionale* gewohnt war. Sie strich mit der Hand über das größte Bild, so wie Danny es getan hatte, und spürte, wie sich die Farben in anmutigen Wellen hoben und senkten – Türkisgrün und Blau; goldene Sprenkel schimmerten durch die Pigmente und fingen die exakte Essenz des Meeres ein, wie sie es gestern auf dem Boot gesehen hatte, das Wasser erfüllt von Licht und Leben. Kein Wunder, dass der verdammte Kunsthändler aus Bristol so geduldig gewesen war. Jedes einzelne Bild – ob fertig oder nicht – war atemberaubend. Aber wie tragisch war es doch, dass sie nirgendwo ausgestellt werden würden, dass nichts damit geschah, dass sie einfach in der Ecke eines alten Sardinenschuppens verstaubten. Warum stellte sich Danny damit so an? War ihm seine bekannte Unfähigkeit, etwas fertigzustellen, insgeheim peinlich? Allmählich fragte Nina sich, ob er, ungeachtet seiner großspurigen »Hier gilt die Polpeggen-Zeit«-Sprüche, nicht einfach nur die Schande seiner eigenen Säumigkeit verschleierte.

Während sie die Bilder studierte, versuchte sie, sich vorzustellen, wie es wäre, sich mit jemandem wie Danny – so widersprüchlich, launisch und unberechenbar – ein Leben aufzubauen. Jake dagegen war ein Perfektionist, ein Held der Ordnung. Würde ihr das fehlen? Sie hatte sich daran gewöhnt, wie er Fusseln von seinen Anzugjacketts klaubte. Es gefiel ihr, wie er seine Fingernägel feilte und polierte. Und natürlich war es ein Privileg, einen Verlobten zu haben, der ihr alle zwei Wochen den Termin in diesem tollen Friseursalon ganz in der Nähe von *Image Internazionale* bezahlte. Das war wirklich toll – obwohl sie ja eigentlich wusste, dass er damit vor allem sichergehen wollte, dass sie vor seinen Bankerfreunden auch immer gepflegt aussah.

Sie sah ihr Abbild in Dannys farbfleckigem Spiegel und schauderte. Jener Abend letztes Jahr, Ende November. Sie war bei einer Verabredung mit Jake zu After-Work-Drinks mit nassen Haaren und ohne Make-up aufgekreuzt. Sie kam direkt von einem Kurs im Fitnessstudio, hatte keine Zeit zum Föhnen oder für die übliche Nummer mit Mascara und Lipgloss mehr gehabt, hatte gar nicht weiter darüber nachgedacht. Der Abend war durchaus nett gewesen, doch sobald sie und Jake im Zug allein gewesen waren, war er auf sie losgegangen. Anscheinend hatte sie ihn vor seinen Kollegen blamiert. Was hatte sie sich dabei *gedacht*, dermaßen derangiert aufzutauchen? Als sie gewagt hatte, darauf hinzuweisen, dass sie kein Vorzeigefrauchen sei, war das Ganze eskaliert. Der Alkohol hatte auch nicht gerade geholfen. Aber trotzdem, das war doch keine Entschuldigung dafür, die Hand gegen sie zu erheben.

Nina verkrampfte sich bei diesem Gedanken und sah weg. Rasch tappte sie in die Küche und lenkte sich mit Frühstückmachen ab. Sie schenkte sich Tee ein, bestrich Toast mit Butter, wischte die Arbeitsplatte sauber. Der Wasserhahn tropfte. Die Fallen der Bootsmasten im Hafen klirrten im Wind. Schließlich ging sie zu ihrem Koffer und holte die Postkarte von H an ihre Mum heraus.

Wenn er Dich noch einmal anrührt, dann musst Du mir versprechen, dass Du endgültig gehst.

Was sagten die Leute doch gleich noch über Frauen, die auf Männer standen, die genauso waren wie ihre Väter? Bisher hatte sie noch nie gefunden, dass Jake und ihr Vater viel gemeinsam hatten, jetzt jedoch erschien es ihr offensichtlich. Ehrgeizige Männer, pingelige Männer, Überflieger, die alles kontrollieren wollten, die andere Menschen kontrollieren wollten ... Plötzlich kam es ihr vor wie ein Echo, ein grauenhaft schrilles Echo. Die Frage war, wenn ihre Mum noch einmal die Chance bekommen könnte, würde sie sich dann für die Treue zu ihrem herrschsüchtigen Ehemann entscheiden oder für ein Leben voll zweifelhaftem Hedonismus mit H? Und hier, begriff Nina, hatte sie ihr Ziel für diesen Tag gefunden. Sie wusch sich und zog sich um, dann stiefelte sie los und machte sich auf die Suche, durchkämmte die Nebenstraßen von Polpeggen und hielt Ausschau nach einem Gesicht, das zu ihrer Vorstellung von H passte.

Gegen Mittag war Nina völlig durcheinander. Zu viele Gesichter, und keins davon schien das richtige zu sein. Von schmerzhafter Neugier getrieben, machte sie einen Umweg zum *Golden Swan*. Die Vorhänge waren zugezogen, und das »Kein Zimmer frei«-Schild hing im Fenster. Sie dachte an Dannys Bitte, Margot in Ruhe zu lassen, aber die Fragen nagten an ihr – Informationen, Erinnerungen, Details, *alles* wäre ihr recht. Sie ging zur Tür und klingelte. Nichts rührte sich. Müde vom zu vielen Denken trottete sie zum Hafen hinunter und sah zu, wie eine Gruppe Ausflügler eine kleine hölzerne Segeljolle viel zu schwer belud. In einem der Läden am Hafen kaufte sie sich Äpfel und süße Hefebrötchen. Dann stöberte sie in Secondhandläden herum und freute sich, als sie eine Sammlung der Mythen und Legenden Cornwalls entdeckte. Sie war noch nie auf die Idee gekommen, Bücher in Secondhandläden zu kaufen. Sie hatte nie Secondhandläden betreten. Oder Zeit zum Lesen gehabt. Für so etwas gab es in London, in Jakes Welt, keinen Raum. Am Nachmittag faulenzte sie in dem stillen Sardinenschuppen und las das Buch über die Mythen und Legenden Cornwalls von vorn bis hinten durch. Besondere Aufmerksamkeit widmete sie dabei dem Kapitel über Irrlichter mit all seinen Schilderungen von verschwommenen Lichtern, die Reisende auf nebligen Klippen in die Irre führten. Polpeggen oder *Snare Cove* wurden jedoch nicht erwähnt.

Die ganze Zeit über ließ das Bild von Jakes Wutausbruch sie nicht los, wie ein Juckreiz, der einfach nicht wegging. Sie erinnerte sich an den blauen Fleck und daran, wie sie sich damit hilflos und erbärmlich vorgekommen war. Sie erinnerte sich an den riesigen Blumenstrauß, den er ihr als Entschuldigung gekauft hatte, und daran, wie er sie zum Abendessen zu ihrem Lieblingsjapaner eingeladen und dann geweint und gebeichtet hatte, dass die Arbeit einfach zu stressig sei. Wie sie sich dabei ertappt hatte, dass sie ihn getröstet und ihm versichert hatte, sie verstünde das alles. Ein Leben mit Jake war das, was sie kannte; er war das, was für sie einer Familie am nächsten kam. Sie waren den größten Teil ihres Erwachsenenlebens zusammen gewesen; ihre Leben waren miteinander verwachsen und verflochten. Er liebte sie – und er war gut für sie. Als sie sich kennengelernt hatten, war sie so schüchtern gewesen, aber er hatte sie aufgebaut, ihr Selbstvertrauen gegeben. Er hatte sie gelehrt, an sich selbst zu glauben; er hatte gewollt, dass sie Erfolg hatte. Schließlich war es Jake gewesen, der ihr den Job bei *Image Internazionale* besorgt hatte, durch einen seiner Klienten; er wusste ja, dass sie schon immer etwas mit Kunst hatte machen wollen. Natürlich war das nicht ihr Traumjob, aber sie konnte nicht leugnen, dass es ihnen gut ging.

Nina fischte das goldene Notizbuch aus ihrem Koffer und blätterte es durch. Dadurch, dass sie in Cornwall blieb, sabotierte sie ihre Hochzeitsvorbereitungen, das war ihr klar. Monate des Planens trugen endlich allmählich Früchte – wollte sie all diese Arbeit *wirklich* zunichtemachen? Jake war doch so engagiert gewesen, so großzügig. Er hatte gesagt, sie könne alles haben, was sie wolle, ihren Prinzessinnen-Tag, was auch immer nötig war, damit alles perfekt wurde. Diese Aussicht hatte er vor ihrer Nase baumeln lassen wie einen magischen Glücksbringer.

Oder war es ein Bestechungsgeschenk?

Sie blätterte es noch einmal durch und sah das Notizbuch mit seinen ordentlichen, fehlerfrei geschriebenen To-do-Listen und den präzisen Spiegelpunkten jetzt mit ganz anderen Augen. *Für die Königin der Listen.* Entsprach es wirklich ihrer Natur, so beherrscht und methodisch zu sein, sich wegen Designer-Sträußen und Tafelsilber so viele Gedanken zu machen, oder ging es dabei nur darum, der Mensch zu sein, den Jake um sich haben wollte? Genervt davon, wie ihr Verstand wild hin und her schwang und sie von einer Seite der Vernunft zur anderen schleuderte, krallte sie die Hände in die Kopfhaut und ließ sich auf den Futon fallen. Welche Richtung sollte sie einschlagen? Welche Entscheidung treffen? Alles, worauf sie sich die letzten fünfzehn Jahre verlassen hatte, erschien ihr plötzlich so unsicher. Einen Rat. Das war es, was sie brauchte – Rat von jemandem, der sie gut kannte, der auf ihrer Seite war, dem ihr künftiges Glück am Herzen lag. Aus reiner Verzweiflung nahm sie ihr Smartphone zur Hand und wählte Alisons Nummer.

»Ali?«

»Nina! Mein *Gott*! Ich hab mich schon gefragt, wann ich wohl von dir höre. Wo *bist* du? Was ist das für 'ne Geschichte, dass du einfach abgehauen bist?«

»Es ist kompliziert.«

»Das ist der Mega-Aufreger für Sonja, genau das ist es. *Image Internazionale* geht ohne seine zweitbeste Mitarbeiterin gerade den Bach runter. Na ja, eigentlich nicht, aber die Chefin ist nicht glücklich. Sie will wissen, wann du endlich wieder zur Arbeit kommst.«

»Erst mal noch nicht. Ich bin in Cornwall, Ali. Glaub's oder glaub's nicht, ich habe eine Bucht geerbt.«

Als sie es laut aussprach, wurde ihr klar, wie absurd sich das anhörte. Alison jedoch zuckte mit keiner Wimper. Ihr Leben war so bunt, dass ein Detail wie dieses einfach darin verschwinden konnte.

»Dir ist schon klar, dass du eine Hochzeit zu planen hast?«, hakte sie nach. »Fünfstöckige Torten mit Monogramm fallen nicht vom Himmel, weißt du?«

»Ich weiß. Ich hab's nicht vergessen. Und übrigens, ich wollte nie eine fünfstöckige Torte mit Monogramm ...«

»Du bekommst von mir jede Hilfe, die du brauchst, Nina, aber wenn dein spontaner Mini-Urlaub noch länger dauert, dann, fürchte ich, sind all meine Mühen vielleicht umsonst. Ich hab da ein paar Ideen für den Schleier, aber ich glaube, wir müssen noch mal in so einen Hochzeits-Showroom ...«

»Ich will keinen Schleier.«

»Natürlich willst du einen Schleier. Was für eine Braut will denn keinen Schleier?«

»Ist das meine Hochzeit oder deine?«

»Stellvertretend ist es auch meine, Nina. Tu mir doch den Gefallen. Du weißt doch, nach all diesen zwielichtigen Großstadttypen, mit denen ich nach exzessivem Mojito-Genuss gern ins Bett zu gehen pflege, glaube ich, näher werde ich an so was nicht rankommen. Die Hochzeit meiner besten Freundin ... und ich will, dass sie perfekt ist.«

»Du brauchst gar nichts zu tun«, seufzte Nina. »Um ehrlich zu sein, ich glaube, ich hab gerade ein bisschen ...«

»Das ist doch nicht dein *Ernst*?« Harsch drang Alisons Stimme aus dem Handy. Sofort war Nina klar, dass sie keine Gelegenheit bekommen würde zu sagen, was sie sagen wollte, die Komplexität ihres Dilemmas zu schildern. Plötzlich ging ihr auf, dass Alison zwar gut reden konnte. Sie konnte Geschichten erzählen, Witze reißen, mit grandiosen Ratschlägen um sich werfen, aber zuhören konnte sie nicht.

»Kalte Füße, Nina. Geht's bei dieser Cornwall-Nummer etwa darum? Dass du kalte Füße gekriegt hast?«

»Na ja, so würde ich's nicht nennen ...«

»Nina, *jede* Braut macht so eine Phase durch. Das ist ganz normal. Du bist im Begriff, die größte Verpflichtung deines Lebens einzugehen – na ja, mal abgesehen vom Kinderkriegen, aber wer will *das* denn schon? Jedenfalls, ich sage ja nur, kalte Füße kriegt man, wenn man sich darauf einlässt, den Rest seines Lebens einem einzigen Menschen zu widmen. Und bei manchen Leuten, Nina, ist das auch gerechtfertigt, aber bei dir ... Was gibt's denn da, weswegen man kalte Füße kriegen müsste? Schnapp dir mal 'ne Kristallkugel und schau dir an, wie dein Leben sein wird! Ich meine, *komm schon*, weißt du eigentlich, was für ein Glück du hast? Ich würde dein Leben *sofort* nehmen! Du hast einen Verlobten, der dich abgöttisch liebt, und Kohle hat er *auch* noch ...«

Kohle? Nina schreckte vor dem Wort zurück.

»Es geht doch gar nicht ums Geld«, flüsterte sie. Es fühlte sich an, als dresche Alisons Zynismus unbarmherzig auf sie ein.

»Na klar. Es geht um Liebe. Jake liebt dich. Du liebst Jake. Also, hey, wenn das so ist, dann lass die Hochzeitsglocken läuten!«

Wenn das Nina aufheitern sollte, so funktionierte es nicht. Stattdessen ging Alisons felsenfeste Überzeugung, dass sie Jake unbedingt in ihrem Leben bräuchte, Nina immer mehr auf die Nerven. Sobald sie sich verabschiedet hatte, schmiss sie das Handy neben sich auf den Futon und beschloss, dass Unverantwortlichkeit das Ziel sei – ein köstliches, leichtfertiges Gefühl der Verantwortungslosigkeit. Im Chaos von Dannys Atelier bettelte dieses Gefühl förmlich darum, die Regie übernehmen zu dürfen. Und sie ließ es mit Freuden geschehen. Solange sie wollte, würde sie sämtliche Gedanken an Jake und Alison und die Hochzeit verdrängen und sich gestatten, ganz in die klapprige, vom Meer verwitterte Welt Polpeggens einzutauchen. Sie holte sich ein Bier aus Dannys Kühlschrank, der, wie sie sah, lediglich ein Glas Würzsoße, uralten Ananassaft und einen vergammelten Salatkopf enthielt. Dann öffnete sie die Haustür, stellte den kaputten Schaukelstuhl dagegen und setzte sich so darauf, dass sie den Hafen sehen konnte und die Sonne, die über der Bucht versank. Auf der Fensterbank fand sie eine halbe selbstgedrehte Zigarette, eine von Dannys, und versuchte, sie zu rauchen. Nicht weil sie Rauchen toll fand, sondern weil Jake es nicht ausstehen konnte.

Während der Himmel sich erst rosa und dann violett verfärbte, herrschte im Hafen reges Treiben. Fischkutter liefen ein. Einer nach dem anderen kletterte die Mannschaft heraus und lud vor einer Zuschauerparade den Fang des Tages aus. Nina wartete und hielt Ausschau nach Danny und Daisy. Sie hatte Hunger, doch sie beschloss, mit dem Essen bis zu seiner Rückkehr zu warten; sein Versprechen, frischen Fisch mitzubringen, war verlockend. Was würde es wohl sein? überlegte sie. Dorade? Taschenkrebse? Hummer? Das Wasser lief ihr im Mund zusammen. Vielleicht würden sie ja zusammen kochen, in der kleinen Küche. Plaudern, kochen, Wein trinken – ein perfekter Polpeggen-Abend. So unverantwortlich es auch war, es fühlte sich so richtig an.

Sie fragte sich, ob sie wohl zum Hafen gehen und ihn am Kai erwarten sollte, doch dann entschied sie, dass das zu aufdringlich wirken würde. Stattdessen holte sie sich noch ein Bier aus dem Kühlschrank und nahm ihren Posten an der Tür wieder ein. Sie musterte einen Haufen junger Fischer, die über das Kopfsteinpflaster auf das *Tredovar Inn* zu stolzierten, suchte unter ihnen nach Dannys blonden Locken. Und sie wartete. Ihr Hunger wurde immer größer, bis sie schlechte Laune bekam. Sie wartete weiter. Die Sonne versank vollständig, und kleine Lichterketten leuchteten entlang der Hafenmauern auf. Sie wartete und wartete, bis sie es schließlich aufgab und sich auf dem Futon schlafen legte.

Sechs Stunden später kam Danny hereingestolpert und brachte lediglich den Gestank von Schweiß und Cider mit. Allein dort im Mondlicht, das goldene Notizbuch neben sich, öffnete Nina ein Auge und machte ein finsteres Gesicht. Sie sah zu, wie Danny sturzbetrunken in die Küche torkelte und dann einen Becher Wasser in einem Zug austrank. Wo blieb die Entschuldigung? Oder auch nur eine Ausrede? Schließlich folgte sie ihm, hoffte, größere Nähe würde eine

Erklärung provozieren. Sie fand ihn stöhnend vor dem Spülbecken vor.

»'tschuldigung, hab ich dich aufgeweckt?«, nuschelte er. »Warum hab ich bloß das letzte Glas getrunken? Hab ich doch gar nich' gebraucht. Hab ich doch gar nich' gewollt. *Urgh!*«

»Dann hast du also keinen Fisch mitgebracht?«

»Häh?«

»Du hast gesagt, du bringst frischen Fisch mit, zum Abendessen.«

Danny schnitt eine zerknautschte Grimasse. »Oh«, antwortete er und sackte in sich zusammen. »Ich hab mit den Jungs gegessen und dann 'n paar Bierchen getrunken. Mach ich immer so, wenn ich auf'm Kutter mitarbeite.«

»Ich habe auf dich gewartet«, plusterte Nina sich auf und dachte an jenen ersten kurzen Eindruck, den sie von Danny bekommen hatte, als Daisy sie am Strand umgerannt hatte. »Jetzt hab ich schon gar keinen Hunger mehr. Dabei hättest du bloß anzurufen brauchen.«

»Äh, ja«, erwiderte Danny, »ich hätte natürlich auch angerufen, aber ...«

Nina erriet, was als Nächstes kommen würde. »Du hast kein Handy?«

»Genau.«

»Wie kann man ohne Handy in der modernen Welt leben?«

»Ganz einfach. Kein Handy, kein Stress.«

»Mit anderen Worten, keine Verantwortung.«

»Wenn du's so ausdrücken willst ...«

»Will ich.«

Mit verschränkten Armen standen sie einander

gegenüber, während Daisy zwischen ihnen hin und her schnürte.

»Hör zu, es tut mir leid«, sagte Danny. »Ich bin's einfach nicht gewohnt, du weißt schon, für andere Leute *verantwortlich* zu sein.«

»Du brauchst auch gar nicht für mich verantwortlich zu sein«, gab Nina schnippisch zurück. »Du brauchst bloß deinen Scheiß auf die Reihe zu kriegen.«

Danny versteifte sich, blinzelte, dann hob er die Hände.

»Okay, ja. Vielleicht ja. Vielleicht brauche ich ja eine von deinen To-do-Listen, Nina, aber da sich mir im Augenblick der Kopf dreht, ich fix und fertig bin und meine Klamotten nach Fischdärmen stinken, können wir uns da einfach mal abregen? Oder vielleicht ganz neu anfangen. So in der Art: ›Hi, ich bin Danny, ich bin ein bisschen neben der Spur, und ich habe die Angewohnheit zu vergessen, was ich eigentlich tun sollte, und mit wem ich's tun sollte, aber ich versprech dir, mit mir ist es nie langweilig.‹«

Er streckte ihr die Hand hin und bedachte sie dann mit einem so süßen, verschlafenen Lächeln, dass Nina weich wurde.

»Man braucht mehr als eine To-do-Liste, um *dein* Leben in Ordnung zu bringen, aber okay, Entschuldigung angenommen. Du hast es vergessen, stimmt's?«

»Ja, wie üblich, Idiot, der ich bin. Hey, du hast doch bestimmt Hunger. Hast du Hunger? Ich könnte dir ein Käsebrot machen. Wenn ich Brot da habe ... Oder Käse ...«

Er öffnete den Kühlschrank. »Würzsoße. Möchtest du Würzsoße?«

»Nein, danke.«

Danny gähnte und reckte sich, dann tappte er zum Sofa hinüber und kippte darauf. Nina folgte ihm und hoffte trotz allem, dass ihr Abend zu zweit jetzt beginnen würde, doch das Gespräch kam binnen Minuten zum Erliegen. Dannys Atem ging langsam, sein Arm sank schlaff herab, und sein Kopf kippte zur Seite. Nina stupste ihn an, doch er schlief tief und fest. Also ging sie zum Futon hinüber und legte sich allein in einen schmalen Streifen Mondlicht. Lauschte auf seinen Atem und verfluchte sich dafür, dass sie einen Mann an sich herangelassen hatte, dem sie nicht ganz traute, den sie nicht ganz verstand, der kein Handy besaß und dem das völlig egal zu sein schien. So oder so, der Optimismus dieses Tages war verflogen. Sie seufzte, rollte sich zusammen, schloss die Augen und träumte abermals von dem verwaisten orangeroten Schlauchboot, das leer und vergessen ans Ufer trieb.

10. Kapitel

Als Nina am nächsten Tag aufstand, fand sie einen gekritzelten Zettel an der Tür.

Hab zu tun. Bin den ganzen Tag weg. Viel Spaß. Bis später. D X

Schon wieder? Was hatte er denn zu tun? Wie lange war »der ganze Tag«? Und wann war später? Diese Zweideutigkeiten ärgerten sie. Jake würde sich nie so vage ausdrücken. Ihr gemeinsames Leben war in Stunden eingeteilt. Tatsächlich hatten sie vor Kurzem angefangen, ihre wöchentlichen Aktivitäten in eine Tabelle einzutragen. Jede Minute festzuhalten, hatte etwas Tröstliches. Ihre Leben waren so geschäftig; ein Zeitplan war ein Anker für sie.

»Na schön.« Nina klatschte die Hände auf die Schenkel, sammelte sich und entschied spontan, dass es das Beste wäre, nach London zurückzufahren – und *diesmal* würde sie es auch wirklich durchziehen, bevor sie sich noch mehr blamierte. Sie zog sich an, schmiss ein paar Dinge in ihren Koffer, vergewisserte sich, dass sie das goldene Notizbuch, den violetten Mantel und die Muschelbrosche dabeihatte und marschierte dann zum Bahnhof.

»Ein Ticket für den Zug um halb zehn nach Euston, bitte.«

Der Bahnhofsvorsteher schüttelte den Kopf und

lächelte sie übermäßig vertraulich an, als wolle er sagen »Sie schon wieder.«

»Der ist schon weg. Und der um zehn vor zwei ist wahrscheinlich voll. Heute ist Freitag, wissen Sie? Bettenwechsel. Freitag fahren immer alle nach Hause.«

Sie war verblüfft, dass sie keine Ahnung gehabt hatte, dass heute Freitag war. Sie hatte nicht auf die Wochentage geachtet – etwas, das ihr sonst nie passierte.

»Fahren später noch irgendwelche Züge?«

»Sie könnten's ja mit dem um 17 Uhr 48 versuchen«, meinte der Bahnhofsvorsteher. »Da sind immer Plätze frei, das ist der Bummelzug.«

Verdrossen zog Nina ab. Da sie nichts von Danny gehört und keine Möglichkeit hatte, ihn zu erreichen, ging ihr auf, dass sie sich die Zeit selbst vertreiben und dann abmarschbereit sein musste, um den Zug um 17 Uhr 48 zu erwischen. Wenn Danny rechtzeitig zurückkam, würde sie noch schnell Danke und Auf Wiedersehen sagen können. Wenn nicht, würde ein Zettel genügen müssen – allerdings hoffte ein Teil von ihr, sie würde ihn noch sehen, um seine Gefühle auf die Probe stellen zu können und seine Reaktion zu sehen.

Um Zeit totzuschlagen, ging sie immer weiter, bis sie den Sandstrand bei *Gad Point* erreichte, auf der anderen Seite der Bucht, am weitesten vom Strandhaus entfernt. Der Strand war fast zwei Kilometer lang, von Dünen und Felsen begrenzt. Ziellos wanderte Nina zwischen Surfern und Leuten, die ihre Hunde ausführten, dahin, bis sie schließlich das Wasser erreichte. Sie konnte fühlen, wie ihre Sinne erwachten, belebt von der frischen Luft.

Sie hob einen Stein auf und versuchte, ihn übers Wasser hüpfen zu lassen. Der Stein versank sang- und klanglos unter der Wasseroberfläche, doch sie war froh, dass sie jetzt ganz dicht am Wasser stehen konnte, ohne den Klammergriff ihrer Phobie zu fühlen. Konnte sie noch weiter gehen? Innerlich forderte sie sich selbst auf, tapfer zu sein, so tapfer wie neulich, als sie mit Danny segeln gegangen war. Sie machte ein paar kleine Schritte vorwärts. Ihre Absätze sanken in den nassen, wabbeligen Sand. Nina überlegte, ob sie die Schuhe ausziehen, die Hosenbeine hochkrempeln, im flachen Wasser waten sollte. Das hatte sie doch schon einmal gemacht; sie konnte es wieder tun. Sie bückte sich ... da fuhr es plötzlich wie ein Blitz durch ihren Kopf. Eine Szene tauchte vor ihr auf, so real, dass sie erschrak – die Erinnerung, nach der sie gesucht hatte.

Das orangefarbene Schlauchboot. Ein Tag mit blauem Himmel, Sonnenlicht auf dem Wasser, als hätte jemand eine Handvoll Glitter verstreut. Ihr Vater tigerte am Strand auf und ab. Ihre Mum war im Wasser, watete neben dem Schlauchboot her, ihre blassen Hände hielten es an den Rändern fest. Nina, kichernd und lachend; dürre, nasse Glieder hopsten durch die Wellen, und ihr kleines Herz hopste ebenfalls, hatte Angst, dass sie umkippen würden, *hoffte*, dass sie umkippen würden.

»Wo sollen wir hinfahren?« Die Stimme ihrer Mum, liebevoll und sanft. »Wohin?«

»Ganz weit weg, Mummy!«

Diese Frau konnte alles geschehen lassen.

»Bis in ein ganz anderes Land!«

Lachen. Lächeln.

Und dann plötzlich ... eine Veränderung. Nina spürte das Schlingern in der Brust. Jetzt konnte sie es vor sich sehen, wie sich die Miene ihrer Mum verspannte, wie sie Ninas Hände ergriff, sich ins Schlauchboot beugte und ihr unverwandt in die Augen sah. »Und wenn wir *wirklich* wegfahren, Nina? Wenn wir einfach weggehen? Mummy hat einen Plan. Wenn wir weggehen und woanders wohnen?«

»Mit Daddy?«

»Nein.«

Und dann ...

Das Klatschen des Wassers.

Eine Welle brach sich über ihnen, kippte das Schlauchboot um, zerrte sie unter Wasser, zog sie hinab. Luftblasen. Schatten und kaltes weißes Licht. Dieses grauenvolle Geräusch, wie millionenfach verstärkte Aquarien – das Geräusch des Ertrinkens. Ihre Nase brannte, ihr Kopf schrie gellend, dann packten panische Hände so verzweifelt zu, dass es wehtat, zogen sie an die Oberfläche, hinauf zur Erlösung an der Luft. Ihr schlaffes Gewicht mit heftig pumpendem Brustkorb in den Armen ihrer Mum, Hände auf ihrer Stirn, tröstende Worte.

Und ihr Vater über ihnen beiden, der Worte hervorstieß, die Nina nicht hören sollte.

»Fahrt ja nie wieder in diesem verdammten Ding raus! Schau, was du getan hast – du hast ihr Todesangst eingejagt! Sie hört ja gar nicht mehr auf zu weinen! Du idiotisches Weibsstück!«

Wie er ihre Mum in die Höhe zerrte – an den Haaren. Ihr den Kopf nach hinten riss.

»Los, wir gehen! Mach schon, Bewegung!«

Die Angst in ihrem Blick ...

Mit Tränen in den Augen rannte Nina zurück zum Sardinenschuppen. Es war ihr egal, dass ihr Zug erst in ein paar Stunden ging. Sie wollte weg, wollte fliehen, der Heimtücke ihres Gedächtnisses entkommen. Ihren Koffer hatte sie ja schon gepackt. Sie brauchte ihn nur zu schnappen und abzuhauen, doch als sie durch die Haustür stürzte, hörte sie Danny in der Küche. Er war früher zurückgekommen, als sie gedacht hatte. Sie geriet in Panik, wollte ihn nicht sehen und wollte gerade den Rückzug antreten, doch es war zu spät. Er streckte den Kopf aus der Küche, grinste breit und hielt dann eine Weinflasche hoch.

»Sancerre«, verkündete er mit gekünsteltem französischem Akzent.

Nina wusste nicht, was sie sagen sollte. Er kam auf sie zu und drückte ihr die Flasche in die Hand. »Ich musste bis nach Truro fahren, um den zu finden.«

»Äh ... danke.«

»Keine Ursache.«

Der Wein war warm und dem billigen Etikett nach nicht eben der beste. Nina drückte die Flasche an die Brust.

»Bist du bereit?«, wollte Danny wissen.

»Ich?«

»Wer denn sonst?«

»Wofür?«

»Wir gehen essen.«

»Aber ich ... Ich bin nur schnell zurückgekommen, um meinen ...« Sie blickte sich um und sah, dass ihr Koffer nicht mehr da war. Danny zuckte die Achseln.

»Hab ihn hinter die Tür gestellt, damit er dich nicht ständig ans Nachhausefahren erinnert.«

»Aber ich muss nach Hause. Wirklich.«

»Echt jetzt? Weißt du, Nina, du sagst die ganze Zeit, *ich* soll nicht so unzuverlässig sein, aber du überlegst es dir andauernd anders. Du hast gesagt, du willst rausfinden, was mit deinen Eltern passiert ist, wo du schon mal hier bist. Also zieh das durch, lauf nicht weg.« Er griff nach ihrer Hand und drückte sie.

»Ist nur eine Vermutung«, meinte er kurz darauf, »aber kann es sein, dass du geweint hast?«

Nina wischte sich die fleckigen, tränennassen Wangen ab. »In meinem Kopf herrscht totales Chaos«, sagte sie. »Und du hast recht, auf mich ist wirklich kein Verlass, aber ... Es ist, als ob ich gar nicht mehr weiß, wer ich bin. Ich dachte, ich hätte mein Leben in trockenen Tüchern, aber seit ich hergekommen bin, wird mir mein fester Boden unter den Füßen weggezogen.«

»Du brauchst was Anständiges zu essen. Komm mit.«

»Jetzt gleich?«

»Jetzt und gleich.«

»Wohin denn?«

»Die Küste rauf.«

»In ein Restaurant?«

Danny schüttelte den Kopf.

»Also dann ein Picknick?«

»Das sehen wir, wenn wir dort sind.« Ehe sie Einwände erheben konnte, nahm er ihr die Weinflasche ab und lotste sie aus dem Atelier und zu dem klapprigen alten Astra hinüber, der auf dem Kopfsteinpflaster geparkt war. Daisy folgte ihnen schwanzwedelnd.

»Bist du immer so impulsiv?« Nina, die gerade über den Fahrersitz auf die andere Seite krabbelte, kannte die Antwort bereits. Wortlos setzte Danny durch die Gasse zurück. Auf halber Strecke wandte er den Blick von der Straße ab und drehte sich zu ihr um. »Kein Zug nach Hause, Nina«, sagte er. »Noch nicht.«

»Aber ...«

»Gib mir einfach eine Chance«, sagte er mit geheimnisvollem Lächeln.

Nina ließ sich in ihren Sitz sinken. *Das sehen wir, wenn wir dort sind.* Diese Antwort erfüllte sie nicht gerade mit Zuversicht. Für ein spontanes Essen – als Picknick oder etwas anderes – brauchte man Lebensmittel, aber alles, was Danny dabeihatte, war eine Flasche billigen Weins. Sie sah sich im Auto nach einem Picknickkorb oder Einkaufstüten um, doch unter all den leeren Getränkedosen, dem Papier, den eingetrockneten Pinseln und Säcken voller rostiger Gartengeräte war nichts, was auch nur annähernd essbar gewesen wäre. Trotzdem erhob sie keinen Einspruch, *wollte* keinen Einspruch erheben. Als der Wagen vor einem Sonnenuntergangshimmel auf die Küstenstraße einbog, flutete eine Woge der Unbekümmertheit durch sie hindurch wie ein berauschender Trank. Sie war so nahe dran gewesen, den Zug nach London zu nehmen, jetzt jedoch, jetzt machte sie abermals einen Rückzieher, zurück zu Danny und seiner überschwänglichen Unberechenbarkeit.

Sie fuhren aus Polpeggen hinaus, vorbei an der Farm und dem Strandhaus. Obwohl sie ihn mehrfach nach ihrem Ziel fragte, verriet Danny nichts. Schließlich fuhr er auf einen Schotter-Rastplatz ganz oben auf den Klippen und hielt an.

»Wir sind fast da«, verkündete er und öffnete mit funkelnden Augen die Autotür. »Komm mit.«

Er führte Nina zu einer kleinen Lücke in der Hecke, zu einem baufälligen Zauntritt. Sofort erkannte Nina den Beginn des Weges zu der Aussichtsplattform in den Klippen, wo das Foto von ihrer Mum aufgenommen worden war. Sie erstarrte. Ein Picknick ohne Essen, an einem Ort, von dem er wusste, dass er ihr zu schaffen machen würde?

»Wieso hast du mich hierhergebracht?«

Danny lächelte nur und legte den Finger auf die Lippen, entschlossen, den Reiz seines Geheimnisses in die Länge zu ziehen. Doch für Nina war das zu viel. Kleine Verdachtsscherben bohrten sich in ihre Vorfreude. Danny wusste um die Bedeutung dieses Ortes. Versuchte er, eine Reaktion zu provozieren? Spielte er hier ein Spiel? Plötzlich wollte sie nicht mitkommen. Sie wollte nicht spielen. Entschieden verschränkte sie die Arme und blieb stehen.

»Komm schon«, flüsterte Danny.

»NEIN.«

»Warum denn nicht?«

»Ich will nicht.«

»Aber ...« Danny sah völlig verwirrt aus. »Ich hab mir eine Überraschung ausgedacht. Ganz im Ernst, ich hab tatsächlich den Arsch hochgekriegt und alles organisiert, so, wie du's wolltest. Das ist meine Art, wiedergutzumachen, dass ich dich gestern Abend vergessen habe ...« Er streckte die Hand aus, bedeutete Nina, sie zu ergreifen.

»Dann ist das hier also kein Trick?«

»Wie meinst du das, ein *Trick*?« Er klang gekränkt.

»Okay«, gab Nina nach und schob ihre Hand in seine. »Okay.«

Zusammen gingen sie zu dem Zauntritt, kletterten hinüber und begannen den steilen Abstieg den Pfad hinunter. Nach ein paar Hundert Metern kam das Flackern einer Laterne durch die heidekrautduftende Abendluft in Sicht. Nina schnappte nach Luft. Die schmucklose Betonplattform war wie verwandelt. Ein Dutzend Sturmlaternen beleuchtete die umliegenden Klippen, und die Felswände waren kunstvoll mit Muscheln, Kieseln und Bändern aus seidigem Seegras verziert worden. Ein violetter Fingerhut stand in einer Vase auf einem niedrigen Klapptisch neben Tellern, Besteck und einem Weinkühler; zwei Kissen lagen als Sitzgelegenheiten bereit.

Nina umklammerte die Muschelbrosche, die sie an ihre Bluse gesteckt hatte, und fühlte Glück ganz tief in der Brust, leicht und sprudelnd.

»Das hast du für *mich* gemacht?«

»Hab den ganzen Tag gebraucht«, antwortete Danny. »Ist ja nicht viel, aber ich dachte, es würde dich aufheitern. Gefällt's dir?«

»Ich find's wunderbar. Danke. Aber ... Solltest du dich heute nicht eigentlich mit deinem Kunsthändler aus Bristol treffen?«

Danny zuckte die Achseln.

»Erzähl mir bitte nicht, dass du ihm abgesagt hast?«

»Hey, ich konnte den sowieso nicht leiden. Der hat mir zu viel Druck gemacht.«

Nina zuckte zusammen. »Ich würde dich ja *so was* von gern mal in Sachen Karriere beraten«, bemerkte sie.

»Und ich würde nicht darauf hören. Also, genug von meinem Versagen als Mensch. Lass uns essen.«

Er bedeutete ihr, Platz zu nehmen und machte sich dann daran, ein Feuer anzuzünden und die Weinflasche zu öffnen. Dann reichte er ihr ein Glas. Aus Plastik. Das war ihr egal. Solche kleinen Enttäuschungen schienen angesichts der Mühe, die er sich gemacht hatte, nicht bedeutend zu sein. Jake hätte sich natürlich beschwert.

»Ich hatte dir Fisch versprochen«, sagte er stolz, ging zu einer Kühlbox hinüber und holte etliche schöne, glänzende Makrelen aus dem Eis.

»Frischer geht's nicht. Die hab ich heute Morgen gefangen. Bin zwar nicht der beste Koch der Welt, aber wie man eine Makrele grillt, das weiß ich.«

»Das ist ja so lieb von dir, wirklich ... Ich hab noch nie ... Niemand hat *jemals* ... einfach ... danke.«

Nina lehnte sich zurück und dachte an all die Edelzutaten, die zu Hause in ihrer Küche aufgereiht waren, Überbleibsel einer »Kochphase.« Jedes Mal, wenn sie in der Stadt shoppen gewesen waren, hatten sie einen Abstecher in die Feinkostabteilungen von *Harrod's* und *Selfridges* gemacht und Trüffel, Safran, Bio-Schafsmilch, »Spezial«-Meersalz, seltenen Käse und extrem teures Bratöl gekauft.

»Gute Zutaten machen den Unterschied«, hatte Jake verfügt.

Nina nippte an ihrem Wein und überlegte, worin genau dieser Unterschied wohl bestand.

Während es immer später wurde, tranken und redeten Nina und Danny im Schein der Laternen, während Daisy wie ein Wachtposten danebenlag, ein Auge geöffnet. Danny spießte die Makrelen auf einen Stock, grillte sie über dem Feuer und benutzte dabei nichts außer der Seeluft zum Würzen.

»Köstlich«, stellte Nina nach einem Bissen fest.

Danny erhob sein Glas. »Auf das gute Leben – und damit meine ich das *einfache* Leben. Was könnte man mehr wollen?«

Nina widersprach mit einem kleinen Auflachen. »Ehrlich gesagt, fallen mir da so ein paar Dinge ein.«

»Bitte sag jetzt nicht Sportwagen und Tausend-Pfund-Armbanduhren – ein Haufen Angeberzeug, das die Leere zwischen Arbeit und Schlaf ausfüllt. Nein, danke. Lass dich auf die Schönheit ein, die dich umgibt, Nina, auf die kleinen Dinge. Lerne, deinen Sinnen zu vertrauen, nicht der Brieftasche deines Freundes.«

Nina fuhr auf. Danny starrte sie über den Rand seines Glases hinweg an. »Ach, sei doch ehrlich, Nina, du weißt, dass am Leben mehr dran ist als Luxuswohnungen und Louis-Vuitton-Koffer. Du liebst den ›Jetset‹ gar nicht so sehr, wie du glaubst. Hedgefonds-Jake sieht das vielleicht nicht, aber für mich ist es eindeutig.«

Nina lächelte verlegen und schlug die Augen nieder. »Du kennst mich doch kaum.«

»Ich weiß aber genug«, erwiderte er mit einem

wölfischen Ausdruck in den Augen. »Das Leben ist voller Genüsse, wenn man weiß, wie man danach Ausschau halten muss. Lass uns feiern ...«

»Was denn feiern?«

»Was immer wir wollen.«

»Ich bin aber nicht richtig angezogen, um groß auszugehen.«

Sie trug noch immer die Kleider, mit denen sie am Strand gewesen war.

»Deswegen hab ich ja das hier mitgebracht«, sagte er. Er griff in eine Tasche, die hinter ihm stand, und holte den violetten Samtmantel heraus.

»Wa ... warum hast du den mitgebracht?«

»Ich hab ihn aus deinem Koffer geholt. Du hast ihn doch anscheinend so gern, und er sah aus, als wäre er warm, also ...«

Ehe sie widersprechen konnte, legte er ihr den Mantel um die Schultern. Jede Zelle ihres Körpers war plötzlich wie elektrisiert. Es fühlte sich gespenstisch an, unheimlich, aber auch wunderbar; Vergangenheit und Gegenwart schienen miteinander verflochten. Wie in einem Traum konnte sie das Flüstern ihrer Mum überall um sich herum erahnen. Sie fühlte sich glücklich. Sie fühlte sich *lebendig*. Nina sank in den Mantel, trank ihren Wein aus und hörte zu, während Danny redete. Dabei nickte sie und gab an den richtigen Stellen Kommentare ab, doch die ganze Zeit über wurden ihre Gefühle unter ihrer Haut, ihren Knochen immer stärker, zwei Enden eines Taus, die sich verschlangen und festzogen. Er sah jetzt so verlockend aus, so berührbar – das feuchte Glänzen seiner Lippen, der wunderschöne Abwärtsschwung seiner Wimpern, der dunkelblaue Kragen seines abgetragenen Pullovers, der beim Sprechen seinen Hals streifte. All diese Einzelheiten zogen sie an. War das Lust? Sie hatte es längst vergessen, wenn sie es denn überhaupt jemals wirklich gewusst hatte.

11. Kapitel

Während der nächsten paar Tage schaute Nina nicht ein einziges Mal auf ihr Handy, blätterte kein einziges Mal in ihrem goldenen Notizbuch und machte sich keinerlei Gedanken wegen der Sorgen, die ihr Verschwinden Jake und Alison vermutlich bereitete. Sie hatte ein schlechtes Gewissen – die ganze Zeit –, doch irgendwie gelang es ihr, es regungslos in ihrem Innern liegen zu lassen, wie eine abgestreifte Decke. Tagsüber zog Danny mit Daisy los und tat, was immer er eben tat; irgendwelche Hilfsjobs – Heckenschneiden für ein altes Ehepaar im nächsten Dorf, noch eine Tour auf einem Fischkutter. Wenn er nicht wegging, tüftelte er in seinem Schuppen herum. Er hatte keine Routine, keinen festen Arbeitsplan, aber er war auch nie untätig. Immer gab es irgendetwas zu tun – zwei Kupferrohre schweißen, einen Eimer Muschelschalen waschen und sortieren, allgemeines Wegräumen von Essensresten und halb ausgetrunkenen Teetassen. Allerdings kam es nur selten vor, dass Danny sich an seine Bilder heranwagte. Gelegentlich hob er eins der Laken an, kratzte mit einem Spachtel auf einer Leinwand herum, meistens jedoch mied er diesen Bereich des Ateliers vollkommen. Aus Ninas Sicht war es wohl am besten, das Thema nicht anzusprechen, obgleich jede Synapse in ihrem Kuratorinnen-Gehirn ihn am liebsten angebrüllt hätte.

Am fünften Tag jedoch holte die Wirklichkeit sie

ein. Nina und Danny saßen auf einer Bank im *Tredovar Inn*, tranken Cider und wurden allmählich beschwipst und albern, als sie vom schrillen Klingeln von Ninas Handy unterbrochen wurden. Ohne groß nachzudenken, meldete sie sich.

»Nina?«

»Oh, hi, Alison ...«

»Wo bist du?«

»Ähm, in einem Pub. Betrinke mich gerade. Wieso?«

»In welchem Pub?«

»Im *Tredovar Inn.*«

»Wo ist der?«

»Der ist was für die Leute von hier. Was soll die Fragerei? Ich bin immer noch in Cornwall, falls du das wissen willst ...«

»Bleib da. Ich komm dich holen.«

»Was?«

»Bleib einfach da.«

Das Handy klickte. Nina blinzelte. »Ich ... ich sag's ja nur sehr ungern, aber ich glaube, eine Freundin von mir ist gerade hier aufgekreuzt«, krächzte sie. »Tut mir echt leid, aber es hört sich an, als wäre sie jetzt auf dem Weg hierher.«

Danny reckte die Arme. »Leid? Wieso tut's dir denn leid? Wie ist sie denn so?«

»Sie ist ... anstrengend. Eine Kollegin von *Image Internazionale.* Sie hat ein gutes Herz, aber ... man merkt's vielleicht nicht gleich. Um ehrlich zu sein, bin ich ein bisschen platt. Sie hat mir gar nicht gesagt, dass sie kommt.«

Es kam ihr verkehrt vor, wie eine Invasion, ein kleines Stückchen London, das sich in ihre Zeit mit

Danny hineindrängte. Er beugte sich vor, stützte sich schwer auf die Ellenbogen.

»Will sie dich wieder in die große Stadt entführen?«

Nina seufzte. »Könnte sein.«

Zehn Minuten später kam Alison hereingerauscht, umgeben von einer unsichtbaren Wolke Chanel No. 5. Als sie Nina mit Luftküsschen auf die Wangen begrüßte, zogen sich die Winkel ihres glänzenden Schmollmundes zusammen. »Und wer ist das?«

»Das ist Danny. Er ist, äh, ein Freund.«

»Freut mich, *Danny*«, sagte Alison und bot ihm flüchtig eine manikürte Hand zum Gruß.

»Mich auch«, antwortete Danny. »Bitte, setz dich doch.«

Alison wischte einen Haufen nicht vorhandener Krümel von der hölzernen Bank, arrangierte ihre Taschen neu und nahm Platz.

»Also«, grinste sie, während sie die verräucherte Decke und die bärtigen Gäste musterte, »*das* ist ja gemütlich. Aber, Nina, ich muss ja doch fragen, wieso hast du Sonnenbrand im Gesicht? Du weißt doch, was UV-Schäden deiner Haut antun.«

»Wir waren segeln«, sagte Nina und hob die Hand an ihren leuchtend roten Wangenknochen.

»Segeln?«

»Ja.«

Alison machte ein finsteres Gesicht.

»Deine Idee, nehme ich an?«, bemerkte sie an Danny gewandt. »Du warst tatsächlich mit Nina segeln?«

Er nickte.

»Ich bin ja echt von den Socken, dass du sie dazu gebracht hast, auch nur einen Fuß vom festen Boden zu heben. Was ist dein Geheimnis? Ehrlich, letztes Jahr habe ich sie in ein Spa in den Cotswolds mitgenommen, und sie hat nicht ein einziges Mal den Bademantel ausgezogen oder ist in den Pool gestiegen ...«

»Also, eigentlich war sie ein Naturtalent«, erwiderte Danny. »Ein richtiger Outdoor-Typ.«

Alison warf Nina einen finsteren Seitenblick zu; ihre Augen unter den schweren Wimpern blitzten vor Misstrauen.

»Nina? Ein Outdoor-Typ? Vielleicht solltest du sie mal bei einem Heimspiel sehen, Danny. Eine streng geregelte Abfolge von Cocktails, Shoppen und Champagnerbars. Sie hält sogar fast mit mir mit, stimmt's, Nina?«

»Ja ... aber ... Ich mag nun mal alles Mögliche«, wandte Nina ein. »Shoppen ist doch nur ein Teil meines Lebens.«

»Ein großer Teil, nach unserer letzten Tour zu urteilen.« Alison zwinkerte.

»Ich geh mal zur Bar, ja?«, erbot sich Danny. »Dann könnt ihr beide euch kurz auf den neuesten Stand bringen. Was zu trinken?«

»Einen Dirty Martini bitte«, sagte Alison.

Danny zuckte zusammen. »Ist da Cider drin?«

»Nein. Das ist ...«

»War nur ein Witz. Hör zu, versprechen kann ich nichts, aber ich schau mal, was der Barkeeper so hinkriegt. Mit 'nem Eiscrusher ist der echt gut.« Er latschte davon. Nina rutschte auf der Bank herum.

Alison runzelte die Stirn. »So ...«

»So?«

»*So.* Für welchen Teil des Exodus' nach Cornwall steht Danny genau?«

»Er ist nur ein Freund. Ich hab ihn kennengelernt, als ich gerade hier angekommen war. Er hat mir geholfen und mich dann auf seinem Boot mitgenommen und mir die Gegend gezeigt.«

»Auf seinem *Boot*? Nina, seit ich dich kenne, hast du nie auch nur den großen Zeh in ein Planschbecken getaucht. Wie du ja weißt, bin ich nicht Mutter Teresa, ich bin ganz schön rumgekommen, und ich weiß Bescheid über die Bienchen und die Blümchen. Du stehst auf ihn.«

»Tue ich nicht.«

»Du wirst rot.«

»Werde ich nicht.«

»Na, *gut so.* Ich bin nämlich hier, um dich nach Hause zu holen.«

»Was?«

»Ich bin auf einer Rettungsmission. Dein künftiger Ehemann hat mich gebeten, dich abzuholen.«

»Mich *abzuholen*?«

»Das hat er gesagt.«

»Ich brauche aber nicht abgeholt zu werden.«

»Also, ich sag's mal anders, er macht sich Sorgen. Von wegen ›ein verpasstes Wochenende‹, du hast quasi zwei Wochen verpasst. Aber Tante Alison ist hier, um dir zu helfen. Rede mit mir, Nina. Sag mir, was in deinem Kopf abgeht.«

»Jake hat dir gesagt, dass er sich Sorgen macht?«

»Ja.«

»Wann?«

»Ach, wir haben uns in der Stadt getroffen. Das stört dich doch nicht, oder? Er wollte wissen, ob ich irgendwas Neues ...«

»Moment. Wenn Jake so dringend möchte, dass ich nach Hause komme, warum kommt er mich dann nicht selbst holen? Wieso schickt er dich? Nichts für ungut, es ist schön, dich zu sehen, aber wenn er sich Sorgen macht, wär's doch das Mindeste, dass er persönlich hier aufkreuzt.«

»Er steckt mitten in der Arbeit, Nina. Du weißt doch, wie das ist. Er kann nun mal nicht alles stehen und liegen lassen und sich in den Outback absetzen. Ist echt gestresst, der arme Junge, also hab ich gesagt, ich helfe ihm. Jedenfalls, wir müssen einfach wissen ...«

»*Wir?*«

»Wir ... er ... ist das nicht egal? Wir wollen sicher sein, dass für dich alles okay ist.«

»Dass für mich was okay ist?«

»Das mit der Hochzeit. Mit deinem *Leben.*«

»Mir geht's gut, ich hab mir nur eine kleine Auszeit genommen, das ist alles.«

»Oder eine ziemlich große Auszeit.«

»Und?«

»Gibt's dafür ... Du weißt schon ... einen *Grund*?«

Nina setzte eine düstere Miene auf. Spannung brodelte in ihrem Inneren. Ihre Wangen begannen zu brennen. Eigentlich hatte sie ja niemanden betrogen, aber trotzdem sollte sie sich jetzt wie eine Betrügerin fühlen. Alison beugte sich vor.

»Sei doch nicht blöd, Schätzchen«, flüsterte sie verschwörerisch. »Du weißt doch, ich würde meinen rechten Arm dafür geben, in deiner Lage zu sein. Du heiratest demnächst ein Finanz-Wunderkind; du wirst für den Rest deines Lebens ausgesorgt haben. Ganz ehrlich, gerade jetzt ist Cornwall *nicht* das Richtige für dich.«

Von da an trieb das Gespräch ziellos dahin – weitschweifiges Gequatsche über Alisons fiese Stiefschwester und die diversen Männer, mit denen sie ein Date an Land zu ziehen versuchte. Nina nickte und gab kleine, zustimmende Laute von sich, doch in Wirklichkeit waren ihre Gedanken woanders, aufgewühlt von einem hässlichen Reuegrollen. Danny kam mit zwei Ciderglässern und etwas Blassem in einem Wasserglas zurück.

»Besser geht's nicht, fürchte ich«, meinte er und reichte Alison das Wasserglas. Dann nickte er Nina zu. »Alles klar?«

»Alles okay«, murmelte sie halblaut. »Ich brauche nur mal ein bisschen frische Luft.«

Draußen war der Himmel dunkel und sternengesprenkelt. Ein einsamer Öltanker zog seine Bahn über den Horizont. Am Kai herrschte fröhliches Treiben. Menschen kamen vorbei, hielten sich an den Händen, schwatzten in Gruppen, lächelten und amüsierten sich. Nina tippte wie wild auf ihrem Handy herum. Sie versuchte es mit Jakes Handynummer, dann in seinem Büro, dann zu Hause. Nichts, nur der Anrufbeantworter. Der Signalton piepte, doch ehe sie sich dazu durchringen konnte, etwas zu sagen, machte sie einen Rückzieher. Was gab es denn zu sagen? Sie war ihm davongelaufen, mitten in seinem bislang größten Deal, und bis zu ihrem Hochzeitstag waren es nur noch wenige Wochen. *Ihr Hochzeitstag.* Das schlechte Gewissen biss zu.

Okay, Jake hatte seine Fehler, aber er hatte ihr doch so viel gegeben, Alisons geschmacklose Bemerkung von wegen »fürs Leben ausgesorgt haben« mal beiseite. Er war ihre Welt, ihr *Leben*. War sie wirklich drauf und dran, dreizehn Jahre Treue für einen Mann sausen zu lassen, den sie kaum kannte? Plötzlich schämte sie sich, ekelte sich vor sich selbst, war schockiert darüber, was aus ihr geworden war. Bis jetzt hatte sie andere Männer nie auch nur eines zweiten Blickes gewürdigt, hatte das auch gar nicht gewollt. Mit zwanzig hatte sie sich verliebt, und das war genug gewesen. Jake verstand sie. Er akzeptierte sie, mit ihren Phobien und allem Drum und Dran. Er gab ihr ein Gefühl von »Familie«. All das, wonach sie sich so sehr sehnte – Komfort, Stabilität, Sicherheit –, er füllte die Lücken. Sie berührte die Muschelbrosche an ihrem Revers, dann machte sie mit einem tiefen, stärkenden Atemzug kehrt und ging zurück in die Bar.

»Es gibt *nichts*, was ich übers Shoppen in London nicht weiß.« Alisons Stimme dröhnte, abgehackt und auf sich selbst fokussiert. Sie redete gerade auf Danny ein. »Eigentlich könnte ich das ja zum Beruf machen. Die hier hab ich in einer Boutique in Marylebone gefunden. Sind aus Kunstleder. Kosten ein Vermögen, aber sie sind jeden Penny wert.« Sie strich mit den Händen über ihre Oberschenkel, über den straff gespannten schwarzen Stoff ihrer Jeans.

»Kunstleder?«, fragte Danny verständnislos.

»Na, wie Leder, aber aus Plastik. Liegt enger an. Pleather-Jeans. Alle großen Modehäuser machen die jetzt.«

»Aha.« Mit einem kleinen, verzweifelten Liderzucken begegnete Dannys Blick dem von Nina. »Ist doch bestimmt schon spät?«, fragte er. »Zeit zum Nachhausegehen? Wo wohnst du denn, Alison?«

»In so einem Laden namens *The Crow's Foot* oder *Nest* oder so. Ist nichts Besonderes, aber es war von allen noch das Beste.«

Danny lachte. »Das kenne ich gut. Wir bringen dich hin.«

Sie gingen im Mondlicht dorthin. Eine warme Brise raschelte in den Blättern, der Geruch von Meerwasser hing frisch in der Luft. Es war ein perfekter Sommerabend, doch Nina ließ sich nicht beirren; sie war fest entschlossen, Danny nicht noch mehr Aufmerksamkeit zukommen zu lassen. Tatsächlich war es gut, dass Alison zwischen ihnen ging und lautstark ihre für jegliche Romantik tödlichen Ansichten über Flecken auf Pensionshandtüchern und schmutzige Eierbecher kundtat. Als sie *The Crow's Nest* erreichten, war die Pension in jeder Hinsicht gründlich niedergemacht worden. Danny wartete unten auf der Straße, während Nina und Alison sich vor der Tür verabschiedeten.

»Bete darum, dass ich die Nacht überlebe«, meinte Alison.

»Du schaffst das schon.«

»Keine Minibar!«

»Die können bestimmt ein Glas warmen Rattler für dich auftreiben.«

»Bitte! Beamt mich zurück in die Zivilisation. Ein winziges Fläschchen Prosecco würde ja schon reichen. Übrigens, wo schläfst *du* eigentlich heute?«

»Äh, in meinem Strandhaus«, nuschelte Nina überrumpelt und verbarg ihre Lüge hinter vorgehaltener Hand. »Ich würde dich ja einladen, aber es ist nicht so richtig Alison-tauglich.«

»So, wie du's beschrieben hast, glaube ich, ich bin in dieser Hundehütte auf jeden Fall besser aufgehoben. Wir reden morgen weiter; um zehn treffen wir uns zum Kaffee. Wo geht so was hier gut?«

»Im *Onshore Café*.«

»Okay, ich werde da sein. Schlaf gut.«

»Du auch.«

Auf Zehenspitzen schlich Nina die Stufen hinunter und war sich beklommen bewusst, dass sie und Danny gleich wieder allein sein würden. Sie konnte ihn im Mondlicht auf einer Mauer sitzen und aufs Meer hinausschauen sehen, Daisy zu seinen Füßen. Ihr Blick glitt zu seiner Taille, zu der straffen Wölbung seiner Schenkel unter den abgetragenen Jeans, und weiter hinunter bis zu den Waden.

Ohne es zu wollen, blieb sie auf der untersten Stufe stehen und klammerte sich an diese letzten wenigen Sekunden, bevor er bemerkte, dass sie wieder da war. Er sah so unangestrengt aus, so entspannt hingegeben an den Moment, nicht mehr, nicht weniger. Er besaß weder Reichtum noch Klasse noch Ambitionen, er hatte keine tollen Fähigkeiten, aber plötzlich wäre sie am liebsten auf ihn zugerannt, hätte ihm die Arme um den Hals geschlungen und ihm gesagt, er solle sich bloß nicht ändern, solle nicht aufhören, die kleinen Dinge zu lieben, diese liebenswerte, schlichte Lebensfreude nicht verlieren. Doch sie tat es nicht. Sie ging leise zu ihm hinüber, sagte höflich Hallo und ging dann – ein Stückchen von ihm entfernt – schweigend neben ihm zurück zum Atelier.

Sie hatten wunderschöne Bouquets geordert – Rosen und Fresien als Dekoration für den Mittelgang im Standesamt, und weiße Lilien für das Bankett. Es hatte sie Wochen gekostet, die richtigen Weine auszusuchen; sie hatten jeden Weinkeller im Südosten besucht und sich schließlich für einen frischen Sancerre und einen Pinot Noir entschieden. Der Champagner kam aus Frankreich. Das Rindfleisch war biologisch, artgerecht gehalten, gut genug, um es roh zu essen. Der Fisch war Steinbutt, den mochte Jake am liebsten. Und was die Location betraf, im *Godlington Hotel* waren bereits etliche Londoner Society-Hochzeiten gefeiert worden. Der schönste Raum des Hotels war die dekadente Jugendstil-Lobby mit ihren seidenen Chinoiserie-Wandbehängen und den Blattgoldsäulen. Als Nina sie das erste Mal betreten hatte, war ihr angesichts solcher Opulenz fast die Luft weggeblieben.

All das gehörte fast schon ihr, sagte sie sich.

Als sie Danny ins Atelier folgte, streifte seine Hand die ihre. Sicher war sie sich nicht, doch es kam ihr vor, als wäre es Absicht gewesen. Oder vielleicht war er auch einfach nur ungeschickt? Sie hatten ja ziemlich viel getrunken. Wie dem auch sei, sie wusste, dass es ihre Pflicht war, Abstand zu wahren. Noch eine Nacht durchstehen, und dann morgen mit Alison nach Hause. Sie tat, als hätte sie Durst und ging in die Küche.

Abstand halten, Pokerface und dann gleich schlafen gehen.

Doch als Danny ihr nachkam, wurde ihr klar, dass es nicht so leicht sein würde – nicht so leicht sein *konnte*. Er folgte ihr zum Spülbecken und blieb dicht neben ihr stehen, zu dicht, gewollt dicht. Überwältigt von der Spannung, erstarrte Nina. Sie wusste nicht, wo sie hinschauen oder was sie tun sollte. Dannys warmer, berauschender Geruch hüllte sie ein. Männlich, animalisch – so anders als Jakes fremdartige Seifen-Sauberkeit. Sie atmete ihn ein, sehnte sich danach, sich in der Verlockung dieses Dufts zu verlieren, aber um welchen Preis? Ihr Herz raste, in ihren Gliedern kribbelte es. Ein Augenblick der Stille, der Ruhe, dann beugte Danny sich ohne ein Wort vor, umfasste Ninas Gesicht mit den Händen und zog sie an sich. Er küsste sie heftig.

Der Geruch seiner Haut, das raue Stacheln von Bartstoppeln; es fühlte sich so wild und gefährlich an – der ungezähmte Kiefer eines Mannes, den dergleichen nicht kümmerte, der nicht von Eitelkeit oder Effizienz eingeengt wurde. Jake rasierte sich immer; Jakes Haut war glatt. Er benutzte Feuchtigkeitscreme, so reichlich wie jede Frau. Seine Küsse waren gepflegt und präzise und, wie Nina jetzt begriff, vollkommen frei von jeglicher Leidenschaft.

Eine andere Art von Kuss.

Bloß ein Kuss.

Machte das das Ganze schon zu einer Affäre?

Oh, Jake!

Nina fühlte sich ganz elend vor schlechtem Gewissen. Kalter Schweiß durchbrach ihre Leidenschaft, und eine Welle der Übelkeit übernahm das Kommando. Sie machte sich los.

»Nein«, flüsterte sie. »Ich kann nicht ... Es tut mir leid ... Ich *kann* das nicht!«

Sie stürzte aus der Küche.

»Nina ...?«

»Lass mich in Ruhe! Bitte, mach's doch nicht schwerer, als es ohnehin schon ist!«

»Aber ...? Wir beide ...? Ich dachte ... wir haben uns doch so gut verstanden ... Da schien's doch ganz richtig zu sein ... Es schien ... Ach, verflucht noch mal!«

Ohne sich umzusehen, schnappte sich Nina den violetten Mantel und ihren Koffer und riss die Haustür auf. Sie knallte sie hinter sich zu und floh in die Dunkelheit. Die Haare überall im Gesicht, den Mund ganz trocken, den Kopf wirr vor Emotionen, kam sie schließlich am Hafenstrand an, wo sie auf den hellen Sand sank. Wie Atemzüge wogte das Meer ans Ufer und wieder zurück. Die Boote im Hafen hoben und senkten sich. Der gespiegelte Mond flimmerte still am Horizont. Allmählich fragte sie sich, ob sie vielleicht, ganz vielleicht, aufstehen, zum Wasser gehen, nach unten schauen und das Spiegelbild ihrer Mutter erblicken könnte. Dabei hielt sie die ganze Zeit die Muschelbrosche fest umfasst, drückte sie gegen ihre Brust, als würde das ihr Herz irgendwie wieder in Gang bringen.

12. Kapitel

»Nina, du musst das auf die Reihe kriegen, und zwar *sofort.*«

Alison wedelte mit ihrer Speisekarte nach Effy, der Surfergirl-Kellnerin, und strich ihr Leoprint-Strandkleid in der Taille glatt. »Zwei Cappuccinos bitte. Mit extra Espresso.«

Sie wandte sich an Nina und nahm ihre Sonnenbrille ab. »Übrigens, die Matratze war das Letzte. Ich habe kein Auge zugetan.«

»Da sind wir ja schon zu zweit«, antwortete Nina mit belegter Stimme und wischte sich Sand aus dem Haar. Sie hatte Alison nicht gebeichtet, dass sie am Strand geschlafen hatte – etwas, das sie wirklich nicht unbedingt erklären wollte. Inzwischen erwärmte sich das Kopfsteinpflaster, und im Hafen begann das Treiben der Fischer und Ausflügler. Alison jedoch bekam von alldem nichts mit. Sie konzentrierte sich ganz auf Nina.

»Vergiss ihn.«

»Du meinst Danny?«

»Na ja, von den Möwen rede ich nicht.«

»Ich hab's dir doch gesagt, zwischen uns läuft nichts.«

»Aber du hast diesen Blick ...«

»Was denn für einen Blick?«

»Na, *den* Blick eben. Nina, das ist doch sonnenklar. Was ich sagen will, ist, das hat gar nichts zu bedeuten. Nennen wir's vorehelichen Bammel. Jede künftige

Braut darf sich einen Ausrutscher leisten, vor allem wenn sie sich nie ... Du weißt schon ... anderweitig umgetan hat. Und Danny ist ja auf seine Art auch bestimmt ganz reizend, aber ich hab da drei Wörter für dich, und du musst jetzt ganz genau zuhören. Voll. Der. Loser.«

Nina seufzte.

»*Stimmt* doch«, beharrte Alison. »Das sind diese Künstlertypen doch immer. Außerdem kennst du ihn doch kaum. Ich würde sagen, da lauert definitiv was unter diesem schiefen Unschuldslamm-Lächeln.«

Was denn zum Beispiel?

Alison senkte den Blick und leckte sich Cappuccinoschaum von den Lippen. Nina verschränkte die Arme vor der Brust. »Du brauchst dir keine Sorgen zu machen, Ali, ich komme ja mit nach Hause.«

»Wirklich? Bravo! Gute Entscheidung, Nina. Ich fahre in einer Stunde. Hast du's Jake schon gesagt, oder willst du ihn überraschen?«

Nina verkrampfte sich, biss sich auf die Lippe. »Ich überrasche ihn«, erwiderte sie und fügte dann hinzu: »Aber du weißt ja, er kann Überraschungen nicht ausstehen.«

Als sie auf dem Bahnsteig warteten, widmeten sich Nina und Alison vertrauteren Themen, erzählten sich Geschichten über das miese Benehmen ihrer Kollegen oder über *Image Internazionales* notorisch streitsüchtige Geschäftsführerin. Sie diskutierten Brautfrisuren und die Vorteile von »Bauchweg«-Slips. Sie sprachen über die Möglichkeit, dass Jake am Ende vielleicht noch Partner in seiner Firma werden könnte. Sie redeten über das Thema »Glücklich bis ans Ende ihrer Tage«. Und das war schließlich der Punkt, an dem sich die Tonlage des Gesprächs änderte.

»Du könntest eine weitaus schlechtere Partie machen«, meinte Alison wehmütig, fast geistesabwesend, als denke sie ihre Bemerkung nicht ganz bis zu Ende. »Alles, was du tun musst, ist, dafür zu sorgen, dass das Kleid richtig passt, es anziehen, lächeln und den Gang im Standesamt raufgehen.«

»Stellst du dir das unter einer Ehe vor?« Plötzlich war Nina sauer. »So eine Art Deal? Glaubst du wirklich, das Ganze ist alles derart berechnend?«

»Na, dumm ist das ja wohl nicht! Schau dich doch an – tolle Wohnung, tolles Auto, tolle Sachen. Wenn du erst mit Jake verheiratet bist, brauchst du dir um nichts mehr Sorgen zu machen. Du brauchst nicht zu arbeiten. Du brauchst dir die Hände nicht schmutzig zu machen. Wenn du bescheuert genug bist, Kinder zu kriegen, wirst du keine Windeln wechseln oder nachts Fläschchen geben müssen, weil du nämlich ein Kindermädchen haben wirst, das all das für dich erledigt. Du wirst ein Luxusleben führen. Ohne jede Anstrengung. Wer wäre damit nicht glücklich? Ganz ehrlich, Nina, es gibt Frauen, die würden morden, um einen Mann wie Jake abzukriegen.«

Nach kurzem Schweigen verschränkte Nina die Arme. »Frauen wie du?«, fragte sie.

»Was soll das denn heißen?«

»Du hörst dich an wie eine Goldgräberin, Ali. Da stehen die Männer nicht gerade drauf.«

»Hat Jake aber nicht abgehalten, oder?«, gab Alison trocken zurück.

»Was?«

»Ach, nichts. Achte gar nicht auf mich, ich rede Blödsinn.«

In der Ferne erschien der Zug. Er fuhr auf den Bahnhof zu und hielt dann etliche Meter vor dem Bahnsteig an.

»Probleme mit dem Signal«, meinte ein Mann neben ihnen. »Ist immer so.«

Nina schnaubte vor hilflosem Groll. Alison holte eine Puderdose hervor und machte sich daran, ihr Make-up aufzufrischen. Wolken jagten über den Himmel. Das Wetter schlug um.

»Also, was hast du eben damit gemeint?«, fragte Nina nach kurzem Schweigen. »Das hat Jake nicht von was abgehalten?«

»Gar nichts«, wiederholte Alison. »Vergiss es.«

Alisons verschlagener Blick verriet Nina, dass sie log. Ihre Nerven begannen zu kribbeln, als würde sie gleich umkippen oder einen Zusammenbruch erleiden. »Es ist aber nicht gar nichts, stimmt's?«, sagte sie und wappnete sich innerlich. »Hat sich angehört, als wolltest du sagen, dass du und Jake ...«

»Ach, Nina. Jetzt reg dich doch nicht auf. Der Zug kommt.«

»Ali?«

»Da ist er schon ...«

»Ali, ich steige nicht in diesen Zug, wenn du's mir nicht sagst.«

Alison seufzte. »Hör zu, das war keine große Sache.«

»Was war keine große Sache?«

»Dass ich und Jake ... Du weißt schon ... Ist schon ewig lange her ...«

»Ihr hattet was miteinander?«

»Glaub mir, das hatte nichts zu bedeuten, das hat er ziemlich klar zum Ausdruck gebracht. Und es ist schon eine Ewigkeit her, bevor das mit euch beiden richtig ernst ...«

»Aber es war doch immer ernst mit uns beiden.«

»Nina, das war ein besoffener Moment, sonst nichts. Er war scharf auf mich. Ich war scharf auf ihn. Wir haben eines Abends im Pub die Beherrschung verloren. Ende der Geschichte. Irgendwie hab ich gedacht, du wüsstest Bescheid.«

Entsetzt lief Nina auf dem Bahnsteig hin und her. »Haben Jake und ich da schon zusammengewohnt?«

»Ähm ...« Alison schlug die Augen nieder. »Ich glaube, ja.«

»Mein Gott!«

Ein Pfiff ertönte. Der Zug setzte sich wieder in Bewegung. Er schnaufte auf den Bahnhof zu, und eine ganze Reihe Menschen raffte kollektiv ihr Gepäck zusammen und schlurfte vorwärts. Nina drehte sich im Kreis, den Blick zum Himmel gerichtet, und versuchte verzweifelt, Alisons Hammer-Neuigkeit zu verarbeiten.

»Nina, es tut mir leid. Reg dich doch nicht auf. Das ist schon superlange her, und es ist nie was draus geworden. Dafür hat Jake gesorgt. Ich meine, hast du dich je gefragt, warum er immer so über mich herzieht? *So* fürchterlich bin ich ja nun auch nicht. Und ich bin keine Goldgräberin – na ja, jedenfalls keine erfolgreiche. Das ist alles längst abgehakt. Glaub mir. Du hast gewonnen. Du hast den Ring am Finger. Freu dich dran. Sei glücklich. Du verdienst es, glücklich zu sein.«

»Glücklich? Du glaubst, ich bin glücklich?«

»Glücklicher, als ich es je sein werde. Weißt du denn nicht zu schätzen, was du hast?«

Es ist nicht genug, dachte Nina. *Geld ist nicht genug.*

»Das heißt im Endeffekt, Nina, ich würde einen Mann wie Jake sofort heiraten.«

»Dann such dir doch einen.«

Alison schaute auf ihre Füße. »Du hast es doch selbst gesagt, die stehen nicht auf Frauen wie mich.«

Als sie ihren bekümmerten Hundeblick sah, fiel Nina wieder ein, wie Jake und seine Freunde Alison eines Abends betrunken als »Spaßfick« bezeichnet hatten. Jemand, mit dem man lachen und sich kurz verlustieren konnte, aber wenn es um eine langfristige Verpflichtung ging – keine Chance. Langfristig, das hob man sich für ein ganz besonderes Mädchen auf, ein Mädchen wie Nina. Plötzlich tat ihr Alison merkwürdig leid, die mit ihrem dick aufgetragenen Make-up und ihren aufdringlichen, offenkundig teuren Klamotten eher bedauernswert als elegant aussah.

Der Zug hielt, und die Türen gingen auf. Nach dem ersten Ansturm nahm Alison ihre Tasche und stieß Nina an, damit diese ihrem Beispiel folgte. Nina trat zurück und schüttelte den Kopf. Den einen Fuß im Waggon, packte Alison Ninas Hand und drückte sie.

»Ach, Nina, sei doch nicht blöd. Komm mit. Wir besprechen das in aller Ruhe. Verdammt, wir haben vier Stunden Zeit. Bis wir in Euston sind, ist alles wieder in Butter, ich versprech's dir. Ich hab dich lieb. Und Jake will unbedingt, dass du nach Hause kommst. Er liebt dich.«

»Nein«, wehrte Nina standhaft ab.

Alles, woran sie denken konnte, war, wie sie nach Dannys Versuch, sie zu küssen, angewidert geflohen war und sich vor Schuldgefühlen selbst fertiggemacht hatte. Dabei war Jake fröhlich mit ihrer besten Freundin ins Bett gestiegen und hatte ihr das dann verschwiegen – jahrelang. Sie glaubte Alisons Beteuerungen, dass es ein bedeutungsloser Moment gewesen war, ein lange zurückliegender, einmaliger Vorfall. Doch das spielte keine Rolle. Was geschehen war, störte sie nicht. Es war die Lüge, die schmerzte.

Scheiß drauf, dachte sie. Scheiß auf die Hochzeit. Fast konnte sie das Knacken fühlen, als die Anspannung in ihrem Inneren aufbrach. Scheiß auf Jake und sein glattes, eitles Kinn, auf sein perfektes Badezimmer, seinen Flachbildfernseher. Scheiß auf seine schmutzigen kleinen Geheimnisse, auf seine Forderungen, dass sie sofort nach Hause kommen sollte, dass ihr Haar auch ja schön glatt und glänzend lag, darauf, dass sie nie, *niemals* ohne seine Erlaubnis ein Bild an die Wand hängen würde. Gar nicht zu reden davon, wie er sie bevormundete, sie kontrollierte, wie er ihr im selben Atemzug das Gefühl gab, sowohl kostbar als auch vollkommen wertlos zu sein. Plötzlich wollte sie springen, wollte Riesensätze machen. Sie hob ihren Louis-Vuitton-Koffer an und schmiss ihn quer über den Bahnsteig. Das Poltern und das Chaos waren ihr eine helle Freude.

»SCHEISS AUF IHN!«, brüllte sie.

Sie musste mutig sein, sagte sie sich, ließ den Koffer zurück und marschierte zurück zum Hafen. Es war an der Zeit, mutig zu sein, das Leben, das sie gekannt hatte, loszulassen und es noch mal zu machen, es besser zu machen. Das war ihr jetzt klar. Sie konnte es nicht länger ignorieren. Da war ein Mensch in ihr, eine Person ganz tief drinnen, die anders war als die, die Listen schrieb, teuren Hotelketten geschmacklose Kunst verkaufte und sich ständig den Erwartungen ihres ungeduldigen künftigen Ehemanns beugte. Die Wellen im Hafen waren hoch und mächtig. Sie donnerten den Strand hinauf. Nina wandte sich ihnen zu, kniete sich in den Sand und bat die belebende Gischt, ihr neue Kraft zu schenken. Jeder Geruch, jedes Geräusch und alles, was sie sah, malte ein Bild davon, wie es war, in Polpeggen zu leben. Sie seufzte, verkrampfte sich, spürte, wie sich ihre Schultern zusammenzogen. Ein verzweifeltes, berstendes Gefühl lastete auf ihren Knochen, all die jahrelang angestaute Energie, die sich unbedingt Bahn brechen wollte.

Könnte sie das Strandhaus wieder herrichten? überlegte sie. Könnte sie all ihre sinnlosen Armbanduhren und Schmuckstücke verkaufen und sich mit dem Geld eine Galerie einrichten? Könnte sie am Meer leben und glücklich sein? Jeden Tag spazieren gehen. Bücher lesen. Cider trinken. Segeln gehen. Frei sein. Sie und Danny ...

Alisons Bemerkung ging ihr nach.

Da lauert was unter der Oberfläche.

Natürlich war es durchaus möglich, dass Alisons Misstrauen Danny gegenüber von ihren persönlichen Enttäuschungen mit Männern herrührte, aber was war, wenn da doch mehr dran war? Dieses ganze Wirrwarr um *Snare Cove* und Tante Margot – Danny wusste eindeutig mehr, als er zugab. Konnte sie sich wirklich ein Leben mit Menschen aufbauen, denen sie nicht vollständig vertraute? Sie dachte an die Vergangenheit und an die Entscheidungen, mit denen ihre Mum konfrontiert gewesen war. Warum hatte sie sich entschieden, bei ihrem Mann zu bleiben, in einer unglücklichen Ehe voller Kränkungen und Misshandlungen? Was hatte sie davon abgehalten, mit H zusammenzubleiben? Was lauerte unter Hs Oberfläche? Nicht Bescheid zu wissen, war die reinste Folter. Einem Impuls folgend stand Nina auf, klopfte sich den Sand von den Knien und wandte sich dem kleinen Ort zu. Es gab da jemanden, mit dem sie sprechen musste, und diesmal würde sie nicht klein beigeben.

In Margots Pension war es still. Das »Kein Zimmer frei«-Schild hing noch immer im Fenster. Nina drückte mehrmals auf die Klingel. Schließlich hörte sie das Klirren von Schlüsseln, das Klacken des Türschlosses.

»Tut mir leid. Heute keine Gäste«, krächzte Margot, noch ehe sie hinausgeschaut hatte.

Als sie Nina erblickte, erstarrte ihr Gesicht. »Ich habe Ihnen doch gesagt, Sie sollen nicht herkommen.«

»*Bitte.*« Nina schob die Hand zwischen Tür und Türrahmen. »Ich will Ihnen keine Unannehmlichkeiten machen, und auch keinen Kummer, aber ich würde wirklich gern mit Ihnen reden, Ihnen ein paar Fragen stellen. Es dauert auch nicht lange, aber es ist wichtig. Ich muss herausfinden, was Sie über meine Mum wissen.«

»Ich weiß gar nichts, und ich will nicht reden. Lassen Sie mich in Frieden.« Margot drückte die Tür zu. Nina blieb nichts anderes übrig, als die Hand wegzuziehen. Sie hörte, wie das Schloss einrastete.

»Ich bleibe hier«, verkündete sie. »Ich gehe hier erst weg, wenn ich mit Ihnen gesprochen habe.«

Sie setzte sich hin. Von drinnen war kein Geräusch zu hören, doch sie war sich sicher, dass Margot noch da war, dass sie nur eine halbe Armlänge entfernt atmete und wartete. Ihr Blick fiel auf die Muschelbrosche, die an ihrem Revers steckte; die zackigen Spiralen darauf glitzerten im Sonnenlicht.

»Hey, ich muss Ihnen etwas zeigen«, sagte sie und löste die Brosche.

Nina wusste nicht genau, ob die Brosche etwas bewirken würde, oder ob sie für Margot überhaupt irgendeine Bedeutung hatte, doch sie wusste, dass es einen Versuch wert war. Sie klemmte die Nadel fest und warf die Brosche durch den Briefschlitz, hörte einen leisen Aufprall, als sie auf dem Teppich landete. Einen Augenblick lang herrschte Stille, dann ein Keuchen.

»Wo haben Sie die her?«

Margots Stimme war jetzt sanfter, eher traurig als zornig.

»Ich habe sie im Strandhaus gefunden. Wir können uns weiter darüber unterhalten, wenn Sie mich reinlassen.«

»Ich ... Die habe ich schon seit Jahren nicht mehr gesehen.« Margot hielt die Brosche in den hohlen Händen. »Ich dachte, sie wäre weggeworfen worden, so wie so vieles andere.«

»Dann erkennen Sie sie also wieder?«

»Ich ... Ja ... ich habe zugesehen, wie sie gemacht worden ist.«

»Wer hat sie gemacht?«

Verblüfft blickte Margot auf. »Aber das wissen Sie doch bestimmt.«

Nina hielt den Atem an. Margot runzelte die Stirn und zog die Schultern hoch, brachte jedoch ein winziges Nicken zustande. »Sie«, sagte sie. »Sie haben die Brosche gemacht.«

»Ich?«

»Sie haben Ihrer Mum geholfen. Sie haben Sandra geholfen. Sie hat sie für Gil gemacht.«

»Wer ist Gil?«

»Gil Hawley.«

H. H für Hawley. *In Liebe, H.* Nina stieß die Luft wieder aus.

»Sie waren damals noch ganz klein. Wohl zu jung, um sich zu erinnern. Aber ich weiß es noch. Ich habe Ihnen zugesehen. Ich war an dem Tag am Strand, ich habe Sie beide beobachtet. Sie haben Stunden damit zugebracht, jede winzige Muschel richtig anzuordnen, sich zu vergewissern, dass das Muster auch stimmt …«

»Bitte erzählen Sie mir von Gil Hawley. Meine Mum hatte eine Affäre mit ihm, nicht wahr?«

»Ach, das klingt so billig. Es war so viel mehr als eine Affäre, Liebes. Die beiden waren bis über beide Ohren ineinander verliebt.« Margot schüttelte den Kopf, dann gab sie Nina die Brosche zurück. »Die Brosche war für ihn. Als Geschenk. Wenn Sie ganz genau hinschauen, sehen Sie, dass da die Initialen der beiden draufstehen.«

Tatsächlich sah Nina die winzigen Buchstaben GH und SM in den Rand der Brosche gekratzt. Bisher war ihr das nicht aufgefallen.

»Sie sagen, die beiden waren ineinander verliebt, aber meine Mum war doch schon verheiratet – mit meinem Dad.«

»Ja, das weiß ich.«

»Sind Sie ihm je begegnet?«

»Ein- oder zweimal.«

»Und glauben Sie, er hat gewusst, was los war, das von ihr und Gil?«

»Er war nicht oft hier.« Jetzt war Margots Tonfall energischer. »Sie haben viel gestritten, Ihre Eltern, wussten Sie das?«

»Jetzt weiß ich es. Es ist schon okay, Sie können über meinen Dad sagen, was Sie wollen. Wir haben einander nicht sehr nahegestanden.« Nina setzte sich. Sie hoffte, ihre Gastgeberin würde ihrem Beispiel folgen und sich ein wenig entspannen, doch Margot blieb stehen, gebeugt und mit hochgezogenen Schultern.

»Er war ein Grobian«, verkündete sie. »Ständig hat er Ihre Mutter herumkommandiert. Deswegen ist sie hier runtergefahren, um von ihm wegzukommen. Hawley hat es ihr ermöglicht, ihm zu entkommen. Er hat sie befreit. Er hat sie so geliebt, wie sie geliebt werden musste ...« Ihre Stimme sank zu einem Flüstern herab. »Und das war ihr Verderben.«

»Wieso?«

»Es hätte nicht so enden sollen. Sie haben doch niemandem etwas getan. Sie waren doch nur zwei Verliebte.«

Die Luft fühlte sich dick und schwer an. Margot schniefte, dann beugte sie sich plötzlich vor und packte Nina am Arm, grub ihr die Nägel ins Fleisch. »Nichts von alldem hätte passieren dürfen. Verstehen

Sie? *Snare Cove* ist ein böser Ort. Das Herz von *Snare Cove* ist verkommen und verrottet. Gehen Sie fort, sonst holt sie Sie auch.«

Ein scharfer Schmerz schoss Nina durch den Kopf. Sie wollte wirklich nicht noch mehr Unsinn über Sally Winsel oder böse Seelen oder mysteriöse Lichter hören. »Ich will keine Geschichten hören«, wehrte sie ab. »Oder irgendwelche unheimlichen Warnungen. Ich will einfach nur eine *Erklärung*.«

»Und ich werde Ihnen eine liefern«, antwortete Margot und starrte ins Leere. »Ich werde es erklären ... wenn Gott mich beschützt.« Hektisch bekreuzigte sie sich und presste dann die Handflächen gegeneinander. Eine Träne rollte ihr die Wange hinunter.

»*Snare Cove* ist verflucht«, flüsterte sie. »Wenn diese Bucht nicht gewesen wäre, wäre Ihre Mutter noch am Leben. Und Hawley, er wäre ... oh, Gott steh mir bei! Ich habe versucht, ein anständiges Leben zu führen, aber ich weiß zu viel.«

Nina blinzelte. »Aber meine Mutter war doch krank. Sie ist an Krebs gestorben. Es gab nichts, was man hätte tun können.«

Ein merkwürdiges Lächeln stahl sich auf Margots Gesicht. »Hat man Ihnen das erzählt?«

»Ja.«

»Und das ist das, was Sie glauben?«

»Natürlich. Was denn sonst ...?« Nina konnte fühlen, wie sich in ihrer Brust eine Leere auftat, eine grauenvolle, schmerzhafte Befürchtung.

»Dann haben sie Ihnen also nicht von *Snare Cove* erzählt? Davon, was ich dort gefunden habe?«

»Nein.«

»Sie haben Ihnen nicht erzählt, was sie sich angetan hat, wie sie *wirklich* gestorben ist?«

»Meine Mum hatte Krebs!«, beharrte Nina und kämpfte mit den Tränen. »Sie hat sich nicht ... Nie im Leben ... Sie hätte doch nie ...«

Unfähig, das alles noch länger zu ertragen, stolperte sie rückwärts und stürzte durch die Haustür hinaus ins Licht. Sie schloss die Augen und zitterte am ganzen Leib. Nichts ergab einen Sinn. Auf nichts konnte man sich verlassen. Alles war plötzlich ganz anders.

13. Kapitel

»Ich hoffe, es macht Ihnen nichts aus, aber ich habe noch eine Frage an Sie.«

»Das dachte ich mir schon.«

Nachdem sie mehrere Stunden lang ziellos umhergewandert war, war Nina ins *Polpeggen Bay Museum* zurückgekehrt. Sie hatte nicht gewusst, wohin sie sich wenden oder was sie sonst tun sollte.

»Nehmen Sie doch Platz.« Merryn deutete auf eine hölzerne Bank neben seinem Schreibtisch. »Machen Sie's sich bequem.«

Nina betrachtete die Andenken-Menagerie. Wieder fiel ihr das heillose Durcheinander hier auf, die wahllos ausgestellten Gegenstände und Schiffsbilder. Genau wie sein Neffe, dachte sie. Irgendwie störten das Chaos und der Staub sie weniger als bei ihrem ersten Besuch. Vielleicht hatte sie sich ja schon angepasst.

»Ich hab mich schon gefragt, wann ich Sie wohl wiedersehe, Nina. Dann haben Sie meinen Rat also nicht beherzigt? Sie haben beschlossen hierzubleiben ...«

»Ja.«

»Ich muss sagen, es ist interessant, dass Sie und Danny sich so gut verstehen.«

»Ach? Was hat er denn gesagt?«

»Zu mir gar nichts, aber ich weiß alles, was hier im Ort vorgeht. Ich bin einer von den Menschen, die das Leben studieren, ich beobachte alles. Und eine meiner jüngsten Beobachtungen ist, dass Danny anscheinend glücklich ist. Er ist ein guter Junge, er hat Glück verdient. Obwohl das ja eine ganz schöne Kehrtwende ist, er und eine elegante junge Frau aus London ...«

Nina schauderte; insgeheim freute sie sich, doch ihre Gedanken weilten in der Vergangenheit. Merryn merkte es und nickte. »Also, was wollten Sie mich fragen?«

»Ich muss herausfinden, was wirklich mit meiner Mum passiert ist.«

Er senkte den Blick; ein Schweigen entstand, das zu lange anhielt. »Sie lassen sich nicht davon abbringen, nicht wahr?«

»Nein.«

»Das sollten Sie aber. In der Vergangenheit herumzuwühlen, wird Ihnen nicht helfen.«

»Das entscheide ich selbst«, entgegnete Nina mit fester Stimme.

Merryn rutschte auf seinem Stuhl herum, kaute an seinen Fingernägeln, schaute erst zum Fenster, dann zur Uhr und sah dann wieder Nina an. Einen Moment lang dachte sie, er würde ihr die Tür weisen, so wie Margot es getan hatte; dann seufzte er schwer und nahm seine Brille ab. Ohne sie wirkten seine Augen winzig.

»Ich gehe davon aus, dass Ihr Vater Ihnen irgendetwas erzählt hat; ich meine ...«

»Dass sie Krebs gehabt hätte.«

»Recht einfach«, meinte er. »War wohl leichter so.« Er stand auf. »Vielleicht kann ich es Ihnen am besten erklären, Nina, indem ich es Ihnen zeige.«

Damit schlurfte er zu einer antiken hölzernen

Kommode hinüber. Regungslos saß Nina mit verkrampftem Magen da, fragte sich, was sie wohl gleich erfahren würde, *fürchtete* das, was sie gleich erfahren würde. Sie sah zu, wie seine verkrümmten Finger eine Schublade durchwühlten und einen Umschlag herauszogen.

»Da ist er ja.«

Er brachte den Umschlag mit, hielt ihn dicht an die Brust gedrückt und reichte ihn ihr dann bedächtig. »Es tut mir leid, wenn das hier Ihnen Kummer bereiten wird. Hab's neulich aus meinem Archiv gefischt, nachdem Sie angefangen haben, sich nach den Künstlern der Polpeggen-Schule zu erkundigen. Als Sie hier aufgetaucht sind und mir klar wurde, wer Sie sind, wusste ich, dass Sie bestimmt irgendwann Antworten haben wollen. Jedenfalls, hier sollte alles drinstehen, was Sie brauchen. Und dann können Sie die Angelegenheit ruhen lassen, nicht wahr? Es gut sein lassen.«

Nina öffnete den Umschlag. Darin lag ein Zeitungsausschnitt, ein Artikel aus der Lokalpresse, mit einem Foto und einem Text. Die Überschrift lautete schlicht: STRANDHAUS-TRAGÖDIE

Ihr Blick fiel zuerst auf das Foto. Das Strandhaus, *ihr* Strandhaus; es war genau wie sonst, nur ließ das körnige Grau des Fotos es noch schwermütiger wirken. Es war schwer, Details zu erkennen, aber dicht daneben standen zwei Gestalten, hoben sich als Silhouetten vor dem Himmel ab. Ihrer Kleidung nach zu urteilen, waren es Polizisten. Der Text war nicht besonders kompliziert; die Sätze waren knapp und emotionslos.

Am Sonntagabend um 18:25 Uhr traf die Polizei in Snare Cove *ein, um einen mutmaßlichen Selbstmord zu untersuchen. Die Beamten waren von Margot Rosewall (21) aus Polpeggen verständigt worden, die den Leichnam von Sandra Munroe (29) aus London entdeckt hatte. Bisherige Erkenntnisse deuten darauf hin, dass Mrs Munroe eine große Anzahl Tabletten sowie Alkohol konsumiert hatte, ehe sie sich selbst an einen Felsen gefesselt und auf die Flut gewartet hatte.*

Das Strandhaus, einst ein reizvolles Teehaus und ein beliebter Treffpunkt der Künstlergemeinde von Polpeggen, befindet sich in Privatbesitz. Will Meyers, ein Mann aus der Gegend, betrachtet dies als eine Entwicklung hin zum Allerschlechtesten: »Der Laden hat einen üblen Ruf. Da gab's laute Partys, Saufereien und sowas. Mir gefällt das nicht. Keinem von uns gefällt das. Kein Wunder, dass es hier letzten Monat einen Unfall gegeben hat. Und jetzt das. Kann mir nicht vorstellen, wieso sich jemand das Leben nimmt, aber wer weiß, was da oben so vorgegangen ist.«

Mrs Munroe hinterlässt einen Ehemann und eine Tochter; betrüblicherweise wird ohne Abschiedsbrief der Grund, weshalb sie sich das Leben genommen hat, für alle, die sie kennen, ein Geheimnis bleiben.

Nina suchte nach dem Datum oben auf der Seite. 16. Juli 1991. Der Sommer, in dem ihre Mum weggefahren war.

»Es ist also die Wahrheit«, sagte sie. In ihren Augen standen Tränen, ihre Stimme war kaum mehr als ein Flüstern.

»Es tut mir leid«, sagte Merryn. »Jetzt wissen Sie Bescheid.«

»Aber *Selbstmord*? Sind Sie sicher?«

»Ich weiß, es ist schwer zu begreifen, Nina, aber mit der Zeit werden Sie bestimmt ...«

»Gab es denn keine Untersuchung? Ich meine, hat niemand das in Frage gestellt?«

Merryn zuckte zusammen. Sein Fuß begann zu wippen. »Damals wurden schon ein paar Fragen gestellt – die Leute wollten über das Treiben der Polpeggen-Schule Bescheid wissen, sowas eben. Ich glaube, es wurden auch irgendwelche Ermittlungen durchgeführt, aber dabei ist nie wirklich was rausgekommen.«

Nina drückte den Zeitungsausschnitt an die Brust. Ein tiefes Aufschluchzen schüttelte sie. »Aber *warum*? Ich verstehe das nicht. Was hatte sie für einen Grund, sich zu ertränken? Sie hatte doch ein Leben. Sie hatte *mich*. Sie war nicht glücklich mit meinem Dad, das weiß ich jetzt, aber sie hatte einen Geliebten, der sie *sehr wohl* glücklich gemacht hat. Als ich mit Margot gesprochen habe ...«

Merryns Augen wurden groß. »Sie haben mit Margot geredet?«

»Ja.«

»Halten Sie sie da raus, Nina«, warnte er. »Sie ist fragil, und man kann sich sowieso nicht auf das verlassen, was sie sagt. Sie hat Schaden genommen; es war furchtbar für sie, Ihre Mum so zu finden. Sie war doch noch ganz jung; seitdem ist sie nicht mehr ganz richtig. Manchmal hat sie Wahnvorstellungen ...«

»Wahnvorstellungen? Sie hat angedeutet, dass das Strandhaus verflucht sei. Sie ist überzeugt, dass die Liebe zwischen meiner Mutter und Gil Hawley irgendwie dem Verderben geweiht gewesen wäre.«

»Sie hat Gil namentlich erwähnt?«

»Ja.«

Merryn begann, die Bügel seiner Brille immer wieder auf- und zuzuklappen. Sein Blick irrte ziellos umher, als erinnere er sich, als schaue er in die Vergangenheit.

»Sie hat seit Jahren nicht mehr von ihm gesprochen. Hat sich nicht getraut.«

»Wer war er? Bitte sagen Sie's mir.«

Merryn stand auf und ging vom Schreibtisch weg. Er schritt auf einen der Schaukästen zu, verschwand dahinter und kam erst nach fast einer Minute wieder zum Vorschein. Sein Gesicht war gerötet; er sah sehr erregt aus.

»Vielleicht sollte ich lieber gehen?«, meinte Nina nervös.

»Nein, warten Sie. Ich erzähle Ihnen von Gil«, erwiderte Merryn. »Ich erzähl's Ihnen. Gil Hawley hat die Kunstschule gegründet. Er war Bildhauer, aus Newquay. Ist in den Achtzigern hergezogen und hat sich als Polpeggens Dorfexzentriker etabliert. Ich persönlich habe ihn nicht gut gekannt, aber er war ein Mensch, den man nicht vergisst. Sehr charismatisch. Er konnte andere dazu bringen, ganz locker zu sein, egal, wer sie waren, egal, wo sie herkamen. Keinerlei Allüren; allerdings haben die Leute aus dem Ort immer einen großen Bogen um ihn gemacht.«

»Wieso?«

»Sie fanden, er würde Ärger machen. Polpeggen war immer ein ruhiges Pflaster, Nina, ein kleiner Fischereihafen, wo schwer geschuftet wurde. Wir sitzen in einem Winkel von Cornwall, den der Rest der Welt mehr oder weniger vergessen hat. Als Hawley mit seinen liberalen Ansichten und seinen Künstlerattitüden ins Dorf marschiert kam, hat das alles durcheinandergebracht. Es gab alle möglichen Gerüchte – Drogen, Heidentum, Teufelsanbetung, all so was. Manches davon war gerechtfertigt, und manches war ... reine Engstirnigkeit. Ich weiß noch, freitags ist er immer ins Dorf gekommen, immer von einem Pulk Verehrerinnen umgeben. Sie haben im *Tredovar Inn* gehockt, das damals kein Lokal für Frauen war, und haben gesoffen, bis nichts mehr da war. Margot hat ja so für ihn geschwärmt. Sie hat über ihn geredet, als wäre er ein Gott, aber das haben alle Frauen getan. Wir Jungs aus dem Dorf haben kein Bein auf den Boden gekriegt. Sobald die Mädchen erst mal Hawley begegnet waren, sind wir behandelt worden wie Plankton.«

»Und was war mit ihm und meiner Mum?«

»Also, Ihre Mum war diejenige, die direkt neben ihm gesessen hat, wenn Sie das meinen. Man kann wohl sagen, dass da eine ganz besondere Verbindung zwischen den beiden war. Sogar ich konnte sehen ...«

Und dann brach er plötzlich mitten im Gedanken ab.

»Das ist alles«, sagte er schroff und wich Ninas Blick aus. »Das ist alles, was ich sagen kann. Es tut mir leid für Sie, Nina, wirklich. Sie scheinen ein nettes Mädchen zu sein. Ich würde Ihnen ja gern helfen, aber das ist alles, was ich Ihnen erzählen kann. Wie gesagt, Sie sollten sich lieber fernhalten. Fahren Sie zurück zu Ihrem Leben in London. Vergessen Sie die *Snare Cove*.«

»Weil sie verflucht ist?« Ninas Tonfall war spöttisch, doch ihre Gedanken kehrten zu dem Licht zurück, in jene stürmische Nacht, zu jenem grauenvollen Gefühl der Angst.

»Ich habe keine Angst«, beteuerte sie und überwand ihre Furcht. »Ich bleibe.«

Schweigen machte sich zwischen ihnen breit. Winzige Staubkörner tanzten im Sonnenlicht.

»Nina, Sie wissen ja nicht, worauf Sie sich da einlassen«, erwiderte Merryn streng, »und wenn Sie glauben, Hawley könnte Ihnen Antworten geben ...«

Ninas Augen wurden groß. »Er ist noch hier? Ich dachte ...«

»Seit Jahren hat ihn niemand mehr gesehen, aber er ist wohl noch da.«

»Noch *wo*?«

»Auf der Farm natürlich. Das sollten Sie doch wissen. Er ist Ihr Nachbar.«

»Auf der *Goonstick Farm*? Aber die ist ja praktisch eine Ruine! Ich bin da neulich vorbeigegangen und ...«

»Verrückt, wie manche Menschen freiwillig leben, wie?«, meinte Merryn mit einem Achselzucken und einem Lächeln.

Einen Augenblick lang stand Nina ganz still; ihr Herz hämmerte so schnell und heftig gegen ihre Rippen, dass sie Angst hatte, Merryn könnte es hören, es sogar fühlen. Ihre Augen wurden schmal.

»Ich muss mit ihm reden«, sagte sie und machte kehrt.

Ihre Füße marschierten los, stolperten hastig auf den Ausgang zu.

»Warten Sie!«, rief Merryn. »Sie können da nicht einfach hingehen. Da gibt es noch was, ich muss Ihnen erklären ...«

Wieder rief er ihr nach, doch sie schaute sich nicht um. Die Glocke klingelte, die Tür knallte zu, und Merryn blieb mit all seinem Staub und all seiner Unordnung dahinter zurück.

War er wunderbar? War er alles, was ihr Dad nicht war? War er ein Mensch, für den es sich lohnte, ein Risiko einzugehen? Wer auch immer er war, wie auch immer er war, Nina wusste jetzt, dass ihre Mum ihn innig geliebt hatte. Diesen Gedanken hielt sie fest und wappnete sich damit. Sie musste den Mut haben, die richtigen Fragen zu stellen, um die Antworten zu bekommen, die sie brauchte.

Als sie die Klippenstraße erreichte, dämmerte es bereits, und der Himmel war von gelbgrauem Nebel verhüllt. Seit dem Ausflug auf dem Boot war sie nicht mehr auf dieser Seite der Bucht gewesen, und bei dem Gedanken daran wurde ihr kalt. Trotzdem marschierte sie weiter. Als sie sich der *Goonstick Farm* näherte, gaben die umstehenden Bäume, vom Wind bewegt, ein leises, wisperndes Rauschen von sich. Die Schuppen sahen aus wie von Efeu überwucherte Grüfte, doch im Haupthaus brannte Licht, eins im Obergeschoss und eins im Erdgeschoss. Es war schwer, sich vorzustellen, dass so ein baufälliges, einsames Haus bewohnt sein könnte, doch es war so.

Nina betrachtete das Haus vom Tor aus. Dann raffte sie all ihren Mut zusammen und schlich auf die Veranda vor der Haustür zu. Dabei war sie sich jeder noch so kleinen Bewegung überdeutlich bewusst. Als sie an die Tür klopfte, drehte und wendete sie die Worte in ihrem Kopf, was sie fragen, was sie sagen und was sie nicht sagen würde. Vielleicht war es ja egal. Vielleicht würde er ja das Reden übernehmen. Sie verschränkte die Arme und löste sie dann wieder. Schob die Hände in die Taschen und zog sie dann wieder heraus. Sie konnte doch nicht so weit gekommen sein und keine Antwort bekommen. Also ging sie zu dem Fenster, wo das Licht brannte, ein anderes als das, durch das sie neulich gespäht hatte. Die Scheibe war schwarz vor Schmutz, doch sie konnte eine nackte Glühbirne sehen, die zwei zerschlissene grüne Sessel und einen hölzernen Couchtisch beleuchtete. Auf dem Tisch stand ein Teller, die Überreste eines Sandwichs lagen darauf. Die Dielen waren kahl und die Wände feucht. In einer Ecke war der Putz abgebröckelt und gab den Blick auf die Deckenbalken frei. Das Zimmer lebte noch, aber nur gerade eben so. Mit frischer Energie ging sie zurück zur Tür und hämmerte mit der Faust dagegen. Immer weiter. Zehn Minuten lang. Sie klopfte, wartete und klopfte dann abermals. Endlich klackte der Riegel, und die Tür öffnete sich knarrend.

Eine Frau spähte mit grimmigem Gesicht durch den Spalt. Ihre schlaffe Haut war gespenstisch fahl, der Teint eines Menschen, der sich nur selten im Tageslicht aufhält. Ihr Haar, vor einiger Zeit rot gefärbt, war oben auf dem Kopf zu einem halbherzigen Knoten zusammengerafft. Das Weiß ihrer vorquellenden Augen hatte eine ungesunde gelbliche Tönung. Nina versteifte sich und trat unwillkürlich zurück.

»Sind Sie von der Gemeinde?«, wollte die Frau brüsk wissen.

»Nein, ... äh ... ich ... ich heiße Nina. Entschuldigen

Sie die Störung, ich suche einen Mann namens Gil Hawley.«

Die Frau zuckte zurück.

»Er erwartet mich nicht. Ich dachte nur, ich schau mal vorbei, so auf gut Glück.«

»Was wollen Sie?«

»Ich ... ich bin die Tochter einer alten Freundin von ihm.«

»Hawley hat keine Freunde. Wiedersehen.«

Verzweifelt hielt Nina die Tür fest. »Ich bin nicht hier, um Ärger zu machen. Ich will nur reden.«

Als Nina sich vorbeugte, warf die Frau einen kurzen Blick auf die Muschelbrosche an ihrem Revers. Dann grinste sie und enthüllte nacktes Zahnfleisch. Die wenigen Zähne, die sie noch besaß, waren braun und faulig.

»Jetzt seh ich, wer Sie sind«, sagte sie und wedelte mit einem Finger. »Sie sind das Mädchen aus der Bucht. Sie sind Sandras Tochter.«

»Äh, ja.« Nina blinzelte. »Woher wissen Sie ...«

»Ich hab Sie gesehen. Hab Sie kommen und gehen sehen. Hab Sie hier in der Gegend gesehen.«

»Dann haben Sie meine Mum also gekannt?«

»Früher mal. Jetzt natürlich nicht mehr.«

»Kann ich mit Ihnen über sie reden?«

Die Frau zögerte, schniefte, wischte sich die Nase mit dem Ärmel ab. »Eigentlich lass ich ja keine Besucher rein«, meinte sie. »Aber bei Ihnen ist das was anderes. Für Sie mach ich 'ne Ausnahme. Na ... nun stehen Sie nicht einfach da und glotzen. Kommen Sie schon rein.«

Nina trat in den Hausflur. Die Luft war muffig, es

roch nach Kohl und Bratfett. Eine dürre Katze mit gelben Augen beobachtete sie von der Treppe aus. Im Zimmer über ihr konnte sie noch mehr Katzen herumhuschen hören. Katzen oder etwas anderes? Die Frau musterte Nina von oben bis unten, dann grinste sie abermals und zeigte diese fürchterlichen Zähne. Sie führte Nina in das kleine schäbige Zimmer mit den grünen Sesseln.

»Vorsicht mit der Decke.«

Nina wurde rasch klar, dass dies kein Hinweis darauf war, dass die Zimmerdecke niedrig war, sondern dass sie von ausgestopften Vögeln geziert wurde. Wie makabre Kronleuchter hingen sie von den Deckenbalken. Ihre staubigen Schwanzfedern streiften ihr Haar, und unwillkürlich krümmte sie sich ein wenig vor Abscheu. Das hier entsprach genau Jakes Vorstellungen von einem Albtraum. Als sie sich in dem Mief duckte, empfand sie jähe Verbundenheit mit ihm. Was *machte* sie hier? Was *dachte* sie sich eigentlich? Wo war der Fünf-Sterne-Glanz eines Hotelzimmers in Dubai, wo alles blitzblank und sauber war?

»Setzen«, befahl die Frau, als wäre sie eher daran gewöhnt, mit Hunden zu reden.

Widerwillig ließ Nina sich in einem der grünen Sessel nieder. Er war voller Tierhaare. Die Federung war hinüber, und sie versank in dem Polster.

»Hab eben Wasser aufgesetzt, vor noch nicht mal fünf Minuten. ’ne Tasse Tee?«

»Äh, vielleicht einfach nur ein bisschen Wasser«, stammelte Nina. »Wenn es nicht zu viele Umstände macht.«

»Überhaupt keine.«

Die Frau schlurfte davon und kam mit einem Glas zurück.

»Hier.« Sie reichte es Nina. Dann ging sie zu dem anderen Sessel, setzte sich und zog sich eine zerlumpte Strickdecke über die Knie. Sie selbst trank nichts, beugte sich aber weit vor, bis ganz dicht an Nina heran, und sah zu, wie sie an dem Glas nippte. Die Flüssigkeit darin war bräunlich und roch faulig.

»Entschuldigen Sie«, sagte Nina, um nicht trinken zu müssen, »aber ich habe Ihren Namen nicht verstanden.«

»Lesley.«

»Oh ...« Gil Hawleys Postkarte. Sie erinnerte sich an die eine Zeile: *Lesley kommt nachher vorbei. Wir müssen sie wohl alle bei Laune halten. Sie ist nur so ... heftig.*

Lesley füllte das Schweigen aus, indem sie gewaltig hustete und dann auf den Boden spuckte. »Hab gerade die Viecher gefüttert, als Sie gekommen sind«, meinte sie. »Verdammte Biester. Vielleicht schlachte ich sie alle im Winter. Dann hab ich meine Ruhe.«

»Verzeihen Sie«, fragte Nina, »aber wo ist Gil Hawley?«

»In seinem Zimmer.«

»Kann ich ... Kann ich mit ihm sprechen?«

»Wollen Sie denn Ihr Wasser nicht?«

»Ach, solchen Durst habe ich eigentlich doch nicht. Aber trotzdem vielen Dank.«

Nina war sich darüber im Klaren, dass sie sich in einer prekären Situation befand, allein im Haus einer schrulligen, eigenbrötlerischen Fremden, und sie überlegte, wie schnell sie wohl an ihr Handy kommen könnte. Sie zog es aus der Tasche und hielt es auf dem Schoß umfasst.

»Ach, Sie haben auch so ein Ding«, bemerkte Lesley. »Die funktionieren aber hier oben nie. Jedes Mal, wenn der Mann vom Elektrizitätswerk kommt, beschwert er sich deswegen.«

»Tatsächlich?« Nina täuschte ein Lächeln vor. Sie wollte hier weg, jetzt sofort, aber sie war doch so weit gekommen. Sie wusste, dass sie erst mit Gil Hawley sprechen musste, der großen Liebe ihrer Mum. Charismatisch, hatte Merryn gesagt. Jemand, den man nicht vergaß. Aber warum würde so jemand in so einer Bruchbude hausen, mit jemandem wie Lesley? Das ergab doch keinen Sinn.

»Also, wäre es möglich?«, fragte sie beklommen. »Dass ich mit Gil sprechen könnte? Könnten Sie ihm Bescheid sagen, dass ich hier bin?«

Lesley kicherte. »Ich kann's ja mal versuchen.«

Als Nina nicht reagierte, wurde ihre Miene ernst. »Sie wissen's nicht, nicht wahr?«, fragte sie.

»Was weiß ich nicht?«

Lesley zögerte.

»Kommen Sie am besten mal mit.«

Mit eingezogenen Köpfen gingen sie durch den Flur und stiegen eine wackelige Treppe hinauf. Der Korridor gähnte vor ihnen. Am Ende des klebrigen, schlecht verlegten roten Läufers war eine geschlossene Tür und dahinter Gil Hawleys Zimmer. Nina überlegte, was sie wohl darin vorfinden würde – ein Atelier wie das von Danny, voller Skulpturen, Leinwände und angesammeltem Krimskrams, das längst vergessene Refugium eines enigmatischen Künstlers? Oder etwas Bedrohlicheres? Eine Drogenhöhle oder ein heimlicher Tempel der schwarzen Künste, mit schweren Holzmöbeln, Lampen mit Perlenschnüren und Opferaltar? Lesley ging auf die Tür zu und winkte Nina, ihr zu folgen. Mit klopfendem Herzen tat sie wie geheißen. Sie war fest entschlossen, völlig fokussiert zu sein, ganz klar zu denken. Es gab Fragen, die gestellt werden mussten, so viele Dinge, die es herauszufinden galt. Sie stand in der Tür und spürte den klauengleichen Klammergriff von Lesleys Hand um ihr Handgelenk.

»Machen Sie ja kein Geräusch«, zischte die alte Frau. »Das regt ihn auf.«

Lesley zog einen großen Schlüssel hervor, den sie an einer Schnur um den Hals trug, und steckte ihn ins Schloss. *Warum*, fragte sich Nina, musste Gil Hawley hinter Schloss und Riegel gehalten werden? Nervenkribbeln kroch ihr die Beine hinunter. Die schwindelerregende Länge des Korridors kippte weg, und plötzlich war da nur noch das, was vor ihr lag. Die Tür schwang weit auf. Lesley streckte den Arm an der schattendunklen Wand entlang und betätigte einen Lichtschalter. Es summte, und im Zimmer wurde es hell. Sie schlich hinein, als nähere sie sich einem schlafenden Baby.

»Aufwachen«, sagte sie mit Kinderstimme. »Wir haben Besuch. Den, auf den du gewartet hast.«

Im trüben Licht trat Nina langsam vor und betrachtete die Szene durch den Türrahmen. Der heimliche Geliebte ihrer Mum, endlich war er hier vor ihr, doch alles erschien ihr falsch, düster und bedrohlich. Sie spähte ins Zimmer und begriff dann schaudernd, dass hier gar nichts bedrohlich war.

Ein stabiles Metallbett, daneben ein Rollstuhl.

Zur Linken ein hölzernes Schränkchen, auf dem sich Fläschchen und Tablettenpackungen drängten.

Das ganze Zimmer stank nach warmer Pisse; schmutzige Inkontinenzwindeln lagen wie Pflastersteine auf dem Boden herum. Gil Hawley lag regungslos auf dem Bett und zeigte durch nichts, dass er ihre Anwesenheit bemerkte. Seine alten Augenlider hingen wie feuchte graue Lumpen herab, und sein Mund stand offen, ein zahnloses schwarzes O.

Wortlos starrte Nina ihn an. Eine Schmeißfliege summte am Fenster. Das Geräusch war ohrenbetäubend laut, fast schon ein Getöse.

»Du hast ja schon wieder dein Kissen runtergeschmissen«, tadelte Lesley schroff. »Ich hab dir doch gesagt, es geht kaputt, wenn du's auf den Boden schmeißt.«

Aber es ist doch schon kaputt, dachte Nina, als Lesley das verdreckte Kissen aufhob, dem Mann auf dem Bett grob den Kopf zur Seite riss und es ihm in den Nacken stopfte.

»Und du solltest vor deinem Besuch nicht so rumsabbern«, schalt Lesley, zog ein Papiertuch aus der Tasche und wischte ihm Speichel von den Lippen. »Das ist *eklig.*«

Sie trat nahe an Nina heran, blieb unangenehm dicht vor ihr stehen.

»Sehen Sie«, meinte sie und drehte sich grinsend zu ihr um, »Hawley ist jetzt zu nichts mehr zu gebrauchen. Seit seinem Unfall, zu nichts mehr zu gebrauchen.«

Sie hakte sich bei Nina ein, als wären sie beste Freundinnen, und führte sie aus dem Zimmer. »Aber er gehört immer noch mir«, verkündete sie, plötzlich aggressiv. Wie eine Löwin mit Jungen, getrieben von dem Instinkt, um jeden Preis zu bewachen und zu beschützen – obwohl hier, soweit Nina sehen konnte, wenig Zuneigung oder Fürsorge im Spiel war. Lesleys Fäuste waren geballt, ihr Atem ging flach – die Löwin war sprungbereit.

»Genug jetzt«, zischte sie und schlug die Tür zu. »Er will seine Ruhe haben.«

Übelkeit stieg in Nina auf. Sie hatte Erklärungen hören wollen. Ihre Erwartungen waren hoch gewesen. Sie hatte gedacht, sie würde ihn finden, einen alten Mann, aber noch immer er selbst. *In Liebe, H.* Sie hatte gedacht, sie würde sagen »Hier bin ich«, und er würde verstehen. Dass sie gemeinsam all diese wirren Fragmente – das Foto, den violetten Mantel, den Zeitungsausschnitt, die Brosche, das Strandhaus – neu anordnen, neu organisieren, einen Sinn darin finden könnten. Sie hatte gedacht, sie würde etwas geben, und ihr würde dafür auch etwas zurückgegeben werden: die Wahrheit.

Ihr war eine Wahrheit gegeben worden, aber es war nicht die, die sie gewollt hatte.

Plötzlich erschien ihr das alles unerträglich. An Lesley gewandt, murmelte sie ein halblautes »Danke« und lief auf die Tür zu.

»Oh, gehen Sie doch noch nicht«, sagte Lesley. »Doch nicht so schnell. Sie sollten noch bleiben.« Sie fasste Nina am Arm, fester als nötig. Ihre schartigen Fingernägel bohrten sich in ihr Fleisch. Nina machte sich los.

»Nein, wirklich. Danke. Ich muss jetzt gehen. Aber vielen Dank.«

Als die Farm hinter ihr lag, ging Nina zum Klippenrand. Dreißig Zentimeter von der Kante entfernt blieb sie stehen und zitterte im Wind. Durch den Nebel konnte sie das Strandhaus nicht sehen, doch sie wusste, dass es da war, allein auf dem nassen schwarzen Kies. Ein Ort der Traurigkeit. Ein Ort des Todes. Sie umklammerte die Brosche und versuchte, einen fröhlichen Gedanken heraufzubeschwören: Ihre Mum, die in dem violetten Mantel lachte, mit dem Hawley, der er damals gewesen war, voller Charme und Charisma. Dann ging sie den Klippenpfad hinunter auf die Bucht zu. Bei jedem Schritt ertappte sie sich dabei, wie sie sich nervös umsah, nach dem Licht Ausschau hielt. Jedes Mal, wenn das Gras sich bewegte oder ein loser Kiesel unter ihren Füßen knirschte, fuhr sie zusammen. Geschichten, sagte sie sich und marschierte resolut weiter, durch ihre Furcht hindurch. Merryn und Margot und ihre düsteren Geschichten von Flüchen und Strandräubern und Sally Winsel. Blödsinn. Das hier war nicht die Realität irgendwelcher Gespenster. Die Realität war sehr viel persönlicher.

Als sie die Bucht erreichte, hatte sich der Nebel gelichtet. Der Abendhimmel war vollkommen wolkenlos, gesprenkelt mit Sternen und einem strahlenden Mond. Nina zog die Schlüssel des Strandhauses aus der Tasche und trottete über den Kies zur Haustür. Nervös öffnete sie sie und trat leise ein. Im Flur war es dunkel, doch sie konnte gerade noch Umrisse und Schatten erkennen. Sie bemerkte, dass die Tür zu dem Schrank, in dem der Boiler war, aufgegangen war. Also drückte sie sie wieder zu, schloss sie ab und rutschte dann aus, als sie einen Schritt zurücktrat. Etwas war unter ihrem

Absatz hängen geblieben. Sie bückte sich und hob es auf – das Foto von ihrer Mum. Das Glas war gesprungen, doch der Rahmen war noch heil. Vermutlich hatte Danny es fallen gelassen, als er hier gewesen war, um ihren Koffer zu holen, nahm sie an. Dann sah sie eine Spur aus schwarzen Gegenständen, die im Mondlicht glitzerten. Sie schaute genauer hin und erkannte, dass es Bruchstücke von Vinyl-Schallplatten waren, wie die, die sie hinter dem Sofa gefunden hatte. Sie folgte der Fährte zum Wohnzimmer, doch das Gefühl überkam sie bereits, noch bevor sie durch die Tür trat – ein Wissen, eine *Ahnung*, dass irgendetwas nicht stimmte.

Das Zimmer war völlig verwüstet worden. Die Schränke waren ausgeräumt, das Sofa umgekippt und der Plattenspieler umgeworfen worden, die Schallplatten lagen im Zimmer verstreut. Ninas Beine begannen heftig zu zittern. Angstschweiß prickelte in ihrem Nacken. Sie bewaffnete sich mit dem Schlüssel, den sie nach außen zwischen zwei Finger klemmte, dann ging sie in die anderen Zimmer. Zum ersten Mal hatte sie das Gefühl, das Strandhaus beschützen zu müssen, war sie zornig, dass es geschändet worden war. Im Bad war das Glas des Spiegelschränkchens eingeschlagen worden, im Schlafzimmer waren die Kleider aus der Truhe gezerrt und das Bett zur Seite geschoben worden. Und mitten drin hing das Bild von der *Bessie* noch immer unberührt an der Wand.

»WAS LÄUFT HIER?«, schrie Nina. »WER WAR DAS? WAS SPIELT IHR HIER FÜR EIN SPIEL?«

Schweigen antwortete auf ihre angstvollen Fragen. Galle stieg ihr in die Kehle. Sie übergab sich nicht, aber die Emotionen gewannen die Oberhand. Das

Foto von ihrer Mum fest an die Brust gepresst, schrie Nina auf, dann ergriff sie die Flucht.

Der Weg nach Polpeggen war nicht mehr als eine verschwommene Erinnerung. Erst als Nina am Hafen ankam, wurde ihr klar, wie schnell sie gerannt war. Ihre Brust schmerzte, als sie nach Luft rang. Sie verlangsamte ihre Schritte und gab sich alle Mühe, sich die Tränen von den Wangen zu wischen. Das Einzige, was sie davon abhielt, auf der Stelle zusammenzuklappen, war der Gedanke an Danny. Sie verdrängte alles andere, dachte die ganze Zeit an das Gefühl, ihn festzuhalten, seine Wärme zu spüren, seinen Geruch in sich aufzunehmen, den weichen, gedehnten Singsang seines Cornwall-Akzents zu hören. Sie stellte sich vor, wie er sie trösten würde, ohne Fragen zu stellen, wie er ihr Entsetzen verstehen würde. Alisons Ratschläge hin oder her – sie brauchte jemanden, der sie in die Arme nahm, bei dem sie sich sicher fühlte, bei dem sie sich wieder normal vorkam. Das Bogenfenster des Ateliers war hell erleuchtet. Die Tür stand einen Spalt breit offen, er war also zu Hause. Doch ihre Erleichterung währte nur kurz, als ihr wieder einfiel, wie sie ihn gestern Abend zurückgewiesen hatte. Sie musste das in Ordnung bringen. Genug Spielchen und Halbwahrheiten. Er hatte eine Erklärung verdient. Sie würde ihm alles erzählen, von Jake, von der Hochzeit, *alles*. Sie würde ihm klarmachen, dass sie wegen ihrer Loyalität Jake gegenüber in Panik geraten war, dass sie ihn aber eigentlich ebenfalls hatte küssen wollen. Und wie.

Im Atelier war es still, doch in der Küche lief Wasser, und der Teekessel kochte. Hoffnungsvoll wich

Nina einem Haufen Kabel und einem ersoffenen Laptop aus – Dannys jüngste Fundstücke – und ging auf die Küche zu. Der Gedanke an sein Gesicht, an seine hellen Augen, die unter dem Lockenwirrwarr hervorlugten, war wie ein Labsal. Sie erreichte die Tür, sah den Schatten einer Bewegung, trat vor ...

»Scheiße!«

Effy, die hübsche Surferin aus dem *Onshore Café* mit den hellen Strähnen in den Locken, fuhr herum und schnappte nach Luft, einen Becher an die Brust gedrückt. Und mit schuldbewusster Miene.

»Hi«, sagte sie mit schwerem Bristol-Akzent.

Nina blinzelte. »Hi, äh, wo ist Danny?«

»Ich hab dich im Café bedient, nicht wahr? Ich bin übrigens Effy. 'tschuldige, ich wollte dich nicht erschrecken. Es ist nur, Danny hat nichts davon gesagt ...«

»Wo ist er?«

»Dan? Ach, der ist noch auf dem Boot. Willst du Tee? Das Wasser hat gerade gekocht.«

Nina schüttelte den Kopf. Sie wollte keinen Tee und kein Geplauder. Sie wollte nur Danny. Ihr Zorn und ihre Enttäuschung ließen sich unmöglich verbergen. Sie war zu müde, zu ausgelaugt.

»Entschuldige, aber warum bist du hier?«, fragte sie kalt. »Ohne Danny?«

Effy zuckte die Schultern. »Dasselbe könnte ich dich fragen. Dan hat nicht gesagt, dass er jemanden erwartet. Und ich kenne alle seine Freunde. Dich hat er nicht erwähnt.«

»Wir haben uns auch erst vor Kurzem kennengelernt«, erwiderte Nina. »Aber ... wir stehen uns sehr nahe.«

Effy prustete. »Ach ja?«

»Ja«, ging Nina auf den kämpferischen Tonfall ein.

»Typisch Dan. Du weißt ja, wie die Kerle so sind« – ein verkniffenes, selbstgefälliges Lächeln kroch über ihre Züge – »müssen sich immer absichern, wollen nicht zugeben, dass sie eine feste Beziehung haben.«

»Mit dir?«

»Na klar. Wir sind schon seit Jahren zusammen. Während des Semesters bin ich an der Uni, also machen wir eben auf Fernbeziehung, aber weißt du, wenn ich wieder hier bin, dann ist es immer, als wäre ich nie weggewesen. Wir passen ja so was von gut zusammen. Ich hab echt Mega-Glück.«

Ninas Zorn fiel in sich zusammen. Jedes einzelne Quäntchen Selbstsicherheit strömte aus ihr heraus. Ihr Herz fühlte sich an, als sei es tief in ihren Bauch gesackt. In stummer Verwirrung stopfte sie ein paar Sachen in eine Plastiktüte, darunter auch das Foto und die Muschelbrosche. Effy stand mit ihrem Teebecher in der Küchentür und sah ihr zu. Erst als Nina draußen war, weit weg von Effys herablassendem Blick, begann sie zu weinen, große, wuchtige Schluchzer, die aus ihr hervorbrachen und erst Zorn, dann Kummer und schließlich Selbstmitleid mit sich brachten.

»Bahnsteig zwei«, sagte der Bahnhofsvorsteher.

Als er Ninas tränennasses Gesicht sah, lächelte er wissend. »In etwa zehn Minuten. Sie haben Glück. Ist der letzte Zug nach London heute.«

Nina stand mit ihrer schäbigen Plastiktüte auf dem Bahnsteig – ein peinlicher Ersatz für ihren weggeworfenen Koffer. Sie hielt den Kopf gesenkt; sie wollte nicht, dass jemand sie erkannte, am allerwenigsten Danny. Sie kam sich vor wie eine Idiotin. Bruchstücke der Ereignisse des Tages taumelten durch ihren Kopf, doch sie kämpfte dagegen an. Sie wollte nur weg, zurück zu sich selbst, zurück dorthin, wo sie hingehörte. Der Zug fuhr ein. Sie schaute ein einziges Mal auf, um zu sehen, ob Danny den Bahnsteig herunterkam.

Dann stieg sie ein.

TEIL 2

14. Kapitel

Nina war kalt; sie lag schon die ganze Nacht wach. Ihre Augen glitzerten in der Dunkelheit wie kleine Perlen, während Jake neben ihr schnarchte. Er hatte angefangen, im Bett einen Kimono zu tragen, einen kanariengelben. Sie konnte fühlen, wie seine Beine wie zwei haarige Stängel unter dem Seidensaum hervorragten. Als der Wecker endlich piepste, rollte er sich herum, legte den Arm über ihre Schulter und flüsterte ihr ins Ohr: »Ich liebe dich, Baby.«

Sie lagen schweigend da, bis Jake schließlich aufstand und in Richtung Dusche tappte. Zehn Minuten später kam er in Hemd und Hose zurück.

»Nur noch ein paar Tage«, bemerkte er und band seine Krawatte. »Freust du dich?«

»Ich denke schon«, antwortete Nina.

»Ich muss zugeben, so allmählich spüre ich ja den Druck.« Er kam zu ihr, kniete sich neben das Bett, nahm ihre Hände in seine. »Weißt du, Nina, einen Moment habe ich echt geglaubt, wir würden's nicht schaffen. Ich bin so froh, dass wir diese ganze ... Alison-Geschichte überstanden haben. Du bist toll, so verständnisvoll. Ich mach's wieder gut, ich versprech's. Und ganz ehrlich, wenn du sie bei der Hochzeit lieber nicht dabeihaben willst, ist das okay für mich. Ich hab ja immer gesagt, die macht einem nichts als Ärger.«

»Nein«, wehrte Nina wehmütig ab und überlegte, warum bei Ehebruch eigentlich immer die Frauen als die Unruhestifter galten. »Ist schon okay. Ich habe meinen Frieden mit ihr gemacht, Jake, genau wie mit dir. Es ist erledigt. Es ist vorbei.« Sie hielt inne und seufzte. »Ich ertrag's nicht, das alles zu analysieren. Ich will das einfach nur hinter mir lassen.«

»Ja, alles klar.«

Er stand auf. Sie war sich darüber im Klaren, dass er sie beobachtete. Seit sie sich bereit erklärt hatte, seine Fehltritte zu vergeben und zu vergessen, hatte er sich von seiner besten Seite gezeigt. Sie spürte, dass er wusste, was für ein Glück er gehabt hatte. Als sie nach London zurückgekommen war, hatte sie nach drei Tagen des Streitens aufgegeben. Sie hatte keine Lust gehabt, das Drama in die Länge zu ziehen, hatte nicht die Kraft dafür gehabt.

Jake strich sich das Haar glatt. »Kannst du's fassen, dass du nach all dieser Zeit ganz bald Mrs Hunter sein wirst? Das ist doch der Hammer, oder?«

Nina starrte die Zimmerdecke an. »Ja.«

»Übrigens, das wollte ich dir noch ganz dringend erzählen, ich hab noch mehr gute Neuigkeiten in Sachen Flitterwochen. Wir haben ein Upgrade gekriegt. Die beste Suite im ganzen Hotel. Geoff hat mir das vermittelt, der fährt mit seiner Familie jedes Jahr da hin.«

Geoff war Jakes neuer Klient – eine steinreiche Großstadt-Sensation mit Model-Ehefrau und attraktiver junger Familie.

»Das ist ja toll.«

»Die werden sich für uns überschlagen, weißt du? Alle Augen auf das glückliche junge Paar. Geoff checkt immer alles ganz genau, der fährt voll auf

Details ab. Und ich sag dir, der *weiß*, wie man 'ne Party schmeißt.«

Nina nickte. Ihr kam der Gedanke, dass sie einen Bereich für sich gefunden hatte, wo sie in jeder Hinsicht taub für alles geworden war.

»Okay. Die Pflicht ruft, ich muss los. Ich hole heute Abend auf dem Nachhauseweg die Champagnerflöten ab. Viel Spaß bei der Arbeit.«

Er küsste sie noch einmal. »Bis dann.«

»Ja, bis dann.«

Als er weg war, zog sich Nina die Bettdecke bis zur Brust und blickte zum Fenster hinüber. Ein windbewegter Frühherbsthimmel blickte zurück. Sie rieb sich die Augen, schaute auf den Wecker, sah, dass sie Gefahr lief, zu spät zu kommen, und tat dann gar nichts. Ihr Körper fühlte sich bleiern an, so schwer wie ein Stein.

Zuerst war es eine Erleichterung gewesen, wieder zu Hause zu sein. Die überschaubare Vertrautheit von allem hatte sie getröstet. Das Haus hatte sich nicht verändert, natürlich nicht. Andere Frauen ließen ihre Partner ein paar Tage allein und kehrten in ein häusliches Schreckensszenario zurück – überall schmutzige Teller, ungewaschene Klamotten, Bierdosen und Chipstüten hinter dem Sofa. Nicht so Jake.

Nina tappte in die Küche hinunter. Makellos, stellte sie fest, während sie die Milch für ihren Cappuccino aufschäumte. Der ganze Raum war makellos. Sie hatten die Küche letztes Jahr ausgesucht, Hochglanzfronten und eine durchgehende Granitplatte. Jake hatte zusätzliche Schrankfächer gefordert, damit Geräte wie Kaffeemaschine und Brotbackautomat weggeräumt und die Arbeitsplatte, die einen vierstelligen Betrag gekostet hatte, glänzen konnte.

Als sie die Küche hatten einbauen lassen, waren alle um sie herum neidisch gewesen; Freundinnen und Verlobte ihrer männlichen Bekannten hatten Nina mit Dolchblick gratuliert.

Es war eine Vorzeigeküche. Sie starrte die Oberschränke an und überlegte, ob nicht das ganze Haus ein Vorzeigeobjekt war. Obwohl es seit über zwei Jahren ihr Zuhause war, hatte es keinerlei Persönlichkeit. Einmal hatte sie vorgeschlagen, doch ein paar der nicht verkauften Bilder aus dem Archiv von *Image Internazionale* aufzuhängen, doch Jake hatte darauf bestanden, dass die Wände »sauber« blieben. Zu viele visuelle Stimuli lösten bei ihm Migräne aus.

So oder so, dachte Nina, dem Haus mangelte es an Charakter. Sie bestrich ihren Toast mit Butter, wischte die Krümel in den Mülleimer. Vielleicht ein Baby. Vielleicht brauchte das Haus ja ein Baby. Eine Hochzeit, ein Baby. Der logische nächste Schritt. Sie wusste, dass Jake darüber nachdachte. Er hatte davon gesprochen, den Mazda MX5 gegen ein größeres Auto einzutauschen, gegen so ein Monsterteil mit Allradantrieb. Sogar eine Broschüre von Land Rover hatte er sich kommen lassen.

Hochzeit, großes Auto, Baby. Perfektion.

Nina frühstückte und machte sich fertig, schloss die Haustür ab und erwischte gerade eben noch ihre gewohnte Bahn.

Ein Tag in der Agentur sollte eigentlich bewirken, dass sie sich normaler fühlte, doch um halb zwölf befand sie sich am Rand eines emotionalen Abgrunds. Sie stand am Fenster des Londoner Büros von *Image Internazionale* und betrachtete geistesabwesend eine Autoschlange, während Sonja, ihre Chefin, sie wegen eines Fehlers beschimpfte, den sie gar nicht gemacht hatte.

»Warum ist das passiert, Nina? Warum?«

Mit verkniffenem Mund wedelte Sonja mit der Hand in Richtung einer Schar pompöser, vergoldeter Statuen – Männertorsos, die zum Teil beim Transport beschädigt worden waren.

»Kaputt! Ihre besten Stücke! Alle abgebrochen!«, fauchte sie in ihrem harten russischen Akzent.

Geschieht ihnen recht, was sind sie auch so verdammt grottenhässlich, hätte Nina am liebsten erwidert. Stattdessen zuckte sie die Achseln. Mit dem Transport hatte sie nichts zu tun gehabt; die Statuen waren eine Woche vor ihr hier eingetroffen.

»Ist Ihnen egal, wie? Ist Ihnen einfach egal. Seit zwei Wochen Sie sind wieder da, und Sie tun, als bräuchten Sie sich nicht mal Mühe zu geben.«

Sonja schüttelte den Kopf. Nina konnte spüren, dass Alison am Schreibtisch hinter ihr kaum an sich halten konnte.

»Seit Sie sind wieder da, Nina, ist *lenivij*. Ist keine gute Einstellung. Heißt ›faul‹. Sehr enttäuschend.«

Damit machte sie auf ihren hohen Absätzen kehrt und marschierte zu ihrem Schreibtisch zurück. Nina schloss die Augen, atmete. Sie lauschte in ihrem Inneren auf das Plätschern der Wellen, wenn sie ans Ufer schwappten. Suchte nach dem weichen Abendlicht, das von den Hafenmauern zurückgeworfen wurde. Nach dem cremeweißen Sand. Der frischen, hellen

Luft. Dem Geschmack von Cider, kalt und süß. Und nach diesen Augen, funkelnd, tiefliegend, die strahlten, wenn er lächelte ...

»Lunch?«

Alisons Stimme holte sie aus ihren Tagträumen.

»Komm, Nina, ich glaube, es wird Zeit, dass wir Sonja ihre Softporno-Statuen bewundern lassen und was essen gehen.«

»Ja. Sicher. Okay.«

Scharen von ernsten Anzugträgern aus der Finanzbranche zogen einsam und allein von ihren Büros zu ihren üblichen Lunchplätzen. Jeder für sich allein. Alisons kirschroter Regenmantel war der einzige Farbtupfer in einer Flut aus Grau und Nadelstreifen, und das Gegenstück zu Ninas Schwarz. Schwarz von Kopf bis Fuß, weil es einfach war, weil es kein Nachdenken erforderte.

»Subway-Sandwich oder Salat?«

»Ach, scheiß drauf«, sagte Nina. »Ich brauche was zu trinken. Lass uns zu *Sandro's* gehen.«

Sandro's war eine Weinbar, die sie gern nach der Arbeit frequentierten. Mittags eher selten.

»Mein Gott, Nina, du bist doch erst seit Kurzem wieder da. Lass dich von ihr doch nicht fertigmachen.«

»Es ist nicht wegen Sonja ...« Nina zögerte. »Hör zu, mach dir wegen mir keine Sorgen. Es ist nur ... mal wieder so ein Tag.«

»Liegt's an mir? Du bist doch nicht immer noch ... Ich meine ... Du und ich ... wir haben unsere kleine Verstimmung doch ...?«

Nina schüttelte den Kopf. »Es liegt nicht an dir, Ali.«

Alison grinste erleichtert, drückte auf die Pseudo-

Jugendstilklinke der Bar und lotste Nina hinein. »Ist doch klar, dass du ein bisschen gereizt bist. Nur noch ein paar Tage. Ganz im Ernst, ich hatte deinetwegen schon nächtliche Schweißausbrüche. Gott sei Dank ist Jake der geborene Organisator. Diese Torte, die er bestellt hat – der absolute Traum. Oh, was würde ich ... na, egal. Zwei Sauvignons Blancs, bitte. Einen kleinen und einen ... äh?«

»Großen«, bestellte Nina nachdrücklich.

Sie nahmen an der Bar Platz und knöpften ihre Mäntel auf. Augenblicklich war sich Nina der Tatsache bewusst, dass auch Alison sie beobachtete, ihre Miene überwachte, ihre Stimmung. Nach langem Schweigen kam ihre Freundin schließlich zur Sache.

»Bitte sag, dass du nicht immer noch an *ihn* denkst.«

»An wen?«, täuschte Nina Unwissenheit vor.

»Du weißt genau, an wen. Der war doch nur dein kleiner Ausrutscher, stimmt's?«

»Ja.« Nina blinzelte und erstickte fast am Bedauern. »Nur mein kleiner Ausrutscher.«

Sie nippte an ihrem Wein und versank von Neuem in der Traumszene – Polpeggen am Abend, sie und Danny lehnten draußen vor dem Atelier an der Hauswand und betrachteten den Hafen, die Sonne in den Augen, frei von allen Sorgen. Sie bemühte sich, nicht an Effy zu denken, hielt sich fest an den glücklichen Zeiten, an der Magie. Die Magie wollte sie für immer festhalten – auch wenn sie zwangsläufig zu schön gewesen war, um real zu sein.

Am Morgen der Hochzeit war die Lobby des *Godlington Hotels* ein Meer aus weißen Rosen.

»Da lässt sich jemand seinen großen Tag aber *richtig* was kosten«, bemerkte eine ältere Dame, die an der Rezeption wartete. »Ich hätte ja nichts dagegen, auf *der* Gästeliste zu stehen.«

Alison versetzte Nina einen Rippenstoß. »Die reden von dir«, flüsterte sie entzückt.

Dann beugte sie sich über den marmornen Tresen. »Ist das Zimmer der Braut jetzt fertig, bitte? Wir müssen noch eine Hochsteckfrisur basteln.«

Die Rezeptionistin reichte Alison einen Schlüssel und wies ihnen den Weg zu einem von Palmen flankierten Fahrstuhl. Die Kabine zeigte eine elegante Mischung aus Teaktäfelung und Spiegeln.

»Ich komm mir vor wie auf dem Set von einem Humphrey-Bogart-Film«, kicherte Alison.

Nina nickte. Als der Fahrstuhl nach oben fuhr, bildete sich eine nervöse Luftblase in ihrem Inneren. Sie versuchte, das Gefühl zu unterdrücken, indem sie den Hochzeitsmarsch summte, doch im sechsten Stock hatte sie Mühe, gleichzeitig zu summen und zu atmen. Die beiden Frauen folgten einer Reihe von Schildern mit Goldschrift, ewig gleiche Flure hinunter, zur Brautsuite. Jeder Schritt schien ihre Nervenblase mit noch mehr Luft zu versorgen, doch Alison war viel zu sehr bei der Sache, um ihr das Vortäuschen einer Krankheit durchgehen zu lassen.

»Rein da«, befahl sie, schnippte mit den Fingern und schob Nina durch die Tür des Schlafzimmers. »Hier werdet ihr also eure erste Nacht als Mr und Mrs Hunter verbringen. Ach, wie süß, die haben ein paar von euren weißen Rosen in eine Vase gestellt. Und Champagner ist auch da. Und schau dir mal das Bett an!

Das ist ja riesig, in dem Ding könnte man eine ganze Rugbymannschaft unterbringen!«

Sie sahen sich in dem Zimmer um. Es war nobel und erlesen, abgesehen von dem großen Flachbildfernseher an der Wand.

»Na, dass ihr *fernsehen* werdet, bezweifle ich«, bemerkte Alison mit einem Augenzwinkern.

Nina wollte lachen, ihr beipflichten. Sie wollte sich freuen, aufgeregt sein, doch sie brachte kaum ein Lächeln zustande.

»Mein Gott, Nina! Heute ist dein Hochzeitstag. Das sollte eigentlich keine lästige Aufgabe sein. Na, komm her, bändigen wir mal deine Haare. Vielleicht hilft ja ein spritziges Gläschen Champagner.«

Du solltest die Braut sein, dachte Nina im Stillen. *Du wünschst dir das doch viel mehr als ich.*

Sie setzte sich vor den Frisierspiegel, und Alison fing an, zu kämmen und zu locken. Nina sah zu, wie ihr Kopf hierhin und dorthin gezerrt wurde. Und suchte dabei die ganze Zeit in ihrem eigenen Spiegelbild nach ihrer Mum.

»*Something old, something new, something borrowed, something blue* ... etwas Altes, etwas Neues, etwas Geborgtes und etwas Blaues ...«

Alisons Worte tönten laut in ihren Ohren.

»Hast du alles, was du brauchst? Du hast meinen Glücksbringer-Lippenstift, das wäre das Geborgte. Und blau, okay, dein Strumpfband ... oder der Blues, den du anscheinend schiebst, wenn man sich dein Gesicht so ansieht. Und neu, tja, das wäre dann ein Special Collection-Designerkleid von Alex Haddaya – wunderschön. Und wie sieht's mit was Altem aus?«

Nina holte die Muschelbrosche aus ihrer Handtasche. Den ganzen Morgen hatte sie schon darauf gewartet, sie an ihr Kleid stecken zu können. Sie hatte sie zusammen mit dem Foto in dem Täschchen versteckt – das war zwar nicht so schön, wie ihre Mum leibhaftig hier dabei zu haben, aber es war das Nächstbeste.

»Iih, Nina. Nein, Schätzchen. Ich meine, was in aller Welt ist *das* denn? Du kannst doch kein Alex Haddaya-Kleid anziehen und dann irgend so eine vergammelte selbstgemachte Brosche dranstecken. Das sieht einfach nicht aus.«

Ohne auf Alisons Einwände zu achten, vergewisserte sich Nina, dass die Nadel fest saß, und starrte dann in den Spiegel. Sie kam sich vor wie ein ofenfertig verschnürter Truthahn. Mit den hochgesteckten Locken sah sie abartig aus; so trug sie ihr Haar sonst nie. Und Alisons Make-up, voller Elan aufgetragen und dabei von detaillierten Beschreibungen jeder einzelnen Technik begleitet, ging grenzwertig in Richtung Transvestit. Tatsächlich, das Einzige, was Nina an ihrem Äußeren gefiel und was ihr das Gefühl gab, der Mensch zu sein, der sie sein wollte, war die Brosche.

Der Wagen hielt vor dem Standesamt. Nina war niemand eingefallen, den sie als Brautführer hätte haben wollen, daher war Alison, die Brautjungfer, ihre einzige Begleitung. Sie sahen beide aus dem Fenster. Ein paar von Jakes Freunden, die in ihren eleganten Anzügen als Platzanweiser fungierten, standen auf den Stufen und rauchten noch schnell eine letzte Zigarette. Sie hatte keinerlei Verlangen danach, auszusteigen und sich vor ihnen zur Schau zu stellen, doch genau das würde sie gleich tun.

»Bist du so weit?«, fragte Alison, die Hand am Türgriff.

Einer der Platzanweiser gab dem Fahrer ein Handzeichen, dass er warten sollte.

»Sieht aus, als gäb's 'ne Verzögerung.«

Ein Weilchen saßen sie still da. Alison trug noch einen weiteren Klacks Lipgloss auf. Sie strich Nina ein paar verirrte Haare aus dem Gesicht, dann packte sie das Mieder ihres Kleides und ruckte es zurecht, sodass Ninas Dekolleté noch besser zur Geltung kam. Währenddessen schaute sie immer wieder auf die Uhr.

»Als ob du den ganzen Tag Zeit hättest, hier rumzusitzen!«, maulte sie. »Warte, ich schau mal, was da los ist. Ich will nicht, dass dir irgendwas deinen großen Auftritt vermasselt.«

Nina seufzte. Dabei blickte sie auf die kleine Muschelbrosche hinunter und spürte, wie sich ihr Brustkorb in dem Kleid nicht weiten konnte. Es war so eng wie möglich, um ständiges unansehnliches Hochzerren zu vermeiden. Sie zog an dem steifen, bestickten Stoff und spürte, wie sie sich unter den Armen allmählich wundscheuerte. Im Rückspiegel begegnete ihr Blick einen Moment lang dem des Fahrers, ehe sie beide wegschauten.

Alison und die rauchenden Platzanweiser verschwanden im Gebäude.

»Technische Probleme?«, erkundigte sich der Fahrer.

»Kann sein.«

Jake hatte ein klassisches Gitarren-Ensemble organisiert, das spielen sollte, wenn Nina den Mittelgang hinunterschritt. Bestimmt wollte er nicht, dass eine durchgeknallte Sicherung oder ein mangelhafter Soundcheck diesen Moment verdarb; bestimmt wollte er, dass alles perfekt war. Nina runzelte die Stirn. *Was* sollte eigentlich perfekt sein? Das Ganze war doch eine einzige perfekte Effizienz-Maschine, alles Geoff zuliebe zurechtgetrimmt und herausgeputzt, ein ordentlicher Schub die hochgradig schlüpfrige Karriereleiter hinauf. Ihr kam der Gedanke, dass Jake zu genau dem geworden war, worüber er sich früher immer lustig gemacht hatte. Sie schauderte. Jetzt fühlte das Kleid sich an wie ein Schraubstock. Rote Flecken zeigten sich auf ihren Wangen und ihrem Hals. Sie fächelte sich mit der Hand Luft zu.

Alan oder Hawley?

Wenn ihre Mum noch einmal die Chance hätte, für wen würde sie sich entscheiden?

Die Frage flammte lichterloh in ihr auf. Sie ließ sich nicht ignorieren. Schließlich holte Nina den Fotorahmen aus der Tasche und war sich dabei des verdutzten Blicks des Fahrers bewusst.

»Ein Andenken?«, erkundigte er sich freundlich.

»Ein Foto«, antwortete Nina. »Von meiner Mum. Hier.«

Aus Höflichkeit oder aus einem seltsamen Gefühl der Solidarität heraus reichte sie das Foto durch die Lücke zwischen den Sitzen. Der Fahrer nahm es, blickte darauf und lächelte. Doch als er es ihr zurückgeben wollte, rutschte es ihm aus der verschwitzten Hand und landete hart auf der Handbremse. Das bereits gesprungene Glas zerbrach jetzt ganz.

»Verflixt!«, stieß der Fahrer hervor. »Tut mir leid. Aber den Rahmen kann man doch ganz leicht ersetzen, oder? War der was Besonderes?«

»Ja«, sagte Nina vage.

Einen Moment lang blieb sie stumm, dann überkam sie urplötzlich ein Impuls. Sie löste die Rückwand des Rahmens und hob sie heraus. Dort, auf der Rückseite des Fotos, war der Beweis, den sie brauchte, in schnörkeliger türkisgrüner Schrift:

Der Ort, wo wir immer am glücklichsten sind. Mit all meiner Liebe, H x

Hawley war der Richtige.

Er war bei ihrer Mum gewesen, als das Foto gemacht worden war, er hatte sie am glücklichsten gemacht. Ein Gefühl der Dringlichkeit breitete sich immer weiter um Nina herum aus, vor ihr, hinter ihr, in ihr – bis sie keine Wahl mehr hatte. Sie umklammerte die Muschelbrosche.

»Bitte«, sagte sie zu dem Fahrer. »Können wir fahren?«

»Wohin denn?«

»Irgendwohin. Weg von hier.«

»Aber allzu weit wollen Sie doch bestimmt nicht weg, Schätzchen. Ihnen ist doch klar, dass die gleich ... Oh, ich verstehe.«

Ohne ein weiteres Wort ließ er den Motor an, blinkte und fuhr los. Etliche Minuten lang kroch der Wagen durch den Innenstadtverkehr. Die ganze Zeit fürchtete Nina, dass gleich Alison ans Fenster klopfen und sie zum Standesamt zurückzerren würde, doch nach der zweiten Ampel konnten sie auf die Nebenstraßen entkommen. Konnten fahren.

»Sind Sie sich auch ganz sicher?«, fragte der Fahrer. »Ich meine, ich hab mich ja schon immer gefragt, wann mir mal so was passiert. Mein Kumpel Stitch, der fährt schon länger als ich, und der hat schon sechs Hochzeitsflüchtlinge gehabt. Immer die groß gewachsenen Mädels. Wüsste ja gern mal, wieso das so ist?«

Nina lächelte, antwortete aber nicht.

»Also, wo soll's denn jetzt hingehen? Ich könnte Sie einfach ein bisschen rumkutschieren und dann zurückfahren. Ist Ihre Entscheidung. Ich meine, wollen Sie ihn bloß ein bisschen schwitzen lassen, oder haben Sie vor, das wirklich durchzuziehen?«

»Ich glaube, ich möchte gern zu einem Bahnhof.«

»Da wär Marylebone, da drüben, oder Paddington, das ist gar nicht weit.«

»Paddington? Paddington ist genau richtig.«

Nina ließ das Fenster herunter, spürte den Wind auf ihrem Gesicht und lehnte sich entspannt zurück.

15. Kapitel

Die Leute glotzten. Sie versuchten erst gar nicht, ihr Glotzen zu verbergen. Nina merkte, dass man über sie flüsterte, dass den Leuten alles Mögliche durch den Kopf ging. War sie auf dem Weg *zu* ihrer Hochzeit? Oder auf dem Heimweg *von* ihrer Hochzeit? Und warum fuhr sie mit dem Zug? Vielleicht war das Ganze ja eine Verkleidung? Sie rannte durch den Bahnhof zum Fahrkartenschalter. Dort konnte sie die Neugier und die Belustigung der Fahrgäste spüren, die mit ihr in der Schlange standen, doch das kümmerte sie nicht. Sie fühlte sich ungewöhnlich unbefangen, als schwebe sie über der normalen Welt.

»Macht hundertsechsundsechzig Pfund«, sagte die Frau hinter dem Schalter.

»Oh.« Nina kramte in ihrer Handtasche. Ihr Portemonnaie hatte sie im Hotel gelassen. Ihr Magen schlug Kapriolen; sie hatte nichts, womit sie die Fahrkarte bezahlen konnte. Da sah sie zu ihrer Verblüffung ihre Kreditkarte neben ihrer Puderdose stecken.

»Hier«, sagte sie, ganz durcheinander vor Erleichterung. Sie steckte die Karte ins Lesegerät, gab die PIN ein und überlegte – wann und vor allem warum hatte sie heute Vormittag die Karte neben die Puderdose geschoben? Weil ihr Unterbewusstsein ihr gesagt hatte, dass sie sie später vielleicht noch brauchen würde? Sie hatte fast vergessen, dass sie überhaupt eine hatte, weil Jake immer alles bezahlte. Tatsächlich hatte er einmal gesagt, sie solle sie kündigen. Aus irgendeinem Grund hatte sie es nicht getan.

Die Fahrkarte in der Hand, stieg sie in den Zug. Die Nadeln in ihrem Haar hatten sich bei ihrem Spurt durch den Bahnhof gelockert. Eine nach der anderen zog sie sie heraus, und es fühlte sich gut an, den Druck aus der straffen Frisur zu nehmen und ihr Haar in lockeren Wellen um ihre Schultern fallen zu lassen. Die Leute im Abteil glotzten ebenfalls, allerdings wagte niemand, etwas zu sagen. Aber das war ihr nur recht. Sie hatte kein Interesse an Geplauder oder Nettigkeiten. Es war ihr genug, dass sie frei war. Sie sah zu, wie die Frau ihr gegenüber viel Aufhebens um ihren zahnlückigen Sohn machte und ihn mit Weintrauben und Melonenstückchen vollstopfte. Der Junge starrte Ninas weites weißes Kleid an, das zwei Sitzplätze einnahm und sich bauschte wie aufgeschäumte Milch.

Der Zug rumpelte los. Sie sah Lagerhäuser, Parkplätze, anonyme Hochhäuser und gewaltige Fabrikschornsteine, deren Zeitlupenrauch lautlos durch die Luft trieb. Ein hypnotisierender Strom aus grauem Ballast verschwand unter den Rädern und versetzte Nina in eine Art Trance. Bald konnte sie kaum noch die Augen offenhalten.

Fetzen von Abteilgesprächen lockten sie wieder aus dem Schlaf. Sie öffnete ein Auge und sah zu, wie der Junge mit den Melonenstückchen Schnurrbärte auf die Gesichter in der Zeitschrift seiner Mutter malte. Seine Mutter machte ein finsteres Gesicht und nahm ihm den Stift weg.

»Hör auf damit, Milo«, flüsterte sie, ein Auge auf Nina gerichtet.

Nina sah auf die Uhr und stellte fest, dass sie fast zwei Stunden geschlafen hatte, gewiegt vom Rhythmus des Zuges. Es war drei Stunden her, dass sie Jake vor dem Altar hatte stehen lassen, aber irgendwie schaffte sie es nicht, sich deswegen Gedanken zu machen. Sie holte ihr Handy aus der weißen Seidenhandtasche – die hässlichste Tasche, die sie je in der Hand gehabt hatte –, dann öffnete sie das Abteilfenster und schmiss es hinaus.

Draußen vor dem Fenster zeigte sich die anmutige Landschaft Englands. Baumbestandene Böschungen verbargen die Aussicht und gaben sie dann wieder frei. Alles fühlte sich anders an, leichter, emporgehoben. Endlich brach vor ihr die Sonne durch einen immer dünner werdenden Wolkenschleier. Nina reckte sich und spürte sie durch die staubige Fensterscheibe hindurch; sie flackerte wie der Verschluss einer Kameralinse, wärmte ihr die Schulter und machte das Abteil heller. Bei Dawlish verschwanden Wiesen und Bäume, und die Bahnstrecke traf auf die Küste. Das Meer erschien, riesig und sonnenhell. Freudig genoss Nina die Aussicht, erstaunt, dass ein so prächtiger Anblick sie früher mit Furcht erfüllt hatte. Sie verlor sich in dem gespiegelten Flimmern, das sich anfühlte wie ein Magnet, sie zurückholte, zurück zum Frieden, zurück zur Wärme, zurück zum Glücklichsein.

Polpeggen am frühen Abend. Es war frisch und windig, und die Luft hatte nichts von Londons toxischer Klebrigkeit. Auch jetzt, im September, schien der Sommer noch ganz nahe zu sein. Eine Handvoll Leute schlenderte auf den Bahnhofsparkplatz hinaus, während andere noch verweilten, plaudernd und lachend, sanft eingehüllt vom blauen Abendlicht. Nina hob ihr Kleid an und machte sich auf den Weg zum Hafen. Als sie durch den Ort ging, merkte sie, dass es stiller geworden war – eine Stille, die vorher nicht dagewesen war. Viele der Geschäfte und Cafés hatten geschlossen, und ohne die spärlichen Touristen wirkte das Dorf noch mehr, als hinge es in einer Zeitschleife fest. Die bunten Schilder, die Bootsausflüge und Whalewatching-Touren anboten, waren abgenommen worden, und der Abschnitt mit den Künstlerateliers war so gut wie verwaist. Als der Hafen in Sicht kam, verlangsamte Nina ihre Schritte und holte tief und ruhig Atem.

Da von den roten Segeln der *Ida-May* nichts zu sehen war, streifte sie ihre Satinschuhe ab, betrat den Strand und spürte den kühlen, feinen Sand unter ihren Füßen. Sie dachte daran, wie sie Danny zum ersten Mal begegnet war, dank Daisy, die sie umgerannt hatte. Sie erinnerte sich, wie sauer sie gewesen war und lächelte in sich hinein. Ein Stück weiter den Strand hinunter jagte eine Gruppe geschmeidiger Gestalten einem Volleyball hinterher. Der Himmel verfärbte sich orangerot, dann rosa, dann violett. Als die Dämmerung endlich doch siegte, sammelten die Volleyballspieler ihre Sachen ein und zogen ab. Endlich allein, stand Nina am Ufer. Anhaltende Adrenalinwärme kribbelte in ihren Gliedern. Heute war sie leichtfertig gewesen, aber eigentlich war das erst der Anfang. Sie war sich ihres Handelns kaum bewusst, als sie auf Zehenspitzen in die bedächtigen Wirbel noch sommerwarmen Wassers stieg und in ihrem endlosen

Auf und Ab Ruhe fand. Wagte sie es? War sie jetzt mutig genug? Sie holte tief Luft, raffte das Hochzeitskleid und watete vorwärts. Als das Wasser ihr bis zur Taille reichte, ließ sie sich auf dem Rücken treiben. Sie fand es wunderbar, dass sie an der Oberfläche blieb. Schichten aus Spitze und Satin wallten neben ihr und leuchteten im Zwielicht wie sonderbare silbrige Quallen. Sie hatte keine Sachen dabei, um sich umzuziehen, keinen Plan, kein Ziel. Doch nichts davon war wichtig. Sie war frei.

Eine halbe Stunde später war von der *Ida-May* noch immer nichts zu sehen. Das triefnasse Kleid, das schwer herabhing und an den Hüften scheuerte, bis zu den Knien hochgerafft, stahl Nina sich am Kai entlang. Sie achtete nicht auf zwei Fischer, die ihr gellend hinterherpfiffen, setzte sich hin und wartete am Ende der Hafenmauer, mit baumelnden Beinen und der Muschelbrosche in den Händen. Natürlich war es durchaus möglich, dass die *Ida-May* nicht in den Hafen zurückkehren würde, dass Danny davongesegelt war und an diesem Abend nicht wiederkommen würde, in dieser Woche, in diesem Jahr. Nina drehte die Brosche in den Händen und umschiffte sorgfältig den Gedanken, dass sie umsonst hergekommen sein könnte. Der Himmel wurde dunkler. Die Kopfsteinpflasterstraßen leerten sich. Sie kaute an ihren Fingernägeln, rieb sich die kalten Arme und machte sich im Stillen heftige Vorwürfe wegen ihrer Impulsivität. Dann hörte sie endlich das Tuckern eines Außenbordmotors. Ein Boot kam durch die Hafeneinfahrt, nicht identifizierbar im Mondlicht, bis die Umrisse eines Mannes und eines Hundes darauf auftauchten. Sie waren es. Als das Boot anlegte, erhob sich Nina. Ihre Arme und Beine fühlten sich federleicht an. Wie eine Galionsfigur lehnte sie sich in den leichten Wind, als Danny hochschaute.

»Du?«, sagte er.

Er machte das Boot fest und stieg die Leiter empor. Oben standen sie einander gegenüber, während Daisy zwischen ihnen herumtrappelte und -schnüffelte.

»Sollten Meerjungfrauen nicht eigentlich Schwänze haben?«

»Diese hier nicht.«

»Du bist ja klatschnass.«

»Ich war schwimmen.«

»Du? Im Meer?«

Nina zuckte die Schultern, als wäre weiter nichts dabei. Sie strich sich die wirren Locken aus der Stirn, während Danny den Bund seiner Cargohose zurechtrückte. Dabei ließen sie einander nicht aus den Augen.

»Schönes Kleid«, bemerkte Danny schließlich.

»Findest du wirklich?«

»Eigentlich nicht.«

»Gut.« Nina lachte. »Ich find's nämlich *grauenhaft.*«

»Weißt du was?«

»Was denn?«

»Ich würde für ein Glas Rattler glatt in den Tod gehen.«

»Dann sind wir ja schon zu zweit.«

Zusammen machten sie sich auf den Weg zum *Tredovar Inn* – und obgleich Nina nicht wusste, was Danny durch den Kopf ging, war das nicht wichtig. Er war hier. Sie war hier. Sie hatten eine Chance.

»*Heiraten?* Hedgefonds-Jake? So, wie du über ihn geredet hast, hab ich gedacht, du wartest bloß ab ...«

»Also, eigentlich haben wir uns sehr geliebt. Aber wir haben uns verändert. Wir sind jetzt andere Menschen, wir passen nicht mehr so zueinander wie früher. Die letzten paar Jahre hab ich mir eingeredet, alles wäre super, weil ... weil ich nicht sehen konnte, was es da draußen sonst noch für mich gegeben hat. Ich wusste es nicht. Jake war meine Welt, meine Familie. Ich hab früher wirklich gedacht, er wäre mein Retter, der Held aus dem Märchen, der mich aus meinem miesen Familienumfeld rausgeholt und dafür gesorgt hat, dass ich geliebt werde. Ich habe mich an ihn geklammert, als hätte ich eine Art Elternersatz gesucht. Sie sind sich so ähnlich, weißt du, Jake und mein Vater. Vorher konnte ich das nicht sehen, aber jetzt ... Es ist eindeutig, mich schaudert richtig.«

»Und trotzdem warst du so nahe dran, zum Altar zu marschieren ...«

»Das verdanke ich dir«, gab Nina energisch zurück. »Als ich aus Polpeggen weg bin, war ich so durcheinander, so fertig ... Ich hab nicht gewusst, wem oder auf was ich vertrauen kann. Ich bin nach London zurückgefahren, und es schien einfacher zu sein, sicherer, wieder alles so zu nehmen, wie es war. Ich bin schon so lange mit Jake zusammen, die Beziehung ist wie eine Tröstedecke. Sie ist alles, was ich kenne.«

»Und deswegen lohnt es sich? Zu heiraten, sich fürs ganze Leben an den Falschen zu binden, weil man's nicht anders kennt?«

»Ja ... Ich meine, nein.«

»Bringt Jake das Beste in dir zum Vorschein?«

Nina schloss die Augen. »Nein.«

»Also, jetzt, wo du's getan hast, wo du ihn vorm Altar abserviert hast, was sagt da dein Instinkt? Geglückte Flucht oder unsichere Zukunft?«

»Kommt drauf an«, antwortete Nina.

»Worauf?«

»Ich würde gern mehr über *Effy* hören ...«

Danny trank einen großen Schluck Cider. »Das hab ich dir schon gesagt, Nina, aber ich erklär's dir gern noch mal. Wir hatten was miteinander, vor ein paar Monaten ... Und dann wurde das Ganze ein bisschen komisch ...«

»Komisch?«

»Um es ganz offen auszusprechen, Effy ist eher eine Stalkerin als eine Freundin. Als sie angefangen hat, ständig in meiner Nähe rumzuhängen, war ich zuerst geschmeichelt – wer wäre das nicht? Da war dieses süße junge Mädchen, das sich mir an den Hals geworfen hat, und das hat mir gefallen. Trotzdem, nach ein paar Wochen wurde es langweilig. Sie ist ja cool, aber sie ist nicht ... genug. Sie ist zu naiv, zu grün. Belanglose Bettgeschichten hatte ich genug, ich will eine Beziehung zwischen Erwachsenen.«

»Dann werd doch erwachsen.«

Danny erhob sein Glas. »Touché. Um ehrlich zu sein, ich dachte, die ganze Geschichte mit Effy erledigt sich von selbst, wenn sie an die Uni geht, aber ...«

»Sie kommt immer wieder an.«

»Jep.«

»Sie hat mir erzählt, ihr beide wärt noch zusammen.«

»In ihrem Kopf ja. Nicht in meinem.«

»Vielleicht solltest du ihr das etwas klarer machen.«

»Das ist schwierig, Nina. Ich hab's versucht, aber ... Ich will ihr doch nicht wehtun.«

»Also machst du ihr stattdessen etwas vor?«

Danny schüttelte den Kopf. »Nein, tue ich nicht, nicht mit Absicht. Ich steh nicht auf sie, Nina. Wirklich, irgendwie wär's mir lieb, wenn sie aus meinem Leben verschwinden würde ...«

»Dann sag ihr, dass du definitiv nicht interessiert bist. Halt sie nicht mit Halbwahrheiten hin«, tadelte Nina. »Du tust ihr viel mehr weh, wenn du nicht ehrlich bist.«

»Okay. Okay, ich hab's kapiert. Du hast recht. Ich sag's ihr.«

»Warum war sie im Atelier?«

»Sie ist einfach reingekommen ... Das macht sie manchmal. Sobald ich nach Hause gekommen bin und sie in meiner Wohnung vorgefunden habe, war mir klar, dass sie mit dir gesprochen hatte, dass es da eine ›Diskussion‹ gegeben haben musste. Aber ich hab gedacht, du kommst wieder; ich war bereit, dir alles zu erklären. Nicht eine Sekunde hab ich gedacht, dass du dich ganz und gar vom Acker machen würdest.«

»Ich war wütend«, meinte Nina. »Du hast ja keine Ahnung, wie wütend ich war.«

»Aber das war doch gar nicht nötig. Du hättest dir den Kummer ersparen und mit mir reden sollen. Stattdessen bist du weggelaufen und hast mich in der Luft hängen lassen. Ich hatte keine Ahnung, wo du warst oder wie ich Kontakt zu dir kriegen soll.«

»Wenn du ein Handy hättest ...«

»Ja, ja.«

»Die Technik ist nicht der Feind, weißt du?« Nina vermied es sorgsam zu erwähnen, dass sie ihr eigenes Handy aus dem Zug geschmissen hatte. Würde sie es noch brauchen? Jetzt war es zu spät.

»Jedenfalls, es war nicht nur Effy. An dem Tag ist eine Menge passiert. In meinem Kopf hat völliges Chaos geherrscht. Ich wollte unbedingt mit dir reden, und als ich nur deine selbstgefällige Angeblich-Freundin vorgefunden habe, bin ich ausgerastet. Das war der besagte Tropfen.«

»Wenn's dich tröstet, die letzten paar Wochen waren echt ätzend. Ich hab nicht gedacht, dass ich dich noch mal wiedersehe – und das hat sich ziemlich scheiße angefühlt. Ich bin vielleicht nicht der Organisierteste, aber ich kann etwas Gutes erkennen, wenn es vor mir liegt.«

Plötzlich streckte er die Hände über den Tisch, ergriff die ihren. Sie fühlte, wie Kränkung und Verwirrung sich in Nichts auflösten. Allein seine Berührung genügte. Eine ältere Dame ging vorbei und lächelte.

»Glückwunsch«, meinte sie. »Sie scheinen ja sehr glücklich miteinander zu sein.«

»Das Kleid!« Nina lachte. »Ich muss das Ding *unbedingt* ausziehen!«

»Ich hab Bohnen«, verkündete Danny, während er seinen Küchenschrank durchwühlte. »Gebackene, aus der Dose. Ich könnte uns Bohnen auf Toast machen. Äh, warte mal, das Brot ist vergammelt. Wie wär's mit Bohnen auf Crackern?«

Nina zog eine Augenbraue hoch.

»Okay. Bohnen und Tiefkühlmais?«

Sie schüttelte den Kopf.

»Bin nicht gerade besonders gut vorbereitet, wie?«

»Bist du überhaupt jemals vorbereitet? Vielleicht sollten wir uns etwas von einem Imbiss holen.«

»Da weiß ich was Besseres. Ich rede mal mit einem von den Fischerjungs. Mal sehen, was die heute gefangen haben. Die schulden mir ein paar Gefallen.« Danny schnappte sich seine Jacke und ging. Daisy tapste hinter ihm her.

Wieder allein, setzte Nina sich auf den Futon und sah sich im Atelier um. Sie war froh, wieder das schwache Ping-Ping der Bootsmasten im Hafen zu hören, das Mondlicht durch das Bogenfenster scheinen zu sehen. Dannys Strandgut-Sammlung schien größer geworden zu sein, seit sie weggegangen war. Auf dem Boden war kaum noch Platz. Nach den Tagen der Ordnung in der italienischen Designerküche kam ihr das alles furchtbar chaotisch vor. Trotzdem lächelte Nina. Jedes Detail, jeder Gegenstand – von den weggeschmissenen Lappen voller Farbe und den ausgemusterten Pinseln bis zu dem reparierten Radio, das in der Ecke knisterte – verströmte Dannys Lebensstil und seine Persönlichkeit. War es hier gemütlich? Nein. Aber *tröstlich*?

Er war nicht untätig gewesen. Vier neue Leinwände lehnten an der Wand, alles Meerbilder. Für sie hatte es den Anschein, als hätte er das milchig türkisgrüne Wasser auf diesen Bildern besser hinbekommen als auf den anderen, doch es war trotzdem mühsam gewesen, das konnte sie sehen. Leicht waren sie ihm nicht gefallen. Geistesabwesend spielte sie mit der Brosche und fragte sich allmählich, was ihre Mum wohl sagen würde? Würde sie sie tadeln, weil sie vom Altar geflüchtet war? Oder würde sie sich über die Impulsivität ihrer Tochter freuen, würde sie froh sein, dass sie auf ihr Herz gehört hatte?

Die Tür klapperte. Danny war zurück.

»Ich hatte Glück. Es gibt Krabben zum Abendessen.« Stolz hielt er einen Eimer hoch.

»Und ich hab mich schon auf Bohnen mit Crackern gefreut.«

Er öffnete eine Flasche warmen, billigen Weißwein und schenkte zwei Gläser voll. »Das Beste, was ich auftreiben konnte, fürchte ich«, meinte er. »Die meisten Geschäfte machen außerhalb der Saison früh zu.«

Nina nahm das Glas entgegen und dachte insgeheim an den Wein, der beim Hochzeitsfrühstück getrunken worden wäre. Sie hatten fast dreißig verschiedene Flaschen durchprobiert und sich dann für die zwei teuersten Weine entschieden, einen 1992er Sancerre und einen seltenen Pinot Noir aus Jakes Lieblingsweinhandlung. Im Gegensatz dazu bot Danny ihr hier Tafelwein vom nächsten Kiosk an, während er sich in seiner dürftigen Küche mit dem Fang des Tages befasste. Er war nicht vornehm. Er hatte keine »Klasse« – im Jake'schen Sinne –, aber er war glücklich, und sie merkte, dass das ansteckend war.

»Also«, sagte er und sah Nina kurz von der Seite an, während er die Krabbenscheren fachmännisch aufbrach, »erzählst du mir jetzt ein bisschen mehr darüber, was an dem Tag passiert ist, an dem du weggefahren bist? Du hast gesagt, da wäre eine Menge los gewesen ...«

Nina seufzte. »Angefangen hat es mit meinem Besuch bei Margot«, berichtete sie.

»Ja, stimmt. Merryn hat das erwähnt.«

»Ich wollte mit ihr reden, allein, nur um ihr ein paar Fragen über meine Mum zu stellen. Ich weiß, du hattest gesagt, ich sollte das nicht tun, aber ich ... ich *musste* einfach.«

»Na ja, was immer du gesagt hast, es hat sie ganz schön aufgeregt. Sie nimmt keine Gäste mehr. Weigert sich, mit irgendwem zu reden, nicht mal mit Merryn. Sie sitzt einfach nur im Haus, hat sich vom Rest der Welt abgekapselt. Ist sogar noch eigenbrötlerischer geworden als früher.«

»Das tut mir echt leid«, beteuerte Nina. »Ich hatte nie vor, ihr Stress zu machen. Ich fürchte, ich war damals ziemlich mit meinen eigenen Problemen beschäftigt. Sie hat mir erzählt, meine Mum wäre gar nicht an Krebs gestorben, wie ich immer geglaubt habe ...«

Wieder traf dieser kalte Gedanke sie hart.

»Sie war überhaupt nicht krank«, flüsterte sie. »Sie hat sich umgebracht.«

»Was? Das ist ja schrecklich. Wieso denn? Und wie?«

»Wie sich herausgestellt hat, hatte sie eine Affäre mit einem Mann namens Gil Hawley. Diese Künstlerkolonie, von der du mir erzählt hast? Hawley hat die gegründet. Meine Mum hatte hier unten ein richtiges, geheimes Leben mit ihm, weit weg von meinem Dad. Das ging jahrelang so, vor meiner Geburt und danach. Nach dem, was ich so höre, waren sie echt glücklich miteinander. Und dann hat sie sich eines Tages, aus Gründen, die ich nicht verstehe ... umgebracht.«

»Bist du sicher? Ich meine, Margot erzählt in letzter Zeit 'ne Menge abgefahrene Sachen.«

»Dein Onkel hat mir einen Zeitungsausschnitt gezeigt. Anscheinend hat sie eine Überdosis genommen, sich an einen Felsen gebunden und ist ertrunken. Sie ist in der *Snare Cove* gefunden worden ... von Margot.«

Danny fuhr zurück. »Die arme Margot. Das erklärt wohl, warum sie so ängstlich ist. Und du, wie schrecklich für dich. Es tut mir leid, Nina; ich hatte keine Ahnung. Deine Bucht, dein Strandhaus ... Warst du schon wieder da, seit du das alles rausgefunden hast?«

»Das ist es ja gerade«, flüsterte Nina, den Blick starr auf den Fußboden gerichtet. »Nachdem ich mit deinem Onkel geredet hatte, bin ich zu Gil Hawley gegangen.«

»Der lebt noch?«

»Gerade eben noch. In diesem runtergekommenen Farmhaus an der Klippenstraße, mit so einer durchgeknallten alten Schachtel namens Lesley.«

»Ja, natürlich, die *Goonstick Farm*! Hast du mit ihm gesprochen?«

»Das ging nicht.« Nina seufzte. »Er hat irgendeinen Unfall gehabt, seitdem ist er behindert. Er kann nicht sprechen oder sich selbst versorgen. Liegt einfach nur mit geschlossenen Augen im Bett, mitten in seinem eigenen Dreck. Es ist grauenvoll. Ich hatte mir solche Hoffnungen gemacht ... Na, jedenfalls, als ich von da weg bin, bin ich auf kürzestem Wege ins Strandhaus gegangen, um meinen Kopf auf die Reihe zu kriegen, aber es war schon jemand vor mir da gewesen. Das ganze Haus war verwüstet worden, total verwüstet, alles durch die Gegend geschleudert und kaputt. Da hab ich Panik gekriegt und bin weggerannt. Ich bin dich suchen gegangen.«

»Und hast Effy gefunden ...«

»Genau.«

»Ach, Nina, ich wünschte, ich hätte das alles gewusst.«

Er kam zu ihr und nahm sie in die Arme. »Keine Angst«, sagte er, »morgen früh fahre ich dich zum Strandhaus. Wir fahren zusammen hin und bringen alles in Ordnung. Das heißt, wenn du möchtest ...«

»Ja. Ja, das möchte ich.«

»Aber jetzt lass uns erst mal diesen köstlichen lauwarmen Wein genießen und uns mit Krabben vollstopfen ...«

Dann lächelte er. »Schließlich ist das ja deine Hochzeitsnacht.«

Sie aßen und redeten und tranken noch mehr Wein, und als das Gespräch langsam ins Stocken kam, saßen sie unter dem mondhellen Bogenfenster, eingehüllt in die Dunkelheit. Jetzt, wo die erste Aufregung nachgelassen hatte, spürte Nina, wie die heutigen Ereignisse auf ihr lasteten. Sie konnte es nicht ertragen, darüber nachzudenken, was Jake wohl empfand. Stattdessen ließ sie ihren Wein im Glas kreisen und starrte die winzigen Sedimentsprenkel an, die in dem Wirbel tanzten.

»Alles okay?«, erkundigte sich Danny. »Du siehst ganz schön nachdenklich aus.«

»Ich hab nur gerade gedacht ... Ist es eigentlich unvermeidlich, dass wir letzten Endes so werden wie unsere Eltern?«

»Wahrscheinlich. Ich meine, man braucht sich bloß mal meine anzugucken, um zu wissen, wo mein Lebensstil herkommt ...«

»Echt? Wie sind die denn so?«

»Weiß nicht. Hab sie seit einer Ewigkeit nicht mehr gesehen.«

»Oh.«

»Keine Angst, ist alles cool. Ich glaube, im Augenblick ankern sie gerade irgendwo bei Venezuela ... zumindest stand das auf der letzten Postkarte. Sie segeln ganz gemächlich um die Welt. Haben alles verkauft, was sie hatten, und ihre Kohle in eine sechzehn Meter lange Zwei-Kabinen-Jacht namens *Astrid* gesteckt.«

»Das ... das ist ja abenteuerlich! Sind sie glücklich?«

»Na ja, sie haben nie zurückgeschaut. Das war immer ihr Traum, und jetzt leben sie ihn.«

»Wow. Wenn meine Eltern so etwas Abgefahrenes gemacht hätten, vielleicht wären sie dann ja besser miteinander klargekommen, wären glücklicher gewesen ...«

»Vielleicht waren sie ja glücklich mit dem, was sie gemacht haben.«

»Hm ... ich weiß nicht recht.«

»Und du glaubst, du wirst so enden wie deine Mum?«

»Das kommt darauf an, von welcher Version du redest. Von der, die mein Dad mich glauben machen wollte – die vom viel zu frühen Tod seiner hingebungsvollen Ehefrau –, oder von der, in der meine Mutter mit Künstlern auf Klippen herumgetobt und der Freiheit nachgejagt ist, verzweifelt bemüht, der brutalen Bevormundung durch ihren Mann zu entkommen.

Weißt du, seit ich nach Polpeggen gekommen bin, hatte ich das Gefühl, dass sich in mir drin etwas verändert – und meine Ahnung sagt mir, dass das etwas mit ihr zu tun hat, fast so, als wären die Entscheidungen, die sie treffen musste, zu *meinen* Entscheidungen geworden. Ein Leben in Unterdrückung oder ein Leben in Freiheit ... oder, wenn man's anders betrachtet, ein Leben in Stabilität, oder ein Leben, das, na ja, ein Risiko ist.«

»Ein Risiko?«

»Hier bei dir zu sein, Danny, ist ein Risiko. Ich kenne dich doch gar nicht. Nicht richtig.«

»Aber du bist trotzdem hergekommen. Irgendwas muss dich doch überzeugt haben, dass das das Richtige wäre.«

Nina schloss die Augen. »Ich musste ...«, sagte sie, und ihr Atem ging rasch und leicht, »... als ich da hinten in dieser grässlichen Hochzeitslimousine gesessen habe, da hat mich das Bedürfnis einfach überwältigt. Ich musste raus, ich musste dich sehen.«

»Da bin ich aber froh.«

»Ich auch. Aber ich bin so durcheinander. Das ist alles nicht einfach. Bitte versteh das.«

»Ich werd's versuchen.« Sachte nahm Danny ihr den Weinbecher aus der Hand, umschloss ihre Finger mit den seinen. »Weißt du, was ich denke?«, flüsterte er. »Ich denke, Hedgefonds-Jake hat all dein Selbstvertrauen abgefackelt. Nach außen hin wirkst du frech, total forsch und dabei sachlich, aber dahinter ... Der Mensch, der du wirklich bist ... Dieser innere Mensch, das sagt mir mein Gefühl, der hat sich ein bisschen verirrt.«

»Ich habe Jake kennengelernt, als ich neunzehn war«, erklärte Nina ernst. »Mein ganzes Erwachsenenleben habe ich um ihn herum aufgebaut, ob das nun richtig war oder nicht.«

»Dann hast du dich also festgefahren ...«

»Festgefahren?«

»Menschen tun sich mit jemandem zusammen und sind erleichtert, dass sie einen Partner gefunden haben, der klar im Kopf ist und attraktiv, der sie auch gern hat. Und dann ›fahren sie sich fest‹. Zuerst verlieren sie aus dem Blick, was es da draußen sonst noch für sie gibt. Und danach macht es ihnen plötzlich Angst, etwas zu verändern, oder, wie du's nennst, ein Risiko einzugehen. Den meisten macht das zu viel Angst, also tun sie es nicht. Sie trotten einfach im selben gewohnten Leben immer weiter, mit demselben gewohnten Partner, und reden sich ein, dass sie glücklich sind, während sie sich in Wirklichkeit bloß abgefunden haben. Aber du findest dich nicht ab, Nina, du gehst ein Risiko ein.«

Sie starrte ihn an, während er sie anstarrte, eingehüllt in Schatten. Aus dem Augenwinkel konnte Nina Laternenlicht flackern sehen. Sie dachte an die Geschichte von Sally Winsel und an das Licht auf den Klippen. War es nur ein Zufall, dass Dannys Laterne genauso aussah wie die, die Sally in Ninas Fantasie bei sich getragen hatte?

Da lauert was unter der Oberfläche.

»Ich habe Angst«, flüsterte sie und umklammerte ihre hochgezogenen Knie. »Ich hab Angst vor dem Risiko. Woher weiß ich, dass du keine Spielchen mit mir spielst?«

»Ich? Denk so was nicht, Nina, ich spiele keine Spielchen.«

»Effy ...«

»Mit Effy bin ich fertig, das habe ich dir doch gesagt. Und das werde ich auch Effy sagen. Du hast mein Wort.«

»Aber ich habe auch noch andere Fragen, noch andere Zweifel ... Du, Merryn, Margot ... ihr habt euch alle so komisch damit gehabt, dass *Snare Cove* mir gehört. Die Warnungen, die Geheimnisse, die abgedrehten Sachen, die da oben passiert sind, irgendwas passt da nicht zusammen, als gäb's da irgendwelche ... Hintergedanken?«

Danny nahm abermals ihre Hände. »Nein. Nicht bei mir, ich versprech's, Nina. Ich kann nicht für Merryn oder Margot sprechen, aber ich weiß, dass ich es ehrlich meine. Was kann ich tun, damit du mir vertraust? Weißt du, als du aus Polpeggen weggelaufen bist, da hab ich sofort gewusst, dass ich etwas Kostbares verloren hatte, und jetzt, wo du wieder da bist, fühlt sich das einfach toll an. Du fühlst es doch auch, oder? Sag, dass es so ist.«

Nina schaute in ihren Schoß, dann blickte sie auf. Ihr war schwindlig, als könne sie gleich zur Decke hinaufschweben. *Da lauert definitiv was unter der Oberfläche.* Gedämpft konnte sie Alisons Stimme in ihrem Kopf hören, doch sie war nicht laut genug. Danny beugte sich vor, ließ die Hände um ihre Taille gleiten, strich mit den Fingern an der Wölbung ihres Rückgrats hinunter und drückte sie dann sanft nach hinten. Sie folgte seiner Bewegung, erlaubte es dem Gewicht seines Körpers, den ihren unter sich zu begraben. Am liebsten hätte sie geweint; sie spürte die Tränen in den Augen. Es war so, gestand sie sich ein, sie fühlte es auch. Jeder Nerv ihres Körpers erwachte zum Leben, ließ heißes Blut zur obersten Hautschicht strömen. Ihre Hände, die noch nie zuvor so viel begehrt hatten, glitten unter Dannys T-Shirt, berührten die Wärme seiner fremden Haut. Er hob seinerseits ihren Pullover an und zog eine Spur aus seidigen Küssen von ihrem Hals bis zu ihrem Nabel; er ging mit ihr um, als wäre sie Goldstaub. Seine Hände glitten über ihre Hüften zu den Knöpfen der Jeans, die er ihr geliehen hatte. Einer nach dem anderen gingen sie auf. Beide wanden sich aus ihren Kleidern und berührten die nackte Haut des anderen. Sie küssten und streichelten sich und ließen sich gehen. Liebten sich, und die Leidenschaft brannte wie eine Flamme durch sie hindurch, mit mehr Energie und Intensität, als Nina jemals für möglich gehalten hätte.

Als die Erfüllung sie schläfrig gemacht hatte, putzten sie sich nicht die Zähne, duschten nicht und checkten keine E-Mails. Sie kuschelten sich einfach unter der Bettdecke zusammen und lagen unter dem Bogenfenster, die Körper eng aneinandergeschmiegt, Arme und Beine miteinander verschlungen. Angst und Schuldgefühle schienen jetzt so weit weg zu sein, ein Schiff am Horizont, das im Mondlicht verschwand.

16. Kapitel

Daisy sprang mit großen Sätzen vor ihnen her durch die frische Morgenluft.

»Zuerst dachte ich, im Strandhaus wäre eingebrochen worden«, erzählte Nina, während sie und Danny den Klippenpfad hinuntertrotteten. »Nicht, dass es da irgendwas zu holen gibt – und es sieht auch nicht so aus, als wäre etwas geklaut worden. Einfach nur durch die Gegend geschleudert.«

»Vielleicht einfach nur Vandalismus?«, überlegte Danny. »Die Kids hier langweilen sich manchmal ganz schön.«

»Vielleicht.« Nina seufzte, spürte, wie sich tief in ihrer Magengrube irgendetwas zusammenzog. »Gott allein weiß, wie lange es dauern wird, das alles wieder in Ordnung zu bringen.«

»Ganz ruhig«, brummte Danny, während sie auf die Tür zugingen. »Wir machen das zusammen.«

»Mir wird schon bei dem Gedanken schlecht.«

»Gib mal den Schlüssel.« Er schloss erst das Gitter auf und dann die Tür.

»Geh du vor.« Nina kämpfte gegen den Drang an, einfach wegzulaufen.

Der Geruch von abgestandenem Meerwasser stieg ihnen in die Nase. Danny trat in den Flur. Nina folgte ihm auf dem Fuß, hielt sich im Schutz seines Schattens. Daisy wich ihr nicht von der Seite, eine vierbeinige Wächterin.

»Siehst du«, sagte Danny. »Alles gut. Nichts. Bloß ein bisschen Sand.«

Die Fliesen vor dem Schrank waren dünn mit hellem, trockenem Sand bestäubt. Nina runzelte die Stirn.

»Wie kommt der denn hierher?«

»Ist doch nur Sand. Du bist hier am Meer, Nina. Der Sand kommt hier überall rein.«

»Aber das hier ist doch ein Steinstrand. Und schau mal ...« Sie trat vor. »Die Schranktür ist offen. Das war nicht so, als ich weggefahren bin.«

»Bleib locker, Nina. Deine Fantasie geht mit dir durch. Hab ich da drin nicht Besen und so was gesehen, als ich versucht habe, den Strom wieder anzustellen? Schnappen wir uns die, die werden nützlich sein. Komm, Daisy-Dog. Es gibt Arbeit.«

Er beugte sich in den Schrank, holte zwei altersschwache Besen und einen Mopp hervor und marschierte dann auf das Wohnzimmer zu.

»Sieh dich vor«, mahnte Nina. »Mir kommt's hier ganz schön kalt vor, findest du nicht? Hier zieht's.«

»Es ist *alles gut*«, erwiderte Danny. »Na schön, die Zimmer sind vielleicht ein bisschen unordentlich, aber das kriegen wir hin. Vergiss das mit den Gespenstern. Und vergiss mal einen Moment deine Mum. Die spukt dir nämlich am allermeisten im Kopf rum. Jetzt müssen wir uns mit der Gegenwart befassen – und *dazu* gehört Saubermachen.«

Er reichte Nina einen Besen und schob sie durch die Tür.

»Super«, stellte er fest »Jemand hat uns die Arbeit abgenommen.«

»Was ...?« Nina starrte ungläubig durch den Türrahmen. Das Zimmer war wieder wie früher. Alles war an seinem Platz.

»Aber hier drin hat das reinste Chaos geherrscht!«, stieß sie hervor. »Überall hat irgendwelches Zeug rumgelegen. Es war ... Ich schwöre – das Sofa war umgekippt, die Platten waren überall verstreut. Das verstehe ich nicht ...«

Anklagend starrte sie Danny an. »Warst *du* das? Bist du hergekommen und hast aufgeräumt, während ich weg war?«

Danny schüttelte den Kopf.

»Du warst das, stimmt's? Du bist ohne meine Erlaubnis hergekommen.«

»Natürlich nicht. Ich hab doch gar nicht gewusst, dass das Haus verwüstet worden war.«

»Wer *dann*?«

»Nina, versteh das bitte nicht falsch, aber bist du wirklich zurückgekommen und hast hier ein Chaos vorgefunden, oder war das, du weißt schon ...«

»Alles nur in meinem Kopf, meinst du? Hab ich das nur erfunden?« Sie ballte die Fäuste, bog den Kopf zurück. »Mein Gott! Das ist doch Wahnsinn! Ich *bilde mir das nicht ein!* Ich *schwör's* dir. Die Schallplatten da, die waren über den ganzen Boden verstreut. Überall lag zerbrochenes Geschirr rum. Und im Schlafzimmer, na ja, schauen wir's uns doch mal an ...«

Sie stapfte durch den Flur und stieß die Tür auf, nur um festzustellen, dass, jawohl, dort drin auch alles wieder in Ordnung war: Das Bett war gemacht, die Holztruhe wieder eingeräumt und geradegerückt, genau wie es am ersten Abend gewesen war. Selbst das Bild von der *Bessie* hing wieder an der Wand.

»Ich weiß, du denkst, ich spinne«, sagte sie entsetzt, »aber irgendjemand *war* hier drin. Ich schwör's. Ich kapier's nicht. Ich versteh's einfach nicht.«

»Ist schon okay«, beschwichtigte Danny. »Wie gesagt, wahrscheinlich waren's bloß irgendwelche Jugendlichen hier aus der Gegend, die sich einen Spaß gemacht haben.«

»Indem sie *aufräumen*? Sieht das aus wie etwas, was Jugendliche tun würden?«

»Ich weiß nicht, ist nur so ein Gefühl. Wer hat außer dir noch einen Schlüssel?«

»Niemand. Es hieß, mein Vater hätte deinem Onkel einen Satz Schlüssel gegeben, als der sich um das Haus gekümmert hat, aber die hat er zurückgegeben. Zumindest hat er das gesagt ...«

»Onkel Merryn würde nicht herkommen«, wehrte Danny rasch ab. »Er hat schon seit einer Ewigkeit nichts mehr mit dem Haus zu tun.«

Nina versteifte sich. Was war das hier für ein seltsames, abartiges Spiel? Plötzlich war es, als klaffe eine gewaltige Distanz zwischen ihr und Danny. Ihr Verstand raste; all die Zweifel und Fragen tauchten wieder auf.

»Und wie soll ich das wissen? Wie willst *du* das wissen?«, gab sie zurück.

»Ich weiß es eben. Ich kenne meinen Onkel.«

Sie verkrampfte sich noch mehr, ging im Geist ihre Gespräche mit Merryn Rosewall durch – seine abwegigen Schauergeschichten von Sally Winsel und ihrer Strandräuberlaterne, die Tatsache, dass er den Zeitungsausschnitt aufbewahrt hatte, dass er sich stets schützend vor seine Schwester Margot gestellt hatte.

Steckten die etwa alle unter einer Decke? Sogar Danny. *Vor allem* Danny. Jetzt starrte Nina Danny an, wie er mit hängenden Armen dastand, den Besen in der Hand und eine blonde Locke in der Stirn, die seine Augen halb verbarg. Sie konnte fühlen, wie jegliches Vertrauen sich in Luft auflöste, so wie damals, als sie Effy im Atelier angetroffen hatte. *Da lauert definitiv was.* Alles, was sie zusammen unternommen hatten, jeder Augenblick, jede Nuance – der Segeltörn, das Laternenpicknick auf der Aussichtsplattform –, alles war getrübt. Sie trat zurück. Danny kam auf sie zu, wollte sie trösten.

»Lass das! Komm mir nicht zu nahe! Ich kann dir nicht trauen!«

»Nina, das ist doch albern. Vielleicht hat dein Instinkt ja recht ... Vielleicht ist dieses Haus nicht gut für dich. Du bist hier immer total schlecht gelaunt.«

»Woher willst du wissen, was gut für mich ist? Du kennst mich doch kaum. Du tust zwar so, als ob du mich kennst, aber ... Das ist doch alles Quatsch, stimmt's? Du und deine knuffige Polpeggen-Familie, ihr seid scharf auf das Strandhaus, nicht wahr? Du hast doch selbst gesagt, *Snare Cove* ist ordentlich was wert. Ihr wollt euch das Grundstück unter den Nagel reißen, ihr versucht, mir Angst zu machen und mich zu vertreiben. Jetzt sehe ich es. Du willst mich mit Absicht kirre machen ...«

»*Du* bist diejenige, die dich kirre macht, Nina. Ich versuche, dir zu *helfen*.«

»Na ja, *tust* du aber nicht, okay? Du hilfst mir überhaupt nicht.«

Nina riss die Hände hoch, dann machte sie kehrt und rannte davon.

Es herrschte Ebbe. Die glitschigen schwarzen Zähne der Felsen bissen sich ihren Weg durch das Wasser. Der Wind peitschte Nina ins Gesicht und brüllte in ihre Ohren. Sie fiel auf die Knie und drosch mit den Fäusten auf die Steine ein. Fühlte sich innerlich wund. Hatte sie wirklich ihre Zukunft mit Jake für einen Mann aufgegeben, der sie hinters Licht führte?

»Nina!«

Dannys Stimme drang durch den Wind. Sie konnte ihn in der Tür stehen sehen; er winkte ihr zurückzukommen. Ihr Magen rumorte heftig. Sie wünschte, er würde verschwinden.

»Nina!«, beharrte er und winkte abermals.

Irgendetwas war mit seinem Verhalten. Er wirkte erschrocken. Oder erregt. »Nina, *bitte*! Komm wieder rein. Das musst du sehen ...«

Zuerst rührte sie sich nicht, hatte Angst, dass er bluffte.

»Ganz ehrlich«, beteuerte er, »es tut mir leid, dass wir gestritten haben, aber du *musst* dir das ansehen. Du wirst es nicht glauben!«

Langsam erhob sie sich, klopfte sich die Knie ab und ging zu ihm hinüber. Danny nahm sie bei den Schultern und schob sie in den Flur.

»Ich wollte dir gerade nachkommen«, erzählte er, »aber ich konnte Daisy nirgends finden. Erst hatte ich keine Ahnung, wo sie hin war, dann hab ich etwas kratzen gehört.« Er ging zum Flurschrank, öffnete die Tür und deutete mit einer Geste hinein. »Sie hat's geschafft, sich hier drin einzusperren. Ich hab reingeschaut, aber ich konnte sie trotzdem nicht finden, also bin ich weiter rein, und ... na ja ... sieh selbst.«

»Ist das jetzt wieder ein Trick?«

»Das ist kein Trick.«

Vorsichtig, immer ein Auge auf Danny, beugte sich Nina durch die Tür. Zuerst konnte sie kaum eine Armeslänge weit sehen. Die Rückwand des Schranks war abgrundtief schwarz. Sie schloss die Augen und öffnete sie wieder. Ihr Blick wurde schärfer, und sofort wurde deutlich, dass der Schrank gar keine Rückwand hatte. Stattdessen war dort ein Loch. Wie tief es reichte, ließ sich unmöglich sagen, doch es war hoch und breit genug, dass ein Hund oder ein gebückt gehender Mensch hindurchpassen würde.

»Irre, nicht wahr?« Danny lehnte sich an sie und atmete schnell. »Da frag ich mich doch, ob die Geschichten von den Schmugglertunneln nicht doch wahr sind.«

»Wo führt der hin?«, flüsterte Nina.

»Das ist es ja gerade, ich bin so weit da reingegangen, wie's nötig war, um Daisy rauszuholen, aber es geht immer weiter. Und der Gang wird auch breiter. Ich zeig's dir, komm mit.«

Danny grinste, und seine Augen strahlten begeistert; gefangen in jungenhaften Fantasien. Als hätte es ihren Streit nie gegeben. Er ließ sein Feuerzeug aufflammen, erleuchtete den Tunnel und drängte Nina voran. Nina jedoch war nicht so schnell bereit, es gut sein zu lassen.

»Welcher Irrsinn sollte mich dazu bewegen, dir in einen engen, dunklen Tunnel folgen zu wollen?«

Danny grinste noch breiter. »Einer von der allerbesten Sorte«, antwortete er.

»Oder von der allerdümmsten.«

»Dann sei eben mal dumm. Ein einziges Mal.«

Nina seufzte, starrte in die Finsternis. »Aber nur dieses eine Mal.«

Sie umklammerte die Muschelbrosche, übertönte im Stillen den Instinkt, der ihr sagte, sie solle Danny nicht trauen, und kroch in den Tunnel. Die Kälte drang durch ihre Kleider. Sie musste sich tief bücken, und trotzdem schrammte sie mit dem Rücken an der Granitdecke entlang.

»Breiter ist ja gut und schön«, brummelte sie. »Wird der auch höher? Sonst muss ich vielleicht noch Klaustrophobie in meine Problemliste aufnehmen ...«

»Wart's ab.«

Plötzlich spürte sie, wie etwas ihr Bein streifte. Sie fuhr zusammen und schrie auf.

»Ist doch nur Daisy«, beschwichtigte Danny. »Versuch mal, die Hände rechts und links an die Wände zu legen. Lass dich von ihnen führen.«

Nina streckte die Arme aus und tastete nach dem feuchten Felsen. Alle paar Schritte zuckte sie zusammen, fürchtete, sie hätte irgendetwas Ekliges berührt. »Können Insekten in so einem Tunnel überleben?«

»Nur die ganz großen, die mit den Reißzähnen«, erwiderte Danny, und sie hörte das Grinsen in seiner Stimme.

Nach ein paar Metern wurde der Tunnel breiter. Die Luft, die sie umgab, war still und reglos. Nina konnte das Blut in ihrem Kopf rauschen hören, den Atem in ihrer Lunge, schwer und gepresst. Sie streckte die Hand durch die Dunkelheit, um sich zu vergewissern, dass Danny ganz in der Nähe war. Wenn er ihr von der Seite wich, dann wäre sie verloren, das wusste sie.

Ein Wassertropfen rann in Ninas Kragen.

»Gestern Morgen«, flüsterte sie, »hab ich mir in einem Fünfsternehotel in London die Haare hochstecken lassen. Ich hatte ein wahnsinnig teures Alex-Haddaya-Hochzeitskleid an und war im Begriff, den Mann zu heiraten, von dem ich geglaubt habe, es wäre mir bestimmt, mit ihm zusammen zu sein …« Sie legte die Hände an den Kopf und lachte halb auf. »Und jetzt schau mich an!«

Dann wurde ihr klar, dass sie mit den Tunnelwänden sprach. Danny und Daisy waren bereits vorausgegangen.

»Wartet auf mich!«, rief sie.

Allmählich neigte der Tunnel sich abwärts. An einer Stelle ging es so steil bergab, dass Nina auf Händen und Knien kriechen musste. Die Felswände rückten wieder näher heran. Als es schien, als ginge es nicht weiter, drängte Danny sie, sich durch einen schmalen Spalt zu quetschen, der kaum so breit war wie ihr Brustkorb. Nina krümmte sich innerlich, doch sie tat wie geheißen und zwängte ihren Körper zwischen den Felsen hindurch. Als sie es unversehrt geschafft hatten, drang leise das Geräusch von plätscherndem Wasser durch die Finsternis. Sie stellten fest, dass sie auf einem Felsensims standen.

»Hör mal«, sagte Danny. »Das Meer. Da vorn muss ein Ausgang sein.«

Er schwenkte sein Feuerzeug und beleuchtete den höhlenartigen Raum. Einen Meter unter ihnen war eine Decke aus weichem, feuchtem Sand. Sie sprangen hinab.

»Da ist Licht.« Danny zeigte in die Dunkelheit. »Kannst du's sehen? Da drüben.«

Ein winziges helles Dreieck kam in Sicht. Als sie näher kamen, wurde das Dreieck größer – ihr Tor zur Außenwelt, der Ausgang der Höhle. Als sie Möwenkreischen hörten, rannten sie los wie Kinder, die auf einen Spielplatz zustürmen, und bemerkten das knöcheltiefe Wasser zu ihren Füßen kaum. Gleich darauf stürzten sie in den Tag hinaus. Nach der Finsternis war der Himmel blendend hell und die Luft schmeckte frisch. Sie waren nur ein paar Minuten in dem Tunnel gewesen, doch es kam ihnen vor wie eine Ewigkeit.

»Ein Glück, dass Ebbe ist«, bemerkte Danny. »Ich würde sagen, bei Flut läuft die Höhle komplett voll. Wir sollten hier nicht zu lange rumhängen. Um diese Jahreszeit kommt die Dünung schnell rein. Was meinst du? Ist doch beeindruckend, oder?«

»Hier war ich schon mal«, flüsterte Nina verblüfft. »Da bin ich vom Strandhaus gekommen. An dem Tag, als du mir erzählt hast, dass es einen Weg über die Felsen zu der Aussichtsplattform gibt ... Ich hab's aber nicht bis zur Plattform geschafft, ich bin nämlich hingeknallt. Als ich versucht habe, die Felsen wieder hochzuklettern, bin ich auf diese Höhle gestoßen ...«

Sie schaute zurück dorthin, woher sie gerade gekommen waren.

»Hier hab ich ...« Sie stockte, und ihr ganzer Körper wurde steif, als sie daran dachte, wie sie törichterweise in die Höhle geklettert war und beinahe nicht mehr herausgekommen wäre. Wenn sie gewusst hätte, dass die Höhle zum Strandhaus zurückführte ... es war merkwürdig, *zu* merkwürdig. Sie starrte Danny an, sah wachsam zu, wie er ein Stück Treibholz aus dem Sand ausgrub. Wolken ballten sich am Horizont. Daisy jagte dem Wind nach und bellte die Wellen an. Oben auf den Felsen sammelten sich Kormorane und Möwen. Das Meer rollte heran und strömte wieder davon, kam jedes Mal näher, während sich kleine Rinnsale im Sand bildeten und nach und nach breiter wurden.

»Wir sollten uns lieber auf den Weg machen«, sagte Danny schließlich. »Die Flut kommt. Ich glaube, wir sollten's jetzt lieber nicht mit der Höhle riskieren. Wir werden über die Klippen zurückklettern und uns an die möglichst hohen Felsen halten müssen.«

Nina zögerte. Nach ihrem letzten Erlebnis hier war sie sich nicht so sicher.

»Ich fürchte, uns bleibt nichts anderes übrig«, konterte er ihre Unwilligkeit.

Genau in diesem Moment preschte eine ungestüme Welle vor und überschwemmte ihre Füße.

»Dann nichts wie los.«

Sie schafften es unbeschadet über die Felsen. Das Strandhaus kam in Sicht. Mit den verwitterten Planken und der verrosteten Wetterfahne sah es so einsam aus wie eh und je, doch an diesem hellen, windigen Nachmittag hatte es auch einen gewissen Reiz. Das Grün des Strandgrases und das Türkis der See bildeten ein leuchtendes Gegenstück zu den grauen Kieseln. Nina wollte es gernhaben, sie spürte die Verlockung, die von ihm ausging – aber gleichzeitig konnte sie nicht vergessen, was hier alles geschehen war.

»Was für ein Ort, um sich das Leben zu nehmen«, flüsterte sie kaum laut genug, dass Danny es hören konnte.

»Alles okay?«, fragte er wachsam.

Nina antwortete nicht. Sie ging zum Wasser hinunter.

»Ich hab eine Idee«, rief er ihr hinterher und strahlte vor Enthusiasmus. »Wir sollten hier übernachten, im Strandhaus.«

Überrascht drehte Nina sich um. »Ich denke nicht.«

»Warum denn nicht?«

»Das könnte ich nicht. Ich meine, zum einen kommt es mir nicht sicher vor. Dass da jemand reingekommen ist, das Haus verwüstet und dann wieder aufgeräumt hat ...«

»Irgendwelche Kids.«

»Das hatten wir doch schon. Es waren keine Kids.«

»Dann eben Schmuggler? Die alte Sally Winsel?«

Danny wackelte mit den Fingern und gab ein hohles Gespensterklagen von sich.

»Mach keine Witze«, wehrte Nina ab.

»Komm schon, Blauäuglein. Weißt du noch, wie wir uns das erste Mal begegnet sind und du dich geweigert hast, *irgendwo anders* zu übernachten als hier? Das Haus gehört dir. Es ist deins.«

»Nein, ist es nicht. Nicht wirklich. Es gehört der Vergangenheit.«

»Aber die Vergangenheit *existiert* doch nicht«, widersprach Danny frustriert. »Sie ist nicht mehr da. Abgehakt. Man kann sie nicht ändern. Und man sollte sich auf keinen Fall durch sie definieren lassen. Nimm *Snare Cove* in Besitz, Nina. Hauch ihr wieder Leben ein. Bring die Vergangenheit in Ordnung, indem du das Beste aus der Gegenwart machst, indem du die Zukunft erschaffst.«

Nina starrte zum Himmel hinauf. Dannys Worte wirbelten in ihrem Kopf. Sie wollte sie beherzigen, wollte seinem Optimismus glauben. Sie fand es wunderbar, dass er keine Düsternis sah, keine Probleme oder Sorgen, dass ihn das alles nicht kümmerte, dass er nicht nachtragend war, dass er sich nach Freiheit und Zeit und Abenteuern sehnte. Aber konnte sie ihm *trauen*?

»Also gut«, sagte sie. »Wir bleiben. Wir übernachten hier.«

Sie kauften Vorräte im Laden an der Ecke des Hafens, einfache Dinge: warmes Brot, Käse, Chutney, Pasteten und trockenen Apfelcider. Danny flitzte ins Atelier und kam mit einem großen Rucksack wieder.

»Decken«, verkündete er. »Und andere notwendige Dinge.«

Er warf den Rucksack in den Kofferraum und fuhr mit Nina und Daisy zum Strandhaus zurück. Unterwegs erzählte er Geschichten vom Sardinenfischen und von Riesenkraken. Nina bemühte sich zuzuhören, doch ihre Beklommenheit lenkte sie ab.

»Jetzt mach doch nicht so ein ängstliches Gesicht«, tröstete Danny. »Wir haben alles, was wir brauchen. Betrachte das Ganze als Abenteuer.«

Als sie *Snare Cove* erreichten, war der Himmel grau geworden, und die Möwen hatten sich zerstreut. Das Getöse der See war eine einzige Kakofonie; die Wellen donnerten den Strand hinauf und krachten über die Felsen. Bilder begannen in Ninas Kopf zu knistern; Bilder, mit denen sie sich nicht näher befassen wollte.

»Lass uns reingehen«, flüsterte sie.

Als sie im Flur standen, blieb ihr Blick an dem Höhlentunnel-Schrank hängen. »Wir müssen uns vergewissern, dass auch alle Türen abgeschlossen sind«, sagte sie.

Danny nahm ihr die Schlüssel ab, schloss die Schranktür ab und zog prüfend daran. »Siehst du. Die ist zu. Da kommt keiner durch.«

Sie gingen ins Wohnzimmer, und Danny öffnete den Rucksack. Er schüttelte die Decken aus und breitete sie über den Boden, packte Lebensmittel, Becher, Teller und Besteck aus und holte schließlich eine Laterne aus dem Rucksack, eine von jenen altmodischen Dingern, die er in seinem Atelier und bei dem Klippenpicknick verwendet hatte.

»Wofür ist die denn?«

»Na, wir brauchen doch Licht, oder? Hier draußen wird's stockfinster.«

»Klar«, sagte Nina. »Natürlich.«

Während Danny die Vorräte auf die Decke legte, tigerte Nina durch das Zimmer. Mehrmals wanderten ihre Gedanken zu der stillen Abenddämmerung dort draußen. Im Umkreis von Kilometern war hier niemand.

»Komm und setz dich«, forderte Danny sie auf und winkte sie zu sich.

Sie ließ sich auf einer Ecke der Decke nieder und brachte ein Lächeln zustande. Der Wind kam heulend die Bucht heraufgefegt und ließ die Wetterfahne klappern, doch der warme, flackernde Schein der Laterne verwandelte das Zimmer in einen heimeligen Ort, sogar in einen romantischen. Danny öffnete zwei Flaschen Cider und schenkte ihn in Plastikbecher. »Entschuldige, dass es keine feinen Kristallgläser sind.«

Sie nippten an ihren Bechern, teilten Brot und Käse. Nina pickte an ihrem Essen herum.

»Entspann dich«, befahl Danny. »Hör auf, über die Vergangenheit nachzudenken.«

»Es ist ja nicht nur die Vergangenheit ...«

Der Fensterrahmen erbebte. Daisy fuhr zusammen und bellte.

»Was war das?«

»Nur das Wetter«, antwortete Danny. »Das kann uns hier nichts anhaben.«

Er beugte sich vor und nahm Nina den Plastikbecher aus der Hand. Ihr war klar, dass er sie wieder küssen wollte. In ihrem Magen flatterte es, aber ihr Körper verkrampfte sich abwehrend. Sie konnte sich einfach nicht endgültig davon überzeugen, dass er auf ihrer Seite war. Ihr Blick zuckte wild umher, kehrte immer wieder zu der Laterne zurück. Sie rutschte unruhig hin und her, hustete, tat so, als jucke es sie irgendwo.

»Wenn du willst, dass ich dich in Ruhe lasse, dann sag's doch einfach ...«

»Nein, ich ... Ich bin nur ein bisschen ...«

»Angespannt?«

»Ja.«

»Vielleicht war das hier ja doch keine so gute Idee.«

Er legte ihr fest die Hände auf die Schultern und fing an zu kneten. Der Druck war beruhigend, half aber nicht viel dabei, ihre inneren Bedenken zu zerstreuen. Sie konnte nicht mehr an sich halten und drehte sich zu ihm um.

»Ich kann dir doch vertrauen, oder?«, fragte sie. »Ich meine, du hast mir doch dein Wort gegeben ...«

»Ach, Nina, jetzt sei doch nicht so paranoid. Ich hab's dir doch gesagt, Margot ist eine verrückte Einsiedlerin, und Merryn kommt nicht mehr hierher. Vielleicht hatte er ja früher mal einen Schlüssel, aber er hat nichts damit zu tun, dass das Strandhaus verwüstet worden ist. Und auch aufgeräumt hat er's ganz sicher nicht – hast du sein Museum gesehen? Der räumt nie irgendwas auf. Er war's nicht.«

»Und was ist mit dir?«

»Mit *mir*?«

»Ist doch ein ziemlicher Zufall, nicht wahr, dass ich Geschichten von Sally Winsel und dem gespenstischen Licht ihrer Strandräuberlaterne erzählt bekomme, und dann sehe ich tatsächlich selbst ein Licht ...«

»Und?«

»Na ja, ich glaube nicht an Gespenster. Irgendjemand versucht hier, mir Angst zu machen.«

»Oh, ich verstehe. Und du denkst immer noch, dieser Jemand bin ich? Jetzt komm schon, Nina.«

Beide starrten finster die Laterne an.

»Die habe ich in einem Trödelladen gefunden«, beharrte er. »Mir gefällt ihr Licht. Und außerdem, wenn ich wirklich versuchen würde, dich aus *Snare Cove* zu vertreiben, wieso sollte ich dich dann hierherbringen? Warum sollten wir dann jetzt hier sein?«

»Sag du's mir«, gab Nina zurück. »Woher weiß ich, dass das hier nicht alles zu irgendeinem abgedrehten Plan gehört? Seien wir doch mal ehrlich, woher weiß ich, dass du nicht mit deiner Laterne hier raufgekommen bist, im Dunkeln damit rumgewedelt, mich völlig verwirrt und in die Irre geführt hast ... *mir wehgetan hast*?«

»Hör auf!« Wieder beugte er sich zu ihr hinüber, wollte sie tröstend in die Arme nehmen, doch sie schüttelte ihn ab.

»Das ist doch völlig irre!« Er riss die Arme hoch. »Du bist völlig irre! Völlig paranoid! Du hast deinen Kopf mit allem möglichen Blödsinn vollgestopft! Vielleicht war's ja Hedgefonds-Jake, der ist ja schließlich noch mal glimpflich davongekommen ...«

Nina schnappte bei dieser Kränkung nach Luft. »Ach ja?«, fauchte sie. »Dann zeigst du jetzt also, wie du wirklich drauf bist, stimmt's, du gehässiger Kerl?«

»Hey, ich hab nie verborgen, wie ich drauf bin, ich mach niemandem was vor. Nicht so wie du. Ich meine, du hältst *mir* Vorträge über Vertrauen, Nina, aber du warst schon auf halbem Weg zum Altar, bevor du zugegeben hast, dass du einen Verlobten hast.«

»Also, eigentlich war's das Standesamt, aber das ist irrelevant. Ich bin hier nicht diejenige, die Spielchen spielt, sondern du.« Sie ballte die Fäuste, biss sich auf die Lippe. Ihr Kopf war ganz durcheinander vor Zorn und Verwirrung.

»Ich glaube, es ist am besten, wenn du gehst«, sagte sie.

»Was?«

»Geh. Das hier funktioniert nicht. Ich möchte allein sein. Geh einfach nach Hause in deinen Sardinenschuppen.«

»Das geht doch nicht«, widersprach Danny. »Ich kann dich doch nicht einfach hier alleinlassen ...«

Sie ließ sich nicht beirren. Danny stand auf.

»Nimm die Laterne mit«, sagte sie.

»Aber dann sitzt du im Dunkeln.«

»Nimm sie *mit*. Ich will sie hier nicht haben. Geh einfach.«

Allein im Dunkeln, saß Nina da, das Gesicht in den Händen vergraben. In ihrem Kopf waren keinerlei Gedanken. Sie war zu ausgelaugt, zu müde, um noch irgendetwas zu empfinden. Das Haar klebte ihr am tränennassen Gesicht; sie umklammerte ihre Knie mit den Armen und kam sich in der Düsternis völlig verloren vor. Die Finsternis füllte jede Lücke, jede Ritze. Unwillkürlich dachte sie daran, wie sie am ersten Abend über die Bucht geschaut hatte, hinüber zu den Lichtern von Polpeggen. Wie ihr dieser Hinweis auf ein normales Leben, auf Menschen, Geschäfte und Häuser so tröstlich erschienen war, und doch so weit entfernt. Sie ging zum Fenster und presste das Gesicht gegen die Scheibe. Alles, was sie hörte, war das rhythmische Rauschen der Wellen am Strand, und dann erschien es in der dunklen Nacht abermals für sie, jenes kleine weiße Lichtpünktchen. Der Anblick packte sie, ließ jede Zelle ihres Körpers regungslos verharren. Und dieses Licht war ganz anders als Dannys Laterne.

Er war es nicht.

Sie sah zu, wie das unheimliche Leuchten emporklomm, näher kam und dann anfing, das Strandhaus zu umkreisen, fast so, als versuche es, sie zu umzingeln, sie hier drinnen einzusperren. Von Fenster zu Fenster konnte sie es im Kreis wirbeln sehen, konnte sehen, wie es schneller wurde. Es wollte sie holen. Und es würde nicht aufgeben. Wohlgesonnen oder böswillig, Nina wusste es nicht. Sie sank zu Boden, barg den Kopf in den Händen und betete, dass die Morgendämmerung schnell kommen möge – und dass das Licht dann verschwunden sein würde.

17. Kapitel

Stunden später kündigte ein Möwenschrei den Morgen an. Die Fenster leuchteten in blendendem, wolkenlosem Morgenblau. Nina öffnete ein Auge, dann das andere, und stellte erfreut fest, dass sie tief und fest geschlafen hatte. Adrenalin wallte auf; sie war froh, dass die Ordnung des Tages zurückgekehrt war. Sie ging zum Fenster, schaute über *Snare Cove* hinaus und war merkwürdig erleichtert. Von wem – oder was – auch immer das Licht am Strand gekommen war, wenigstens war es nicht Danny gewesen. Sie sammelte Essen und Geschirr ein und trug alles in die Küche. Wo war er wohl jetzt? überlegte sie. Im Hafen oder im Atelier? Sie musste ihn finden, um sich zu entschuldigen, um ihm zu versichern, dass sie nicht verrückt war, dass sie bereit war, ihm zu vertrauen. Sie schniefte, spülte die Teller ab, rieb sich die verquollenen Augen, als plötzlich ...

Es klopfte dreimal laut an der Tür.

Er war zurückgekommen.

Danny war wieder da.

Das Blut stieg ihr in den Kopf. Ein unbezähmbares Lächeln machte sich auf ihrem Gesicht breit. Bei dem Gedanken, ihn wiederzusehen, empfand sie ein so unmittelbares, unverfälschtes Glücksgefühl, dass sie wusste, es musste das Richtige sein – ein Instinkt, der es verdiente, dass man ihm traute. Sie fühlte, wie es in ihr emporstieg, das kleine Körnchen einer Möglichkeit, etwas ganz für sie allein, etwas Wahres und Tiefempfundenes. Hastig rannte sie zur Haustür, schloss sie auf, machte die Augen zu und öffnete sie dann wieder ...

»Jake!«

»Hallo, Nina. Hey – versuch mal, nicht ganz so überrascht auszusehen. Dir muss doch klar gewesen sein, dass ich dich hier finden würde.«

Während Nina ihn mit offenem Mund anstarrte, tasteten sich ihre Gefühle stumm an Dinge heran, die mit Worten nicht ausgedrückt werden konnten. In ihrer Verzweiflung konzentrierte sie sich auf die Tatsache, dass sie sich nicht geduscht und ihre Haare nicht gekämmt hatte und dass ihr Gesicht völlig verschmiert war.

»Entschuldige«, flüsterte sie. »Ich sehe furchtbar aus.«

Automatisch wollte sie ihn küssen, doch er wandte das Gesicht ab. Dann trat er an ihr vorbei in den Flur und fing an, im Haus herumzustöbern. Wusste er von Danny? Hatte Alison irgendetwas gesagt? Nina ging ihm voran ins Wohnzimmer, kreiste in einer Art höflichem Ballett durch den Raum. Dabei wartete sie die ganze Zeit auf den Wutausbruch. Zu ihrer Überraschung gähnte Jake lediglich müde.

»Verdammte Möwen«, meinte er. »Machen die jeden Morgen so einen Krach? Das tut einem ja in den Ohren weh.«

»Ja, das stimmt wohl. Aber ... man gewöhnt sich dran.«

»Echt?«

»Ja. Nach einiger Zeit.«

Nina bot ihm das Sofa an. Er inspizierte es aus einiger Entfernung. »Bist du sicher, dass das Ding sauber ist?«

Ohne den Blick von Nina abzuwenden, setzte er sich. »Also«, sagte er schließlich, »hier hattest du dich also versteckt.«

Nina wappnete sich innerlich.

»Bist du sicher, dass die Bude nicht einsturzgefährdet ist? Ich weiß nicht recht, ob ich hier irgendwas anfassen will. Du hast ja gesagt, dass das Haus baufällig ist, aber ich würde sagen, abreißen und neu bauen. Ich fühl mich schon dreckig, wenn ich nur hier rumstehe.«

»Es muss nicht abgerissen werden«, sagte Nina leise. »Ich glaube, man kann es wieder hinkriegen, mit ein bisschen Liebe und Hingabe ...«

Jake gab ein spöttisches Geräusch von sich. »Da ist mehr nötig als Liebe und Hingabe. Hunderttausend Pfund würden's vielleicht gebacken kriegen.«

Plötzlich hätte Nina am liebsten losgebrüllt, hätte erklärt, dass es doch nicht immer nur ums Geld gehen müsse. Zu ihrer Verblüffung nahm Jake ihr den Wind aus den Segeln: »Obwohl ich ja denke, du würdest es lieber so lassen, wie es ist, aus ... Nostalgie.«

»Äh, ja, vielleicht.« Sie senkte den Kopf, vermied jeglichen Blickkontakt.

»Wie geht's dir?«, fragte sie versuchsweise.

»Ich halte mich einigermaßen.«

»Und ... was ist mit uns? Wie geht's uns?«

Jake zuckte die Schultern. Die Wut. Sie war im Anzug.

»Es tut mir leid«, flüsterte sie, wie ein Ballon, aus dem die Luft entweicht. »Es tut mir ja so leid.«

Sie wartete auf eine Erwiderung, auf die »Wieso hast du mich so verarscht?«-Entrüstung. Die Spannung brodelte. Jake trat auf sie zu, hob die Hände. Sie schloss die Augen, rechnete mit einer raschen Ohrfeige, doch stattdessen spürte sie seine Finger auf ihren Schultern, die sanft streichelten, sie in seine Arme zogen.

»Ich hab ein bisschen nachgedacht«, sagte er, und eine sonderbare Gleichmut machte es ihr schwer, seine Miene zu deuten. »Und mir ist klar geworden, dass ich vielleicht nicht ganz unschuldig an deiner ... Flucht bin.«

Nina blinzelte.

»Versteh mich nicht falsch, das war 'ne ziemlich beschissene Nummer. Ich meine – ha! –, in meinem ganzen Leben bin ich noch nie so gedemütigt worden, aber ... Du hast das ja nicht ohne Grund gemacht.«

»Nein, natürlich nicht.«

»Nina, ich habe Fehler gemacht. Ich hab mich so in meine Pläne verrannt, dass ich die Dinge aus dem Blick verloren habe, die wichtig sind. Ich war egoistisch, reizbar, hab dir viel Arbeit gemacht, war extrem wartungsintensiv ... egal, wie du's nennen willst. Ich will mich nicht rausreden, aber mein Job, du weißt ja, da herrscht ein solcher Druck. Jede Beförderung bedeutet noch mehr Stress, noch mehr Sorgen, noch mehr ... *Aggression.* Ich habe mein Gehalt und mein Vermögen über alles andere gestellt. Ich weiß, du hast diese Art zu leben genossen, aber *mich* hast du vermisst, nicht wahr? Du hast die alten Zeiten vermisst, als wir uns nahe waren, als wir alles geteilt haben ...«

Mit Ausnahme der Wahrheit, dachte Nina im Stillen, mit Ausnahme der Wahrheit über Alison. Sie hielt den Atem an.

»Ich bin nicht stolz darauf, wie ich drauf war, Nina«, fuhr er fort, »ich freue mich nicht darüber. Du hast unglaubliche Geduld mit mir gehabt, warst so loyal – na ja, bis jetzt, aber – hier sind wir jetzt, alle Karten auf dem Tisch, ich muss meine Fehler zugeben. Ich weiß, ich bin vom richtigen Weg abgekommen. Aber da kann ich wieder hin. *Wir* können wieder dahin.«

Nina öffnete den Mund, blinzelte. »Ich ... Weißt du ... es ist toll, dass du das alles gesagt hast, aber ...«

»Nina« – er legte ihr einen Finger auf die Lippen, sprach im Flüsterton – »du brauchst nichts zu erklären. Ich bin derjenige, der was gutzumachen hat.«

»Aber bist du denn gar nicht böse? Bist du nicht sauer auf mich?«

»Na ja, ja, aber ich habe mir alles durch den Kopf gehen lassen. Ich verstehe es. Ich bin selbst schuld dran. Ich werde daran arbeiten, Nina. Wir kriegen das wieder hin.«

Seine Stimme war voll und ruhig. Wieder fasste er sie bei den Schultern, streichelte sie immer wieder. Die Wirkung war beruhigend, sogar hypnotisierend. Still stand sie da und lehnte sich an ihn. War es das – dass Jake ihr jene Version seiner selbst anbot, die sie sich immer zurückgewünscht hatte, die kluge, bescheidene, ehrliche, nachdenkliche Version? Zuerst die Gefühle, dann erst der gesellschaftliche Status? Der Geliebte, den sie als Studentin kennengelernt hatte, ihre große Liebe, jetzt wiederhergestellt? Die Gefühle wanden und verwirrten sich in ihrem Innern. Es gab nur einen

Menschen, mit dem sie jetzt reden wollte, einen Menschen, der ihr helfen konnte, einen Sinn in alldem zu erkennen. Ihre Brust brannte vor Traurigkeit. Nicht wegen Jake oder wegen Danny, sondern wegen ihrer Mum: ihre Alternativen, ihre Entscheidungen, zusammen, Mutter und Tochter ... doch es war Nina, Nina allein, die die ganze Last zu tragen hatte. Sie durfte nicht zulassen, dass sie in diesem Durcheinander ertrank. Sie musste hinauf an die Luft.

»Lass uns hier abhauen«, sagte sie und schnappte sich die Muschelbrosche und das Foto von ihrer Mum vom Küchentresen. »Lass uns spazieren gehen.«

Der Morgenhimmel sah aus, als hätte er blaue Flecken. Stahlgraue Wolken hatten sich über dem Meer zusammengeballt, und alles erschauerte unter ihnen. Der Barb fegte die Klippen herauf, durch den vertrockneten Farn. Nina ging voran.

»Wo gehen wir denn hin?«, wollte Jake wissen. Er stolperte etliche Schritte hinter ihr vor sich hin und hatte Mühe mitzuhalten.

»Dahin, wo meine Mum gern war.« In Anbetracht des Wetters eine törichte Wahl.

»Bist du scharf auf eine Schlagzeile?«, schrie er. »›Touristenpärchen bei Polpeggen Bay von den Klippen geweht? Tragische Liebesgeschichte!‹«

Von einem inneren Drang getrieben, achtete Nina nicht auf ihn.

»Großer Gott! Schau dir die Wellen an!«, krähte Jake und zeigte aufs Meer hinaus.

Gewaltige Brecher wanderten übers Wasser, krachten über die Felsen.

»Da draußen möchte ich jetzt nicht unterwegs sein. Und du auch nicht, das *weiß* ich, Nina. Stell dir mal vor, wie fertig du wärst ...«

»Ich würde das schaffen«, erwiderte sie.

»Nein, würdest du nicht. Du kannst ja noch nicht mal den Kopf ins Badewasser tauchen, ohne 'ne Krise zu kriegen.«

Über das Getöse des Windes hinweg begann Ninas Verstand zu brüllen. Sie war auf einem Boot gesegelt. Sie hatte sich im Wasser treiben lassen. Sie hatte sich bewiesen, dass sie mutiger war, als sie gedacht hatte. Unwillkürlich beschleunigte sie ihre Schritte, vergrößerte den Abstand zwischen ihnen.

»Nicht so schnell!«, schrie Jake. »Du bist zu weit weg!«

Sie erreichten die Aussichtsplattform, als die ersten Regentropfen auf den Boden platschten. Die Hände in den Hüften und mit von der kalten Luft schmerzender Lunge standen sie da; feiner Regen wehte ihnen ins Gesicht. Ein unheimliches gelbes Leuchten breitete sich am Himmel aus. Es umgab sie, sie beide – und noch zwei andere.

Der Ort, wo wir am glücklichsten waren, H.

Ein festgehaltener Augenblick. Nina konnte seine Spuren ahnen, den violetten Mantel und die Kamera, und die beiden, ihre Mum und Hawley, ganz in sich und ihr Glück versunken.

Aus einem Impuls heraus drehte sie sich zu Jake um.

»Bring mich zum Lachen«, sagte sie und dachte an das unbeschwerte Lächeln ihrer Mum

»Wozu soll ich dich bringen?«

Sie musste wissen, ob er das konnte. Sie musste wissen, ob er dieses Gefühl in ihr heraufbeschwören konnte, diesen Appetit auf das Leben, diese Lebensfreude, so wie Hawley es bei ihrer Mum gekonnt hatte.

»Zum *Lachen.* Bring mich zum Lachen. Mach irgendwas – ich weiß auch nicht. Bring mich dazu, irgendwas zu *fühlen.* Mich lebendig zu fühlen.«

»Du willst ... Ich meine – willst du, dass ich dir ’nen Witz erzähle, oder was?«

»Ich weiß nicht, Jake. Denk dir was aus. Ist deine Entscheidung.«

»Nina, du bist schon wieder total komisch.«

»So bringst du mich nicht zum Lachen«, sagte sie gelassen.

»Ich versteh dich nicht.« Jakes Mund verzog sich zu einem verkniffenen, ungeduldigen Bogen. »Was *erwartest* du von mir? Es regnet wie blöd. Mir ist kalt. Ich bin total genervt. Wenn du wirklich lachen willst, guck dir ’ne Sitcom an.«

»Das meine ich nicht«, erwiderte Nina und strich sich das feuchte Haar aus der Stirn.

»Also, Scheiße! Was meinst du denn *dann*? Ich bin den ganzen Weg bis hier rausgekommen«, fauchte er, ragte über ihr auf, machte sie klein. »Ich bin hergekommen, um alles wieder in Ordnung zu bringen. Ich hab gesagt, was ich zu sagen hatte, hab mich entschuldigt. Also bist du jetzt dran. Ich meine, nach dem, was du mit mir gemacht hast, solltest du mich eigentlich anbetteln, dass ich dir verzeihe ...«

»Anbetteln?«

»Hättest du eigentlich irgendwann mal angerufen, um das zu erklären, oder hast du einfach nur gehofft, du würdest mich nie wiedersehen?«

»Natürlich hätte ich angerufen. Ich habe nur auf den richtigen Zeitpunkt gewartet. Es tut mir leid. Mir ist so viel im Kopf rumgegangen, Jake, ich war so durcheinander ...«

»Verdammte Scheiße!«, überbrüllte er den Wind. »Das ist doch keine Antwort! *Ich Arme, ich bin ja so durcheinander, ich verstehe mich selbst nicht mehr.* Im Ernst, was *hast* du eigentlich für ein Problem? So was abzuziehen, mich so bloßzustellen, ich kann dir gar nicht sagen, wie demütigend das war! *Eine Stunde lang* hab ich gewartet, während alle hinter mir geflüstert haben ... Ich hab dagestanden wie der letzte Depp ...«

Natürlich. Jakes Hauptinteresse: seine Reputation.

»Das mit dem sitzengelassenen Frauenprügler ist also in der Chefetage nicht so gut angekommen, wie?«

»Was soll *das* denn heißen?«

»Ich glaube, das weißt du ganz gut.«

Jetzt kam die Wut zum Vorschein. Seine aufmunternden Worte im Strandhaus waren nichts als Trickserei gewesen. Er hatte sich überhaupt nicht geändert. Er hatte nicht die Absicht, sich zu ändern. Ninas innerliches Glück, wieder so zu sein, wie sie beide früher gewesen waren, interessierte ihn nicht. Er versuchte einfach nur, seinen Freunden und Kollegen etwas zu beweisen, weil er es nämlich hasste zu verlieren, es hasste, als Verlierer *wahrgenommen* zu werden. Er trat einen Schritt auf sie zu, doch sie zuckte nicht zurück. Mit hoch erhobenem Kopf stand sie da.

»Echt jetzt«, fauchte er, die Schultern hochgezogen,

die Fäuste fest geballt, »wenn du ’ne Chance haben willst, dass wir’s noch mal ...«

»Nein«, sagte sie. »Will ich nicht.«

»Nein?«

»Es ist vorbei.«

Jake warf den Kopf zurück und lachte. »Aber du brauchst mich doch. Nicht nur das Leben, das ich dir ermögliche. Du brauchst meine Stärke. All deine Macken, deine Phobien – das macht dich verwundbar. Und ich sammele dann die Scherben ein.«

»Ich habe mich geändert, Jake. Ich habe eine andere Art von Leben gesehen, und ich habe entdeckt, dass ich meine Ängste loslassen kann. Wenn du glaubst, du kannst mich kontrollieren, indem du behauptest, ich würde dich brauchen, dann hast du nicht kapiert ...«

In einem heftigen Ausbruch brüllte Jake durch den Wind: »Oh ja, so ist’s recht, häng das ruhig alles mir an. Behaupte ruhig, dass ich der Böse bin. Sag mal, Nina, wie kommt’s, dass du all diese Gemeinheiten nie abgelassen hast, wenn wir zusammen shoppen waren? Wenn die Kreditkarte im Automaten steckte, hast du dir mein ›Kontrollieren‹ sehr gern gefallen lassen. Dreihundert Pfund für einen *Gürtel*, Herrgott noch mal!«

»Das ist doch schon Monate her.«

»Und von mir bezahlt.«

»Du kannst ihn wiederhaben. So was *interessiert* mich nicht mehr.«

»Was auch erklärt, warum du aussiehst wie eine verschissene Pennerin! Was ist das eigentlich für ’ne Brosche, die du da dauernd trägst? Und diese dreckigen Jeans? Ich hab dich nicht mal im Hochzeitskleid zu

Gesicht gekriegt. Wo zum Teufel ist das Ding überhaupt? Du bist ja völlig von der Rolle.«

Anspannung wand sich durch Ninas Körper.

»Du kannst so viel Kohle verdienen und ausgeben, wie du willst, Jake. Mir ist das nicht mehr wichtig. Ich bin lieber arm und glücklich als reich und todunglücklich.«

»Arm und glücklich? So was wie arm und glücklich gibt's nicht. Jeder, der versucht, dir zu erzählen, dass er nicht gern ein bisschen mehr in der Tasche hätte, ist ein Lügner. Wie dein Proll mit seinem Fischerkahn ...«

Nina blinzelte.

»Genau. Ich hab Alison die Geschichte aus den Rippen geleiert. Hast du wirklich gedacht, ich würde das nicht rauskriegen? Erbärmlich, Nina. Ich meine, du kennst den Typen doch kaum. Ist dir nie der Gedanke gekommen, dass den nur eins interessiert?«

»Danny macht sich nichts aus Geld.«

»Nein«, zischte Jake. »Na ja, und was ist mit deinem Strandhaus? Macht er sich daraus was? Ein Strandhaus mit eigener Privatbucht, Super-Bauland, das einem naiven Mädchen aus London gehört ...? Jetzt findest du ihn toll, Nina, aber wenn das alles schiefgeht, dann kommst du wieder angekrochen.«

»Ganz bestimmt nicht.«

»Doch. Du kommst wieder angekrochen ...«

»Nein!«, beharrte sie. »Es tut mir leid, Jake, aber ich will dich nicht mehr in meinem Leben haben.«

Er schoss vor, packte ihre Wangen, krallte die Finger um ihren Unterkiefer und stieß sie hart gegen den Felsen.

»DOCH!«, brüllte er.

Nina rang nach Luft und wurde stocksteif vor Angst. Sie waren allein. Niemand sah ihnen zu. Sie hatte ihn schon öfter wütend erlebt, aber so noch nie. Seine Augen waren glasig vor Zorn und Abscheu.

»Bitte«, stammelte sie, während die Schmerzen in ihrem Gesicht immer schlimmer wurden. *»Bitte* … Ist ja gut, ich … ich hab's nicht so gemeint. Ich … Natürlich … will ich dich noch.«

»So ist's schon besser.« Sein Griff löste sich, seine Hände sanken herab. »Verarsch mich bloß nicht, Nina.«

»Bestimmt nicht. Ich versprech's.«

Er machte ihr Platz in seinen Armen. Ihr Herz hämmerte, während sie den vertrauten Seifengeruch in seiner Halskuhle einatmete.

»So ist es schon besser. Ich hasse solche Streitereien, Nina. Es wird Zeit, dass du nach Hause kommst, zurück nach London. Das hier, das ist nicht gut für dich. Wir fahren zurück nach London, und wir machen es besser. Wir fangen noch mal ganz von vorn an.«

Er nahm ihr Gesicht zwischen seine Hände. »Du und ich«, flüsterte er. »Ich werde für dich sorgen.«

»Ich weiß.«

»Wir kriegen das hin.«

»Ich weiß.«

Als sie zusammen dort im Regen standen, begann Nina zu zittern. Jakes Umarmung, so zärtlich sie auch aussah, war fast ein Zerquetschen. Sie wagte es nicht, sich loszumachen oder sich gegen ihn aufzulehnen. So ruhig er jetzt auch zu sein schien, sie merkte, dass er noch immer nahe dran war, die Beherrschung zu verlieren.

»Wir nehmen den Nachmittagszug«, verkündete er entschieden.

»Äh, klar.«

»Dann lass uns gehen. Warum noch mehr Zeit vergeuden? Ich find's ätzend hier, voll gruselig.«

Plötzlich konnte Nina abermals ihre Mum spüren, jene Ahnung ihrer Gegenwart, die in der Luft vibrierte, in den Felsen und im Wind.

»Ich fahre mit«, sagte sie, »aber ... Wenn's dir nichts ausmacht, bleibe ich vielleicht noch ein bisschen hier. Ich brauche ein bisschen Zeit für mich allein. Ich muss mich verabschieden.«

Jake grinste höhnisch. »Von wem?«

»Von der Vergangenheit.«

»Nina, ist das jetzt noch mehr Blödsinn?«

»Nein«, beteuerte Nina nervös. »Ich versprech's dir, ich werde da sein. Ich muss das hier einfach tun.«

Jakes Augen wurden schmal.

»Okay«, sagte er, »aber unser Zug geht um drei. Du bist doch pünktlich am Bahnhof?«

»Selbstverständlich.«

Er ließ sie los und trat zurück. Dann, nachdem er sie noch einen Moment lang betrachtet hatte, machte er kehrt und ging davon.

Der Nieselregen verschluckte den Horizont. Das Meer wogte und tobte. Selbst die kurzen Schreie der Möwen erfüllten die Luft nicht mehr. Schutzsuchend drängte Nina sich gegen die Mauer, die die Plattform umgab. Ihr Körper fühlte sich schwer an, ihr Verstand vollkommen überdreht. Sie holte das Foto von ihrer Mum aus der Tasche, starrte noch einmal ihr lächelndes

Gesicht an, dann riss sie es mit einem leisen Seufzer in Fetzen und ließ diese im Wind davonwirbeln. Dann löste sie die Muschelbrosche, hielt sie vor sich hin, spürte ihr Gewicht. Als sie sie gerade schon aufs Meer hinausschleudern wollte, ließ ein Instinkt sie innehalten. Irgendwie fühlte sich das nicht richtig an. Ein Blitz zerriss den Himmel, gefolgt von leisem, zornigem Donnergrollen. Da sie fürchtete, dass es gefährlich sein könnte, noch länger hierzubleiben, kletterte sie mit vor Kälte ganz tauben Füßen zurück auf den Pfad und machte sich auf den Rückweg. Leicht war es nicht. Der Boden war rutschig, und das hohe Strandgras peitschte und schrammte gegen ihre nassen Jeans. Dannys viel zu große Kleider hingen schlaff an ihrem Körper und boten weder Trost noch Schutz. Ein zweiter Blitz leuchtete auf. Dieser war größer, näher, brutaler. Sie war noch immer eine Stunde vom Dorf entfernt. Die einzige sichere Option, die einzige Zuflucht in der Nähe war das Strandhaus.

Die Tür ließ sich im Sturm kaum öffnen. Mühsam quetschte sich Nina hinein und sackte dann zu Boden, erleichtert, Schutz gefunden zu haben – wenn das Haus denn Schutz bot. Überall waren Pfützen, Regenwasser lief an den Wänden herab, tropfte durch Dachbalken und Decke. Die Elemente waren hier eingebrochen. Ein Stück Putz fiel von der Decke und verfehlte ihren Kopf nur um Zentimeter. Da sie Angst hatte, das ganze Dach könnte einstürzen, rannte Nina wieder zur Tür und versuchte, sie aufzubekommen, doch ein weiterer Blitz ließ sie zurückfahren.

»Scheiße! Scheiße! Scheiße!«

Es gab noch eine andere Möglichkeit, ging ihr plötzlich auf: der Höhlentunnel. Dort konnte sie warten, bis das Gewitter vorbei war, ohne Angst haben zu müssen, vom Schutt erschlagen zu werden. Ehe sie es sich anders überlegen konnte, eilte sie zum Schrank und zwang ihre unbeholfenen, kalten Finger mit schierer Willenskraft, die Tür aufzuschließen. Sie zwängte sich in den schwarzen Schlund des Tunnels und tappte ein paar Meter weit, tastete suchend mit den Händen an den feuchten Wänden entlang. Augenblicke später erfüllte ein schreckliches, langgezogenes Poltern den Tunnel, begleitet von einem Schwall staubiger Luft. War das Strandhaus vollkommen eingestürzt? Nina würgte und hustete. Ihre Fantasie implodierte. Saß sie in der Falle? Sie hatte vergessen, wie eng und klaustrophobisch sich der Tunnel anfühlte – schon nach wenigen Minuten, gar nicht zu reden von ein paar Stunden. Panik drängte sich in ihren Verstand, aber wenn sie dorthin gelangen konnte, wo sie aufrecht stehen konnte, redete sie sich ein, dann käme sie klar. Sie krümmte sich vornüber, betete, dass gerade Ebbe war, und schob sich durch die Dunkelheit. Doch nach einer oder zwei Minuten wurde ihr klar, dass der Tunnel nicht höher wurde, so wie gestern. Ging sie etwa in die falsche Richtung?

Nina hielt an und versuchte, sich zu orientieren. Sie kehrte um und kehrte dann abermals um. Kroch in die eine Richtung und dann in die andere, doch beide erstreckten sich in eine tiefe Schwärze. Voller Entsetzen bemerkte sie, dass ihr hier nichts bekannt vorkam. Sie konnte Umrisse sehen. Bewegung, Gespenster in den Mauern. Die Brust wurde ihr eng. Die Luft war wie tot.

»Danny!«, schrie sie.

Keine Antwort.

»JAKE!«

Mit zusammengebissenen Zähnen tastete sie sich weiter, konnte nicht sagen, ob es bergauf oder bergab ging. Die Konsequenz des falschen Abbiegens wurde bald offenkundig: Sie war nicht auf dem Weg zu dem Ausgang in der Bucht. Hier gab es keine schmale Lücke, kein Sims, keinen Sand, kein Lichtdreieck. Als der Tunnel endlich doch höher wurde, stellte sie fest, dass sie vor einer senkrechten Felswand stand; der Weg war hier abrupt zu Ende. Besiegt sank Nina zu Boden, barg den Kopf in den Händen und saß schluchzend im Dunkeln, überzeugt, dass sie nie wieder das Tageslicht erblicken, niemals herausfinden würde, was ihre Zukunft bereithielt. Genau wie ihre Mum hatte sie das Leben, das sie wirklich wollte, nicht festgehalten, als sie Gelegenheit dazu gehabt hatte. Alles war dahin.

Dann hörte sie in der Stille plötzlich Schritte.

Ganz in der Nähe, über ihr, sie hallten hohl, Stiefel auf Holz. Nina stand auf, streckte die Hand nach oben und spürte direkt über sich ein Viereck aus rauen Planken – eine Falltür, der Boden eines Gebäudes. Ein Pub vielleicht, oder eines der Cottages? Wie Danny gesagt hatte, den Gerüchten nach erstreckten sich die Schmugglertunnel kilometerweit, von Haus zu Haus, von Pub zu Pub. Hektisch begann sie, gegen die Bretter zu trommeln. Die Schritte verstummten einen Augenblick lang, dann kamen sie zurück.

»HILFE!«, schrie sie. »Hier unten!«

Erleichterung durchflutete sie. Sie trommelte noch heftiger. Gleich darauf klaffte ein Lichtspalt auf, als die Falltür geöffnet wurde. Nina blinzelte und kniff die Augen zusammen, dann schluckte sie heftig.

»Sie …!«

Lesley stand über ihr, mit ihrem blassen Gesicht und dem roten Haar.

»Ich … ich nehme mal an, das hier ist die *Goonstick Farm*?«, fragte Nina verwirrt. Ihre Erleichterung löste sich in Luft auf.

Finster blickte Lesley auf sie herab, legte den Kopf schief und schniefte.

»Ich hab mich im Tunnel verlaufen. Irgendwie hat er mich zufällig hierhergeführt. Wie komisch …«

»Komisch, ja«, sagte Lesley schließlich. »Aber nicht besonders schlau.« Sie wischte sich die Nase mit dem Ärmel ab, fuhr sich mit der Zunge über die verfaulten Zähne und lächelte dann spöttisch. »Ich dachte, Sie sind schon lange weg. Sie haben *Snare Cove* doch verlassen, haben das Strandhaus verlassen und sind dahin zurückgegangen, wo Sie hergekommen sind.«

Nina zuckte ein wenig zusammen. Sie schaute den Tunnel hinunter, in die Finsternis. Ihre Ohren fingen das Plätschern von Wasser auf.

»Wir haben Flut«, warnte Lesley. »Da lang kommt man nicht weiter – es sei denn, man will ersaufen.«

Ihr Dutt rutschte nach vorn. Sie schob ihn weg und schniefte abermals. »Ich helfe Ihnen«, verkündete sie. »Ich helfe Ihnen. Kommen Sie rauf, rein ins Haus.«

»Vielen Dank, aber … ich … ich glaube, ich gehe vielleicht …« Was war sicherer, vorwärts oder zurück? Den Tunnel hinunter oder in Lesleys Haus? Während sie zögerte, wurde ihr die Entscheidung abgenommen. Lesley packte ihr Handgelenk.

»Au! Loslassen!«

Nina versuchte, den Arm wegzuziehen, doch Lesley fasste noch fester zu. Sie war verblüffend stark.

»Sie kommen jetzt *rauf*!«, beharrte sie mit hervorquellenden Augen.

Sie zerrte Nina zu sich heran, bis ihre Gesichter sich ganz nahe waren, dann schlug sie einen anderen Ton an. »Nun machen Sie doch kein so ängstliches Gesicht«, gurrte sie mit verschrobener Liebenswürdigkeit. »Ich helfe Ihnen, Nina. Das Meer fegt durch diese Tunnel wie ein durchgegangenes Pferd, also kommen Sie schon rauf. Was wollen Sie denn sonst machen?«

»Okay.« Nina begriff, dass ihr nichts anderes übrigblieb. »Okay.«

Während Lesley über ihr aufragte, zog sie sich durch die Luke in das ungemütliche Farmhaus. Sie fand sich im Flur wieder, ganz nahe bei der Treppe. Draußen hörte sie den Donner und den Regen, sah die Haustür, wie viele Schritte es bis dorthin waren, wie viele Schlösser daran waren. Sie wünschte sich inständig, sie hätte ihr Handy nicht weggeworfen. Lesley schloss die Falltür.

»Wo Sie schon mal hier sind, vielleicht möchten Sie ja Hawley besuchen? Können Sie ruhig machen. Er ist in der Küche.«

Sie zeigte auf eine Tür in der Nähe.

»Ich lüfte gerade sein Zimmer«, erklärte sie. »Das Dreckschwein, scheißt ständig ins Bett! Gehen Sie rein. Ich hol schnell Holz und mach uns ein Feuer an. Das ist 'n schlimmer Sturm da draußen. Der schlimmste, den wir seit Jahren gehabt haben.«

Ein Schwall feuchter Luft fauchte ins Haus, als

Lesley die Haustür öffnete. Als sie fort war, schluckte Nina ihre Beklommenheit hinunter und ging auf die Küche zu. Hawley saß in seinem Rollstuhl; er trug ein schmuddeliges Hemd und ein Kinderlätzchen. Neben ihm stand auf einem mit Krümeln bestreuten Sideboard ein Teller mit irgendwelchem, wenig reizvollem, beigebraunem Matsch, daneben lagen ein Plastiklöffel und ein Lappen. Nina beugte sich vor, bemühte sich, den Blick seiner halbgeschlossenen Augen einzufangen. Plötzlich empfand sie heftiges Mitleid, weil er hier drin festsaß und sich von Lesley »helfen« lassen musste.

»Hallo«, flüsterte sie. »Ich bin Nina. Ich hab mich neulich nicht getraut, mit Ihnen zu reden, aber, na ja, ich bin Sandras Tochter. Erinnern Sie sich noch an Sandra?«

Sie hielt Ausschau nach einer Reaktion.

»Sie haben Sandra geliebt, nicht wahr?«, ließ sie nicht locker. »Sandra Munroe. Sie haben Sie geliebt, und sie hat Sie auch geliebt ...«

Seine Augenlider zuckten, eine so schwache Regung, dass sie kaum wahrnehmbar war, aber das hatte definitiv etwas zu bedeuten. Sie berührte seine Hand, streichelte die papierdünne Haut, stellte eine Verbindung her.

Die Tür schwang auf.

»Also *wirklich*«, verkündete Lesley, die nass vom Regen hereingepoltert kam, ein Bündel Holz in den Armen, das sie vor ihren Füßen zu Boden fallen ließ. »Der Barb hätte mich fast umgehauen. Und die Wellen sind auch eklig. So groß wie Häuser. Ein Glück, dass Sie rechtzeitig hier aufgekreuzt sind, sonst säßen Sie da mittendrin. Wir wollen schließlich nicht, dass Sie weggeschwemmt werden. Ich setz mal Wasser auf. Sie bleiben doch zum Tee?«

Sie machte sich daran, Holz in den Herd zu werfen.

»Haben Sie nie daran gedacht, sich einen Elektroherd anzuschaffen?«, erkundigte sich Nina nervös, um die Stille auszufüllen.

»Warum denn?«

»Einfach nur ... Wär's nicht leichter?«

»Uns gefällt's so«, knurrte Lesley. »Wir brauchen keinen neumodischen Kram. Und wir brauchen niemanden, der sich einmischt.«

»Natürlich, klar.«

Lesley nahm einen altmodischen Eisentopf von einem der Haken an der Wand. Sie spuckte hinein, rieb die Innenseite mit der Hand ab – vermutlich um ihn zu säubern – und trug ihn dann zum Spülbecken. Braunes Wasser spritzte aus dem Hahn. Sie brummte irgendetwas, wartete und wandte sich dann an Nina.

»Wissen Sie, sie hat sich das selbst angetan«, verkündete sie unverhofft mit scharfer Stimme. »Es war ihre Entscheidung zu sterben. Mit mir hatte das nichts zu tun.«

Nina setzte sich kerzengerade auf. Jeder noch so winzige Nerv stand plötzlich stramm. »Sie ... Sie reden von meiner Mum?«

»Er hat *mir* gehört, verstehen Sie? Hawley hat mir gehört. Damals hat er das nicht immer so gesehen, aber letzten Endes war *ich* diejenige, die er geliebt hat. Und das ist auch gut so, weil, na ja, schauen Sie ihn sich doch jetzt mal an ...«

Mit höhnischem Grinsen schaute sie durch den

Raum, dorthin, wo Gil Hawley zusammengesunken in seinem Rollstuhl hockte. »Was ist denn noch übrig von ihm? Haut und Knochen. Keiner zu Hause. Zu nichts zu gebrauchen. Kann nichts allein machen. Seit dem Unfall war ich diejenige, die sich um ihn gekümmert hat. Ich hab ihn gefüttert, ihn aus dem Bett geholt, ihn gewaschen, seine Klamotten gereinigt, ihm den Sabber weggewischt und die Windeln gewechselt, ihn im Rollstuhl rumgeschoben, ihn ins Bett gebracht und wieder rausgeholt. Aber *sie* hat total aufgegeben. Sie hat gesagt, sie liebt ihn, hat gesagt, es wär ihnen bestimmt, zusammen zu sein, aber am Ende hat sie ihm nichts genützt, nicht, als es drauf ankam.« Ihr Tonfall war schroff und abfällig.

»Der Unfall?«, fragte Nina. »Was für einen Unfall hat er denn genau gehabt? Was ist passiert?«

»Hat sich den Schädel eingeschlagen.«

»Wann?«

»Ist schon Jahre her.«

Nina hielt ihrem Blick stand. »Wann *genau*?«

»War 'n sonniger Tag.«

»Sagen Sie's mir.«

»Im Mai.«

»Wann? Im Mai welchen Jahres?«

»Mai ... lassen Sie mich mal nachdenken ... im Mai 1991.«

Das Jahr war Nina von dem Zeitungsausschnitt über den Selbstmord ihrer Mum her geläufig: 16. Juli 1991. Zwei Monate. Zwei Monate nach Hawleys Unfall. Ihr blieb der Mund offen stehen, und sie bedeckte ihn mit der Hand. Plötzlich drosch Lesley heftig auf den Wasserhahn ein.

»Verdammtes Ding!«, grollte sie und sah Nina finster an. »Lässt sich nicht drehen! Meine Finger sind nicht mehr so geschickt wie früher. Können Sie mir nicht helfen?«

»Oh«, sagte Nina geistesabwesend. »Ja ... Was ... was soll ich denn tun?«

»Das Wasser abdrehen. Den Hahn zudrehen. Er klemmt.«

Nina trat zu Lesley ans Spülbecken. Sie griff nach dem Hahn, und er ließ sich ganz leicht drehen. Das Wasser versiegte sofort. Im Raum wurde es still. Nina schaute zu Lesley hinüber und hatte gerade noch die Möglichkeit, zu blinzeln, den Mund zu öffnen, die schwere schwarze Eisenpfanne zu erkennen, den kalten, harten Krach gegen ihre Schläfe zu spüren. Und sie hatte gerade noch die Gelegenheit, eine altmodische Sturmlaterne auf dem Boden hinter der Tür wahrzunehmen. Ihr Blick blieb an dem halb heruntergebrannten Kerzenstummel hängen, an dem weich herabgetropften Wachs. Dann verschwamm alles vor ihren Augen.

18. Kapitel

Regen trommelte heftig auf Wellblech. Nina stöhnte, rollte sich herum und wurde sich allmählich des stetigen Hämmerns bewusst. Ein Wassertropfen rann ihr übers Gesicht. Sie schaute nach oben und sah, dass die Überreste des Dachs ihren Dienst nur mit Mühe taten. Ihre Kleider waren an Knien und Ellenbogen schmutzverschmiert, und ein Stück Tau war um ihre Handgelenke geschnürt. Unbeholfen setzte sie sich auf und schaffte es, die Hände freizubekommen. Vier schwarze Wände umgaben sie. Behutsam berührte sie die schmerzhafte, blutverkrustete Schwellung dicht hinter ihrem linken Ohr und erinnerte sich an Lesley, an das Spülbecken, die gusseiserne Pfanne und die Laterne. Wahrscheinlich befand sie sich in einem der Schuppen auf dem Hof. Aber wo war Lesley jetzt? Hinter einer Sammlung verrosteter Ackergeräte sah sie große Gestalten in den Schatten emporragen. Unwillkürlich duckte sie sich, dann wurde ihr klar, dass das keine Menschen waren. Es waren Skulpturen, so hoch wie das Gebäude, aus polierten Metallstreifen gefertigt. Sie schienen zu wogen schienen wie unruhiges Wasser. Sie kroch hinüber und wischte den Staub von einer kleinen Messingplakette:

Gil Hawley
»Sea Angels«
1990

Nina starrte die ruhelose Schönheit der Statuen wie gebannt an. Sie wandte den Blick erst ab, als Autoscheinwerfer durch ein Astloch aufblitzten und sie mit einem Ruck in die Gegenwart des Schuppens und der Gefahren dort draußen zurückholten. Ein Auto auf dem Hof? Danny? Oder vielleicht Jake? Einer von den beiden war gekommen, um sie zu retten. Sie hielt den Atem an und lauschte, hörte, wie sich eine Autotür öffnete, das Knirschen von Schritten auf nassem Kies. Mit aller Kraft trommelte sie mit der Faust gegen die Wand.

»Ich bin hier drin!«

Ihre Stimme war heiser und schwach und wurde von zwei lauten Frauenstimmen übertönt. Die erste, stellte Nina fest, gehörte Lesley.

»Was machst *du* denn hier?«

Dann die zweite, sehr viel leiser, nervös, irgendwie vertraut: »Wo ist das Mädchen?«

»Geht dich nichts an.« Wieder Lesley. »Das hat überhaupt nichts mit dir zu tun. Du kannst nicht nach all den Jahren hier auftauchen und dich einmischen. Hau ab.«

»Ich weiß, dass sie hier war«, beharrte die zweite Stimme. »Bei mir war sie auch.«

Margot. Es war Margot!

Nina verkrampfte sich, versuchte, ganz ruhig zu atmen. Rasch hockte sie sich hin und spähte durch das Astloch. Sie konnte die beiden Frauen gerade eben noch erkennen. Sie standen vor einem grünen Auto, vermutlich Margots, und wurden vom Regen durchnässt.

»Du hast ihr alles Mögliche erzählt, stimmt's?«, fragte Lesley wütend. »Allen möglichen Dreck aufgerührt! Also, damit kommst du nicht durch. Dir wird's noch leidtun, dass du hergekommen bist.«

»Droh mir nicht.« Margots furchtsame kleine Gestalt verschwand fast vor Lesleys wilder Aggressivität. »Vergiss nicht, ich weiß die *Wahrheit*. Ich war es, die Sandra gefunden hat. *Ich* weiß, was passiert ist. Gott ist mein Zeuge, ich weiß, warum sie es getan hat, warum sie sich das angetan hat, und ich weiß, dass *du* schuld daran bist. Du bist krank!«

Nina schauderte und biss sich auf die Lippe. Ihr Herz raste.

»Sie haben sich geliebt«, fuhr Margot fort, und ihre Stimme gewann immer mehr an Kraft. »Sie waren glücklich miteinander, und *du* hast ihnen das kaputtgemacht.«

»Sie haben sich nicht geliebt, du Idiotin! Hawley hat mir gehört! Sandra hat versucht, ihn mir wegzunehmen!«

»So war es nicht, und das weißt du auch.«

Die Zeilen auf der Postkarte. *Lesley kommt nachher vorbei. Wir müssen sie wohl alle bei Laune halten.* Ein Hinweis darauf, dass Gil Hawley Lesley nicht so angebetet hatte, wie sie behauptete, und dass sie sich etwas eingebildet hatte. Nina drückte das Ohr an das Astloch.

»*Ich* war es, die er wollte«, sagte Lesley hartnäckig. »*Ich* bin diejenige, welche. *Ich* kümmere mich um ihn.«

»Du hast doch dafür gesorgt, dass es so kommt!«, erwiderte Margot. »Du hast dich da reingedrängt. Es hätte auch Sandra sein können. Es hätte Sandra sein *sollen*, aber das hast du unmöglich gemacht. Du bist jetzt nicht bei Gil, weil ihr beide euch liebt, sondern weil er sich nicht wehren kann. Was hat er denn für eine *Wahl*? Du bist bei ihm, weil er nichts dagegen machen kann. Er hat Sandra geliebt, Sandra und ihre Kleine ...«

»Das stimmt nicht!«

»Er hatte vor, mit ihnen wegzugehen. Sie wollten weg ...«

Nina erstarrte.

Sie dachte an die Worte ihrer Mum, an jenen Tag im Schlauchboot. *Mummy hat einen Plan.* Wie nahe dran waren sie gewesen? Wenn alles geklappt hätte, wenn sie mit Hawley durchgebrannt wären als sie die Chance gehabt hatte, wäre dann alles anders? Sie bekam keine Luft. Ihr Herz fühlte sich an, als säße es in ihrem Magen und schlüge dort wie wild.

»DAS STIMMT NICHT!«, brüllte Lesley. »Er wollte Sandra und ihr Gör doch gar nicht! Er hat sie gehasst!«

»Wie *kannst* du nur?«, rief Margot. »Wie kannst du so was sagen, nach dem, was du getan hast? Es ist doch deine Schuld, dass Gil so ist, wie er ist, und dass Sandra tot ist. Ihr werdet in der Hölle brennen, ihr alle beide!«

»Halt den Mund!«

»Du weißt, dass es wahr ist. Sie hat sich umgebracht, weil du ihn ihr weggenommen hast. Du hast ihr nichts gelassen. Du hast ihr den Mann genommen, den sie aufrichtig geliebt hat. Du und Alan ...«

»Sag seinen Namen nicht! Sprich nicht von ihm! Wir haben gesagt, wir würden nicht ...«

Alan? Ninas Vater? Nina blinzelte, bemühte sich verzweifelt, alles, was sie da hörte, zu begreifen.

»Das spielt doch keine Rolle mehr«, sagte Margot. »Ganz gleich, was du Alan versprochen hast, jetzt ist er tot. Das Mädchen hat's uns erzählt. Deswegen ist sie nach Polpeggen gekommen. Er hat ihr *Snare Cove* hinterlassen. Die Vergangenheit ist vorbei. Lass sie in Ruhe, Lesley. Lass sie ihr Leben weiterleben.«

»Sei still! Halt den Mund! Mach, dass du ins Dorf zurückkommst!«

Ein Blitz erhellte den Himmel. Nina lehnte sich zurück und ließ sich an der Wand hinabrutschen. Ihr Kopf schmerzte vor Konzentration. Sie überlegte, ob sie aus dem Schuppen stürzen, sich zeigen sollte, doch Lesley, so fürchtete sie, war zu unberechenbar. Wieder hörte sie die Autotür. Hastig kam sie auf die Knie und brachte das Auge gerade noch rechtzeitig an das Astloch, um zu sehen, wie Margot sich bückte und ihre Schlüssel aufhob. Dann richtete sie sich mit harten, glasigen Augen auf. Eine letzte Anschuldigung galt es noch vorzubringen.

»Man hätte euch einsperren sollen, euch alle beide! Im Prinzip seid ihr nichts anderes als Mörder!«

Damit versuchte sie, in den Wagen zu steigen, doch Lesley stürzte auf sie los, packte sie am Haar und riss sie zurück. Margot schrie auf, und Lesley knallte ihr die Autotür ins Gesicht, riss sie zurück und drosch noch einmal damit zu. Margot sackte zusammen. Blut sammelte sich um ihren schlaffen Körper.

Sekunden vergingen, bevor Nina klar denken konnte. Sie atmete in ihre Hände, erstickte die Hysterie. Dann sah sie, wie Lesley sich ungerührt abwandte und ins Haus ging. Nina konnte das Eingesperrtsein nicht länger ertragen; mit aller Kraft zog sie die Tür auf und schlich hinaus. Sie wollte davonlaufen, so weit weg von der Farm, wie sie nur konnte, doch ihr Gewissen hielt sie zurück. Zuerst ging sie zu Margots regennasser Gestalt hinüber und kauerte sich neben sie. Sie konnte sie vor sich hinmurmeln hören.

»Ist ja gut«, flüsterte sie. »Es ist okay.«

Sie streichelte Margots Arm, tat ihr Bestes, sich zu fassen. »Ich hab gesehen, was passiert ist. Wir müssen hier weg. Glauben Sie ... glauben Sie, Sie können aufstehen?«

Margot drehte den Kopf. Ihr schmutziges, blutüberströmtes Gesicht sah schauerlich aus. Als sie Nina erkannte, lächelte sie schwach. Nina fasste sie unter den Schultern und wollte sie gerade hochheben, doch als sie sie auf die Knie wuchtete, wurden Margots Augen plötzlich groß vor Schreck. Lesley stand hinter ihnen, ein Küchenmesser in der Hand.

»Wenn du mehr Grips im Kopf hast als deine Mutter«, zischte sie mit kaltem, höhnischem Grinsen, »dann gehst du jetzt schön ins Haus.«

Nina erhob sich. »Ich ... ich ...«

»Geh schon. *Sofort.*«

Die Messerspitze im Rücken, wurde Nina ins Farmhaus zurückgedrängt.

»Und wenn du keinen Ärger mehr machst«, flüsterte Lesley hinter ihr, »dann lass ich dich vielleicht am Leben.«

Sie gingen in die Küche. Gil Hawley saß noch immer in seinem Rollstuhl, die Augen geschlossen, völlig weggetreten. Lesley befahl Nina, sich an den Tisch zu setzen.

»Ich glaube, wir trinken jetzt mal unsere Tasse

Tee«, verkündete sie mit leichter, unbekümmerter Stimme.

»Aber was ist mit Margot?«, stammelte Nina. »Sie können sie doch nicht da draußen liegen lassen! Sie ist schlimm verletzt!«

Ihre Bitte fand keine Beachtung.

»Sie trinken doch auch eine, nicht wahr?«, erkundigte sich Lesley leichthin.

»Sie bedrohen mich mit einem Messer, und im selben Atemzug fragen Sie mich, ob ich *Tee* möchte?«

»Wenn Sie lieber Wasser möchten, geht das auch in Ordnung.«

Nina schüttelte entsetzt den Kopf; sie hatte es hier nicht mit einem rationalen Verstand zu tun. Dann jedoch kam ihr der Gedanke, dass sie das zu ihrem Vorteil nutzen könnte. Wenn Sie dafür sorgte, dass Lesley weiterredete, wenn sie sie ablenken könnte, wenn sie mitspielte – so wie vorhin bei Jake –, dann könnte sie sich Zeit verschaffen und nach einem Telefon suchen, nach einer Möglichkeit, Alarm zu schlagen.

»Okay, ich nehme Tee«, sagte sie hastig. »Tee wäre toll.«

»Gut.«

Lesley schlurfte zum Herd hinüber, das Messer noch immer in der Hand, und setzte Wasser auf.

»Ich habe gehört, worüber Sie beide gesprochen haben«, bemerkte Nina ganz ruhig, als wäre dies hier nur eine kleine Plauderei. »Ich habe gehört, was Sie über meine Mum gesagt haben, dass sie versucht hat, Ihnen Hawley wegzunehmen. Das ist ja schrecklich. Sie Ärmste. Ich finde es zum Kotzen, wenn jemand seinen Partner betrügt.«

Lesley runzelte die Stirn.

»Was ich nicht verstehe«, fuhr Nina fort, »ist, welche Rolle mein Vater – Alan –, welche Rolle er dabei gespielt hat.«

»Das geht dich nichts an.«

»Natürlich. Entschuldigung, ich wollte nicht neugierig sein.«

»Er musste es doch wissen.«

»Wissen?«

»Na, von *dir*.«

Lesley blickte zu Boden, und zum ersten Mal sah Nina einen Anflug von Reue in ihrem Gesicht.

»Ich hab doch nicht gewusst, dass das alles kaputtmachen würde«, sagte die alte Frau mürrisch. »Ich dachte, es wäre die Lösung. Ich hab seine Telefonnummer gefunden, bei den Sachen deiner Mum, und hab ihn angerufen. Und ich hab's ihm gesagt. Ich hab ihm gesagt, er soll sich vorsehen, dass er da vielleicht 'n kleines Mädchen großzieht, das gar nicht von ihm ist. Ich hab ihm gesagt, dass deine Mum und Hawley das Bett miteinander geteilt haben, und dass das schon vor deiner Geburt angefangen hat. Ich hab die beiden verpfiffen. Er musste Bescheid wissen. Das war mein Plan. Ich würde ihm sagen, was sie getrieben haben, damit er sie von hier wegholt. Und es hat auch geklappt. Monatelang haben wir sie nicht zu Gesicht gekriegt, und ich hatte Hawley ganz für mich. Da hatte er Zeit, sich in mich zu verlieben ... Bis sie wieder hier aufgetaucht ist. Konnte wohl nicht anders, wie? Kam immer öfter, heimlich, hat dich mitgeschleppt. Nur war's gar nicht wirklich ein Geheimnis, er hat's nämlich gewusst, dein Vater, er hat *alles* gewusst. Und dann ist er eines Tages hier aufgekreuzt« – sie hielt inne und starrte zur Decke hinauf – »und da ist das alles passiert.«

»Was denn?«

»So einen Wutanfall hab ich noch nie gesehen. Oder einen so schönen Tag.« Lesley lächelte, als durchlebe sie von Neuem schöne Erinnerungen.

»Wir haben in *Snare Cove* gemalt«, sagte sie. »Hawley, ich und Merryn.«

»Merryn?«

»War ein wunderschöner Tag. Einer von meinen schönsten. Aber dann wurde es schlimm ...«

»Inwiefern?«

»Wir haben gerade zusammengepackt, als wir Gebrüll hörten. Alan ist oben auf dem Klippenpfad aufgetaucht, ganz komisch angezogen, in so einem feinen Anzug. Ich hab sofort gewusst, worum es geht. Er hatte genug. Was immer er angestellt hat, um deine Mum von Hawley fernzuhalten, es hat nicht funktioniert, und er hatte genug. Er wollte sich prügeln. Aber Hawley hatte es nicht so mit dem Prügeln. Hat den Kürzeren gezogen. Ist die Felsen runtergefallen und dabei immer wieder aufgeschlagen. Am Schluss hatte sein Kopf 'ne ganz komische Form. Den Anblick vergesse ich nie. Wir haben ihn in das große Krankenhaus in Truro gebracht, aber Alan, dein Vater, der hat uns beiseite genommen und gesagt, wir sollen allen erzählen, Hawley wäre ausgerutscht. Kein Sterbenswörtchen sollten wir sagen. Sie mussten ihm ein Stück vom Schädel wegnehmen, weißt du? Über das meiste haben sie eine Metallplatte gepackt, aber er hat da immer noch so 'ne weiche Stelle, direkt überm Hals. Ganz wabbelig.«

Nina schauderte. Ihr war, als drehe sich das ganze Zimmer.

»Dein Vater hat gesagt, er sorgt dafür, dass ich und Hawley zurechtkommen. Merryn auch, solange wir unser Versprechen halten. Niemandem was zu sagen. Er hat gesagt, er sorgt für uns, aber danach ist er nicht mehr wiedergekommen. Also sind wir halt allein klargekommen. Ist auch besser so. Wir brauchen keine anderen Leute, die sich einmischen. Du siehst übrigens aus wie sie, weißt du? Wie Sandra.«

Zu benommen, um zu reagieren, ließ Nina den Blick durch den Raum schweifen, über den Herd, die gusseiserne Pfanne, durch die ganze verdreckte Küche, bis zu Gil Hawley, der jetzt schlief. Ein Speichelfaden hing ihm vom Kinn herab. In weiter Ferne konnte sie das Donnern der Wellen hören.

»Also, jetzt verstehst du«, meinte Lesley. »Hawley gehört mir. Wir brauchen niemanden, der uns in die Quere kommt. Das hier ist *unsere* Farm. Wenn du glaubst, du kommst einfach hierher zurück und willst ihn wiederhaben, das lass ich nicht zu. Du hättest wegbleiben sollen. Das wäre für alle besser gewesen. Ich dachte ja, ich hätte genug angestellt, um dich loszuwerden, aber dann bist du zurückgekommen, genau wie sie. Und das wirst du bereuen ... so wie sie's bereut hat.«

Mit einem Ruck kam Nina wieder zu sich.

»Der Tunnel?« Ihre Augen wurden groß. »Sie waren das. Sie sind ins Strandhaus gekommen und haben dort alles durcheinandergebracht, haben versucht, mir Angst zu machen. Der Zweitschlüssel für den Schrank – Merryn hat ihn behalten. Er hat ihn Ihnen gegeben. *Sie* waren es, stimmt's? Sie sind durch den Tunnel gekommen!«

Sie konnte den wachsenden Zorn in ihrer Stimme hören, die Anspannung in ihrem Kiefer fühlen, und erhob sich. »Und das Licht! Diese bescheuerte Geschichte von Sally Winsel! Ich hab gedacht, es wäre Danny, aber das waren *Sie*! Es war *Ihre* Laterne. Sie und Merryn, ihr versucht, mich zu vertreiben, versucht, euer grässliches, ekliges Geheimnis zu bewahren. Was seid ihr eigentlich für *Psychopathen*?«

Lesley schrumpfte in sich zusammen wie ein Kind, das wieder und wieder eine Katze geärgert hat und dann schockiert ist, wenn sie zurückschlägt. Nina konnte sehen, wie sie sich innerlich spannte wie eine Sprungfeder, wie sie zum Gegenschlag ansetzte. Die Knöchel der Faust, die das Messer umklammerte, wurden weiß.

»Er gehört mir!«, grollte sie mit hervorquellenden Augen. »Du kriegst ihn nicht!«

Sie drückte die Hände auf die Ohren, als würde sie von irgendeiner dämonischen Macht gepeinigt, die sie sich verzweifelt aus dem Kopf zu reißen versuchte. Dann fegte sie mit dem Arm über den Küchentisch. Teller, Tassen und abgestandene Essensreste flogen in alle Richtungen.

»Du hättest weggehen und weg*bleiben* sollen!«, schrie sie und fuchtelte mit dem Messer herum. »Jetzt nimmst du mir Hawley nicht mehr weg! Wir sind zu weit gekommen, wir beide zusammen!«

Nina wich zurück und hob instinktiv abwehrend die Hände. Mit einem weiteren Schrei stürzte Lesley sich auf sie, stieß mit dem Messer zu. Die beiden stolperten gegeneinander, stießen erst gegen den Herd, dann gegen einen Stuhl. Ihre Arme waren fest ineinander verkeilt, während sie sich wanden und miteinander rangen. Einen Augenblick lang lösten sie sich voneinander, dann stieß Lesley abermals zu. Nina spürte, wie die Klinge ihren Unterarm traf. Ein Gefühl der Kälte schoss durch ihr Handgelenk und in die Hand hinunter. Sie schlug mit allem um sich, was sie in die Finger bekam – ein Löffel, ein Marmeladenglas, die Laterne hinter der Tür. Diese bekam sie am Griff zu fassen und schwang sie hart gegen Lesleys Knie. Die alte Frau taumelte.

Während dieser kurzen Gnadenfrist stolperte Nina in den Flur hinaus. Sie konnte sehen, dass die Haustür abgeschlossen und verriegelt war, also eilte sie zu der Falltür. Ohne nachzudenken, hockte sie sich hin und hob sie an. Sie hörte, wie Lesley vor sich hinbrabbelte und sich wieder fing, also sprang sie in das Loch und zog die Falltür hinter sich zu.

Dunkelheit. Ein Moment, um ganz still zu verharren und zu atmen.

Dann ertönte Lesleys Stimme von oben: »Du dummes Ding! Wo willst du denn hin? Der Tunnel ist überflutet. Du wirst ertrinken!«

Nina kauerte sich hin und wischte sich die Stirn ab. Sie saß in der Falle: Eine Wahnsinnige mit einem Messer an einem Ende, ein sturmgepeitschtes Meer am anderen. Wofür sollte sie sich entscheiden? Sie hörte die Dielen über sich knarren, blickte den Tunnel entlang und kroch los. Das Plätschern wurde lauter. Die Finsternis war überwältigend. Irgendwo ganz hinten in Ninas Kopf wünschte sie, sie säße wieder in der

Hochzeitslimousine und träfe eine ganz andere Entscheidung.

Als sie zu erschöpft war, um weiterzukriechen, ließ sie sich mitten in einer schleimigen Pfütze auf den Bauch fallen. Heftiges Schluchzen schüttelte ihren Körper. Die Wunde an ihrem Arm pochte schmerzhaft. Bestimmt war sie ganz in der Nähe des Ausgangs in der Bucht, denn das Wasser dröhnte jetzt überall um sie herum und bedrohte sie aufs Schlimmste. Schließlich stemmte sie sich hoch und schob sich weiter. Sie erreichte eine Stelle, wo sie aufrecht stehen konnte und erkannte den schmalen Felsspalt, den Weg hinaus in die Bucht. Sie quetschte sich hindurch, tastete sich das Sims entlang, sah ein Dreieck aus Mondlicht vor sich – und eine hüfttiefe, wild wogende Wasserfläche. Als sie rasch nach hinten schaute und flackernden Laternenschein sah, war ihr klar, dass Lesley ihr folgte. Wenn der Tod denn unmittelbar bevorstand, entschied sie rasch, dann nicht durch die Hand einer Irren.

Nina holte tief Luft, sprang ins Wasser und watete vorwärts, doch die Wellen waren zu stark. Sie verlor den Boden unter den Füßen und sank unter die Oberfläche. Verzweifelt bemüht, den Kopf über Wasser zu halten, schlug sie keuchend um sich. Unter sich konnte sie Sand und Felsen spüren, doch es war vergebens. Der Sog des Wassers trieb sie geradewegs auf den Höhlenausgang zu, wo die volle Wucht der Brandung tödliche Gefahr mit sich brachte. Binnen Sekunden konnte sie nicht mehr schreien oder klar denken. Die Kälte ließ ihre Glieder taub werden. Welle auf Welle flutete über ihren Kopf, füllte ihr Augen und Nase mit Wasser.

Stille. Dunkelheit.

Und dann ein Licht.

Deutlich und weiß im Wasser.

Plötzlich verspürte Nina einen Energieschub in Armen und Beinen, den Drang, sich rhythmisch vorwärtszubewegen wie ein Frosch, zu schwimmen. Zu *schwimmen*? Sie erinnerte sich. Ihre Mum hatte es sie gelehrt, neben dem orangeroten Schlauchboot, im sonnenbeschienenen Meer, wo sie herumgeplanscht und gelacht hatten. Mit langen, kräftigen Zügen glitt sie durchs Wasser, als hätte sie schon immer gewusst, wie das ging, auf das Licht, auf diesen gleißend weißen Punkt zu. Als sie durch die Oberfläche brach, holte sie tief Luft, fühlte die unendliche Erleichterung, mit der Leben in ihre Lunge strömte. Als die Wellen schwächer wurden, konnte sie sich treiben lassen, den Blick zum sternenhellen Himmel emporgerichtet. Schließlich trug die Dünung sie ans Ufer. Das kleine weiße Licht leuchtete vom Ufer her, schwang in großen Bögen hin und her, so wie damals. Mit jeder Sekunde, die verstrich, schien es schwächer zu werden. Dannys Worte trieben durch ihren halbwachen Verstand.

Das Licht kann alles sein, was du willst.

»Mum«, flüsterte sie.

Unwillkürlich streckte sie die Hand aus und griff nach dem Licht, doch als sie das tat, erlosch es.

Irgendwie verstand sie.

Sein Werk war getan.

Mit geisterhafter Anmut erhob sie sich vom Strand, kletterte über die Felsen und ging zur Straße hinauf. Alles erschien ihr übermäßig real, wie durch die Linse einer scharf gestellten Kamera. Zuerst ging sie langsam, fühlte sich innerlich heiter und gelassen, war sich ihrer Bewegungen kaum bewusst, doch als die Ereignisse des Abends langsam zurückkamen, empfand sie immer mehr Dringlichkeit. Sie hatte fliehen können, aber Gil Hawley und Margot waren Lesley noch immer schutzlos ausgeliefert. Da sie kein Handy und keine Möglichkeit hatte, Hilfe herbeizurufen, war ihre einzige Chance, ein Auto anzuhalten oder in Polpeggen Beistand zu finden. Als sie schließlich am Bahnhof ankam, war der Fahrkartenschalter verwaist. Das Gleis war von dreißig Zentimetern Regenwasser überschwemmt. Sie hastete weiter, zum Polizeirevier. Hämmerte an die Tür, drückte auf die Klingel, doch es tat sich nichts – nur ein Schild im Fenster empfahl ihr, bei Bedarf die Notrufnummer zu wählen. Sie eilte zum Hafen, wo doch immer viel los war, fand den Weg ohne Zögern oder Irrtum. Mittlerweile kannte sie sich in Polpeggen aus. Sie war ein Teil des zusammengestückelten Gewebes, war einer der Fäden.

Im Gehen hielt sie nach Lebenszeichen in den Fenstern der Hafenkneipen Ausschau. Sämtliche Pubs waren leer, und ihr ging auf, dass sie die Einzige auf der Straße war. Vielleicht waren wegen des Sturms alle in ihren Häusern geblieben? Die Trümmer im Hafen zeigten deutlich, dass ein paar von den kleineren Booten die volle Wucht des Sturms abbekommen hatten. Die *Ida-May* hatte Schlagseite, ihr Mast war in der Mitte durchgebrochen. Ein einsames Auto kam vorbei, die Reifen klackerten auf dem nassen Kopfsteinpflaster. Eine Gruppe Jugendlicher schlitterte auf Fährrädern durch eine Gasse, aber alle anderen – die Urlauber-

Familien, die mutigen Surfer mit ihren Neoprenanzügen und ihren Brettern, die Hundebesitzer, die Fischer aus dem Ort, Danny, Merryn, sogar Jake – *alle* waren verschwunden. Nina wurde übel, wenn sie an Hawley dachte, an seinen Zustand, ob ihm etwas passiert war, ob er überhaupt noch lebte. Und Margot, die arme Margot. Verzweifelt marschierte sie zum *Tredovar Inn*, dort war doch immer jemand. Mit eingezogenem Kopf trat sie durch den niedrigen Eingang, doch alles, was sie sah, waren schmutzige Bodendielen, leere Bänke, leere Räume.

»Hallo?«, rief sie. »Ist hier jemand?«

Ein dünnes, halbwüchsiges Mädchen erschien in der Küchentür, eine zusammengerollte Zeitschrift in der Hand. Nina erkannte sie, sie war die Tochter des Wirts, mit ihrem in totaler Abwehr wie gepanzert wirkendem Gesicht. Piercings entlang der Brauen, Kaugummi zwischen den Kiefern, verschmiertes dunkles Augen-Make-up auf blasser Veganer-Haut.

»Ja?«

»Bitte, ich brauche Hilfe. Wo sind denn alle hin? Der Bahnhof, die Restaurants, die Bars, das Polizeirevier, die sind alle ...«

»Am Dag«, sagte das Mädchen mit ausdrucksloser Stimme, ohne ihr in die Augen zu sehen.

»Bitte?«

»Sie sind am *Dag Point*, auf der anderen Seite des Dorfs.« Sie entrollte ihre Zeitung auf der Bar und befingerte die ersten Seiten.

»Äh, entschuldige, *wer*? Wer ist am *Dag Point*?«

»Na, alle.«

»Alle?«

»Jep.« Dieses Wort wurde mit einem selbstzufriedenen Blasenplatzen zum Besten gegeben – womit, wie Nina klar wurde, ein Schlussstrich unter das Gespräch gezogen und sie weggeschickt werden sollte.

»Ist da irgendwas los?«, bohrte sie beharrlich nach.

Das Mädchen seufzte und wurde dann etwas lebhafter, als sie Ninas blutgetränkten Ärmel sah.

»Ein Schiff ist in die Bucht gekommen. Ist auf die Felsen gelaufen. Die sind alle unten und holen sich die Ladung.«

Entlang des Ufers wimmelte es von Menschen; Nina konnte kaum etwas erkennen. Die Menschen sahen aus wie über den Strand schwärmende Ameisen, alle Bewegungen auf ein einziges gemeinsames Ziel ausgerichtet. Ungeachtet des kalten Wassers wateten sie in die Untiefen hinaus und zerrten aus den Wellen, was sie konnten. Das Ganze war koordiniert; Kisten und Kartons wurden über eine Kette aus fleißigen Händen bis auf den Sand hinaufgereicht, wo der Inhalt von denen, die sich mit Brecheisen und Spaten bewaffnet hatten, geplündert und verteilt wurde. Hinter alldem ragte der gewaltige Kadaver eines Frachtschiffs aus dem Wasser, kastriert und hilflos.

Es sah aus, als wäre das ganze Dorf losgezogen, einen knappen Kilometer weit die Küste entlang, um Teil dieses makabren Spektakels zu sein, so, wie sie es wegen eines Feuerwerks oder eines Karnevalsumzugs getan hätten. Zwei Hubschrauber mit hellen Scheinwerfern schwebten über der Szenerie, doch ihre Anwesenheit trug wenig dazu bei, die Situation unter Kontrolle zu bringen. Auf jeden Fall konnten sie nicht verhindern, dass sich einer der gewaltigen Container aus seiner Vertäuung löste und unter zynischem Jubel ins Wasser krachte. Ganz in der Nähe drückten zwei Frauen mit beiden Armen Packungen voll durchnässter Windeln und Spülmaschinentabs an sich, während ihre Kinder in dem Wald aus Erwachsenenbeinen umherrannten. Hinter ihnen hatten sich mehrere Halbwüchsige schützend um ein BMW-Motorrad geschart und zogen abwechselnd an einer Zigarette, während ein alter Mann Hundefutterdosen hochhielt und mit der fröhlichen Stimme eines Marktschreiers die Aufmerksamkeit aller Haustierbesitzer einforderte. Benommen stolperte Nina durch Treibgut aus nasser Pappe und Blasenfolie. Allmählich fühlte sie sich unsicher auf den Beinen, als würde sie gleich umkippen. Jemand drückte ihr zwei Designer-Uhren in die Hand. Sie starrte sie einen Moment lang an und ließ sie dann fallen, weil sie sie weder brauchte noch haben wollte. Dann hörte sie ihren Namen.

»Nina! Nina!«

Es war Jake. Er drängte sich zu ihr durch.

»Nina! Hast du das gesehen ... Diese Leute, die sind ja so was von ... gierig! Das ist ja schlimmer als der erste Tag vom Winterschlussverkauf. Obszön ist das!«

Er starrte sie an. »Du siehst irgendwie komisch aus, Nina. Ist alles okay?«

Zu benebelt, um zu sprechen, hielt sie ihren blutigen Arm hoch.

»Mann!« Jake packte sie, ehe sie umfiel.

»Du bist ja verletzt! Eine Schnittwunde! Das sieht böse aus! Was ist denn passiert? War ... war das etwa eines von diesen Landeiern?«

Sie schüttelte den Kopf, doch er bemerkte es nicht. Er zog sie sofort hinter sich und drängte sich durch die Menge, herrschte die Leute an, ihm aus dem Weg zu gehen. »Los, weg da! Wir brauchen Hilfe! Meine Verlobte ist mit einem Messer angegriffen worden!«

Schließlich bemerkten zwei Polizisten in gelben Warnwesten den Aufruhr und kamen herüber. Jake setzte zu einer Wutrede über die Gewaltbereitschaft der Menge an, doch Nina brachte ihn zum Schweigen und berichtete in abgerissenen Sätzen von den Ereignissen im Farmhaus und davor. Sie flehte die Polizisten an, einen Streifenwagen dorthin zu schicken, um Hawley und Margot zu helfen. Einer von ihnen gab einen Funkspruch durch, während der andere eine Rettungsdecke um sie legte und sie zur anderen Strandseite hinüberlotste, wo eine Reihe blauer Funkellichter die Anwesenheit von Krankenwagen verkündete. Jake folgte ihnen unter ständigen Fragen nach dem Farmhaus und was in aller Welt denn los gewesen wäre, doch Nina hatte keine Lust, ihm das alles zu erklären. Seine Gegenwart – und die Tatsache, dass er sie als seine Verlobte bezeichnet hatte – gingen ihr lediglich auf die Nerven.

Auf dem Strandabschnitt vor den Krankenwagen herrschte weniger Betriebsamkeit. Ein paar einsame Gestalten – die unglückselige Besatzung des Schiffes – saßen mit leerem Blick im Sand. Die Menschen, die zwischen ihnen umherliefen, bewachten keine Strandräuberbeute, Designer-Brieftaschen oder Automotoren. Sie halfen und beschwichtigten. Mit selbstherrlicher Ungeduld trampelte Jake mitten durch sie hindurch und verlangte, dass jemand sofort Nina versorgen solle. Einer der Rettungshelfer warf einen kurzen Blick auf ihren Arm, sah, dass sie sich einigermaßen hielt und sagte: »Keine Angst, wir kümmern uns um sie, sobald wir können. Sorgen Sie fürs Erste einfach dafür, dass sie sich hinsetzt.«

»Aber sie *blutet* doch!«

»Hör mal, Kumpel«, sagte ein anderer Rettungshelfer, ein Hüne mit rasiertem Schädel. »Wir haben hier 'ne Menge Leute, denen es echt mies geht. Das hier ist ein Noteinsatz. Wir tun unser Bestes.«

»Ist schon gut«, versicherte Nina verlegen. »Ich kann gern warten.«

Sie konnte spüren, wie Jake neben ihr herumzappelte und sich zornig verspannte. Geh doch einfach weg, dachte sie, verschwinde. Während sie warteten, fiel ihr ein anderer Mann auf, ein ganzes Stück entfernt, der sich hinhockte und sich um ein Mitglied der schiffbrüchigen Crew bemühte. Seine Jacke auszog, sie dem Mann um die Schultern legte und ihn tröstend drückte. Dann stand er auf und fuhr sich mit der Hand durch seine blonden Locken.

Es war Danny. Natürlich war es Danny.

Der Rest der Nacht glich einem verschwommenen Schemen. Das aufgelaufene Frachtschiff knarrte draußen auf dem Wasser, während eine Handvoll entschlossener Wrackräuber am Strand ausharrte und ihre Taschenlampen durch die Dunkelheit tanzten. Hölzerne Kisten wurden in der weißen Gischt hin und her geschleudert und schafften es nie ganz bis ans Ufer. Es gelang Nina, ein Gespräch mit Jake zu vermeiden, indem sie vorgab, noch zu sehr unter Schock zu stehen und zu große Schmerzen zu haben. Er verbrachte die Zeit damit, neben ihr zu stehen, nervös auf und ab zu tigern und auf die Uhr zu sehen. Schließlich reinigte ein Rettungshelfer die Schnittwunde an Ninas Arm und nähte sie; danach fuhr ein Polizist sie aufs Revier, damit sie ihre Aussage machen konnte. Jake bestand darauf, sie zu begleiten.

»Was für eine Nacht!«, meinte der diensthabende Beamte. »Wir mussten Verstärkung von den Dienststellen in der Umgebung anfordern. So ein Wrack hatten wir schon seit Jahren nicht mehr.«

Er warf einen kurzen Blick auf den Verband um Ninas Arm. »Sind Sie das Mädchen von der *Goonstick Farm*?«

Nina lächelte erschöpft. »Bitte, gibt es irgendetwas Neues?«

»Ja, wir haben's in die Schlagzeilen von morgen geschafft. Die Luftaufnahmen von dem Frachtschiff sehen echt toll aus ...«

»Von der *Goonstick Farm*.«

»Oh. Äh. Warten Sie hier, ich schau mal nach.«

Während Jake ruhelos umherlief, trank Nina Tee mit Milch aus einem Styroporbecher und sah den Polizisten zu, die wie ein Karussell durch die Empfangshalle wirbelten. Endlich bat einer von ihnen sie in eine Zelle, um ihre Aussage zu Protokoll zu nehmen.

»Sie stehen nicht unter Arrest«, beteuerte er scherzhaft. »Es ist nur so, hier ist so viel los, wir haben gar keine Zimmer mehr frei.«

Jake stand auf, um mitzukommen.

»Ich mach das allein, vielen Dank«, sagte sie mit fester Stimme.

In der Zelle schilderte sie die Ereignisse auf der Farm und schilderte sie dann noch einmal. Sie konnte die innere Erregung in den Augen des Polizisten sehen. Es war offenkundig, dass er unbedingt wieder zu dem Frachtschiff-Einsatz zurückwollte und sich nicht mit einem häuslichen Drama befassen mochte. Als er fragte, warum Nina überhaupt auf der Farm gewesen sei, setzte sie schon an, ihre Verbindung zu Gil Hawley zu erläutern – doch als sie zu Gils »Unfall« kam und zu Lesleys und Merryns Plan, die Wahrheit zu verschweigen, machte ihr Verstand plötzlich dicht. Was sollte das bringen?

Augenblicke später wurden sie von einem Zivilbeamten unterbrochen. Er rief seinen Kollegen beiseite, flüsterte irgendetwas und wandte sich dann an Nina.

»Es gibt Neuigkeiten«, verkündete er. »Unsere Jungs haben Mrs Rosewall gefunden ...«

»Margot!«, stieß Nina hervor. »Ist sie okay?«

»Sie hat eine schlimme Kopfverletzung, genau wie Sie es beschrieben haben, und sie steht unter Schock, aber sie sollte eigentlich wieder werden. Sie ist jetzt auf dem Weg ins Krankenhaus, da kümmern sie sich um sie. Was die Frau betrifft, die Sie angegriffen hat ...«

Nina schauderte.

»Da hatten wir kein Glück. Sie sagen, sie ist Ihnen in den Tunnel gefolgt?«

»Ja.«

Der Polizist sog scharf die Luft ein. »Ich sag Ihnen was, Sie hatten Mordsglück, das zu überleben. Da unten herrscht eine Wahnsinnsbrandung. Ich musste mein Team zurückrufen, wegen Sicherheitsbedenken.

Wir tippen darauf, dass Ihre Verfolgerin weniger Glück hatte. Wir haben eine Meldung an die Küstenwache rausgegeben, aber die haben im Moment natürlich ein bisschen viel um die Ohren.«

Nina schloss die Augen. »Und was ist mit Gil Hawley?«

»Der alte Mann im Rollstuhl? Den bringen sie gerade zur Behandlung in ein Hospiz. Super geht's ihm nicht gerade, aber ich bezweifle, dass das was mit dem zu tun hat, was heute Nacht passiert ist. Ich hab in meinem Leben ja schon so einiges gesehen, das kann ich Ihnen sagen, aber dieses Farmhaus ... Wahrscheinlich haben Sie dem Alten einen Gefallen getan. Jetzt wird er in einem Heim versorgt, wo es ein bisschen ... *hygienischer* zugeht. Erstaunlich, dass er so lange durchgehalten hat, wenn man bedenkt, wie pflegebedürftig er ist.«

»Vielleicht hat er ja seine Gründe«, sagte Nina leise.

»Also, das wärs für's Erste. Wir lassen Sie wissen, wenn es neue Informationen gibt, aber vielleicht sollten Sie lieber nach Hause gehen und sich ausruhen. Ihre Freunde warten schon auf Sie.«

»Freunde?«

Nina spähte durch die Tür. Jake stürmte quer durch die Empfangshalle auf sie zu. »Bist du endlich fertig?«, wollte er wissen. »Können wir jetzt gehen?«

Sie blickte geradewegs durch ihn hindurch, auf eine Bank an der hinteren Wand, wo Danny saß; Merryn neben sich. Sie lächelte. Danny stand auf. Jake starrte ihn an.

»*Komm* schon«, knurrte er und zerrte an Ninas verletztem Arm. »Gehen wir. Wir sind schon lange genug hier. Wir brauchen ein Taxi. Wir müssen uns ein anständiges Hotel suchen.«

»Hi, Nina«, sagte Danny. »Wir haben gehört, was passiert ist; wir sind hergekommen, sobald wir konnten.«

»Verzeihung«, fiel Jake ihm gebieterisch ins Wort. »Und ihr seid hier, weil ...?«

»Wir sind wegen Nina hier«, antwortete Danny, »um zu sehen, ob sie jemanden braucht, der sie nach Hause fährt.«

Jake gab einen spöttischen Laut von sich. »Nach Hause?«

Er musterte Danny von oben bis unten, dann wandte er sich an Nina. »Echt jetzt?«, fragte er angewidert. »*Das* ist der Typ?«

Ehe Nina antworten konnte, schlurfte Merryn zwischen sie. »Hallo, Nina«, sagte er. »Was macht der Arm?«

»Ich werd's überleben.«

»Es tut mir wirklich leid«, ließ Merryn nicht locker. »Sie wissen ja jetzt wohl alles, aber seien Sie Danny nicht böse. Er wusste nichts von alldem. Ich hab ihn gebeten, Sie im Auge zu behalten, hab ihm aber nicht gesagt, warum ...«

»Mich im Auge zu behalten?«, fragte Nina empört.

Jakes Gesicht leuchtete auf. Danny wand sich unbehaglich.

»Nur ganz am Anfang«, beteuerte er. »Bevor ich dich näher kennengelernt habe. Merryn hat mich gebeten, mich ein bisschen mit dir anzufreunden, aber ich schwör's, ich hatte keine Ahnung, wo das hinführen würde. Und keine Ahnung, dass ich ... dich so gernhaben würde.«

»Ganz ehrlich, Nina«, mischte sich Merryn ein und senkte den Kopf. Er schämte sich zu sehr, um ihr in die Augen zu sehen. »Danny hat Sie wirklich gern. Das Ganze ist meine Schuld, ganz und gar meine Schuld. Dieses grauenvolle Geheimnis, ich hab's gehasst, ich fand es furchtbar, das mit mir rumzutragen. Ich wollte Sie vor Lesley warnen, aber Sie sind losgerannt, bevor ich dazu gekommen bin. Besonders vernünftig war sie nie, aber wenn ich gewusst hätte, wie verrückt sie geworden ist, dann hätte ich Sie da nicht hingehen lassen. Was ich sagen will, ist: es tut mir leid. Alles tut mir leid. Dass ich so ein Feigling war. Dass ich die Wahrheit verschwiegen habe. Wissen Sie, ich mochte die beiden, Gil und Ihre Mum. Das waren feine Menschen. Glauben Sie ... glauben Sie, die werden mich verhaften? Wenn ja, geht das schon in Ordnung. Ich hab's ja verdient.«

Nina schaute zur Decke hinauf und seufzte.

»Nein«, antwortete sie. »Leben Sie Ihr Leben ruhig weiter, Merryn. Das interessiert die Polizei sowieso nicht. Ich habe Ihren Namen gar nicht erwähnt. Die Wahrheit ist ...« – sie warf einen flüchtigen Blick auf Jake und empfand ein Gefühl außergewöhnlichen Friedens – »die Vergangenheit ist abgehakt.«

Epilog

»War das dein Handy oder meins, das da geklingelt hat?«, fragte Nina.

»Deins«, erwiderte Danny, während er einen weiteren Haufen Sand in den Betonmischer schippte.

Es war vier Monate her, dass sie angefangen hatten, das Strandhaus wieder auf Vordermann zu bringen, und jetzt war es fast fertig. Jedes Holzpaneel war ausgebessert oder ersetzt worden. Das ganze Gebäude war frisch gestrichen; neue Strom- und Wasserleitungen waren gelegt worden. Ein paar Probleme hatte es schon gegeben. Die verrotteten Dielen und die eingestürzte Decke hatten ihnen mehr Kopfschmerzen und Kosten beschert als gedacht, doch Nina fand, es hatte sich gelohnt. Alles hatte sich gelohnt. Sie hatten schlichte Wohnräume für sich selbst sowie einen großen Galerieraum geschaffen, und außerdem die Möglichkeit, später ein Café und eine Veranda anzubauen. Außerdem hatten sie den Höhlentunnel erhalten. Darüber wurde in der Lokalpresse berichtet, und Journalisten von der National Historical Society waren vorbeigekommen, um ihn sich anzusehen.

Alles lief gut, fast perfekt. Bis auf eins. So sehr Nina ihr neues Leben in *Snare Cove* auch liebte, sie wurde das Gefühl einfach nicht los, dass es da noch etwas zu tun gab. Ein Hauch von Traurigkeit hielt sich hartnäckig, wie etwas Unvollendetes. Und dann, an einem der sonnigsten Tage des Jahres, hatte sie einen Anruf vom Hospiz bekommen. Die Botschaft war simpel:

»Es wird nicht mehr lange dauern. Vielleicht möchten Sie ihn morgen besuchen.«

In dieser Nacht hatte Nina einen Traum gehabt – sie und ihre Mum kauerten am Strand, lachten und kicherten und sammelten Muscheln und Glasstückchen, bastelten eine Brosche und ritzten kleine Buchstaben in den Rand, SM und GH. Sie fuhr auf, und als sie dort in der Dunkelheit lag, fand sie ihre letzte Mission.

»Er hat keine Schmerzen«, versicherte der Arzt ihr leise. »Ehrlich gesagt ist er eine Art Wunder. Die meisten Patienten, die so pflegebedürftig sind, hätten schon vor Jahren einfach schlappgemacht, aber er hat anscheinend noch einen instinktiven Lebenswillen. Sind Sie mit ihm verwandt?«

»Er und meine Mutter haben sich sehr nahegestanden«, erklärte Nina.

Der Arzt lächelte und nickte. »Na, dann lasse ich Sie mal allein, damit Sie sich verabschieden können. Wenn Sie noch Fragen haben, vorn im Stationszimmer sitzt eine Schwester.«

»Vielen Dank.«

Als der Arzt ging, drehte sich Nina zu dem Bett um. Gil Hawley lag flach auf dem Rücken; sein zierlicher Körper zeichnete sich kaum unter der makellos weißen Bettdecke ab. Seine fahle Haut wirkte überdehnt und müde, wo sie sich um die Konturen seines Schädels legte. Sie beugte sich vor und streichelte seinen Arm.

»Ich wollte ›Auf Wiedersehen‹ sagen«, flüsterte sie und küsste ihn auf die Stirn. »Ich weiß, wir haben uns nie gekannt; ich weiß, wir haben uns nie wirklich richtig gekannt, aber ich wollte dir etwas geben ...«

Sie öffnete ihre Tasche und holte die Muschelbrosche hervor. Dann nahm sie seine gebrechliche Hand, schob die Brosche sachte hinein und schloss die Finger darum.

»Das gehört dir«, flüsterte sie. »Ich gebe sie dir zurück. Ich glaube, das ist es, was sie ... was du ... was ihr *beide* von mir gewollt habt ...«

Stille hing in der Luft.

Nina wandte sich zum Gehen, doch plötzlich öffneten sich Gils Augen. Einen Moment, nur einen Moment lang flackerten und leuchteten sie und zeigten eine Andeutung der Anziehungskraft, die er einst gehabt hatte. Seine strahlenden Augen, blaugrün und mit Gold gesprenkelt, wie das Licht auf dem Wasser der Polpeggen Bay. Blaugrün.

Nina starrte und staunte – dasselbe Blaugrün, begriff sie, wie ihre eigenen Augen.

»Dad?«, fragte sie.

Augenblicke später empfand sie vollkommenen Frieden.

ENDE

Unsere Leseempfehlung

680 Seiten
Auch als E-Book
und Hörbuch
erhältlich

Als der berühmte Schauspieler Sir James Harris in London stirbt, trauert das ganze Land. Die junge Journalistin Joanna Haslam begegnet auf der Beerdigung einer alten Dame, die ihr ein Bündel vergilbter Dokumente übergibt – darunter auch das Fragment eines Liebesbriefs voller mysteriöser Andeutungen. Doch wer waren die beiden Liebenden? Joanna beginnt zu recherchieren, doch noch kann sie nicht ahnen, dass sie sich damit auf eine gefährlich Mission begibt, die auch ihr Herz in Aufruhr versetzt – denn Marcus Harris, der Enkel von Sir James Harris, ist ein ebenso charismatischer wie undurchschaubarer Mann ...

www.goldmann-verlag.de
www.facebook.com/goldmannverlag

GOLDMANN
Lesen erleben